KNAUR

Von Sabine Fitzek ist im Knaur Verlag bereits erschienen:
Verrat

Über die Autorin:
Dr. Sabine Fitzek arbeitete nach dem Medizinstudium an den Universitäten Berlin, Erlangen, Mainz und Jena, wo sie sich im Fach Neurologie habilitierte. Danach war sie mehr als zehn Jahre lang als Chefärztin tätig. Seit einem Jahr ist sie freischaffend und begann über gesundheitspolitische Missstände zu schreiben, mit denen sie unfreiwillig immer wieder in Berührung kommt.

DR. SABINE FITZEK

VERRÜCKT

KRIMINALROMAN

Besuchen Sie uns im Internet:
www.knaur.de

Aus Verantwortung für die Umwelt hat sich die Verlagsgruppe Droemer Knaur zu einer nachhaltigen Buchproduktion verpflichtet. Der bewusste Umgang mit unseren Ressourcen, der Schutz unseres Klimas und der Natur gehören zu unseren obersten Unternehmenszielen. Gemeinsam mit unseren Partnern und Lieferanten setzen wir uns für eine klimaneutrale Buchproduktion ein, die den Erwerb von Klimazertifikaten zur Kompensation des CO_2-Ausstoßes einschließt. Weitere Informationen finden Sie unter: www.klimaneutralerverlag.de

Originalausgabe November 2020
Knaur Taschenbuch

Ein Imprint der Verlagsgruppe
Droemer Knaur GmbH & Co. KG, München

Redaktion: Antje Nissen
Ein Projekt der AVA International GmbH
Autoren- und Verlagsagentur
www.ava-international.de
Covergestaltung: ZERO Werbeagentur, München
Coverabbildung: PixxWerk, München
Satz: Adobe InDesign im Verlag
Druck und Bindung: CPI books GmbH, Leck
ISBN 978-3-426-52451-0

2 4 5 3 1

PROLOG

Sie lagen im Gras und suchten den Himmel nach Sternen ab. Obwohl die Nacht klar war, konnten nur wenige Himmelslichter den Berliner Lichtsmog durchdringen. Vielleicht war es auch einfach noch zu früh für Sterne. Der Mann gab vor, keine Sternbilder zu kennen. Das Mädchen hoffte auf eine Sternschnuppe und erklärte ihm, wo der Große und Kleine Wagen zu finden waren. Mehr Sternbilder kannte sie nicht. Dann schwiegen sie.

Kühle stieg vom Boden auf und ließ sie frösteln. Der Tag war noch einmal warm und sonnig gewesen, aber jetzt schickte das Weltall seine Kälte durch die wolkenlose Nacht. Der Mann hatte seine Lederjacke zum Schutz vor der Feuchtigkeit unter das Mädchen gelegt. Der Duft von frisch geschnittenem Gras, erstem Laub und letzten Rosenblüten lag in der Luft. Das Mädchen zitterte, aber sie beachtete die Kälte nicht. Sie war glücklich und kostete jeden Augenblick mit ihm aus. Der Mann stützte sich auf seinen Arm, zog das Mädchen näher zu sich heran und streichelte ihr die Wange. Dabei sah er sie an, aber sein Blick hatte etwas Abwesendes.

»Woran denkst du?«, fragte sie.

»An nichts«, log er und wandte sich von ihr ab.

Stundenlang hatte er in den letzten Tagen auf sie eingeredet. Wieder und wieder hatte er seine Argumente aufgezählt. Sie hatte nichts verstanden, immer wieder Gegenargumente gebracht, schließlich geschwiegen. Aber sie hatte auch nicht nachgegeben, wie ein trotziges Kind. Das hatte ihn rasend gemacht. Jetzt war er ganz ruhig.

Das Mädchen hatte die Einladung in die Philharmonie als Sieg gewertet. Sie hatte sich gefreut. Noch nie hatte er sie irgendwohin mitgenommen, sie hatten sich bisher immer heimlich getroffen. Die Musik des Konzerts hallte immer noch in ihr nach. Sie war tief beeindruckt gewesen. Die Gewissheit, dass ihr Leben ab jetzt eine entscheidende Wendung nehmen würde, war mit der Musik in sie eingedrungen und hatte von ihr Besitz ergriffen. Alles würde gut werden.

Er war so anders als alle Männer, die sie bisher kennengelernt hatte. Musik war sein Leben, und sie, deren bisheriges Leben von Kargheit und Vernachlässigung geprägt war, saugte die Anregungen, die er ihr gab, wie ein Schwamm in sich auf und wuchs mit ihnen. Sie hatte sich plötzlich eine Zukunft für sich ausmalen können. Die Welt stand ihr offen. Alles war möglich. Über das Streitthema hatten sie bisher noch nicht wieder gesprochen.

»Du musst dir wirklich keine Sorgen machen, ich würde dich niemals verraten, und ich bin stärker, als du denkst«, hatte sie ihm versichert, als sie aus dem Auto stiegen.

»Ich weiß«, hatte er geantwortet und sie mit sanftem Druck Richtung Hasenheide dirigiert, einem Park im Stadtteil Neukölln, wo sich in Sommernächten die Verliebten des Bezirks trafen, und die Dealer. Er hatte zwei Piccolos mitgebracht und füllte ihren Inhalt in zwei Sektkelche aus Kunststoff. Wie süß von ihm! Das Mädchen liebte ihn auch für seine romantischen Ideen, mit denen er sie immer wieder überraschte. Sie liebkosten sich lange, und als er ein Kondom aus der Tasche zog, lachte sie und sagte, dass es dafür jetzt etwas spät sei. Aber er bestand darauf, es sei besser so, also ließ sie ihn gewähren. Wie schon so oft in den letzten Wochen. Der Akt selbst war für sie nie so schön, wie sie es sich in ihren Mädchenträumen ausgemalt hatte. Aber sie genoss auch jetzt seine weichen, wohlge-

formten Hände auf ihrer Haut und das Gefühl, geachtet, ja, gebraucht zu werden. Sie fühlte sich zum ersten Mal in ihrem Leben als Person wahrgenommen.

Wenn er stark erregt war, wurde er manchmal grob. Aber das störte sie nicht. Schläge war sie von zu Hause seit der frühesten Kindheit gewohnt. Das hier war anders. Bei ihrem Vater und den Freunden ihrer Mutter war sie immer nur Opfer gewesen. Ein Nichts. Der Vater hatte sie und ihre Mutter geprügelt, und nachts war er dann zu ihr ins Bett gekommen und hatte gesagt, dass er ihr jetzt nicht mehr böse sei und dass sie auch lieb zu ihm sein müsse. Jetzt war der Opferrolle eine Nuance Macht beigemischt. Sie war diejenige, die diese Gefühle in dem Mann auslöste. Und sie beging den Fehler, zu glauben, dass ihr das Einfluss gab.

1

Das Haus singt, ging es Kammowski durch den Kopf. Dann: Samstag, weiterschlafen! Er rollte sich noch einmal in seine Bettdecke ein, nickte sofort wieder ein und träumte sogar kurz, irgendetwas Schönes von Engeln und fliegenden Häusern. Er schreckte plötzlich hoch. Ein Gefühl von Beunruhigung machte sich breit. Er horchte in die Stille. Das war es. Die Musik hatte aufgehört. Wahrscheinlich war er davon wach geworden. Jetzt setzte die Stimme wieder ein. Ein sehr junger Sopran, begleitet von einem Klavier. Dann wurde der Gesang wieder unterbrochen, begann von Neuem. Da übte eine Sängerin, morgens um acht Uhr, am Samstag!

Kammowski seufzte. Er liebte Musik, auch klassische, und er hatte auch nichts gegen Kirchenmusik, allerdings mochte er sie am liebsten, wenn er sie selbst an- und abschalten konnte. Noch einmal ließ er sich in die warme Bettdecke zurückfallen. Heute war kein Tag, um sich zu ärgern, oder auch nur, um sich Sorgen zu machen. Die Sonne schickte ihre frühen Strahlen in sein Schlafzimmer und verhieß einen wunderschönen Tag. Er schloss die Augen und ließ sich von der Stimme, die Reinheit und Melancholie zu besingen schien, noch einen Moment lang in den Morgen tragen:

Ich weiß, dass mein Erlöser lebet und dass er erscheint am Jüngsten Tag auf dieser Erde.

2

RÜCKBLICK

Sehr schön, Lena, du bist wirklich außergewöhnlich begabt«, sagte Frau Wüsthoff, als Lena das Lied zu Ende gesungen hatte. »Komm doch nach der Stunde noch einmal kurz zu mir.« Dem Tumult, der einsetzte, während sie Lenas Note in ihr Notizbuch eintrug, schenkte sie keine Beachtung. Die Aufmerksamkeitsspanne dieser Kinder war kurz, damit musste man sich als Lehrer heutzutage abfinden. Es war schon viel wert, wenn man sie wieder einfangen und ihre Konzentration für einen kurzen Moment auf den Unterrichtsstoff richten konnte. So bemerkte sie nicht, wie die Klasse Lena nachäffte, als sie zu ihrem Platz zurückging. »So begabt ist sie, nein wirklich, sooo außergewöhnlich begabt.«

Lena tat so, als hörte sie die anderen gar nicht. Die Hänseleien trafen sie mehr, als sie sich eingestehen wollte. Sie hatte sich über das Lob der Lehrerin gefreut, und die machten das jetzt runter. Als Jenny, neben der sie saß, ihr zuraunte, »die sind doch nur eifersüchtig, weil sie nicht so gut singen können«, und ihr beschwichtigend die Hand auf den Arm legte, wehrte sie die Geste unwirsch ab. »Lass mich in Ruhe.«

Jenny wandte sich gekränkt ab. Lena machte sich darüber keinen Kopf. Sie hatte längst wieder ihren Panzer angelegt. Sie war es gewohnt, die ganze Welt gegen sich zu haben. Und sie hatte es nicht nötig, sich trösten zu lassen, von niemandem, auch nicht von Jenny.

Als sie am Nachmittag mit der U-Bahn nach Hause fuhr, ließ sie das Gespräch, das sie nach der Musikstunde mit der

Lehrerin geführt hatte, noch einmal Revue passieren. Sie sei außergewöhnlich musikalisch, hatte Frau Wüsthoff gesagt, und sie solle etwas daraus machen. Sie empfehle ihr, ein Musikinstrument zu lernen. Auch wenn sie Sängerin werden wolle, wäre ein Musikinstrument hilfreich. Sie solle das unbedingt mit ihren Eltern besprechen und sich vielleicht bei einer Musikschule anmelden. Das sei nicht so teuer wie Privatstunden. Ob sie sich denn für ein Instrument besonders interessiere? Frau Wüsthoff könne sie gerne bei der Instrumentenauswahl beraten. Die Musikschulen böten auch Schnupperkurse für verschiedene Instrumente an. Und Gesangsunterricht könne man da natürlich auch bekommen. Lena hatte nur den Kopf geschüttelt und nichts gesagt.

»Soll ich mal mit deiner Mutter darüber sprechen?« Frau Wüsthoff hatte Lenas Zögern bemerkt.

»Nein, das mache ich schon selbst, aber vielen Dank«, hatte Lena rasch geantwortet.

Während die U-Bahn durch die Berliner Unterwelt raste, stellte sich Lena vor, wie sie diesen Wunsch zu Hause vorbringen würde. Ihr Gesicht verzerrte sich zu einem kurzen, sarkastischen Grinsen. In diesem Moment sah sie deutlich älter aus, als sie war, und in der Geste, mit der sie dann den Gedanken beiseiteschob, sich stattdessen ihre Kopfhörer in die Ohren steckte, um sich Justin Bieber zuzuwenden, lag tieftraurige Resignation, wie sie einer Vierzehnjährigen nicht gut zu Gesicht stand.

Zu Hause erwartete sie das übliche Chaos. Ihre Mutter sah kaum auf, als sie die Wohnung betrat. Sie lag auf der Couch, die Haare strähnig, das Gesicht aufgedunsen, eine Zigarette in der Hand. Sie war wieder einmal betrunken, vielleicht verarbeitete sie auch noch den Restalkohol der letzten Nacht. Auf dem Couchtisch quoll der Aschenbecher über, leere Cognac-

und Colaflaschen zeugten von einem feuchtfröhlichen Gelage. Mehrmals war Lena in der Nacht von lautem Lachen und dem Fernseher wach geworden.

Wie ein junges Reh, das die Witterung aufnimmt, um zu schauen, ob Gefahr droht, horchte Lena in die Wohnung hinein. Von Holger war nichts zu sehen oder zu hören. Der derzeitige Freund ihrer Mutter schlief noch, oder er war schon gegangen. Seit Lenas Vater die Familie vor drei Jahren verlassen hatte, gaben sich die Lebenspartner ihrer Mutter die Türklinke in die Hand, doch für Lena hatte sich dadurch nichts verbessert, im Gegenteil.

Sie ging in die Küche, um sich etwas zu essen zu holen. Ob der Moment günstig war, der Mutter vom Lob der Lehrerin und deren Idee zu erzählen? Sie öffnete den Kühlschrank, der bis auf eine halb volle Ketchupflasche leer war. Im Hängeschrank fand sie eine angebrochene Packung Nudeln. Sie setzte einen Topf mit Wasser auf und gab Salz hinein.

»Wat kochtse denn da Feines?«, flüsterte Holger ihr ins Ohr. Er war hinter sie getreten, ohne dass sie es bemerkt hatte, weil in diesem Moment ein Polizeiauto mit Blaulicht und Sirene auf der Straße vorbeigefahren war. Der Lärm hatte ihre Aufmerksamkeit für einen kurzen Moment abgelenkt. Das hatte Holger ausgenutzt. Unvermittelt legte er seine Hand in ihren Schritt und drückte sein Becken an ihren Hintern. Der Gestank von Alkohol, Rauch und schlechten Zähnen raubte ihr den Atem. »Lass mich in Ruhe«, zischte Lena und stieß ihn unsanft weg. »Holger? Was ist los?«, fragte Frau Kaufmann. Lenas Mutter stand in der Tür.

»Nix, deine Madame is nur mal wieder schlecht gelaunt«, schimpfte Holger und trat einen Schritt von Lena weg. Er war kein guter Schauspieler, und man sah ihm an, dass er sich ertappt fühlte. »Ick wollte nur freundlich sein, habse nur jefragt,

wattse für uns kocht, aber dat war ooch mal wieder zuville für unsere Madame hier.«

Als keine der beiden Frauen reagierte, hob er abwehrend die Hand, wandte sich ab und murmelte: »Ick habe allmählich jenuch von euch beeden Schlampen, ihr könnt mich mal kreuzweise.« Er griff mit weit ausholender Geste, die seine Empörung über die ungerechte Behandlung unterstreichen sollte, nach seiner Jacke und wandte sich zum Gehen.

»Das kannst du doch nicht machen«, jammerte Frau Kaufmann. »Bleib doch hier.« Aber Holger drehte sich nicht mehr um und warf die Tür hinter sich ins Schloss.

»Der kommt schon wieder«, versuchte Lena ihre Mutter zu trösten. »Das tut er doch immer.« Doch der war nicht nach Trost zumute.

»Musst du denn zu Holger immer so unfreundlich sein? Der hat dir doch gar nichts getan.«

»Ach nein? Und wieso grapscht der mich immer an? Warum kann der mich nicht einfach in Ruhe lassen?«

»Schau dich doch mal an, wie du wieder rumläufst, wie ein Flittchen«, fauchte die Mutter zurück. Doch schon verließ sie die Kraft, und sie sackte weinerlich in sich zusammen. Die Hand, mit der sie sich am Türrahmen festhielt, zitterte. Die dünnen, ausgemergelten Beine schienen den voluminösen Körper nicht mehr tragen zu können. »Du musst mir auch jeden Mann ausspannen, du kleines Miststück«, flüsterte sie lallend. In einem Anflug von erneuter Wut schien sie sich auf Lena stürzen zu wollen, aber sie war zu betrunken, glitt aus und fiel zu Boden.

Lena weinte, vor Wut, Verzweiflung und Hilflosigkeit. Wie konnte ihre Mutter so ungerecht zu ihr sein? Rasch griff sie nach ihrem Rucksack und nach ihrer Jacke, die sie auf einem Küchenstuhl abgelegt hatte, stieg über die am Boden liegende

Mutter hinweg und verließ fluchtartig die Wohnung. In der Küche kochten die Spaghetti über. Der Geruch von verbranntem Mehl, das aus dem Nudelwasser auf die heiße Herdplatte schwappte, erreichte sie, bevor sie die Haustür hinter sich zuzog. Sollte doch die Küche abfackeln! Ihr doch egal!

3

Eine Stunde nachdem er von der Musik geweckt worden war, saß Kammowski mit Brötchen, Honig, Frühstücksei und Milchkaffee auf seinem Balkon. Die Zeitung hatte er gelesen, den ersten Kaffee getrunken. Kater Churchill war satt und forderte eine Krauleinheit. Hungrig starrte Kammowski die Brötchen an. Die Eier waren sicher schon kalt, obwohl er sie in die dicken, mit Teflon beschichteten Topflappenhandschuhe gesteckt hatte. Charlotte, seine Tochter, die aus Köln zu Besuch war, schlief noch. Der tiefe Schlaf eines jungen Mädchens, das die Nacht zum Tag gemacht hatte, ließ sich nicht von ein bisschen Musik und Gesang im Hause stören. Charlotte lebte bei ihrer Mutter, Kammowskis Ex-Frau Elly, hatte gerade Abitur gemacht und wollte sich nun auf den Mediziner-Test an der Berliner Charité vorbereiten. Bisher hatte Kammowski allerdings noch nichts beobachtet, was auf Aktivitäten in dieser Richtung hätte schließen lassen. Charlotte war die ganze Woche auf Achse gewesen, oft bis tief in die Nacht, und Kammowski war hin- und hergerissen zwischen dem Wunsch, immer wissen zu wollen, wo und mit wem sie unterwegs war, und der Erkenntnis, dass man sie machen lassen musste. Sie war schließlich erwachsen. Doch eine Portion Ärger mischte sich unterschwellig auch ein. Er hatte sich für seine Tochter zwei Wochen Urlaub genommen, sie aber bisher kaum zu Gesicht bekommen. Wie war es überhaupt möglich, dass sie, die erst eine Woche in Berlin war, schon so viele Kontakte geknüpft hatte?

Wenn sie heute etwas gemeinsam unternehmen wollten,

sollte sie bald mal aufstehen. Aber sicher war es gestern wieder spät geworden. Kammowski hatte sie nicht nach Hause kommen hören. Dass sie da war, war allerdings nicht zu übersehen. Schuhe, Jacke und Handtasche hatte sie im Flur fallen lassen. Eine halb volle Colaflasche hatte ohne Deckel neben einem benutzten Glas auf dem Küchentisch gestanden.

Immerhin hat sie nicht aus der Flasche getrunken, dachte Kammowski mit einem Anflug von Sarkasmus, schüttete den Rest der abgestandenen Cola ins Waschbecken, spülte und ärgerte sich anschließend, dass er wieder in alte Rollenmuster verfallen war. Die Ordnung im Haushalt war eines der Themen gewesen, die in der Ehe mit Elly dauernd zu Streit geführt hatten. Kammowski dachte an Christine, die gerade in der Mongolei herumreiste. Als Journalistin war sie häufiger auf Auslandsreisen. Auch sie lebte Kammowskis Ansicht nach in einem ziemlichen Chaos. Aber bei ihnen eskalierte der Konflikt nicht so wie damals mit Elly. Das lag sicher vornehmlich daran, dass sie beide eigene Wohnungen und keine gemeinsamen Kinder hatten. Und weder Christine noch er hatten das Thema Zusammenziehen bisher angesprochen.

Kammowski und Christine kannten sich schon seit der Schulzeit, aber erst im Frühjahr waren sie ein Paar geworden. Wenn man das so nennen konnte. Sie hatten ungeplant gemeinsam einen Kriminalfall im Berliner Gesundheitswesen aufgedeckt. Christine war selbst zeitweilig verdächtigt worden, und beide hatten sich anfangs nicht gerade das Vertrauen geschenkt, das Kammowski als Voraussetzung für eine Beziehung ansah. Das hatte sich zwar geändert, doch wenn Kammowski ehrlich war, und heute Morgen neigte er zu Ehrlichkeit und Selbsterkenntnis, dann hatten sie doch wenig gemeinsam. Christine war so gradlinig, so hart in allem. Sie war der Typ Mensch, der mit Selbstverständlichkeit annahm, dass ihm die Welt zu Füßen lag, dass er alles steuern konnte. Der erst bemerkte, dass er andere dabei zurückließ, wenn es schon zu spät war.

Na ja, Kammowski landete immer bei solchen Frauen, da machte er sich wenig Illusionen: selbstbewusst, unabhängig, unkonventionell – und ihm immer einen Schritt voraus. Elly, seine Ex, war auch so gewesen. Sicher, in ihrer Beziehung hatte es schon lange gekriselt. Aber den Ausschlag zur Trennung hatte am Ende gegeben, dass Elly die Leitung eines Gymnasiums in Köln angeboten bekommen und diese angenommen hatte.

Bei einem Mann würde man gar nicht erst lange diskutieren, wenn sich eine berufliche Chance bot, sondern die Familie richtete sich danach, hatte Elly ihm damals an den Kopf geworfen. Er hatte ihr innerlich recht gegeben. Wenn zwei Menschen beruflich engagiert waren, dann musste eben einer auch mal zurückstecken, aber er sah nicht ein, warum er für die Ungerechtigkeit zurückliegender Jahrhunderte, in denen die Frauen den Männern zu gehorchen hatten, büßen sollte. Und er hatte nicht von Berlin weggewollt. Er war nicht so der Typ, der überall sofort Kontakt schloss. Er hatte einfach Angst davor gehabt, wegzuziehen, sein Umfeld aufzugeben, und das für eine Ehe, an deren Bestand er damals schon stark zweifelte. Über seine Ängste hatten sie nicht gesprochen. Dafür waren die Fronten viel zu verhärtet gewesen.

Natürlich war es jetzt auch Christines Recht, ihre berufliche Karriere in den Vordergrund zu stellen. Aber Kammowski hatte sich von ihr Unterstützung gewünscht, denn die Begegnung mit seiner jetzt erwachsenen Tochter, die er seit Jahren nur sporadisch gesehen hatte, hatte ihn mehr beunruhigt, als er sich jemals eingestanden hätte.

Er war sich damals mit Elly einig gewesen, dass man den

Kindern, Charlotte hatte noch einen jüngeren Bruder, Anian, die langen Fahrten nicht jedes zweite Wochenende zumuten wollte. Sooft es ging, war er nach Köln gefahren, aber in den letzten Jahren war das seltener geworden. Die Kinder waren älter geworden, hatten ihre eigenen Interessen entwickelt und waren auch in den Ferien nicht mehr regelmäßig nach Berlin gekommen. Kammowski gestand sich ein, dass er all diese Überlegungen Christine nicht vermittelt hatte. Es konnte sein, dass sie sogar gedacht hatte, dass es besser war, Vater und Tochter Raum und Zeit für ihr Wiedersehen zu geben.

Kammowski beschloss, nicht länger auf Charlotte zu warten, und schmierte sich ein Brötchen mit viel Butter und Honig, biss hinein und genoss den Geschmack von warmer Süße auf kaltem Fett und das Knacken der frischen Brötchenkruste. So musste ein Wochenend-Frühstück sein! Die Schrippen von der Tankstelle waren kurioserweise heutzutage besser als die vom Bäcker.

Wie war das noch mit der Achtsamkeit? Klaus, sein bester Freund, der in einem Berliner Gymnasium als Lehrer arbeitete, versorgte ihn immer mit Lesestoff. Und zurzeit war Klaus auf der Psycho- und Selbstmanagement-Schiene. Kammowski versuchte, sich auf den Moment zu konzentrieren. Hier auf dem Balkon in der Sonne mit Churchill auf dem Schoß ging es ihm doch gut. Berlin war im Sommer so schön. Die Straßen frei, man konnte so viel unternehmen, in Biergärten sitzen, durch Galerien schlendern, an einem der vielen Gewässer liegen oder ins Berliner Umland fahren. Er könnte Charlotte eine Motorradtour durch die Uckermark vorschlagen. Den Gedanken verwarf er rasch wieder. Er hatte seiner Ex in die Hand versprochen, nicht mit Charlotte Motorrad zu fahren. Die Hände klebten vom Honig. Er stand auf, um sie sich zu waschen. Churchill gab Laute des Protestes von sich.

4

Sie liehen schließlich ein Motorboot in Friedrichshagen am Müggelsee, eines von denen, für das man keinen Bootsführerschein brauchte, und verbrachten einen unbeschwerten Nachmittag mit Schwimmen und Sonnen. Kammowski hatte kurz entschlossen Svenja Hansen, seine junge Kollegin, eingeladen, und die hatte zugesagt. Allerdings hatte Svenja ihn sofort durchschaut. »Ist dir wohl nicht so ganz geheuer, einen ganzen Nachmittag mit deiner Tochter in einem Boot?«

»Wie kommst du denn da drauf?«

»Nur ein Scherz, Kammowski, ich freu mich, ist ja tolles Wetter, und ich war schon so lange nicht mehr auf dem Wasser.«

Das schätzte Kammowski so an Svenja. Dass sie nicht jeder Schwingung nachgehen musste, dass sie auch mal etwas stehen lassen, Interpretationsspielraum in beide Richtungen lassen konnte, sodass jeder sein Gesicht wahren konnte. Aber natürlich hatte sie recht gehabt mit ihrer Vermutung.

Charlotte und Svenja verstanden sich auf Anhieb. Da hatte er genau den richtigen Riecher gehabt. Svenja war nur wenig älter als Charlotte. Sie war im Frühjahr frisch von der Polizeischule in sein Team beim LKA gestoßen. Nach anfänglichem »Fremdeln« hatten sie – ganz entgegen Kammowskis beruflichen Prinzipien, die da hießen, Beruf und Freizeit werden strikt getrennt – inzwischen ein freundschaftliches Verhältnis. Als Mädchen von der Waterkant konnte Svenja natürlich segeln, hatte aber auch nichts gegen einen Tag auf einem Motorboot einzuwenden, allerdings nicht, ohne die Vorzüge des Segelns immer wieder anzumerken. Am Ende des Tages fand Charlotte Segeln theoretisch auch besser als Motorbootfahren. Kammowski sollte es recht sein. Er war froh, dass er das Motorboot mit Anstand wieder an Land gebracht bekam und dass es ein so gelungener Tag gewesen war. Sie brachten Svenja nach Hause und fuhren dann in die Bergmannstraße. Charlotte wollte zwar abends noch weggehen, aber es war noch früh, und sie wollte noch duschen und sich umziehen.

Im Hausflur begegneten sie einem jungen Mädchen. Sehr viel Schminke, ein Boxershirt mit überweiten Arm- und Halsausschnitten, das mehr Einblick bot, als es verdeckte, kein BH, sehr kurze, ausgefranste Jeans-Shorts, so kurz geschnitten, dass man die Ansätze des Pos sehen konnte. Die Arme hatte sie bis zu den Ellbogen mit unzähligen bunten Bändern umwickelt. Merkwürdige Mode. Sah aus wie langärmelige Handschuhe ohne Hände. »Gott, bin ich froh, dass du nicht so rumläufst«, sagte Kammowski unbedacht, als er die Wohnungstür hinter ihnen geschlossen hatte, und setzte damit eine längere Diskussion in Gang. Charlotte bestand darauf, dass man es jedem selbst überlassen sollte, wie er oder sie sich anzog.

»Aber das zieht die falschen Männer an«, argumentierte er.

»Okay, dann muss ich, wenn ich jetzt mal deiner Logik folge, in Neukölln einen Schleier tragen, und wenn ich das nicht mache, dann bin ich selbst schuld, wenn ich begrapscht werde?«

»Nein, natürlich nicht, sei doch nicht so extrem. Selbstverständlich hat jeder das Recht, sich anzuziehen, wie er will, und niemandem ist gestattet, deswegen übergriffig zu werden. Aber ein bisschen muss man sich auch schützen. Wenn wir jetzt eine Reise in den Iran machen würden, würdest du doch auch nicht so herumlaufen, sondern dich etwas anpassen, oder nicht?«

»Aber wir sind hier nicht im Iran. Und so extrem war die doch gar nicht angezogen«, maulte Charlotte, der die Argumente ausgingen. »Eigentlich ganz normal, sommerlich eben, bei diesem Wetter.«

»Sorry«, setzte Kammowski unvorsichtigerweise nach, »du hast sie nicht mit den Augen eines Mannes angesehen.«

»Ich glaub es nicht! Mein Vater gafft jungen Mädchen hinterher, starrt ihnen auf die Titten und den Hintern und beschwert sich dann über ihr Aussehen?«

Kammowski ließ sich nicht aus der Ruhe bringen. »Aha, na bitte, du hast selbst auch genau hingesehen. Und du bist alt genug, um zu wissen, dass ich nicht nur ein Vater, sondern auch ein Mann bin. Außerdem gaffe ich nicht. Aber wenn eine hübsche Frau ihren Busen so eindeutig darbietet, dann schaue ich als Mann automatisch hin. Das heißt noch lange nicht, dass ich mich nicht unter Kontrolle habe. Gleichzeitig habe ich in meinem Beruf mehr als einmal erlebt, dass das nicht für alle Männer gilt.«

»Paps. Sie bietet ihren Busen nicht dar, sie hat einfach einen. Ich finde es nicht richtig, dass Frauen immer zum Objekt degradiert werden. Entweder sie werden angebetet, oder sie sind Schlampen. Dazwischen gibt es nichts, und egal, was sie sind, sie sind immer Teil einer von anderen definierten Gruppe, nie handelnde Individuen.«

»Wow, übertreibst du jetzt nicht etwas? Und meinst du nicht auch, dass eine Frau, die halb nackt durch Berlin läuft, sich bewusst oder unbewusst als Objekt anbietet?«

»Paps, diese Diskussion dreht sich im Kreis. Ich gehe jetzt duschen.«

»Sag nicht immer Paps zu mir. Sag Papa oder Vater. Mit wem triffst du dich denn?«

»Kennst du nicht, Papon.«

»Wäre ich jetzt nicht draufgekommen«, murmelte Kammowski, aber Charlotte war schon ins Bad abgezogen.

Eines war jedenfalls klar. Sein kleines »Charlottchen« war dieses Mädchen nicht mehr.

5

RÜCKBLICK

Der innere Druck hatte sich in ihr aufgebaut wie Treibgas, das in einen Hohlkörper eingedrungen war und nun keinen Weg nach außen fand. Alles in ihr schrie nach Entlastung. Die verspürte sie aber nur, wenn das Messer in ihr Fleisch drang und der Schmerz von ihrer Seele Besitz ergriff. Das war wie ein Zwang, der sich in ihr über Wochen, manchmal aber auch über Tage oder Stunden hinweg aufbaute und dem sie nur eine Zeit lang widerstehen konnte. Irgendwann musste dann einfach alles raus. Danach ging es ihr immer eine kurzzeitig besser. Aber wie bescheuert musste man sein, so etwas in der Dusche der Turnhalle zu tun? Diese Bitch von Inka hatte sie gesehen und natürlich der Sportlehrerin verpetzt. Die hasste sie sowieso. Weil sie nie die richtige Sportkleidung dabeihatte, weil sie keinen Sinn darin sah, mit Anlauf über diese blöden Böcke zu springen, und weil sie sich geweigert hatte, ihre Bänder im Sport abzunehmen. Und natürlich hatte sie die Lehrerin, nachdem sie die Wunde verbunden hatte, zur Direktorin geschleppt. Lena war der triumphierende Blick der Sportlehrerin nicht entgangen. Endlich hatte sie sie gestellt. Sie hatte doch schon immer gewusst, dass mit diesem Mädchen etwas nicht stimmte. Lena war es von frühester Kindheit gewohnt, in den Gesichtern der Erwachsenen zu lesen, noch bevor ihnen ihre Gedanken selbst bewusst wurden, das war für sie ein Überlebensgarant.

Die Direktorin hatte vergebens versucht, Lenas Mutter zu erreichen, und dann den Sanitätswagen gerufen. Welch ein Theater für so einen kleinen Schnitt. In der Notaufnahme des

Krankenhauses hatten sie ihre Unterarme angesehen, die Wunde versorgt und sie dann sofort in die Klapse weitergeschickt. Suizidversuch! So ein Schwachsinn. Sie hatte sich nicht das Leben nehmen wollen. Sie musste nur den Druck loswerden. Diese Loser hatten ja alle keine Ahnung. Und jetzt saß sie hier zwischen total gestörten Kindern, die mit Essen warfen und herumschrien, und konnte nicht raus. Sie spürte, wie der Druck wieder anwuchs. Sie begann zu laufen, drehte Runden vom Stationszimmer der Schwestern zum verschlossenen Eingang, durch den Aufenthaltsraum, in dem man nicht einmal die Fenster weit öffnen konnte, weil von außen Plexiglasscheiben davor montiert waren, zurück zu ihrem Zimmer, das sie mit einem kleinen Fettmops teilen musste, einem Mädchen mit stierem Blick, das selbst dann nicht mit Essen aufhörte, wenn sie sprach. Wieder zurück zum Stationszimmer, wo sie der sorgenvolle Blick der Schwester traf.

»Setz dich doch mal zu uns, Lena.« Die Schwester war nicht unfreundlich. »Hast du Hunger? Möchtest du vielleicht etwas Kuchen essen?« Lena schüttelte nur den Kopf und zog weiter ihre Runden. Essen half nicht gegen den Druck. Hatte es noch nie. Stunden vergingen, quälten sich voran, sie fühlte sich wie ein Hamster im Laufrad.

Ein türkischer Junge stellte sich ihr in den Weg. Er war vielleicht neun Jahre alt, oder jünger, und zwei Köpfe kleiner als sie. An seiner raumgreifenden Art, der aufreizenden Pose, wie er das Becken vorschob und die Hände an der Hüfte abstützte, erkannte sie sofort, dass er auf Krawall gebürstet war. »Ey, Aishe, hast du Problem? Hör mal auf, hier rumzulaufen, bist du Nazi, oder was?«

Sie ließ ihm einen verachtungsvollen Blick zukommen. »Lass mich in Ruhe.« Sie versuchte, sich an ihm vorbeizudrängen.

Er stellte ihr einen Stuhl in den Weg. »Setz disch, du nervst mit deinem Gerenne, isch schwör, isch mach disch Krankenhaus.«

Sie stieß den Stuhl beiseite, der daraufhin mit Geschepper zu Boden fiel. Wieder versuchte sie, ihren Weg fortzusetzen, doch der Junge packte sie am Arm.

»Fass mich nicht an, du Assi!« Sie schüttelte seinen Arm ab und stieß den Jungen mit all ihrer Kraft von sich, woraufhin er, überrascht von der Gegenwehr, wütend aufschrie. Er stolperte, konnte sich nicht mehr abfangen und krachte gegen die Wand. Autsch, das musste schmerzhaft gewesen sein, er jaulte auf wie eine Heulboje. Sie bückte sich, hob den Stuhl auf und machte Anstalten, ihn mit Schwung auf den Jungen, der immer noch jammernd am Boden lag, niedergehen zu lassen. Der schrie entsetzt auf und rollte sich instinktiv in Embryostellung ein. Von allen Seiten kamen sie nun auf sie zu, und dann fühlte sie, wie sie von mehreren kräftigen Armen zurückgerissen wurde.

An die nächsten Stunden konnte sie sich nicht genau erinnern. Sie hatte um sich getreten, gebissen und gekratzt, wurde niedergerungen und mit Gurten verschnürt wie ein Paket, und dann verabreichten sie ihr eine Spritze, die sie in einen Dämmerschlaf versetzte. Als sie erwachte, war sie in einer anderen Umgebung.

6

Während Kammowski Abendbrot machte, hing Charlotte mal wieder vor dem Fernseher. Sie hatte sich in einer amerikanischen Serie festgebissen, sah eine Folge nach der anderen, manchmal schon mittags, wie Kammowski argwöhnte. Sie schlief sehr lange. Und wenn er abends nach Hause kam, war sie meist schon weg. Aber er fand nicht selten ihre leeren Chipstüten und Colaflaschen vor dem Fernseher vor. Sie lebten irgendwie aneinander vorbei. Woher sie nur diese Stapel von Serien-DVDs hatte? Charlotte war enttäuscht gewesen, dass Kammowski kein Netflix abonniert hatte. In Köln hatte sich Elly bisher auch nicht erweichen lassen.

»Papa, Netflix brauchen wir. Fernsehen ist total out, ist doch besser, wenn man ganz gezielt einen Film streamt, als das Fernsehprogramm zu konsumieren.«

»Ich sehe kaum fern. Und wenn ich ganz gezielt einen Film sehen will, gehe ich ins Kino«, hatte Kammowski geantwortet, obwohl er selbst tatsächlich schon darüber nachgedacht hatte, Netflix oder Amazon Prime zu abonnieren.

Kammowski betrachtete Charlotte, wie sie da so auf der Couch lag, im weißen Bademantel mit roten Herzen darauf, das Handtuch als Turban um den Kopf gewickelt, und gebannt dieser dämlichen Anwaltsserie folgte. Eine große Zärtlichkeit machte sich in ihm breit. So war es früher oft gewesen. Er hatte ihnen Abendbrot gemacht, und die Kinder, Charlotte und Anian, durften nach dem abendlichen Bad noch eine halbe Stunde Sandmann schauen. Anian machte in zwei Jahren sein Abitur, und auch Charlotte ging nicht mehr um 19 Uhr ins Bett. Sie vertrieb sich nur die Zeit, das Berliner Klubleben startete nicht vor 23 Uhr.

Nach dem Abendbrot räumte Kammowski auf und brachte den Müll in den Hof. Bei den Mülltonnen traf er Frau Beckmann, eine nette Frau, mit der er immer gerne ein paar Worte wechselte. Kennengelernt hatten sie sich nicht als Nachbarn. So ein Berliner Mietshaus konnte recht anonym sein, Kammowski pflegte zu niemandem engeren Kontakt. Frau Beckmann hatte er kennengelernt, als sie noch in der Wäscherei und Reinigung arbeitete, zu der Kammowski seine Bügelwäsche brachte. Als die Reinigung schloss, hatte sich die Nachbarin angeboten, weiterhin für Kammowski zu arbeiten. Sie war ja schon berentet, und er konnte sie unkompliziert als Haushaltshilfe über das Haushaltsscheckverfahren melden. Das war sehr praktisch, weil sie im selben Haus wohnte und auch bereit war, Kater Churchill zu versorgen, wenn Kammowski verreist war.

Kammowski mochte Frau Beckmann inzwischen sehr gerne. Sie war eine freundliche kleine Frau mit kurzen, blond gefärbten Haaren mit roten Strähnen, die Lebensfreude, Zuversicht und Tatkraft ausstrahlte. Sie gehörte zu den seltenen Menschen, die von einer Aura der Wärme und Zuversicht umgeben schienen und freizügig davon abgaben. Obwohl sie es, wie Kammowski wusste, nicht immer einfach gehabt hatte. Sie hatte ihm einmal erzählt, dass sich ihr Mann schon vor Jahren das Leben genommen hatte. Er sei psychisch krank gewesen. Sie selbst hatte ihr Leben lang gearbeitet, zwei Kinder großgezogen und bezog jetzt eine sehr kleine Rente. Um sich ein Auskommen zu sichern, arbeitete sie nebenher in verschiedenen Jobs. Kammowski fand, es sei nicht richtig, dass man neben seiner Rente noch arbeiten musste, um über die Runden zu kommen. Aber sie lachte dann immer und sagte, sie arbeite doch gerne, und nicht selten verkündete sie, sie habe gerade Kuchen fürs Wochenende gebacken, und weil man mit zwei Kuchen nicht mehr Arbeit hätte als mit einem, hätte sie für Kammowski gleich einen mit gemacht. Er müsse ihn sich nur abholen.

Heute hatte Frau Beckmann keinen Kuchen, und sie war auch nicht auf Schwätzen aus. Sie wirkte bedrückt. Während sie gemeinsam die Treppen hinaufstiegen, erzählte sie Kammowski, dass ihr Sohn vor einigen Wochen wieder bei ihr eingezogen sei. Kammowski erinnerte sich vage an einen jungen Mann, den er im Treppenhaus getroffen hatte und nicht hatte zuordnen können. Aber das Haus war groß, und viele Menschen gingen hier ein und aus.

»Herr Kommissar, wollen Sie vielleicht noch auf einen Tee hereinkommen?«

Kammowski zögerte. Frau Beckmann schien etwas auf der Seele zu liegen, das war offensichtlich, aber er war sich nicht sicher, ob er davon wissen wollte, so sympathisch ihm die Frau auch war. Er hielt eine freundliche Distanz nach wie vor für die beste Form guter Nachbarschaft.

»Gerne«, sagte er und folgte ihr in die Wohnung. »Aber sagen Sie doch einfach Herr Kammowski zu mir.«

Und dann, während Frau Beckmann den Tee kochte, berichtete sie erst stockend, dann immer gelöster von ihren Sorgen. Sie war so dankbar, einen Zuhörer gefunden zu haben. »Oliver ist krank. Er hat paranoide Schizophrenie. Die ersten Symptome stellten sich bei ihm mit achtzehn Jahren ein. Das war ein großer Schock für uns, und doch haben wir noch lange die Augen davor verschlossen. Wir hatten immer gedacht, er brauche eben noch Zeit, um erwachsen zu werden. Jungen sind doch manchmal Spätzünder. Wie das dann so ist. Man findet immer wieder Entschuldigungen und Erklärungen für auffälliges Verhalten. Aber irgendwann, da war er so Mitte zwanzig, kam der Tag, an dem wir uns vor der Wahrheit nicht mehr verstecken konnten.« Sie zögerte einen Moment und sann vor sich hin. »Wissen Sie, Herr Kommissar, Oliver hat eine große musikalische und künstlerische Begabung, er hätte Pianist oder Maler werden können. Das hat er von seinem Vater, der hat auch so schön Klavier spielen können.«

Daher kam also neuerdings die Musik im Haus, dachte Kammowski

»Er hat das Musikstudium noch angefangen, aber mit Beginn der Erkrankung war seine berufliche Karriere vorbei.« Sie suchte nach einem Taschentuch und schnäuzte sich. »Entschuldigen Sie bitte, Herr Kommissar.«

Kammowski wusste nicht, was er erwidern sollte. Er nahm einen Schluck von seinem Tee und verbrannte sich die Zunge.

Frau Beckmann fuhr mit ihrer Erzählung fort. »Mein Mann wollte nie Kinder. Wir waren beide nicht mehr so ganz jung, als wir heirateten. In meinem Alter bekam man damals eigentlich keine Kinder mehr. Und mein Mann hat sich, wie gesagt, gegen Kinder gesträubt. Nicht, weil er keine mochte oder die Verantwortung scheute. Nein, aber er hatte ja selbst diese Krankheit und große Angst, dass die Kinder das auch bekommen könnten.«

Sie schwieg eine Weile, und wieder durchzog ein leiser Seufzer ihren Körper. »Aber ich habe mir so sehr Kinder gewünscht, und die Ärzte haben auch gesagt, dass es nicht unbedingt heißt, dass auch die Kinder eine Psychose bekommen werden. Da müssten viele Dinge zusammenkommen, haben sie gesagt. Die Vererbung sei nur ein Faktor unter vielen. Also habe ich das einfach verdrängt. Ich bin vielleicht egoistisch gewesen, aber ich wollte doch so gerne eine richtige Familie haben.«

Sie schwieg und rührte in ihrem Tee herum. Tränen ließen ihre Augen unnatürlich glänzen. Sie tupfte sie mit einem Taschentuch energisch weg und richtete sich auf. Einer Schwäche nachzugeben gehörte nicht zu Frau Beckmanns Eigenschaften. *Sie hat etwas Aristokratisches an sich,* dachte Kammowski und meinte damit nicht ein Herkunftsprivileg, sondern die Haltung, sich von den Widrigkeiten des Alltags nicht runterziehen zu lassen. Das mochte er so an ihr.

»Als klar war, dass Oliver wie sein Vater an einer paranoiden Schizophrenie erkrankt war, hat sich mein Mann das Leben genommen.«

»Oh!« Kammowski war schockiert. Das war wirklich eine tragische Geschichte. Aber er fühlte sich auch unwohl in seiner Haut. Er war kein Psychotherapeut. Frau Beckmann hatte wohl seinen irritierten Gesichtsausdruck gesehen.

»Nein, nein, das war natürlich nicht der einzige Grund. Er war einfach selbst sehr krank und konnte die Belastung nicht aushalten. Der Ausbruch von Olivers Psychose hat nur das Fass zum Überlaufen gebracht. Er hat sich die Schuld gegeben, und ich habe mir immer gedacht, wenn ich nicht auf Kindern bestanden hätte, dann hätte es mit meinem Mann vielleicht auch nicht so ein schlimmes Ende nehmen müssen.«

»Das ist jetzt schon einige Jahre her?«, fragte Kammowski in der vagen Hoffnung, dass der Hinweis auf die lange Zeitspanne, die seit dem Ereignis inzwischen vergangen war, etwas von der emotionalen Spannung dieses Moments nehmen konnte.

»Ja, mehr als zehn Jahre. Oliver ist jetzt vierunddreißig Jahre alt. Und eigentlich ging es mit seiner Krankheit eine ganze Weile lang gut. Es gab zwar immer wieder Rückfälle, aber er konnte arbeiten, hatte eine eigene Wohnung. Doch jetzt will er sich auf einmal nicht mehr behandeln lassen. Behauptet, dass die Medikamente an allem schuld sind. Er hat die Arbeit verloren und inzwischen auch die Wohnung. Deshalb wohnt er jetzt wieder bei mir.«

»Das ist ja furchtbar. Was sagen denn seine Ärzte dazu?« Kammowski hätte sich am liebsten auf die Zunge gebissen, seine Erwiderung kam ihm so abgeschmackt, so nichtssagend, so wenig empathisch und so unecht vor. Ihm fehlten einfach die richtigen Worte. Aber Frau Beckmann schien nicht dieser Ansicht zu sein, sondern fuhr mit ihrer Erzählung fort.

»Nichts, stellen Sie sich das vor. Die sagen einfach, wenn er sich nicht behandeln lassen will, dann ist das seine Entscheidung. Der Junge kann doch gar nicht entscheiden. Dazu ist er doch gar nicht in der Lage. In den letzten Monaten war er oft in der Klinik. Die nehmen ihn zwar immer wieder auf, aber wenn er dann sagt, dass er keine Behandlung will, entlassen sie ihn einige Tage später wieder. Und dann stehe ich wieder allein da mit dem Problem, kann sehen, wie ich mit ihm klarkomme.«

Ein Anflug von Aufbegehren hatte sich jetzt in ihre sonst so sanfte Stimme geschlichen. Kammowski wusste immer noch nicht, was er sagen sollte.

»Das ist nicht einfach für Sie, nehme ich an.«

Frau Beckmann liefen die Tränen inzwischen ungehemmt über die Wangen. Sie hatte den Versuch aufgegeben, sie zu verbergen. »Herr Kommissar, es tut mir wirklich leid, dass ich Sie jetzt damit belästige. Aber ich weiß einfach nicht mehr, was ich machen soll. Ich kann ihn doch nicht zwingen, die Medikamente zu nehmen. Und ich fürchte, er nimmt auch Drogen. Schauen Sie sich bitte einmal sein Zimmer an.«

Kammowski zögerte, aber sie war schon aufgesprungen und vorausgelaufen. Jetzt winkte sie ihn energisch heran. »Keine Sorge, er ist nicht da, abends verschwindet er immer, tagsüber schläft er.«

Olivers Zimmer war in der Tat ungewöhnlich. Der Kontrast zu der sorgsam gepflegten Wohnung hätte nicht größer sein können. Es herrschte das totale Chaos. Doch das war nicht das eigentlich Ungewöhnliche. Charlottes Zimmer sah ähnlich aus. Aber in Olivers Zimmer standen überall Kerzen herum, an den Wänden hingen Heiligenbilder, Kreuze und andere Devotionalien.

»Ihr Sohn ist sehr religiös.«

»Ach, Quatsch.« Sie machte eine unwillige Bewegung mit der Hand. »Jahrelang hat er mir Vorträge darüber gehalten, dass er Agnostiker sei, das ist so was Ähnliches wie Atheist.« Sie hielt inne, schien zu erwägen, ob sie dem Kommissar den Unterschied erklären sollte, überlegte es sich aber anders. »Ist ja auch egal, religiös wird er jedenfalls immer nur im Schub seiner Erkrankung. Dann spricht die Muttergottes mit ihm und gibt ihm Anweisungen.«

Kammowski folgte ihrem Blick in die Mitte eines altarartig geschmückten Wandabschnitts. Eine offensichtlich selbst gemalte Madonnendarstellung bildete das Zentrum des Arrangements. Das Bild berührte Kammowski. Es zeigte eine sehr junge Frau. Sie lächelte, aber in ihrem Blick schien sich das Leid der Welt zu spiegeln. Eine Mater dolorosa. Eine Pietà.

»Das hat Ihr Sohn gemalt?« Frau Beckmann nickte.

»Er ist wirklich begabt.«

»Ja, begabt ist er, aber was nützt ihm das, wenn die Krankheit alles kaputt macht. Schauen Sie sich das da an.«

Sie wies auf die Wandfläche, die an die Nachbarwohnung angrenzte. Sie war von oben bis unten mit Alufolie abgeklebt. »Das soll gegen die NSA helfen. Er wird nämlich abgehört, müssen Sie wissen. Deswegen benutzt er auch kein Handy und zieht mir immer den Telefonstecker aus der Dose.«

Sie gingen zurück ins Wohnzimmer. Kammowski war peinlich berührt. Er war jetzt sehr weit vorgedrungen in das Leben seiner Nachbarin und die Gedankenwelt ihres Sohnes. Er fühlte sich immer hilfloser.

»Haben Sie denn sonst keine Familie, die Sie unterstützt?«

»Ich habe noch eine Tochter, Helena, sie ist zwei Jahre jünger als Oliver und zum Glück gesund. Aber sie ist mir keine Hilfe. Im Gegenteil. Sie sagt, es sei ein Fehler gewesen, ihn wieder bei mir aufzunehmen. Sie sagt, er würde mich zugrunde richten. Sie hat ja nicht ganz unrecht. Es ist schon ziemlich anstrengend mit Oliver. Aber er ist doch mein Sohn, und der eigentliche Beweggrund von Helena ist wohl, dass sie das Gefühl hat, immer zu kurz zu kommen. Und da ist ja auch etwas Wahres dran. Oliver hat sich mit seiner Erkrankung immer in den Vordergrund gedrängt. Natürlich nicht mit Absicht. Verstehen Sie mich jetzt nicht falsch. Aber sagen Sie das einmal einem Kind, dessen Hochzeitsfeier von den Eskapaden seines Bruders überschattet wird.«

Frau Beckmann seufzte. »Ich mache noch einmal frischen Tee«, sagte sie und stand auf. Kammowski wollte keinen Tee mehr. Aber er brachte es nicht übers Herz, das zu sagen. Während Frau Beckmann in der Küche werkelte, stand er auf und ließ seinen Blick durch das Wohnzimmer wandern. Ein altes schwarzes Klavier, übersät mit Noten und anderen Gegenständen. Hier herrschte dasselbe Chaos wie in Olivers Zimmer. Der Rest des Zimmers war sauber und geordnet. Vor den Fernsehmöbeln blieb er stehen und nahm eine DVD von einem der sorgfältig aufgereihten Stapel.

»Das ist mein kleines Laster«, lächelte Frau Beckmann, als sie mit dem Tee zurückkam. »Ich mag amerikanische Serien. Und wenn man einmal eine angefangen hat, dann ist das fast wie eine Sucht, man muss immer weitersehen.«

»Das haben Sie mit meiner Tochter gemeinsam.« Sie nahmen wieder an dem Esszimmertisch Platz.

»Ja, ich weiß, ein nettes Mädchen, ich habe sie schon kennengelernt.«

»Sie kennen Charlotte?«

»Ja, wir haben uns ein paarmal im Flur unterhalten. Sie hat mir erzählt, dass sie an die Charité will. Herr Kommissar, ich bin Ihnen so dankbar, dass Sie mir zugehört haben. Es tut gut, sich das einmal von der Seele reden zu können. So ist das eben, kleine Kinder, kleine Sorgen, große Kinder, große Sorgen.«

Kammowski lächelte und drückte ihre Hand. Es gab nichts mehr zu sagen. Seine Gedanken wanderten wieder zu Charlotte. Wie wenig er sie kannte. Es war jetzt schon fast sechs Jahre her, dass Elly und er sich getrennt hatten. Sie war mit den beiden Kindern nach Köln gezogen. Obwohl er sich bemüht hatte, den Anschluss nicht zu verlieren, hatte er doch wesentliche Jahre seiner Kinder verpasst. Das war ihm in der letzten Woche schmerzlich bewusst geworden. Wo war nur sein unkompliziertes kleines Mädchen geblieben? Und was wusste er eigentlich von seinem Sohn? Wie glücklich konnte er andererseits sein, dass sie gesund waren.

7

RÜCKBLICK

In der geschlossenen Akutstation für Erwachsene, wohin man Lena gebracht hatte, weil sie in der Kinderpsychiatrie nicht mehr »führbar« gewesen war, nahm Lena am nächsten Tag ihren Rundlauf wieder auf, sobald man sie aus der Fixierung gelassen hatte. Niemand störte sich an ihrer Wanderung. Hier war jeder mit sich selbst beschäftigt. Sie war noch wackelig auf den Beinen, alles tat ihr weh, die waren nicht zimperlich mit ihr umgegangen. Aber sie konnte nicht im Bett liegen bleiben, sie musste laufen. Die Station war größer als die Kinderstation, ihre Runden dadurch länger. Also passierte sie wieder die Eckpunkte der Station ab, wie ein eingesperrtes Wildtier im Zoo die Gitterfläche seines Käfigs ablief: bereit, jede sich bietende Möglichkeit zur Flucht zu nutzen. Aber es bot sich keine Möglichkeit zu entkommen. Lena hatte den Eingang zur Station im Blick. Die Tür öffnete sich nach außen, und wenn jemand vom Personal die Station verließ, hätte man sich nur direkt dahinter gegen die Tür werfen müssen, und schon wäre man weg. Aber die passten gut auf und öffneten die Tür nur, wenn keiner der Patienten in der Nähe war. Lena spürte in ihrem Inneren den Druck wieder ansteigen.

Die Gerüche und Geräusche der Station, das Klappern der Teller, des Stationswagens, jeder Schritt, jedes Gespräch, jeder Ton hallten über den langen, kalten Flur und wurden von den funktionalen glatten Wänden und der Decke tausendfach wiedergegeben und verstärkt. Aus dem Stationszimmer dudelte den ganzen Tag das Radio, Popmusik im Wechsel mit Reklame und Eigenwerbung des Senders. Wenn sich gerade niemand vom Personal im Zimmer aufhielt, war die Tür sorgfältig verschlossen. Keine Chance, an Medikamente oder gar den Schlüsselschrank zu kommen. Wahrscheinlich gab es so einen Schrank gar nicht. Lena hatte beobachtet, dass das Personal einen Transponder am Körper trug, mit dem die Türen geöffnet wurden.

Plötzlich hielt sie inne. Aus dem Aufenthaltsraum, den sie bisher gemieden hatte, weil dort meistens der Fernseher seinen Beitrag zur Kakofonie der Geräuschkulisse beitrug und sie mit den Irren dort nicht in Kontakt treten wollte, klang plötzlich Klaviermusik. Sie hatte bei ihren Runden schon das Klavier bemerkt, aber es war abgeschlossen gewesen. Jetzt spielte jemand. Und was sie hörte, war das erste erträgliche Geräusch in dieser Umgebung.

8

Am Sonntagmorgen stellte Kammowski fest, dass Charlotte nicht nach Hause gekommen war. Er war beunruhigt, unterdrückte aber den Wunsch, ihr hinterherzutelefonieren. Kurz überlegte er, ob er Svenja anrufen sollte, vielleicht wusste sie, wo Charlotte war. Er beherrschte auch diesen Impuls und vertrödelte stattdessen den Rest des Vormittags, bis es Zeit war, seine Mutter im Pflegeheim zu besuchen. Er hatte einen Termin mit der examinierten Pflegekraft, die für seine Mutter zuständig war, der einzigen Fachkraft für zwei große Stationen. Ansonsten traf man dort immer nur Hilfskräfte an, die zwar meist engagiert waren, aber nichts entscheiden konnten. Schwester Andrea hatte an diesem Wochenende Dienst und ihm daher diesen Termin angeboten.

Seine Mutter war vor circa zehn Jahren an einer Demenz erkrankt. Anfangs hatte sie noch mit Hilfen in ihrem Haus in Dinslaken, das sie nach dem Tod ihres Mannes und dem Auszug der beiden Kinder allein bewohnte, leben können, aber vor zwei Jahren hatte Kammowski sie zu sich nach Berlin geholt. Kammowskis Schwester lebte in der Schweiz, und irgendwie war die gesamte Versorgung an ihm hängen geblieben. Zumindest in seiner Wahrnehmung. Seine Schwester kam die Mutter zwar besuchen, sprach sich aber nie mit ihm ab, sodass er ihre Besuche nicht als Entlastung empfand.

Schwester Andrea hatte ihn kürzlich angesprochen, man müsste einmal regeln, wie im Notfall oder bei Krankheit vorzugehen sei. Das kam ihm vernünftig vor. Er wollte nicht, dass seine Mutter noch einmal ins Krankenhaus musste, wenn es sich verhindern ließ. Vor einigen Monaten war sie gestürzt und hatte sich die Hüfte gebrochen, anschließend das Handgelenk. Zwar war Ersteres noch einmal gut gegangen, und sie lief wieder umher, aber in den letzten Monaten war es rapide mit ihr bergab gegangen. Sie trug jetzt Windeln, und inzwischen war keine verbale Kommunikation mehr mit ihr möglich. Sie sprach nur noch einen einzigen Satz, immer gleich, stereotyp und über Stunden, mit der dramatischen Stimme, mit der die ehemalige Lehrerin früher Gedichte rezitiert hatte: »Ich weiche, ich war, ich war und ich weiche.« Das war nervtötend und ergab überhaupt keinen Sinn, traf die Sache aber andererseits so genau, dass Kammowski immer ein Schauer über den Rücken lief. In Verbindung mit den Gerüchen von Mittagessen, Urin, Exkrementen und scharfen Reinigungsmitteln wurde er ihm zur Qual, die ihm die Besuche der Mutter, die er sich zweimal in der Woche auferlegt hatte, schwer machten. Welche Bedeutung dieser Satz wohl für sie selbst hatte? Vermutlich keine, aber beantworten konnte sie die Frage nicht mehr.

Als er am frühen Nachmittag wieder nach Hause kam, war Charlotte immer noch nicht da. Kammowski machte sich jetzt ernsthaft Sorgen, und gleichzeitig ärgerte er sich. Auch Christine hatte seit Tagen nicht angerufen. Ob er versuchen sollte, sie zu erreichen? In Ulan-Bator war es jetzt 21 Uhr. Da konnte man schon noch anrufen. Aber warum sollte der Impuls immer von ihm ausgehen? Kammowski wusste, dass das ungerecht war. Sie war schließlich beruflich in der Mongolei und nicht zum Vergnügen dort. Wahrscheinlich saß sie gerade beim Abendessen mit Kollegen. Da konnte sie schlecht skypen. Sicher würde sie vor dem Einschlafen anrufen, wenn sie in ihrem Hotelzimmer war. Wenn sie denn allein war. Kammowski spürte wieder diesen Druck in der Magengegend. Er war da manchmal etwas empfindlich. Ob er eine Magentablette nehmen sollte? Er verwarf den Gedanken wieder. Nicht gleich beim ersten Zipperlein mit Medikamenten gegensteuern. Unschlüssig lief er in der Wohnung auf und ab und rief schließlich doch Charlotte auf dem Handy an. Aber er fand nicht den richtigen Ton, und sie reagierte unwillig. »Ich bin erwachsen, Papa, du musst mich nicht überwachen.«

Und dann sagte er den Satz, den er sogleich bereute, den er selbst so oft gehört hatte und von dem er sich geschworen hatte, ihn gegenüber seinen Kindern nie verwenden zu wollen. »Solange du von meinem Geld lebst und in meiner Wohnung übernachtest, habe ich ja wohl ein Recht darauf zu erfahren, wo du dich rumtreibst.«

Obwohl er wusste, dass es falsch gewesen war, mit Charlotte am Telefon Streit anzufangen, fühlte er sich danach etwas erleichtert. Er würde es jetzt einfach so machen, wie es die Frauen in seinem Leben stets zu tun schienen. Sich nicht um andere scheren und einfach etwas machen, auf das man Lust hatte. Beim Einkaufen am Samstag hatte er ein Plakat gesehen. In der nahe gelegenen Christuskirche gab es ein Nachmittagskonzert. Dorthin würde er jetzt gehen, und am Abend würde er mit Charlotte ein Gespräch über die Grundregeln ihres gemeinsamen Zusammenlebens führen. Und er würde keine Widerrede dulden. Basta!

9

RÜCKBLICK

Hört sich gut an«, sagte sie, nachdem sie einige Minuten lang der Musik gelauscht hatte. Der junge Mann, der ganz in sein Klavierspiel versunken gewesen war, schreckte hoch. Lena schätzte ihn auf Anfang dreißig. Aber er wirkte jünger, vielleicht weil er so schlank war oder weil seine Gesten schüchtern daherkamen. Dunkle Locken umrahmten ein fast etwas hageres, blasses Gesicht. Er antwortete nicht, lächelte scheu, sah ihr aber nicht in die Augen. Sie setzte sich zu ihm. Er schien nichts dagegen zu haben.

»Was spielst du da?«

»Chopin.«

»Das ist schön. Mach weiter.«

Sie schloss die Augen und hörte noch eine ganze Weile zu, ihre quälende Unruhe legte sich, der innere Dampfkessel in ihr hörte auf zu pfeifen.

»Wie heißt du?«, fragte sie schließlich, als er sein Spiel kurz unterbrach.

»Oliver.«

»Ich bin Lena.«

Er nickte. »Weiß ich schon, die haben von dir gesprochen. Du hast gestern drüben alle ganz schön aufgemischt.« Er grinste. Sie grinste zurück.

»Und du? Bist du hier als Weihnachtsbaum angestellt?«

Er sah sie fragend an. Sie zeigte auf die batteriebetriebene Lichterkette, die er sich um den Hals gewickelt hatte und die abwechselnd rot und grün und gelb aufblinkte. »Ach das hier. Nein, das ist nur ein Störsender.« Er sah sich gehetzt um, beugte sich dann zu ihr und flüsterte ihr ins Ohr: »Ich werde abgehört. Aber mach dir keine Sorgen, solange es blinkt, können die nichts verstehen.«

»Okay, dann können wir ja ungestört reden.« Sie verstand instinktiv, dass es besser wäre, seine Gewissheiten nicht laut zu hinterfragen. Sie schwiegen, und er begann erneut zu spielen.

»Ich würde auch gerne so spielen können.«

Er nickte, sagte aber nichts und spielte sein Stück zu Ende. Schließlich klappte er den Deckel des Klaviers zu.

»Kannst du mir das beibringen?«

»Nein.«

»Warum nicht?«

»Ich bin nicht mehr lange hier.«

»Ich auch nicht. Zeig mir trotzdem etwas.«

Sie öffnete den Deckel des Klaviers, den er gerade geschlossen hatte. Er schüttelte den Kopf, grinste aber wieder. Schließlich sagte er: »Hast du denn irgendeine Ahnung von Musik, kannst du Noten lesen?«

Diesmal schüttelte sie den Kopf. »Aber ich kann ganz gut singen.« Er wackelte wieder bedächtig mit dem Kopf, als überlegte er, ob das reichen würde. »Ich kann's dir beweisen«, sagte sie und fing an, das Schubert-Lied zu singen, das sie für den Musikunterricht hatte lernen müssen.

»Leise flehen meine Lieder, durch die Nacht zu dir …«

Er lauschte einige Zeit, nickte dann und begann, sie am Klavier zu begleiten. Je länger sie sangen und spielten, desto stiller wurde es um sie herum. Die Geräusche der Station verstummten nach und nach, jemand schaltete sogar das Radio ab. Die Welt schien kurz innezuhalten, um zu lauschen. Die beiden bekamen nichts davon mit. Sie waren in ihrer eigenen Welt.

»Da haben sich ja zwei Engel gefunden«, sagte Schwester Nora versonnen zu ihrer Kollegin. Sie war empfänglich für emotionale Reize.

»Na, ick weeß nich«, antwortete die etwas weniger zartbesaitete Kollegin und wies auf einen Kratzer, der sich rot und geschwollen auf ihrem weißen Unterarm abzeichnete. »Jestern hab ich von Engelchen aber nix jemerkt.«

10

Die Christuskirche war in Kammowskis Augen eine typische evangelische Kirche. Für den Geschmack eines katholisch sozialisierten Menschen zu streng, zu schmucklos. In der Christuskirche kam hinzu, dass es unangenehm nach Mottenpulver oder etwas Ähnlichem roch. Wahrscheinlich mussten das alte Gebälk der Kirche und der hölzerne Chor mit Chemikalien geschützt werden, argwöhnte er.

Kammowski war nicht im klassisch-christlichen Sinne gläubig und schon gar kein regelmäßiger Kirchgänger, aber wenn, dann ging er lieber in eine katholische Messe. Er fand nicht nur die Kirchen, sondern auch die evangelische Liturgie zu karg. Dagegen war bei den Katholiken immer etwas los, wie Charlotte es einmal auf den Punkt gebracht hatte. Sie meinte damit, dass es viele, auch körperliche Rituale gab: verneigen, aufstehen, sitzen, knien, singen, beten, Hände schütteln, nach vorne gehen, wieder zum Platz zurück. Zu bestimmten Tagen des Kirchenjahres gab es Prozessionen, Feuer auf dem Kirchvorplatz, Einzug in eine dunkle Kirche, nur mit den am Osterfeuer entzündeten Kerzen, und natürlich den Einsatz von Weihrauch. Es wurden alle Sinne bedient. Das konnte man als faulen Zauber ansehen, aber damit hatte die ganze Veranstaltung etwas von einer Spiritualität, die Körper und Geist gleichermaßen ansprach. Und es gab Momente, in denen sich Kammowski nach dieser Spiritualität sehnte.

Klaus hatte ihm neulich von einem Lehrerausflug ins katholische Eichsfeld erzählt. Das Eichsfeld war nach der Reformation evangelisch gewesen. Der Augsburger Religionsfrieden von 1555 zwang den Untertanen jedoch die Religion ihres Landesherrn auf, im Eichsfeld war das jene des Fürstbischofs von Mainz. Der schickte zwei Jesuiten nach Heiligenstadt. Und die gaben den Menschen, was sie brauchten: Bildung für die Kinder und Spiritualität für die Herzen. Sie hatten die besser geschulten Prediger, führten die mittelalterlichen Prozessionen und allerlei Spektakel wie die Ausstellung von Reliquien wieder ein, und die Menschen liefen in Scharen, und offenbar ohne Anwendung von äußerer Gewalt, wieder zum katholischen Glauben über. Klaus, der wenig Sinn für die Kirche und schon gar nicht für die katholische hatte, stellte es so dar, als seien damals einfach die geschickteren Manager am Zug gewesen. Für ihn war Religion immer noch Opium fürs Volk. Aber ganz ohne Spiritualität kam auch der moderne, von Wissenschaft und Sachlichkeit geprägte Mensch nicht aus, davon war Kammowski überzeugt.

Während Kammowski der Orgelmusik von Orlando Gibbons lauschte, einem Komponisten, von dem er zuvor noch nie gehört hatte, blätterte er in einem Flyer, der auf den Bänken auslag. Es wurden Chorsänger gesucht, gerne auch projektbezogen. In der Weihnachtszeit sollte der Messias von Händel aufgeführt werden. Die Proben hatten schon begonnen, Quereinsteiger mit Notenkenntnissen, insbesondere Männerstimmen, seien aber noch willkommen. In der Schulzeit war Kammowski im Chor gewesen. Den Messias, zumindest Teile daraus, hatte er schon einmal gesungen. Damals aber noch nicht die Bassstimme.

Er schaute sich um. Die Bankreihen waren gut gefüllt für ein Nachmittagskonzert in der Kirche einer Stadt, deren kulturelles Angebot nichts zu wünschen übrig ließ. Seine Aufmerksamkeit wurde von einer Gruppe dreier Menschen in einer der vordersten Reihen angezogen. Zumindest hatte es den Anschein, dass sie zusammengehörten. Dort saß Frau Beckmann in Begleitung eines jungen Mannes und der jungen Frau, die er kürzlich im Treppenhaus gesehen hatte. Heute war sie unauffälliger gekleidet. Die drei konnten Kammowski ihrerseits nicht sehen, weil er einen der hinteren Plätze eingenommen hatte. Er wollte auch nicht gesehen werden, sondern verließ die Kirche rasch nach Ende des Konzerts. Kammowski lag schon im Bett, als auf dem Handy eine Nachricht von Charlotte einging. »Lass uns morgen Abend in Ruhe reden, Papon.«

Wenigstens hatte sie sich überhaupt noch gemeldet, im Gegensatz zu Christine, von der er seit Tagen nichts mehr gehört hatte.

11

In der Nacht klingelte es an der Haustür. Kammowski schreckte hoch und versuchte sich zu orientieren. Dann schaute er auf den Wecker. Vier Uhr morgens. Wer, zum Teufel, klingelte um diese Zeit? Dann fiel ihm Charlotte ein. Hatte sie den Schlüssel vergessen? Vor der Haustür stand Frau Beckmann in einem abgewetzten Morgenmantel. Sie war völlig außer sich.

»Herr Kommissar, bitte helfen Sie mir, jetzt dreht er völlig durch.«

Kammowski zog sich rasch etwas über, griff nach seinem Schlüsselbund, zog die Haustür hinter sich zu und folgte ihr dann in ihre Wohnung. Das Wohnzimmer sah aus, als sei ein Tropensturm hindurchgefegt. Sämtliche Notenblätter, die zuvor das Klavier bedeckt hatten, lagen im Zimmer verstreut. Einige waren in tausend Fetzen gerissen. Ein benutztes Teeservice war an der Wand gelandet und hatte braune Spuren auf der Tapete und dem Sessel hinterlassen. Scherben bedeckten das Sofa. Oliver selbst war nicht zu sehen. Es war still in der Wohnung.

»Er ist jetzt in seinem Zimmer«, flüsterte Frau Beckmann. »Bitte schauen Sie es sich an.« Sie war schon auf Zehen vorangeschlichen, und Kammowski blieb wieder nichts anderes übrig, als ihr zu folgen. Doch von Oliver Beckmann schien momentan keine Gefahr auszugehen. Er kniete vor dem Madonnenbildnis und betete inbrünstig.

»Heilige Muttergottes, bitte für uns Sünder, heilige Muttergottes, bitte für uns Sünder …«

Als er Kammowski und seine Mutter bemerkte, schrie er entsetzt auf und floh in eine Zimmerecke, wo er sich zusammenkauerte und vor und zurück wiegte. Panik verzerrte sein Gesicht. »Weiche von mir, Satan, weiche von mir, Satan«, flüsterte er unaufhörlich.

Zum ersten Mal sah Kammowski Frau Beckmanns Sohn bewusst von Angesicht zu Angesicht. Er sah ihr überhaupt nicht ähnlich. Er war sogar das komplette Gegenteil ihrer kompakten Gestalt. Sein schlanker, sehniger Körper, die durchscheinend weiße Haut, die die Sonne zu meiden schien, und die wirren schwarzen, lockigen Haare – Oliver war ein überaus attraktiver junger Mann. Wenn man diese weiche, durchgeistigte Philosophen- oder Dichterart mag, dachte Kammowski. Er erinnerte ihn irgendwie an Michael Jackson, nur mit weißer Haut.

»Weiche von mir, Satan«, murmelte Oliver wieder. »Weiche von mir, Satan.« Die Hände hatte er abwehrend erhoben, den Kopf hielt er schützend in der Ellenbeuge verborgen. Unvermittelt richtete er sich auf, und ein Schrei entwich aus der Tiefe seiner angstgeplagten Seele. Schließlich sackte er wieder in sich zusammen und verfiel erneut in den von Schaukeln begleiteten Beschwörungs-Singsang.

»Ich sage Ihnen doch, Herr Kommissar, er ist total verrückt geworden.« Die nüchterne Art von Frau Beckmann holte Kammowski wieder in die Realität zurück.

»Wir müssen ihn in die Psychiatrie einweisen lassen«, gab er ebenso pragmatisch zur Antwort.

12

»Kollegen, wir haben einen Mordfall im Volkspark Hasenheide. Ein junges Mädchen. Die Erste Inspektion ist vor Ort, die KTU auch. Zwei von uns sollten sofort hinfahren«, eröffnete Manfred Thomandel, Dezernatsleiter beim LKA, die Morgenkonferenz. »Max, könnt ihr das übernehmen?«

»Wir sind eigentlich schon ausgelastet«, gab Kommissar Max Werner zögerlich zur Antwort.

Thomandel schüttelte unwirsch den Kopf. »Geht nun mal nicht anders. Außerdem hast du Svenja und Kevin zur Unterstützung.«

Max Werner schien immer noch unzufrieden, hielt sich aber mit weiteren Kommentaren zurück. Erst als sie bei Doro, der guten Seele des LKA, noch rasch einen Cappuccino im Stehen runterschütteten, rückte Werner mit der Wahrheit heraus. Er habe gleich einen Zahnarzttermin, den er nicht absagen wolle. Es würde nicht lange dauern, nur eine Kontrolle, die Praxis sei gleich um die Ecke. Er würde so bald wie möglich nachkommen. »Traut ihr beiden euch das allein zu?«

Svenja und Kevin nickten. »Klar, Chef«, grinste Kevin. Er und Svenja waren ja inzwischen keine blutigen Anfänger mehr. Svenja hatte vor etwas mehr als einem halben Jahr ihre Ausbildung beendet, und er selbst war schon seit einem Jahr dabei. »Okay, Svenja, dann komm mal mit. Ich hole nur rasch meine Jacke, dann geht's los«, rief Kevin etwas lauter als nötig, sie stand ja direkt neben ihm. Energischen Schrittes steuerte er sein Büro auf der anderen Seite des Flurs an, das er mit

Werner teilte, während Svenja gemeinsam mit Kammowski in einem Raum saß.

Svenja sagte nichts, schnitt aber eine Grimasse hinter ihm her. Doro, die das gesehen hatte, lachte. »Dann lass dir mal nicht die Butter vom Brot nehmen«, sagte sie und räumte die leeren Kaffeetassen auf ein Tablett, die die Herren der Mordkommission wieder einmal einfach hatten stehen lassen, sich darauf verlassend, dass schon irgendeine Frau hinter ihnen herräumte. Für die kleinen Geschlechterkämpfe im Dezernat, für »vergessene« Kaffeetassen und männliche Machtansprüche, hatte Doro, die bis zu ihrer Geschlechtsumwandlung ein Mann gewesen war, ein feines Gespür. Sie und Svenja verstanden sich ohne Worte. Hauptberuflich war sie Sachbearbeiterin der Mordkommission, unterhielt aber in einer abgetrennten Ecke des Flurs, die man ihr als Büro zugeteilt hatte, unter den schweigenden Blicken der Vorgesetzten ein inoffizielles Café. Sie hatte einfach eine hochglanzpolierte schweizerische Automatikkaffeemaschine, einige Korbstühle, Pflanzen, Trennwände und ein gigantisches rosa Sparschwein aufgestellt, und schon hatte die Ecke mehr Flair als jedes andere Büro, die Cafeteria und erst recht der Kaffeeautomat am anderen Ende des Flurs, ganz zu schweigen vom Geschmack der Plörre, die das Gerät ausspuckte. Dieser Macht des Faktischen hatte sich selbst der Leiter der Mordkommission, Manfred Thomandel, schließlich beugen müssen.

Die Szene, die sich den Jungkommissaren im Volkspark Hasenheide bot, hätte aus einem Film stammen können. Seit einigen Tagen zeigten sich die ersten Vorboten des Herbsts. Tagsüber war es zwar noch warm, aber nachts wurde es schon empfindlich kalt, und gegen Morgen standen dichte Nebelwände über den Freiflächen der Grünanlagen. Eigentlich war es noch zu früh für den Laubfall, aber die Trockenheit der letzten Wochen hatte die Blätter welken lassen. Sie gaben knisternde Geräusche von sich, als Svenja und Kevin sich dem Tatort näherten. Die Tote lag auf der Wiese aufgebahrt, vom Nebel umhüllt wie von einem weißen Schleier. Sie war nackt, aber mit Blumen geschmückt. Ihre langen schwarzen Haare schienen gekämmt worden zu sein. Sie umrahmten ihr schönes junges Gesicht und waren so drapiert, dass sie züchtig die Brüste bedeckten. Die Blüte einer Herbstanemone war ihr hinter das Ohr gesteckt worden. Weitere Blüten bedeckten ihre Scham und waren kranzförmig um ihren Kopf angeordnet. Unzählige Teelichter, zum Schutz vor dem Wind in Papiertüten deponiert, umgaben die junge Frau. Sie hatten wohl schon einige Stunden gebrannt und waren inzwischen fast alle erloschen.

Der Kollege von der Ersten Inspektion, Peter Olschewski, und Susanne Pötters von der KTU waren dabei, Fotos zu machen. Sie hatten den Tatort bereits weitläufig abgesperrt. Dennoch versuchten frühe Spaziergänger, sensationslüstern einige Blicke zu erhaschen.

»Mein Gott, das sieht aus wie ein Ritualmord. Das Kind ist doch höchstens dreizehn, vierzehn Jahre alt.«

Svenja sah erstaunt auf. Sie hatte gar nicht bemerkt, dass Werner zu ihnen gestoßen war. Das war ja ein kurzer Zahnarzttermin gewesen. Oder hatte er ihnen die Sache doch nicht allein zugetraut und den Termin abgesagt? Svenja hatte den sonst so abgebrühten Kollegen Werner noch nie einen so sanften Tonfall anschlagen hören. Aber Werner hatte nur ausgesprochen, was alle dachten. Unter die Geschäftigkeit der Routine hatte sich eine Portion Beklommenheit gemischt. Die meisten von ihnen hatten schon brutalere Tatorte gesehen. Aber das war wohl gerade das Bewegende. Das Mädchen hier sah aus wie ein Engel. Wenn man einmal von den Strangulationsmalen an ihrem Hals absah. Inzwischen hatte Susanne Pötters die Leiche kurz untersucht. »Sie ist wahrscheinlich erdrosselt worden, hat aber auch eine Verletzung am Hinterkopf, Todeszeitpunkt« – sie schaute auf die Armbanduhr – »zwischen ein und zwei Uhr heute Nacht.«

Am Tatort wurden mehrere Fußabdrücke sichergestellt. Die morgendlichen Walker, die den Leichenfund gemeldet hatten, eine Gruppe aufgeregter Damen um die sechzig, waren mehrfach durch den Tatort getrampelt. Ja Himmel, sahen die denn keine Krimis? Ihre Fußspuren und die Abdrücke der Walking-Stöcke würde man mühsam aussortieren müssen. Es gab außerdem eine Schleifspur von einem nahe gelegenen Gebüsch zum Fundort. Möglicherweise war die Leiche von dort auf die Wiese gezogen und dann hergerichtet worden. Neben dem Gebüsch hatten die Ermittler Erbrochenes gefunden und eine Probe sichergestellt. Wagenspuren waren seitlich am Wegesrand gesehen und dokumentiert worden. Es konnte also auch sein, dass das Mädchen gar nicht hier getötet worden war. Wenn es sich nicht um Spuren der Gärtner handelte, die den Park in Ordnung hielten. Öffentlicher Fahrverkehr war hier jedenfalls verboten, und wer Zugang haben wollte, hätte einen Schlüssel für die Schranke unten an der Straße haben müssen. Svenja ging den Weg zurück zum Eingang des Parks und vergewisserte sich, dass das Schloss der Schranke unversehrt war. Sie würde sich später eine Liste der Zugangsberechtigten geben lassen. Außerdem wurden die Zuwege des Parks und die Toilettenanlage gerade saniert. Alles war abgesperrt, der Weg zum Toilettenhäuschen war aufgerissen, die Pflastersteine hatte man zur späteren Wiederverwendung am Wegesrand aufgehäuft. Neue Abwasserrohe waren schon in die Erde versenkt worden. Hier kam man zurzeit mit einem Auto nicht vorbei.

Bei der Toten lag keinerlei Kleidung, keine Handtasche, kein Ausweis, nichts. Kevin, Svenja und die Kollegen der Spurensicherung suchten noch alle Mülleimer der Umgebung ab, dann folgten sie Werner, der schon vorgegangen war, zurück ins LKA.

Im Dezernat hatte auch Doro schon ihre Recherche aufgenommen: Bisher hatte niemand ein junges Mädchen als vermisst gemeldet. Das hieß, es gab schon mehrere vermisste Mädchen in der Stadt, aber keine, deren Beschreibung mit der Toten übereinstimmte. Dann ließ sie sich vom Schulamt die Telefonnummern aller Schuldirektoren der Umgebung geben. Die Schulen selbst waren zwar wegen der Ferien noch geschlossen, doch nächste Woche begann der Unterricht wieder, und das wiederum war Doros Glück. Viele der Schuldirektoren dürften wohl schon aus dem Urlaub zurück sein.

»Wir werden auch die Cafés und Restaurants der Umgebung befragen müssen«, überlegte Werner laut, als sie bei Doro zu einer Lagebesprechung zusammenkamen. Svenja und Kevin sahen sich entgeistert an.

»Das sind gut fünfzig Hektar Park, umgeben von etlichen Kilometern Straße, wo sollen wir da anfangen?«, sprach Kevin ihrer beider Skepsis aus.

»Nun hat das Mädchen ja nicht mitten im Park gelegen, wir fangen also mit der Karlsgarten- und der Fontanestraße an«, antwortete Werner ungeduldig.

»Wir sollten vielleicht die Dealer befragen, die sind doch immer im Park und haben am ehesten etwas bemerkt«, ergänzte Svenja.

»Sollten wir nicht besser einen Aufruf mit Bild an die Bevölkerung richten, in Zeitung und digitalen Medien, statt ziellos in der Gegend herumzusuchen?«, maulte Kevin.

»Mensch Kevin, wie lange bist du jetzt bei uns? Kannst du

dir den Schock vorstellen, wenn Eltern plötzlich ihr totes Kind in der Zeitung abgebildet sehen? Außerdem gibt es so etwas wie Persönlichkeitsschutz. Solche Fahndungen in der Öffentlichkeit machen wir nur, wenn uns nichts anderes mehr übrig bleibt. Und nun zieht mal los, ihr beiden.« Werner machte eine unwirsche Handbewegung.

»Persönlichkeitsschutz für eine Tote, na danke, und wir laufen uns die Hacken ab.« Kevin schien noch nicht überzeugt. Er fügte sich zwar in die Anordnung, meckerte aber noch eine ganze Weile vor sich hin, während sie sich durch den dichten Nachmittagsverkehr Richtung Neukölln aufmachten.

Svenja ging nicht darauf ein. Sie wusste es einfach besser. Natürlich erlosch das informelle Recht auf Selbstbestimmung nach dem Tod, aber selbstverständlich gab es ein postmortales Persönlichkeitsrecht, das sich aus Artikel 1 des Grundgesetzes ergab. Es verblasste zwar mit der Zeit, aber noch wussten die Eltern dieses Mädchens ja nicht einmal vom Tod der Tochter, und selbstverständlich wurde das Andenken eines Menschen in den Augen der Angehörigen beschädigt, wenn man das Abbild seines Leichnams in der Zeitung veröffentlichte. Deshalb wurde so eine Maßnahme nur nach Freigabe durch einen Richter von der Polizei eingesetzt. Und im Gegensatz zu Kevin ahnte Svenja, warum Werner, ihr sonst um keine Zote verlegener Vorgesetzter, in diesem Fall so empfindsam reagierte. Er hatte eine Tochter, die ungefähr in dem Alter dieses Mädchens sein musste.

Zwei Stunden später waren sie keinen Schritt weiter. Sie hatten in mehreren Restaurants das Foto des Mädchens vorgezeigt und auch einige Dealer angesprochen. Letztere waren ausgesprochen hilfsbereit, als klar war, dass nicht sie selbst im Fokus der Ermittlungen standen. Das war ein merkwürdiges Phänomen in den Berliner Parks: Die dort »ansässigen« Dealer übernahmen freiwillig und von sich aus Hilfspolizeifunktionen. Sie halfen alten Herrschaften, die beim Spaziergang gestürzt waren, wieder auf die Beine, ermahnten Fahrradraser zu gemäßigteren Geschwindigkeiten, und einige ließen sich sogar von ihren Kunden die Ausweise zeigen, wenn sie den Eindruck hatten, dass diese minderjährig waren. Ganovenehre. Auch jetzt gaben sie freimütig Auskunft, versprachen, Kollegen zu informieren, die an dem betreffenden Abend im Park gewesen waren, und nahmen freundlich Svenjas Visitenkarte entgegen. Weiterhelfen konnten sie ihnen heute aber leider nicht.

Kurz vor Feierabend telefonierte Svenja mit Kammowski. Sie hatte sich von Charlotte am letzten Samstag bei ihrem Ausflug auf den Müggelsee einen Pullover geliehen. Nun wollte sie Charlottes Handynummer in Erfahrung bringen, um ihn ihr zurückzugeben, da Kammowski ja noch Urlaub hatte.

»Und, wie läuft's bei euch? Kommt ihr ohne mich zurecht?«

Svenja lachte. »Nicht wirklich, Matze, es ist schon so, wie du vermutest, ohne dich geht hier gar nichts.« Matze war Kammowskis Spitzname in seiner Jugend gewesen. Er war plötzlich wieder zu Matze geworden, als Christine, die er von früher kannte, erneut in sein Leben getreten war und sie gemeinsam mit Svenja Anfang des Jahres einen Kriminalfall zu lösen hatten. Selbst Charlotte hatte ihn kürzlich so genannt.

Sie ließ ihn noch ein wenig zappeln, doch dann wurde sie ernst. »Wir haben ein junges Mädchen tot in der Hasenheide gefunden. Identität unbekannt. Wahrscheinlich vergewaltigt. Und dann noch aufgebahrt und mit Kerzen und Blumen geschmückt. Ganz schön gruselig. Ist uns allen an die Nieren gegangen.«

Kammowski dachte an Charlotte, die er seit Samstag nicht mehr gesehen hatte. Doch dann gab er sich einen Ruck. Sie hatte ihm gestern noch auf die Mailbox gesprochen, und Svenja kannte Charlotte. Die Tote aus dem Park konnte nicht seine Tochter sein! Trotzdem konnte er diesmal dem Drang, sie sofort anzurufen, nicht widerstehen. Sie ging gleich ans Telefon. »Hey, Paps, du hast mich geweckt, was gibt es?«

»Um drei Uhr nachmittags liegst du noch im Bett? Und wo schläfst du überhaupt?«

»Papon, nun sei nicht so kleinlich. Ich habe doch Ferien, und ich bin volljährig.«

»Du hättest wenigstens mal anrufen können.« Er versuchte, seiner Stimme die Schärfe zu nehmen. Es gelang ihm nur teilweise.

»Aber ich habe dir doch auf die Mailbox gesprochen«, entgegnete sie.

»Ich hatte keine Ahnung, wo du steckst. Bist du wenigstens heute Abend zu Hause?«

»Ich habe bei Freunden in Rummelsburg übernachtet. Es war spät geworden, und ich wollte nicht nachts allein mit der S-Bahn fahren. Höre ich da einen leisen Vorwurf in der väterlichen Stimme?« Charlotte schien alles in allem heute milde gestimmt zu sein, wenn auch nicht bereit, auch nur einen Deut nachzugeben.

»Nein, Tochter, keine Spur, das hörst du falsch. Es gibt einfach verschiedene Ebenen der Information. Die eine ist die Sachebene, die anderen sind die Beziehungs-, die Appell- und die Selbstoffenbarungsebene. Wir können heute Abend gerne darüber diskutieren, auf welcher dieser Ebenen meine Frage bei dir gerade angekommen ist.«

Charlotte lachte. »Hey, Paps, von dir kann man ja noch was lernen.«

»Ohne Zweifel, aber du sollst nicht immer Paps zu mir sagen, das hört sich blöd und amerikanisch an.«

Trotz des Disputs hatte Kammowski ein gutes Gefühl, als er auflegte. Wofür die dämlichen »Führungskräfte-Seminare«, mit denen Thomandel sie schikanierte, doch gut waren. Oder stammte die Chose mit den vier Ebenen der Information aus einem der Bücher, die Klaus ihm aufgedrängt hatte? Egal, er war einfach unendlich froh, dass Charlotte noch lebte, auch wenn er wusste, dass seine Sorge überzogen gewesen war.

13

RÜCKBLICK

Sie hatten den ganzen Nachmittag miteinander verbracht. Rumgealbert, Tee getrunken, sich Geschichten erzählt, und er hatte ihr wie versprochen Klavierstunden gegeben. Bevor sie beide aus dem Krankenhaus entlassen wurden, hatten sie sich verabredet. Handynummern austauschen ging ja nicht, weil er Telefone als »Teufelswerkzeug« ablehnte. Seither sahen sie sich fast täglich, entweder irgendwo im Park oder bei ihm zu Hause. Seine Mutter war ganz in Ordnung und stellte nicht viele Fragen. Er war schon irgendwie irre, aber damit konnte sie umgehen. Jedenfalls besser als mit all den »Normalen« in ihrer Schule.

Während sie nun allein am Klavier saß und übte, zeichnete er sie. Dann musizierten sie gemeinsam. Sie sang, und er begleitete sie am Klavier. Er sagte, dass sie eine schöne Stimme hätte. Aber das wusste sie bereits. Als seine Mutter von der Arbeit kam, hörte sie ihnen zu. Sie sagte, sie liebe es, wenn Musik im Hause sei. Nach etwas höflichem Small Talk im Wohnzimmer ging Olivers Mutter in die Küche, um zu kochen, und sie zogen sich in Olivers Zimmer zurück. Sie waren sich sehr nah, aber ihre Beziehung hatte etwas Unschuldiges, Geschwisterliches, jedenfalls von ihrer Seite aus. Für sie war er der große Bruder, den sie nie gehabt hatte, der sie beschützte und dem sie alles erzählen konnte. Von ihren Träumen, als Sängerin Karriere zu machen, von der Schule, wo sie sich als Fremdkörper empfand und niemandem vertraute, von der Mutter, die nie für sie da war, von dem Freund der Mutter, der immer zudringlicher wurde. Dieses

Thema würde sie aber in Zukunft ruhen lassen, das hatte sie sich fest vorgenommen.

»Das Schwein bringe ich um, wenn der dich noch mal anfasst«, hatte Oliver so unvermittelt geschrien, dass sie sehr erschrocken war. Am Ende brachte er es fertig und lauerte dem Typen wirklich auf. Nicht dass der das nicht verdient hätte, aber er war drei Köpfe größer als Oliver und hatte die Statur und die Pranken eines Bauarbeiters. Das konnte nicht gut ausgehen. Der Beschützerinstinkt, den Oliver an den Tag legte, tat ihr gut, aber sie wusste sich schon selbst zu helfen, und manchmal fühlte sie sich von seiner Fürsorge auch etwas eingeengt.

»Wo willst du denn jetzt noch hin?«, fragte er sie nun. Sie hatte sich bei ihm geduscht – zu Hause, in der Bruchbude von Mietshaus war mal wieder das Heißwasser ausgefallen – und saß nur mit einem Badehandtuch bekleidet auf seinem Bett. »Warum bleibst du nicht einfach hier?«

»Nein danke, mir reicht es, wie deine Mutter mich gerade angeschaut hat, als ich aus dem Bad kam. Die muss ja wer weiß was denken.«

»Lass die denken, was sie will. Außerdem mag sie dich. Du kannst ganz hier einziehen, wenn du willst. Ich regele das schon mit meiner Mutter.«

»Oliver, du weißt genau, dass das nicht geht. Meine Mutter ist zwar meist sternhagelvoll, aber wenn ich gar nicht mehr nach Hause komme, dann kriegt sie das schon irgendwann mal mit, und sie hat mir schon oft mit dem Jugendamt und dem Heim gedroht.«

Oliver sah sie traurig an. »Aber warum gehst du jetzt schon? Es ist doch noch früh.«

»Ich muss noch Hausaufgaben machen, für die Schule«, log sie und sah, dass er ihr nicht glaubte. Sie malte sich mit einem

schwarzen Eyeliner dicke Balken um die Augen, tuschte die Wimpern, legte Rouge und Lippenstift auf und zog sich schließlich an.

»Warum malst du dich an, wenn du nach Hause gehst, um Hausaufgaben zu machen?«

»Weil es mir so gefällt, klar?« Er antwortete nicht, schaute sie nur flehentlich an. Sie ging nicht darauf ein. »Wir sehen uns.«

Er stand auf und fasste sie am Arm. »Geh nicht.«

»Oliver, lass das, ich muss jetzt wirklich gehen. Wir sehen uns morgen, okay?«

Sie riss sich mit einer energischen Bewegung los, verließ rasch das Zimmer, schaute kurz in der Küche vorbei und sagte seiner Mutter Auf Wiedersehen.

»Ja, bleibst du denn nicht zum Essen, Kind?«, rief diese ihr hinterher, aber da hatte sie schon die Haustür hinter sich zugezogen.

14

Als Kammowski am Montagabend nach dem Einkauf nach Hause kam, war Charlotte immer noch nicht da. Er spürte schon wieder dieses Kneifen in der Magengegend, dann fand er eine Nachricht auf dem Küchentisch.

»Bin einkaufen, koche heute für uns, okay?«

Das waren ja ganz neue Töne. Kammowski freute sich. Obwohl sie jetzt vielleicht alles doppelt gekauft hatten. Es mangelte einfach noch etwas an Absprachen in ihrer neuen Wohngemeinschaft.

Dann fiel ihm Frau Beckmann ein. Er sollte sich nach ihrem Sohn erkundigen. Ohnehin hatte er am Wochenende Wäsche gewaschen, so konnte Kammowski ihr gleich die Bügelwäsche bringen.

»Stellen Sie sich vor, Herr Kommissar, die haben ihn schon wieder entlassen. Um zehn Uhr stand er vor der Tür.« Frau Beckmanns Stimme überschlug sich fast vor Entrüstung. Gleichzeitig versuchte sie, leise zu sprechen, was ihrer Stimme etwas Quietschiges gab, als wollte jemand auf der überspannten Saite einer Geige einen ganz leisen Ton erzeugen. Sie bedeutete Kammowski mit dem Zeigefinger am Mund, es ihr gleichzutun.

»Jetzt schläft er. Sicher kommt er erst in der Nacht wieder in Fahrt. Er hat denen einfach wieder einmal gesagt, dass er die Behandlung verweigert und dass er nicht vorhat, sich das Leben zu nehmen oder anderen etwas anzutun. Da haben sie ihn wieder entlassen.« Frau Beckmann war verzweifelt und wütend.

»Die können mich doch nicht einfach mit dem Problem allein lassen. Der Junge ist doch krank!«

Auch Kammowski war erstaunt. So wie er Oliver Beckmann in der Nacht kennengelernt hatte, hätte er sich nicht vorstellen können, dass er am nächsten Tag wieder aus der Psychiatrie entlassen würde.

»Könnten Sie da nicht mal anrufen?«, fragte Frau Beckmann jetzt schüchtern. »Ich weiß ja, dass es eine Zumutung ist, Sie in meine Angelegenheiten hineinzuziehen, aber wenn Sie als Kommissar da mal anrufen, hat das doch ein ganz anderes Gewicht, als wenn ich als Mutter das mache.«

Widerstrebend ließ sich Kammowski die Telefonnummer der Klinik zustecken.

Oliver Beckmann war immer im Aeskulap-Klinikum gewesen. Kammowski versprach, sich am nächsten Tag einmal mit den dortigen Ärzten in Verbindung setzen zu wollen, versuchte aber, Frau Beckmanns Erwartungen etwas zu dämpfen.

»Ich glaube nicht, dass ich viel erreichen kann. Das ist ja kein Fall für die Polizei.«

Frau Beckmann lächelte ihn dennoch dankbar an.

»Haben Sie den Ärzten denn erzählt, wie er sich hier verhalten hat?«

»Ach, Herr Kommissar, mehr als einmal. Aber die sagen immer dasselbe. Solange er sich oder anderen nichts antut, kann man ihn nicht zur Behandlung zwingen, egal, wie krank er ist. Und Beten und Klavierspielen gehören nicht zu den Tätigkeiten, die Zwangsmaßnahmen rechtfertigen, hat mir der junge Assistenzarzt am Telefon gesagt. Diese Kaltschnäuzigkeit hat mich wirklich sprachlos gemacht. Der weiß doch gar nicht, wovon er redet. Der müsste sich das hier mal selbst ansehen.«

Dann erzählte sie Kammowski, dass Oliver auch schon einen amtlichen Betreuer gehabt habe. »Früher sagte man Entmündigung dazu, das heißt heute Betreuung«, erklärte sie. Aber die professionellen Betreuungsvereine hätten auch nicht viel ausgerichtet, nur ihr Geld kassiert. Da hätte sie die Betreuung dann doch lieber selbst übernommen. Das hätten die Amtsgerichte ohnehin am liebsten, wenn das einer aus der Familie machte. Sie hätte auch gar nichts dagegen. Am Ende bliebe ohnehin alles an ihr hängen. Aber ihrem erwachsenen Sohn vorzuschreiben, wann und wie er sich behandeln lassen sollte, das war weder ihr noch dem sozialpsychiatrischen Dienst oder den professionellen Betreuern gelungen. Zumindest hätten die ihr aber eine Selbsthilfegruppe für Angehörige von psychisch Kranken empfohlen. Da gehe sie jetzt regelmäßig hin. »Sie können sich nicht vorstellen, Herr Kommissar, was man da für Schicksale hört.«

Als Kammowski von Frau Beckmann zurückkam, stand Charlotte schon in der Küche und werkelte mit einer Pfanne herum. Er küsste sie von hinten aufs Haar. Wieder dachte er an das tote Mädchen aus der Hasenheide. Unendlich dankbar sog er den Duft von Charlottes Haaren ein. Es roch nach Jugend und Shampoo.

»Hallo, Kleine, was gibt es denn Schönes?«

»Lass dich überraschen.«

Es gab Kartoffelecken und Fischstäbchen aus der Tiefkühltruhe – mit Ketchup. »Das nennst du kochen? Sind das etwa alle Kochkünste, die deine Mutter dir beigebracht hat?«

»Ich kann auch noch Spaghetti mit Butter und Ketchup. Schmeckt doch super, oder?«

»Ja, schmeckt gar nicht so schlecht«, gab Kammowski zu. »Aber wo bitte ist der Frischeanteil?«

»Stell dich nicht so an, Papa, du kochst auch nicht jeden

Abend Gemüse oder so. Ich dachte, du freust dich.« Charlotte sah gekränkt aus.

»Tu ich ja auch, Schatz. Sei mir nicht böse, ich dachte nur, wir kochen heute mal richtig zusammen. Und ich war plötzlich so traurig, weil ich doch so gerne koche und du offenbar gar nichts von mir hast, jedenfalls nicht in dieser Hinsicht.«

»Jetzt mach mal nen Punkt, Paps, ich kann nun wirklich nichts dafür, dass ihr euch zu einer Zeit getrennt habt, als ich mich noch nicht fürs Kochen interessiert habe. Und Kochgene gibt's wohl eher nicht, oder?«

Kammowski musste lachen. »Aber vielleicht Geschmacksgene?«, schlug er vor. »Und du sollst nicht immer Paps zu mir sagen.«

Charlotte schien darüber nachzugrübeln. »Schmeckt dir das« – sie wies mit dem Zeigefinger auf die Reste des fast komplett verputzten Mahls – »wirklich nicht, oder hast du nur beschlossen, dass es dir nicht schmeckt, weil du prinzipiell gegen Fertigprodukte bist? Denn dafür, dass es dir gar nicht geschmeckt hat, hast du ganz gut zugeschlagen.«

»Also gut, die Kartoffeln waren gar nicht schlecht, aber die Fischstäbchen. Die würde ich für jede selbst gebratene Scholle liegen lassen. Und natürlich bin ich aus Prinzip gegen Fertigprodukte. Da weiß man nie, was alles dazugemischt wurde. Jede Menge Geschmacksverstärker auf jeden Fall. Und richtig viel Fisch ist in Fischstäbchen auch nicht drin.«

Charlotte zuckte die Achseln. »Ich finde Essen einfach nicht so wichtig. Ich will mir nicht stundenlang Gedanken darüber machen. Es muss halbwegs genießbar sein und schnell gehen.«

Darauf wusste Kammowski keine Antwort. Elly war genauso. Wenn sie Hunger hatte, ging sie zum Bäcker und kaufte eine Tüte Teilchen. Schließlich sagte er: »Deine Mutter kocht wohl immer noch nicht gerne, oder?«

»Also Papa, du weißt genau, dass das eine Tabu-Frage ist.«

»Eine was?«

»Eine Frage, die ein geschiedener Elternteil nie an sein Kind richten darf.«

»Okay, du hast recht, entschuldige.«

Schweigend räumten sie gemeinsam die Küche auf.

Schließlich gab sich Kammowski einen Ruck und sprach an, was ihn nun schon seit Tagen bedrückte.

»Lotte, du bist nie da, ich weiß nie, wo du gerade bist. Ich mache mir unendlich viel Sorgen, und ich habe mir, ehrlich gesagt, unsere gemeinsame Zeit hier anders vorgestellt.«

»Wir haben doch erst am Samstag etwas zusammen unternommen, Papa«, stellte Charlotte überrascht fest. Sie sah ihn jetzt aus ihren braunen Rehaugen sehr ernst und aufmerksam an.

»Ja, klar, aber ich habe mir meine beiden letzten Urlaubswochen dieses Jahres genommen, und eine davon ist bereits vorüber. Die zweite hat gerade angefangen, und dich habe ich kaum gesehen.« Das hatte jetzt wie ein Vorwurf geklungen, wie Kammowski zu seinem Ärger feststellte, und Charlotte reagierte prompt gereizt: »Das war aber so nicht mit mir abgesprochen. Ich habe nicht von dir verlangt, dass du dir freinimmst. Ich wollte herkommen, um zu sehen, ob ich in Berlin studieren will.«

»Ich sehe dich aber nie am Schreibtisch sitzen und dich auf den Test vorbereiten«, gab Kammowski zurück – wieder vorwurfsvoller als geplant.

»Papa, es geht nicht nur um den Test. Ich will auch wissen, ob Berlin als Stadt zu mir passt.«

Jetzt war es an Kammowski, sprachlos zu sein. Musste man jetzt wirklich erst testen, ob eine Stadt zu einem passte wie eine Jeans, bevor man dort sein Studium begann? »Und ich komme in deinen Überlegungen gar nicht vor?«, fragte er schließlich. »Ich habe mich so auf dich gefreut, wir haben uns doch ewig nicht mehr gesehen.«

Offenbar hatte er einen etwas übertrieben traurigen Blick aufgesetzt, denn Charlotte lachte plötzlich laut. »Papa, jetzt schau mich nicht mit deinem Dackelblick an. Ich freu mich auch, dass ich mal wieder hier bin. Aber ich kann nichts dafür, dass wir die letzten Jahre in getrennten Städten gelebt haben. Und ich habe jetzt auch ein eigenes Leben. Ich bin gerade wirklich etwas im Stress. Ich muss diesen blöden Test machen, und ich muss Berlin kennenlernen. Und wenn ich hier studiere, dann sehen wir uns öfter, als dir lieb sein wird. Du bist doch jetzt schon ein eingefleischter Junggeselle.« Sie schaute sich demonstrativ um. »Wo ist denn nun eigentlich deine neue Freundin. Ich dachte, dass ich sie kennenlerne?«

»Sie musste beruflich verreisen, das habe ich dir doch schon am ersten Abend erzählt.«

»Ja, stimmt, aber ich finde in deiner Wohnung keinerlei Hinweise auf sie. Keine Kosmetik, keine Zahnbürste, nicht mal ein Bild. Sag ehrlich, hast du sie dir nur ausgedacht? Um Mama zu ärgern?«

Kammowski lachte laut. »Aus diesem Stadium sind deine Mutter und ich wohl raus. Du wirst sie schon noch kennenlernen, wenn nicht in diesen zwei Wochen, dann spätestens im Oktober, wenn dein Studium beginnt.«

»Wenn es hier in Berlin beginnt.«

Kammowski nickte. Irgendwie waren sie vom eigentlichen Thema abgekommen.

»Hör mal, Charlotte, wenn das so ist, wie du sagst, und du so viel zu tun hast, dann macht es vielleicht keinen Sinn, wenn ich zu Hause bleibe. Dann gehe ich morgen wieder arbeiten, einverstanden?«

»Klar, mach das, wir sehen uns dann abends.« Sie dachte kurz über ihren Satz nach. »Also, wenn ich nichts anderes vorhabe, okay?«

Kammowski schien immer noch nicht überzeugt.

»Und was sage ich deiner Mutter, wenn sie anruft?«

»Warum sollte sie bei dir anrufen? Ich telefoniere jeden Tag mit ihr.«

Kammowski fiel nichts mehr ein. Schachmatt, dachte er.

»Wollen wir uns noch einen Film ansehen, von mir aus auch eine von deinen Serien?«

Damit war Charlotte sofort einverstanden und begann sogleich, ihm den Inhalt aus gefühlt 325 Folgen von sieben Staffeln zu erklären, schließlich wollte sie nicht wieder bei Folge eins anfangen.

»Wo hast du eigentlich die Filme her?«

»Von deiner Nachbarin geliehen, leider. Wir sollten wirklich noch einmal über Netflix reden«, sagte Charlotte, drückte auf den Startknopf des DVD-Players und war wenige Sekunden später in das Anwalt-Epos um Macht, Liebe und Eifersucht versunken. Kammowskis überraschtes Gesicht entging ihr daher.

Als Kammowski einige Folgen später zu Bett ging, war im Haus wieder Klaviermusik zu hören. Oliver Beckmann schien erwacht zu sein. *Der übertreibt es allmählich,* dachte Kammowski, *abends um zehn Uhr muss Ruhe sein in einem Mietshaus.* Offenbar ging es anderen Mietern auch so. Man hörte Lärm im Flur und Geschimpfe, und dann war es plötzlich leise.

15

RÜCKBLICK

Man hielt sie für Vater und Tochter. Das Mädchen war stark geschminkt – sicher wollte es älter wirken, in dem Alter wollten sie alle älter wirken. Ihr schwarzes Haar trug sie zu einem »Berliner Dutt« hochgesteckt. So machten es die Mädchen zurzeit. Die langen Haare wurden auf dem Kopf zu einem wilden Knoten zusammengewuselt und dort mit einem Gummiband zusammengehalten. Einzelne kürzere Strähnen fielen ihr zu beiden Seiten ins Gesicht und wurden mit energischen Handbewegungen zurückgestrichen. Ihre zarte, zerbrechliche, fast noch knabenhafte Gestalt, das außergewöhnlich schöne Gesicht, umrahmt von dunklen, leicht gelockten Haarsträhnen, die sich aus dem Dutt gelöst hatten, und die unangepasste Garderobe zogen automatisch die Blicke der distinguierten Konzertbesucher auf sich.

Nicht wenige Besucher hatten Kinder oder Enkel dabei. Auch diese entweder chic gemacht oder in ihrer normalen Kleidung. Heutzutage gab es ja Gott sei Dank keine zwingende Etikette mehr, was die Garderobe anging. Das Spektrum der Aufmachung der Besucher der Berliner Philharmonie reichte von Straßenkleidung über Urban Chic à la Max Mara, Jil Sander und Co. über nachhaltig produzierte Baumwolle und Birkenstocksandalen bis hin zu antiquierter Abendgarderobe, von der ein Geruch nach Mottenkugeln auszugehen schien – oder war es der Duft eines ungewöhnlichen Parfüms?

Doch dieses Mädchen war nicht »normal« gekleidet, und es war auch nicht chic gemacht. Dürre Beine steckten in einer viel zu kurz abgeschnittenen alten Jeans, aus der der Po hervorlugte. Die langen Beine endeten in knöchelhohen, ehemals weißen All-Stars Turnschuhen mit geöffneten Schnürsenkeln, die Nähte an mehreren Stellen aufgeplatzt und über und über mit kleinen Zeichnungen, Herzchen und Aufschriften bekritzelt.

Mit einer Empörung, die die dahinter aufblitzende Gier kaum zu kaschieren vermochte, wanderten die Blicke der Musikliebhaber vom Po zu dem ebenmäßigen Gesicht dieses Mädchens und den vor Aufregung geröteten Wangen, um schließlich bei den Brüsten zu verweilen, die sich unter dem durchscheinenden oversized T-Shirt deutlich, und ohne von einem BH *eingeengt zu werden, abzeichneten. Einige Männer starrten das Mädchen ungeniert an, bis sie von ihren Frauen in eine andere Ecke des Foyers dirigiert wurden. Andere wurden vielleicht ihrer Blicke gewahr und erschraken, als ihnen klar wurde, dass dieses Kind höchstens dreizehn oder vierzehn Jahre alt war und ihre Tochter, Enkeltochter oder Urenkelin sein könnte. Dieser knallrote, leicht verschmierte Lippenstiftmund und die mit viel zu viel Eyeliner umrandeten Augen. Die rot lackierten, abgeblätterten Fingernägel. Das Mädchen sah ja aus wie eine Kinderprostituierte. Empörte, bestenfalls neugierige, vereinzelt mitleidige Blicke trafen nun mit der gleichen Heftigkeit den vermeintlichen Vater, was der Mann aber nicht zu bemerken schien. Bei passender Gelegenheit hätte der ein oder andere ihm gerne einmal seine Meinung gesagt. So konnte man doch die Tochter nicht herumlaufen lassen, schon gar nicht in einem Konzert in der Berliner Philharmonie mit dem großen Simon Rattle. Aber andererseits mischte man sich nicht in die Angelegenheiten fremder Menschen ein. Jedenfalls nicht, solange diese zugegen waren. Einige Besucher hatten aber noch während der gesamten Heimfahrt ein Gesprächsthema, das sie von der Sprachlosigkeit ihrer Beziehung ablenken konnte. Die meisten allerdings hatten das ungleiche Paar in der nächsten Sekunde wieder vergessen.*

16

Dienstagmorgen las Kammowski in der Zeitung, dass ein noch nicht identifiziertes junges Mädchen tot im Volkspark Hasenheide gefunden worden war. Man ging von einem Gewaltverbrechen aus. Svenja hatte gar nichts von einem Pressetermin gesagt. Wie waren die von der Presse wohl wieder an diese Information gekommen? Thomandel würde sauer sein und überall Verrat wittern.

Nach einem kurzen Frühstück radelte er zur Arbeit. Es war kurz vor sieben Uhr, als er an Thomandels Bürotür klopfte.

»Mathias, was machst du denn hier? Ich dachte, du bist im Urlaub und lässt dich an irgendeinem Strand rösten.«

Nachdem ihm Kammowski den Sachverhalt erklärt hatte, brachte es Thomandel fertig, so zu tun, als müsse er überlegen, ob Kammowski den einmal genehmigten Urlaub einfach so abbrechen könne. Das sei ja jetzt alles schon geplant, beantragt und genehmigt.

»Dann ziehe ich den Antrag eben wieder zurück, wo liegt das Problem? Außerdem habt ihr doch einen neuen Mordfall. Stand in der Zeitung«, beeilte er sich hinzuzufügen, als Thomandel erstaunt aufblickte. Thomandel musste ja nicht wissen, dass Svenja ihn auch im Urlaub mit Informationen aus dem LKA versorgte.

»Also gut«, gab Thomandel schließlich nach. »Aber bitte denk daran, es wird kein Urlaub mit ins nächste Jahr genommen.«

»Manfred, wir haben Ende August. Es wird sich schon

noch eine Gelegenheit finden, vier Urlaubstage unterzubringen.«

»Ich wollte es nur gesagt haben. Und Mathias, bevor du dich wieder ins Tagesgeschäft stürzt, die Staatsanwaltschaft und ich, wir warten immer noch auf deinen Abschlussbericht von dem Todesfall im Theater. Kann ich den heute Nachmittag bekommen? Ich bin da schon gemahnt worden.«

»Aber sicher doch.« Kammowski drehte sich rasch zur Bürotür, damit Thomandel sein genervtes Gesicht nicht sah. Alles in allem war Thomandel schon in Ordnung, abgesehen von einigen Schrullen, wie seinem Fortbildungsfimmel – er zwang seinen Mitarbeitern dauernd irgendwelche Seminare auf –, aber musste er immer und bei jeder Gelegenheit den Chef raushängen lassen? An dem Fall des Theatertoten hatten sie bis in die Nacht vor Kammowskis Urlaub gearbeitet und ihn dann auch noch gelöst. Hatte Thomandel allen Ernstes erwartet, dass er den Bericht im Urlaub fertigstellte? Außerdem war das am Ende ein Unfall gewesen. Ein junger Schauspieler war unachtsam gewesen und rücklings in den Orchestergraben gestürzt. Genickbruch. Und die Staatsanwaltschaft und die Gerichte waren bekanntermaßen noch überarbeiteter als die Polizei. Kein Mensch wartete auf den Bericht eines Unfalls.

Kammowski hielt noch kurz ein Schwätzchen mit Doro, er brauchte ein Ventil, um seinen Ärger über den Alten loszuwerden. Dann trottete er mit seiner Kaffeetasse Richtung Konferenzraum, wo sich das »Team Hasenheide« über die neuesten Fakten des toten Mädchens aus dem Volkspark austauschte. Wenig später gesellte sich auch Doro mit einer dicken Aktenmappe unter dem Arm zum Meeting hinzu.

Sie hatten die Vermissten-Dateien aus dem ganzen Bundesgebiet abgeglichen, wussten aber immer noch nicht, wer das Opfer war.

»Wie kann es sein, dass Eltern nicht merken, wenn ihr Kind nicht nach Hause kommt?«, wunderte sich Svenja.

»Vielleicht ist sie schon vor längerer Zeit von zu Hause abgehauen, Berlin zieht Vagabunden aller Art an. Oder sie kommt aus einem desolaten Elternhaus, das nur mit sich selbst beschäftigt ist, oder sie war gerade auf dem Weg zu Oma, und die ist etwas tüdelig und hat nicht bemerkt, dass die Enkelin noch nicht angekommen ist. Da gibt es doch viele Erklärungsmöglichkeiten«, gab Werner zu bedenken.

»Wir könnten endlich ein Bild von ihr veröffentlichen«, schlug Kevin Ordyniak erneut vor.

»Nein, Kevin, noch einmal. Das ist immer unser letztes Mittel. Außerdem wird uns das der Richter gar nicht genehmigen, nicht, solange wir nicht alle anderen Möglichkeiten ausgeschöpft haben.«

»Es gibt Fingerabdrücke an den Papiertüten, in die die Teelichter gestellt worden waren. Sind aber nicht registriert. Die KTU hat inzwischen auch die Fußspuren am Tatort analysiert und die Spuren der Damen-Walking-Gruppe aussortiert«, sagte Svenja. »Zwei Spuren bleiben übrig. Die eine stammt von Schuhen mit glatten Sohlen, Schuhgröße 43, die anderen hatten Profil, könnte von Turnschuhen herrühren, Größe 41.«

»Dann waren es vielleicht zwei Täter?«, fragte Kammowski, der still und unbemerkt von den meisten den Gesprächen zugehört hatte.

»Ah, Kammowski, bist du es persönlich oder hast du dein Alter Ego geschickt?«, spöttelte Werner. »Oder war dir dein Urlaub ohne uns zu langweilig?«

»Weder das eine noch das andere, hat sich einfach so ergeben.«

»Na, dann willkommen zurück im Team, wir können momentan jeden gebrauchen.«

Kammowski bedankte sich grinsend. Die kleinen Sticheleien seines Kollegen waren ihm mehr als bekannt und konnten ihn nur noch selten provozieren. Außerdem war Werner heute geradezu liebenswürdig für seine Verhältnisse.

»Danke, aber freut euch nicht zu früh. Thomandel hat mich zum Berichtschreiben abgeordnet, jedenfalls bis heute Nachmittag.«

»Zwei Täter halte ich für unwahrscheinlich«, nahm Svenja den Faden wieder auf. »Diese Präsentation der Leiche wie …« Sie suchte nach Worten.

»Wie Schneewittchen«, kam ihr Kevin zu Hilfe.

»Ja, genau, wie eine Heilige oder von mir aus auch wie Schneewittchen, das alles entstammt der Fantasie des Mörders, und es ist doch nicht wahrscheinlich, dass zwei Menschen dieselben schrägen Fantasien haben und umsetzen.«

»Das leuchtet zwar vordergründig ein«, gab Kammowski zu bedenken, »aber überleg doch mal, zu was sich die Leute heutzutage alles im Internet zusammenfinden, ganz unmöglich finde ich das daher nicht unbedingt.«

»Du meinst, da verabreden sich zwei Männer im Internet, um ein Mädchen zu töten und es dann wie eine Märchenprinzessin zu schmücken?« Svenja verzog angewidert das Gesicht.

»Wieso Männer?«, protestierte Kevin. »Könnte auch eine Frau gewesen sein.«

»Ja, ausgeschlossen ist das nicht, aber wir haben hier Schuhgröße 41 und 43, und Sexualmorde sind bei Frauen nun mal seltener«, gab Svenja zu bedenken.

»Meine Tochter hat auch Schuhgröße 40«, sagte Werner. »Ich habe den Eindruck, dass Frauen heute größere Füße haben als früher. Trotzdem gebe ich Svenja recht. Wir sollten uns primär auf einen oder mehrere männliche Täter fokussieren.«

»Hat sich Becker schon geäußert?«, unterbrach Kammowski.

Mehmet Becker war der Chef der Gerichtsmedizin. Ein Mann mit türkischen Wurzeln mütterlicherseits, der seine in Kammowskis Augen fürchterliche Tätigkeit damit kompensierte, dass er in der Freizeit als Komiker und Kabarettist auftrat.

»Er hat uns seinen Bericht für heute Nachmittag versprochen«, erwiderte Svenja.

»Okay, Kollegen, dann treffen wir uns heute Nachmittag zu einer weiteren Besprechung«, schloss Werner die Konferenz. »Und Kevin, lass die IT-Abteilung mal im Darknet forschen, ob Bilder von unserem Schneewittchen dort aufgetaucht sind und ob jemand mit dem Mord angegeben hat. Svenja und Kevin, ihr nehmt euch noch mal weitere Lokale rund um die Hasenheide vor. Wie weit bist du mit den Schulen, Doro?«

Doro schlug ihre Mappe auf. »Ziemlich weit, aber einige habe ich bisher nicht erreichen können.«

»Man könnte sich vielleicht auch an Neuköllner Hausärzte wenden?«, schlug Kammowski vor. Doro nickte. »Ja, das habe ich mir auch gedacht, ich habe schon eine Liste von der Kassenärztlichen Vereinigung bekommen und zwei Praktikanten drangesetzt. Aber du hast keine Vorstellung davon, wie viele es gibt. Außerdem kommt bei dem Alter der Toten auch ein Kinderarzt als Hausarzt infrage. Aber ich bleibe dran.« Kammowski grinste anerkennend. Doro war ihnen bei solchen Sachen meist einen Schritt voraus.

Am Nachmittag kam der Obduktionsbericht von Becker, wie versprochen. Svenja rief alle zusammen und berichtete. Seitdem die Zwischentür zwischen den Büros von Werner und Kevin einerseits und Kammowski und Svenja andererseits offen war, hatte sich die Zusammenarbeit deutlich verbessert. Kammowski hatte sich lange dagegen gewehrt, hatte sogar den Schlüssel für die Tür »verschwinden« lassen, aber er musste sich inzwischen eingestehen, dass es so besser geworden war. Ob das nun an der offenen Tür oder an Svenja lag oder an beidem, wusste er nicht. Aber er war nicht so indolent, dass er es nicht gemerkt hätte, wenn er es auch nie zugegeben hätte.

Das Alter des Mädchens wurde von Becker auf dreizehn bis vierzehn Jahre geschätzt. Die Wachstumsfugen an den Knochen waren noch nicht geschlossen, ihr Längenwachstum also noch nicht abgeschlossen gewesen. Sie war offenbar bereits zuvor sexuell aktiv gewesen, wies aber frische Blutergüsse und vaginale Verletzungen auf, sodass ein Sexualdelikt möglich war, wenn der Täter auch kein Sperma hinterlassen hatte. Der Hals wies typische Würgemale und Kratzspuren auf. Letztere stammten wohl überwiegend von ihr selbst, als sie versucht hatte, den Angriff abzuwehren. Unter ihren Fingernägeln hatten sich Spuren von Haut nachweisen lassen. Der DNA-Nachweis stand noch aus. In ihrem Blut und der Probe des Erbrochenen, das in der Nähe des Auffindeorts sichergestellt worden war, wurde eine hohe Dosis einer Mixtur von Benzodiazepinen, Chloralhydrat und Gamma-Hydroxybuttersäure, kurz GHB, nachgewiesen – eine typische Mischung, die unter dem Namen K.-o.-Tropfen bekannt ist. Man hatte das Mädchen also willenlos gemacht und danach vermutlich missbraucht. Gestorben war sie aber wohl an einer Hirnblutung. Becker hatte eine Schädelfraktur am Hinterkopf gefunden, unter der sich im Gehirn ein großer Bluterguss angesammelt hatte. Der Gerichtsmediziner ging davon aus, dass diese Hirnblutung letztlich die Todesursache darstellte. Den Todeszeitpunkt selbst korrigierte er auf zwischen drei und vier Uhr nachts. Die Unterarme des Mädchens waren stark vernarbt und wiesen Schnittverletzungen unterschiedlicher Abheilungsgrade auf. Becker mutmaßte, dass sie eine sogenannte Borderline-Störung gehabt hatte, eine psychische Störung, bei der man sich zwanghaft Selbstverletzungen zufügte. Das Wesentliche hatte sich Becker, der offenbar nicht nur bei seinen Kabarett-Auftritten, sondern auch in seinen Obduktionsberichten Wert darauf legte, den Spannungsbogen zu halten, für den Schluss aufgehoben: Das Opfer war schwanger gewesen, zwölfte Schwangerschaftswoche. Hier arbeitete man noch an der DNA-Aufarbeitung, die für den kommenden Tag in Aussicht gestellt wurde.

»Dann müssen wir die Suche auf die Psychiater, die psychiatrischen Kliniken und die Gynäkologen erweitern«, gab Doro mehr zu sich selbst gesprochen von sich.

Kevin stöhnte. »Das ist doch gar nicht zu schaffen. Vielleicht nehmen wir auch noch die Apotheken mit in die Liste auf. Könnte doch sein, dass sie sich einen Schwangerschaftstest gekauft hat.«

»Gute Idee, da kommt viel Arbeit auf euch zu. Ihr fangt also lieber gleich damit an«, kommentierte Werner Kevins Ausführungen, ohne auf dessen Ironie einzugehen.

Kammowski musste Werner innerlich ausnahmsweise einmal recht geben. Er registrierte mit Interesse und einer Spur von Genugtuung, dass Kevins Kurs bei Werner offenbar im Fallen begriffen war. Anfangs waren die beiden ein Herz und eine Seele gewesen, und Werner hatte seine Schadenfreude vor Kammowski keineswegs verbergen können, als Thomandel Kevin ihm und Svenja Kammowski zugeteilt hatte. Seine jetzt schwindende Begeisterung hing möglicherweise damit zusammen, dass Svenja sich immer häufiger als umsichtiger, schneller und fachlich besser gebildet darstellte, während Kevin sich rasch überfordert fühlte oder sich über zugewiesene Aufgaben beschwerte.

Kurz vor Feierabend saßen sie zur Tagesabschlusskonferenz mit Thomandel zusammen. Auch Kammowski war wieder dazugekommen.

Sie traten, was die Identität des Opfers anging, immer noch auf der Stelle. Werner fasste die Tagesergebnisse zusammen, projizierte Fotos vom Tatort und von Beweisstücken an die Wand und ließ die Kollegen ergänzend vortragen. Kammowski sah bei dieser Gelegenheit zum ersten Mal Fotos des Opfers.

»Irgendwie kommt mir das Mädchen bekannt vor.« Alle sahen interessiert auf.

»Du kennst sie?«, fragte Svenja.

»So weit würde ich nicht gehen, sie kommt mir nur irgendwie bekannt vor.«

»Mensch, Kammowski, das könnte doch sein, du wohnst doch in der Ecke. Überleg doch mal.«

»Na ja, so ganz um die Ecke ist die Hasenheide nun auch wieder nicht. Und nur weil sie mir bekannt vorkommt, muss ich sie nicht kennen. Vielleicht ist sie auch einfach nur so ein ganz bestimmter Menschentyp. Ihr wisst doch, am Ende stammen wir alle von Adam und Eva ab.«

Kammowski bereute es, dass er seinem Bauchgefühl spontan Ausdruck verliehen hatte. Vielleicht hatte er sie wirklich einmal irgendwo gesehen. Aber was hieß das schon? Man traf so viele Menschen auf der Straße, in der U-Bahn. Aus irgendeinem Grund prägte man sich ihr Gesicht ein, vielleicht weil es hübsch war und das Mädchen gelächelt hatte. Deshalb kannte man sie noch lange nicht.

Die KTU ging mittlerweile davon aus, dass das Mädchen in der Hasenheide nahe eines Gebüschs getötet und dann einige

Meter entfernt auf der Wiese »aufgebahrt« worden war. Die Autospuren hatten nicht weitergeholfen, sie ließen sich Fahrzeugen des Fuhrparks der Gärtner, die für den Park zuständig waren, zuordnen. Zeugen, die das Mädchen in oder in der Nähe des Parks gesehen hatten, hatten sie nicht gefunden.

Doro berichtete von ihren Telefonaten mit Ärzten, Schuldirektoren und Lehrern. Sie hatten das Bild des Mädchens per E-Mail oder Fax weitergeleitet. Negatives Ergebnis. Niemand erkannte das Kind. Zwei Direktoren hatte sie das Bild nicht schicken können, weil sie zu Hause angeblich weder E-Mail noch Faxgerät oder Smartphone zur Verfügung hatten, sie standen aber am Folgetag für einen Besuch bereit. Kammowski bot an, diese Aufgabe zu übernehmen. Die anderen waren schon genug in der Gegend herumgezogen. Außerdem lagen beide Adressen fast auf seinem Weg zur Arbeit. Doro druckte ihm ein Foto des Mädchens aus. Er faltete das DIN-A4-Blatt und steckte es in seine Hemdtasche, um es später nicht doch noch zu vergessen.

»Wenn wir morgen nicht weiterkommen, muss der Staatsanwalt den Ermittlungsrichter ersuchen, das Bild zur Veröffentlichung freizugeben«, schloss Thomandel die Sitzung.

»Hab ich doch schon die ganze Zeit gesagt«, musste Kevin von sich geben, aber niemand beachtete ihn.

Kammowski war schon im Aufzug, als ihm einfiel, dass er Frau Beckmann versprochen hatte, im Aeskulap-Klinikum anzurufen. Seufzend machte er kehrt. Er erreichte aber nur den Dienstarzt, der den Fall nicht kannte und ihn bat, am nächsten Tag wieder anzurufen und dann gleich mit der zuständigen Oberärztin zu sprechen.

17

In der Nacht von Dienstag auf Mittwoch wurde Kammowski von Lärm wach. Oliver Beckmann saß offenbar wieder am Klavier. So gerne Kammowski Kirchenmusik auch mochte, das war nicht der richtige Zeitpunkt! Er wartete noch einen Augenblick, ob sich das Problem vielleicht wieder von selbst lösen würde. Das war leider nicht der Fall.

Frau Beckmann öffnete sofort. Sie war im Bademantel und hatte geweint. »Ich habe ihm gesagt, dass er die ganze Nachbarschaft aufweckt. Aber er will nicht auf mich hören. Und er wird mir noch die Wohnung in Brand setzen.«

Das Wohnzimmer war von Hunderten flackernden Kerzen erhellt, die Schatten an die Wand warfen. Oliver saß am Klavier und spielte. Dabei gab er eine Art Sprechgesang von sich, einen sich ständig wiederholenden Kehrvers, nur ohne Strophen dazwischen. Er hatte sich eine LED-Lichterkette um seinen Hals gewickelt. Es war ein skurriles Bild, wie er im Kerzenschimmer vor sich hin blinkte wie Rudolph, the Red-Nosed Reindeer, und mit dramatischer Stimme rezitierte:

»Und er wird reinigen und läutern seine Priester, wird reinigen und läutern seine Priester. Und die Strafe lag auf ihr.«

Kammowski betrachtete das Gesamtkunstwerk, das Oliver hier bot, einige Minuten lang fasziniert. Erst als sein Blick die völlig verschreckte Frau Beckmann streifte, besann er sich auf seine Aufgabe, hier zu helfen, und legte Oliver eine Hand auf die Schulter. Oliver, der ihn bisher gar nicht beachtet oder auch nicht bemerkt hatte, schrie erschreckt auf. Angewidert schüttelte er die Hand ab, als hätte ihn ein ekelhaftes Monster berührt.

»Weiche von mir, Satan, weiche von mir!« Dann begann er umso heftiger auf die Tasten einzudreschen, als könne die Musik die Gefahr bannen.

Es klingelte, und jemand klopfte energisch gegen die Tür.

»Ruhe da, verdammt noch mal«, tönte es lautstark von draußen.

Kammowski wusste später auch nicht, was in ihn gefahren war. Es war wohl so etwas wie eine Übersprungshandlung gewesen. Jedenfalls ging er, ohne nachzudenken, zur Tür, riss sie auf und herrschte den verdutzten Herrn aus dem Erdgeschoss an, er solle nicht so einen Krach machen, mitten in der Nacht und im Hausflur eines Mehrfamilienhauses. Es dauerte eine Zeit, bis Herr Schulze sich wieder gefangen hatte.

»Das müssen ausgerechnet Sie sagen, was meinen Sie, warum ich hier bei Ihnen klingele, hä?«

»Sie haben nicht bei mir geklingelt, sondern bei Frau Beckmann. Ihr Sohn ist schwer erkrankt, und die Polizei ist bereits vor Ort. Gehen Sie jetzt bitte umgehend in Ihre Wohnung und verhalten Sie sich ruhig. Sie stören hier eine polizeiliche Maßnahme.«

Herrn Schulze blieb der Mund offen stehen. Er wollte noch etwas sagen, besann sich eines Besseren, drehte sich dann kommentarlos um und zog ab. Einen Treppenabsatz tiefer ließ er dann doch noch ein lautstarkes »Unverschämt!« und »Das wird Konsequenzen haben, Herr Kammowski!« vernehmen, dann verschwand er in seiner Wohnung. Auch andere Haustüren wurden wieder geschlossen, und Kammowski ging ebenfalls zurück in die Wohnung.

Frau Beckmann saß am Esszimmertisch und weinte. Oliver spielte immer noch auf dem Klavier. Er sah jetzt aus wie ein blinkender Derwisch, der sich in Trance getanzt hatte. Schweiß tropfte von seiner Stirn. Das sonst so blasse Gesicht war gerötet, die Augen steckten in tiefen Höhlen. Ein Beben hatte seinen gesamten Körper ergriffen. Es lag wohl an der starken körperlichen und seelischen Anstrengung des Kampfes gegen das Böse, den er ausfocht, und an den vielen Kerzen, die den Raum aufgeheizt hatten. Oliver Beckmann stand kurz vor einem Zusammenbruch.

Mit der ganzen Dominanz seiner eins Meter neunzig Körpergröße baute Kammowski sich vor dem zarten Oliver auf. Er hatte jetzt wirklich die Faxen dicke von der Inszenierung, beherrschte sich aber und sagte nachdrücklich, aber ohne seine Stimme zu erheben: »Oliver, Sie hören jetzt bitte sofort mit dem Klavierspielen auf, es ist mitten in der Nacht.«

Die ruhige Ansprache verfehlte ihre Wirkung nicht völlig. Oliver zuckte zusammen, wich zurück, hob die Hände vors Gesicht, als hätte Kammowski ihn geschlagen. Er schaukelte mit dem Oberkörper hin und her und begann, zur Abwechslung wieder zur Muttergottes zu beten.

»Frau Beckmann, machen Sie bitte mal die Kerzen aus. Wir wollen doch nicht, dass die Feuerwehr kommen muss. Sind Sie einverstanden, dass ich wieder die Kollegen rufe, damit Ihr Sohn in die Klinik kommt?«

Frau Beckmann nickte nur. Sie hatte die Regie an Kammowski abgegeben.

»Das wird schon wieder, diesmal werden sie ihn sicher nicht gleich wieder entlassen.«

»Ach, Herr Kommissar, Ihr Wort in Gottes Ohr. Das habe ich jetzt schon so oft gedacht, und am Ende passierte gar nichts. Wissen Sie, mein Oliver ist eigentlich ein ganz lieber und sensibler Mensch, der niemandem etwas zuleide tun würde. Aber wenn er so krank ist, dann weiß er einfach nicht mehr, was er tut. Es ist ja nicht nur so, dass ich mittlerweile oft Angst vor ihm habe, er selbst ist ja auch ganz zerrissen von seinen Ängsten. Das ist doch kein Leben mehr. Schauen Sie sich ihn an. Das ist doch nicht mehr mein Junge. Manchmal denke ich, er wäre besser tot.«

Kammowski schaute erschrocken auf. »Sagen Sie nicht so etwas. Wir sorgen jetzt dafür, dass er wieder in die Klinik kommt. Und dann wird er vernünftig behandelt und wieder gesund.«

»Wenn ich das nur glauben könnte. Ich bin allmählich wirklich am Ende meiner Kräfte. Seit er wieder bei mir wohnt, habe ich selbst kein Leben mehr.« Sie schüttelte resigniert den Kopf.

»Sie sind ja nicht verpflichtet, ihn bei sich wohnen zu lassen. Wenn er sich nicht an klare Regeln hält, müssen Sie ihn vielleicht irgendwann rauswerfen.« Noch während er sich reden hörte, wusste er, dass das nicht die passenden Worte gewesen waren, jedenfalls nicht in diesem Moment.

»Ach, Herr Kommissar, Sie können leicht reden. Ich kann doch nicht zusehen, wie mein Sohn auf der Straße vor die Hunde geht. Wenn ich ihn jetzt rausschmeiße, in diesem Zustand, was passiert dann mit ihm? Ich habe Ihnen doch erzählt, dass ich eine Angehörigenselbsthilfegruppe besuche. Stellen Sie sich vor, einer Mutter ging es genauso wie mir. Der Sohn hat ihr das Leben zur Hölle gemacht. Irgendwann konnte sie einfach nicht mehr und hat ihm die Tür gewiesen. Und am nächsten Tag war er tot, hat sich vor eine S-Bahn geworfen.«

Darauf gab es keine Antwort. Kammowski schwieg betreten. Sie warteten auf das Eintreffen der Polizei und lauschten Olivers Singsang. Er hatte vom Anbeten der Muttergottes wieder zum Reinigen und Läutern gewechselt. Aber wenigstens verhielt er sich relativ leise.

»Verstehen Sie eigentlich, was er da sagt und warum?«, fragte Kammowski Frau Beckmann.

»Sinn hat das, glaube ich, gar nicht. Er zitiert einfach Passagen aus einer Händel-Messe. Die hat er in den letzten Wochen immer wieder mit seiner Freundin geübt. Da ging es ihm noch viel besser als jetzt. Ihr Tod hat ihn restlos aus der Bahn geworfen.«

»Seine Freundin ist gestorben?«

»Es war nicht ›seine‹ Freundin, ich meine, sie hatten kein Verhältnis miteinander, dafür war sie viel zu jung. Aber er hat mit ihr singen geübt.«

»Und Sie sagen, jetzt ist sie tot? Warum denn das?«

»Ach, Herr Kommissar, wenn ich das wüsste. Oliver spricht ja nicht mit mir. Er hat mir nur Sonntagnacht, als er nach Hause kam, gesagt, dass sie tot sei. Mehr weiß ich nicht. Aber sie ist ja auch nicht mehr bei uns gewesen. Und sie kam sonst fast jeden Tag. Oliver ist seither jedenfalls völlig neben der Spur. Er hat das einfach nicht verkraftet, denke ich.«

Kammowski war immer blasser geworden, während sie gesprochen hatte. Wieso hatte er das nicht früher bemerkt? Die Sopranstimme am Samstagmorgen, das junge Mädchen im Flur, daher war sie ihm so bekannt vorgekommen. Und natürlich, das Madonnenbild, das Oliver gemalt hatte. Es war ihr nachempfunden! »Frau Beckmann«, begann er, und seine Stimme hörte sich etwas zittrig an, »haben Sie heute die Zeitung gelesen? Da ist ein Mädchen im Volkspark Hasenheide ermordet worden.«

Frau Beckmann sah ihn erstaunt an. Und plötzlich wurde Kammowski noch etwas klar. Oliver nervte das Haus schon seit Montag mit seinem endlosen Klavierspiel! Der Artikel in der Zeitung war aber erst heute Morgen erschienen. Und Frau Beckmann hatte soeben gesagt, dass Oliver schon Sonntagnacht von dem Tod der jungen Frau gewusst hatte! Kammowskis Stimme war etwas belegt, als er wieder sprach. »Frau Beckmann, wann haben Sie das Mädchen zum letzten Mal gesehen, und wissen Sie, wie sie hieß und wo sie wohnte?«

»Natürlich weiß ich, wie sie heißt. Sie heißt, also sie hieß Lena Kaufmann. Ein ganz liebes Kind. Sie wohnt irgendwo am Kottbusser Tor, hat sie mir mal erzählt. Das arme Ding war wohl nicht gerne zu Hause. Sie hat da mal so etwas angedeutet.« Frau Beckmann überlegte. »Wann habe ich sie zuletzt gesehen? Also, Sonntagnachmittag waren wir alle gemeinsam in der Christuskirche bei einem Konzert. Dann sind wir nach Hause gegangen. Lena ist aber nicht mehr lange geblieben, sie hatte noch etwas vor. Oliver war ungehalten deswegen, er hat sie immer wieder gefragt, wo sie jetzt noch hinwolle. Sie hat aber nichts gesagt.«

»Sie sagten, Oliver war in dieser Nacht auch noch weg. Wann ist er gegangen, und wann ist er wieder nach Hause gekommen?«

Frau Beckmanns Augen waren ganz weit geworden. Sie flüsterte nur noch, als sie weitersprach. »Sie glauben doch nicht etwa, dass mein Oliver ihr etwas angetan hat, oder?«

Kammowski schwieg. Schließlich sagte er: »Er ist einer der Letzten, die sie lebend gesehen haben. Zumindest wenn das tote Mädchen aus der Hasenheide tatsächlich die junge Frau ist, die Sie unter dem Namen Lena Kaufmann kannten. Also, wann hat Oliver am Sonntagabend das Haus verlassen, und wann ist er wiedergekommen?«

»Muss ich diese Frage beantworten, Herr Kommissar?« In ihrer Stimme schwang jetzt fast eine Spur Feindseligkeit mit. Sie richtete sich auf. Frau Beckmann hatte die letzten Reserven mobilisiert und sich einen Panzer angelegt.

»Nein, Frau Beckmann, Sie haben natürlich recht.« Auch

Kammowski nahm jetzt eine offiziellere Haltung ein. »Wenn Sie meinen, dass das Ihren Sohn belasten könnte, dann müssen Sie meine Frage jetzt nicht beantworten. Wir werden aber sicher darauf zurückkommen müssen.«

Plötzlich fiel ihm das Bild in seiner Hemdtasche wieder ein. Er holte es hervor und zeigte es Frau Beckmann, die sofort erbleichte, so weit das überhaupt noch möglich war. Sie nickte. »Ja, das ist Lena.« Schweigend steckte er das Bild wieder ein. Er fand keine Worte des Trostes. Es gab keinen Trost.

In diesem Moment klingelte es an der Haustür, und kurz darauf ließ sich Oliver von den Bereitschaftspolizisten willenlos abführen. »Was wird denn jetzt aus ihm?«, fragte Frau Beckmann. Sie hatte wieder zu weinen angefangen.

»Es passiert ihm nichts, er wird jetzt einfach in die Psychiatrie gebracht werden. Und wenn man wieder mit ihm reden kann, dann werden wir ihn zu Lena Kaufmann befragen.« Die Kollegen bat er, im Krankenhaus auszurichten, dass man Oliver keinesfalls gleich wieder entlassen dürfe.

Als die Beamten mit Oliver gefahren waren, fragte Kammowski: »Lässt sich das Zimmer Ihres Sohnes abschließen, Frau Beckmann? Dann würde ich das jetzt gern tun und den Schlüssel mitnehmen. Sie dürfen es nicht mehr betreten. Und lassen Sie bitte auch im Wohnzimmer alles so, wie es jetzt ist. Ich kann es Ihnen leider nicht ersparen, gleich morgen früh werden die Kollegen von der Spurensicherung Ihre Wohnung durchsuchen müssen. Ich muss Sie bitten, das Haus nicht mehr zu verlassen, bis die Kollegen da waren. Auch Sie müssen dann eine Aussage machen, weil Sie ja einer der letzten Menschen sind, der Lena gesehen hat.«

Lena Kaufmann. Jetzt hatte das Kind wenigstens seinen Namen zurück und hieß nicht mehr Schneewittchen. Zumindest musste man davon ausgehen, dass sie es war. Als Kammowski den Schlüssel von Olivers Zimmer an sich genommen hatte und sich anschickte, die Wohnung zu verlassen, suchte er händeringend nach etwas, das er seiner Nachbarin als Trost sagen konnte. Ihm fiel nichts ein. Schließlich meinte er: »Lassen Sie uns erst einmal ermitteln. Wenn die Kollegen nichts finden, dient das am Ende auch der Entlastung Ihres Sohnes.«

Frau Beckmann nickte, schluchzte aber laut auf. Kammowski zögerte, dann legte er ihr einen Arm um die Schulter. Sie ließ es geschehen. Von der sie sonst auszeichnenden Tatkraft und quirligen Energie war nichts mehr zurückgeblieben. Vor ihm stand ein Häufchen Elend. Das alles hier war einfach zu viel.

»Soll ich vielleicht Ihre Tochter anrufen?«

Sie schüttelte nur den Kopf. »Ich komme schon klar, danke, Herr Kammowski.«

Zum ersten Mal hatte sie ihn nicht mit Herr Kommissar angesprochen. Kammowski wusste nicht, ob das etwas zu bedeuten hatte.

Als Kammowski wieder im Bett lag, kreisten die Gedanken in Endlosschleifen durch seinen Kopf. Es war inzwischen vier Uhr morgens. Um sieben Uhr musste er wieder aufstehen. Hätte er Oliver besser gleich als Tatverdächtigen verhaften sollen? Aber so krank, wie er war, gehörte er in ein Krankenhaus. Der Junge war ja gar nicht haftfähig. Und noch war nicht erwiesen, dass Oliver etwas mit Lenas Tod zu tun hatte. Er hätte ihn zumindest in das Justizvollzugskrankenhaus bringen lassen sollen, aber die Zeitspanne zwischen der Erkenntnis, Oliver könnte Tatverdächtiger sein, und dem Auftauchen der Schutzpolizisten, die ihn ins Krankenhaus bringen sollten, war so kurz gewesen, dass er nicht schnell genug geschaltet hatte. Dann hätte er auch noch einen Richter aus dem Bett klingeln müssen. Ohne richterlichen Beschluss nahmen die ihn im Haftkrankenhaus gar nicht auf. Außerdem hatte er das entsetzte Gesicht von Frau Beckmann vor Augen, ihren vorwurfsvollen Blick, als sie realisierte, dass er annahm, ihr Sohn könne etwas mit dem Tod von Lena zu tun haben. Er kam zu dem Schluss, dass seine Selbstkritik überzogen war. In einigen Stunden würde man definitiv geklärt haben, ob Lena und das Mädchen aus der Hasenheide ein und dieselbe Person waren. Es war schon etwas merkwürdig, dass Lenas Eltern sie nicht als vermisst gemeldet hatten. Und nach der Analyse aller neuen Fakten, einschließlich der Untersuchung seines Zimmers, wäre klarer, ob Oliver nun tatsächlich ihr Hauptverdächtiger war. Dann konnte man immer noch eine strafrechtsbezogene Unterbringung durch einen Richter beantragen und ihn morgen in den Maßregelvollzug überstellen lassen. In der geschlossenen Station eines Psychiatrischen Krankenhauses war Oliver Beckmann jedenfalls für die nächsten Stunden erst einmal gut aufgehoben. Draußen kündete der anschwellende Geräuschpegel der Kfz-Pendler schon den nahenden Morgen an, und er hatte noch kein Auge zugetan.

Warum er nur immer alle Probleme mit in den Schlaf nehmen musste. Elly, seine Ex-Frau, hatte immer schlafen können, egal, was am Tag vorgefallen war, egal, wie sehr sie gestritten hatten. Sie hatte sich auf die Seite gelegt, den Rücken rund gemacht, die Beine angezogen und war innerhalb von Sekunden eingeschlafen. Wie ein Computer, den man in den Ruhemodus überführte, oder wie ein Elektroauto, das leer gefahren war und an der Elektro-Tanksäule aufgeladen wurde. Ende. Ausgeloggt. Und am nächsten Morgen konnte sie mit vollgetankten Batterien den Streit genau dort wieder aufnehmen, wo sie ihn am Abend unterbrochen hatte. Er hingegen hatte wach gelegen und gegrübelt. Keine Gedanken, die man hätte zu Papier bringen können, die Teil eines Plans hätten werden können. Eher Bilder, die sich aufdrängten, immer wieder, nervend wie ein Ohrwurm, wie ein Bilderwurm. Das hatte mit Gedanken wenig gemein. Überhaupt dachte der Mensch viel weniger, als gemeinhin angenommen wurde. Es hieß ja, man könne gar nicht nichts denken. Aber Kammowski war vom Gegenteil überzeugt. Die meiste Zeit zog man doch eher gedankenlos durchs Leben. Nahm die Eindrücke passiv auf, filterte sie, glich sie automatisiert mit Vorerfahrungen ab, speicherte sie als Erinnerungsfetzen irgendwo ab, und die Fragmente blitzten dann in den schlaflosen Nächten wie Sternschnuppen am Firmament auf, um zu verblassen, ehe man ihrer gewiss war oder ihnen gar eine Bedeutung zugemessen hätte.

Kammowski kam der Film »Der Himmel über Berlin« von Wim Wenders in den Sinn. Aus der Perspektive von Engeln, die über Berlin kreisten, konnte der Zuschauer die Gedanken der Menschen hören. Kammowski mochte den Film, er hatte ihn mehrfach gesehen, aber er hatte immer bezweifelt, dass die Menschen, wenn sie allein waren, wirklich so viel dachten. In dem Film war jenseits der hörbar gemachten Gedankenfetzen der Menschen eine große, greifbare Stille gewesen, die Wim Wenders und sein Kameramann in wunderbare Bilder gegossen hatten. Eine melancholische, eine endlose Ruhe, in der die Gedanken und Bilder ziel- und bewertungslos waberten wie die Protonen der braunschen Molekularbewegung im Atom, bis sie plötzlich durch einen Ton ausgerichtet wurden. Ein an- und abschwellender Ton setzte sich kreischend und schmerzhaft in seinem Ohr fest. Unerträglich. Warum tat niemand etwas gegen diese Qual?

Benommen tastete Kammowski nach dem Wecker und brachte ihn zum Schweigen.

18

Stefan Ull schreckte hoch. Im ersten Moment wusste er nicht, wo er war, dann fiel es ihm wieder ein. Er war im Dienstzimmer des Aeskulap-Klinikums und als diensthabender Psychiater schon sieben Mal aus dem Schlaf gerissen worden. Jetzt hatte ihn irgendein Geräusch von draußen geweckt. Das kam allmählich einer Folter gleich. Wenn er ein Gefängnisinsasse wäre und man mutete ihm dasselbe zu, hätte man damit vor die UN-Menschenrechtskommission ziehen können. Nie würde er sich an diese Nachtdienste gewöhnen. Obwohl es Bereitschaftsdienste waren, war die Auslastung nicht selten so hoch wie im Tagdienst oder sogar höher, was streng genommen nicht sein durfte. Im Bereitschaftsdienst durfte die Auslastung im Durchschnitt nicht höher als 49 Prozent sein, sonst musste Schichtdienst angeordnet werden. Aber wer wollte schon Schichtdienst. Sicher, heutzutage fing man erst um 13:30 Uhr mit dem Dienst an und hatte den Folgetag frei. Aber wenn man Pech hatte, hing man von 13:30 Uhr bis morgens um fünf Uhr ununterbrochen in der Rettungsstelle, manchmal kam man weder zum Essen noch zum Trinken und verkniff sich sogar den Toilettengang. Erst neulich war ihm das so ergangen, und als dann um fünf Uhr der dritte Alkoholiker der Nacht mit dem unwiderstehlichen Odeur aus Nikotin, Urin, Alkohol und Schmutz und fast vier Promille lallend auf der Matte gestanden hatte und unwirsch auf seine Routinefragen und -untersuchungen reagierte, da war er ungeduldig geworden und hatte den Mann etwas harscher angefasst, als er das mit seinem Berufsethos vereinbaren konnte. Später, nachdem er den Patienten in die Obhut der Station gegeben hatte und er sich an die Aufnahmedokumentation setzen wollte, hatte er in alten Unterlagen gelesen, dass der Mann schon acht Jahre seines Lebens wegen Totschlags im Alkoholrausch hinter Gittern verbracht hatte. In solchen Momenten fragte er sich unweigerlich, warum um alles in der Welt er sich das eigentlich antat und ob es wirklich irgendwann einmal besser wurde, wie die Altassistenten behaupteten.

Stefan Ull war nun schon sechs Monate Jungassistenzarzt in der Klinik, und er hatte sich seinen Job leichter vorgestellt. Tagsüber wusste Stefan Ull – den Doktortitel strebte er nach zwei abgebrochenen Doktorarbeiten nicht mehr an – inzwischen leidlich, was zu tun war, obwohl er von Routine noch weit entfernt war. Da fragte man die anderen Kollegen und die Oberärzte. Und man konnte auch halbwegs pünktlich nach Hause gehen, ganz im Gegensatz zu den Kollegen von der Neurologie. Die schienen nie vor 19 Uhr das Haus zu verlassen. Ihm graute schon jetzt vor dem Neurologie-Jahr, das alle Psychiater irgendwann abzuleisten hatten.

Große Probleme hatte er auch noch mit seinen Arztbriefen. Diese zu erstellen kostete ihn immer Stunden. Aber dem Chef gefielen sie nie. Er bekam sie regelmäßig von ihm mit unzähligen kryptischen Korrekturanmerkungen versehen zurück, Abkürzungen von sogenannten Standardfehlern, die man dann in einer Liste nachsehen musste, weil es dem Chef zu lästig war, die angeblich immer gleichen Fehler von Generationen von Assistenten immer wieder individuell zu korrigieren. H3: »Aeskulap-Klinik schreibt sich mit Ae und Bindestrich«, H46: »Interne Abkürzungen im Brief immer ausschreiben.« Offenbar bestanden seine Briefe nur aus Standardfehlern, es war zum Verzweifeln.

Aber vor den Nachtdiensten hatte er immer noch die größte Angst. Zwar war stets ein Oberarzt im Hintergrund, den man bei Problemen anrufen konnte, aber die wollten natürlich auch, dass man erst einmal versuchte, allein klarzukommen. Und heute hatte er den Hintergrundarzt, der zu allem Übel auch noch sein Chef war, schon dreimal angerufen. Der nahm üblicherweise überhaupt nicht an den Hintergrunddiensten teil, aber von seinen Oberärzten waren drei wegen der Norovirus-Epidemie ausgefallen. Da hatte Dr. Hermann von Hoch-Rathing, der Chefarzt der Psychiatrie, zähneknirschend einspringen müssen. Und er war nicht gerade »amused«, dass Ull ihn immer wieder anrief. Er sagte zwar nichts, aber man konnte ihm anmerken, wie genervt er war. Das hatte Stefan Ull noch mehr verunsichert. Bei ihrem letzten Telefonat war es um eine Borderline-Patientin gegangen, die wieder einmal damit gedroht hatte, sich das Leben zu nehmen, noch in dieser Nacht. Er hatte beim besten Willen nicht gewusst, wie er das Problem lösen sollte. Nach dem Telefonat mit dem Chef war er allerdings auch nicht schlauer gewesen.

»Das können Sie als Dienstarzt gar nicht klären«, hatte von Hoch-Rathing gesagt. »Die Station muss mit den Borderline-Patienten ein klares Setting für Notfälle erarbeiten.«

Ja, okay, aber er war tagsüber gar nicht auf der Borderline-Station eingesetzt. Wenn der Chef etwas an den Methoden der Station auszusetzen hatte, dann konnte er das ja bei den zuständigen Kollegen anmerken. Was Dr. von Hoch-Rathing nicht gesagt hatte, war, wie er, Stefan Ull, heute Nacht das Problem lösen könnte. Und dann hatte der Chef noch gesagt, er dürfe allmählich auch mal anfangen, Verantwortung zu übernehmen und eigene Entscheidungen zu treffen. Selbstverständlich immer auf der Grundlage dessen, was er bereits gelernt hatte, nie aus dem Bauch heraus. Und wenn er ein Problem hätte, könne er sich jederzeit melden. Wirklich jederzeit. Aber er möge sich doch bitte vor jedem Telefonat schon einmal selbst ein stringentes Konzept überlegen.

Na toll, ein stringentes Konzept also. Das hieß mit anderen Worten, ruf mich bloß nicht noch mal an, aber wenn du mich nicht anrufst und einen Fehler machst, dann bist du schuld, schließlich habe ich dir gesagt, dass du jederzeit anrufen kannst. Aus Stefans Ulls Sicht war das ein klassisches Double Bind, eine paradoxe Botschaft, ein Kommunikationsstil, von dem einige Wissenschaftler wie Gregory Bateson und Paul Watzlawick geschrieben hatten, dass er der Entstehung einer Schizophrenie zumindest förderlich war. Unter den Oberärzten wurde schon länger über die Inkompetenz ihres Chefs gemunkelt, dessen Fähigkeiten sich in jovialem Auftreten zu erschöpfen schienen. Als Neuling hatte er, Stefan, sich aus derartigen Diskussionen selbstverständlich bisher herausgehalten, doch jetzt kamen sie ihm in den Sinn und verstärkten seine Panik. Wie, bitte schön, sollten ihn diese Bemerkungen heute Nacht weiterbringen? Überhaupt nicht! Sollte er vielleicht die Oberärztin anrufen? Nein, das kam auch nicht infrage.

Also hatte er sich bei von Hoch-Rathing für den Rat bedankt und war zu der Patientin gegangen, hatte sich eine Stunde lang deren Geschichte angehört und dabei versucht, sich seine Hilflosigkeit nicht anmerken zu lassen. Er war sich im Klaren darüber, dass das eigentlich nicht der richtige Zeitpunkt für ein Arzt-Patienten-Gespräch war. Er hatte gelesen, dass es für den psychotherapeutischen Prozess sogar kontraproduktiv sein könnte, Zuwendung in Form von therapeutischen Gesprächen anzubieten, wenn Borderline-Patienten mit Selbstmord drohten, aber er wusste sich keinen anderen Rat. Er hatte ja noch nicht einmal mit der Ausbildung zur Psychotherapie begonnen. Die gehörte zwar zur Facharztausbildung der Psychiater, aber darum kümmerte sich die Klinik einfach nicht. In der Regel musste man auf eigene Kosten eine teure Ausbildung in einem privaten Psychotherapeutischen Institut beginnen und die Ausbildung neben der normalen Arbeit im Krankenhaus absolvieren.

Erstaunlicherweise schien die Patientin nach dem Gespräch entlastet zu sein und bereit, es noch einmal mit etwas Schlaf zu versuchen. Stefan Ull aber war nicht entlastet. Er war sich vielmehr sicher, dass seine Intervention hilfloses Agieren und keine zielführende psychotherapeutische Intervention gewesen war. Ull hasste sich für seine Inkompetenz, und er hasste seinen Chef, der ihn damit allein ließ.

Erst letzte Woche war er in einer Fortbildung über das »Psych-KG«, also das Gesetz über Hilfen und Schutzmaßnahmen bei psychischen Krankheiten, mit seinen Fragen unangenehm aufgefallen. Er hatte einfach nicht verstehen können, dass man schwer erkrankte Menschen, die zum Beispiel an einer akuten Psychose litten, nicht behandeln durfte, wenn sie das nicht wollten. Sie waren seiner Meinung nach in dieser Phase der Erkrankung gar nicht in der Lage, die Konsequenzen einer Behandlungsverweigerung abzuwägen. Und was hatte der Chef geantwortet? »Eine psychisch erkrankte Person darf nur untergebracht werden, wenn und solange durch ihr krankheitsbedingtes Verhalten eine gegenwärtige und erhebliche akute Gefahr für ihr Leben oder ihre Gesundheit oder für besonders bedeutende Rechtsgüter Dritter besteht und diese Gefahr nicht anders abgewendet werden kann.«

Nun ja, das war ziemlich exakt der Gesetzestext, aber der

allein löste das Problem nicht in der klinischen Praxis. Man konnte doch schließlich nicht abwarten, bis der Erkrankte sich oder anderen etwas antat, oder? Das war wieder eine der typischen Chef-Antworten gewesen, die nicht weiterhalfen.

19

Polizeiobermeister Lutz Müller biss herzhaft in seine Mettwurststulle und stellte zufrieden fest, dass seine Frau das Brot mit körnigem Senf bestrichen und mit Gürkchen garniert hatte. So mochte er es besonders gern. Bisher war die Nacht recht ruhig gewesen. Sie waren in ihrem Dienstwagen mehr oder weniger ziellos durch die Gegend gefahren und hatten sich dann einen ruhigen Parkplatz gesucht, um Pause zu machen. Doch jetzt meldete sich die Leitstelle.

»Kollegen, wach werden, Einsatz! Ihr müsst einen aggressiven Irren auf Bonnies Ranch begleiten.«

Mit einem Seufzer legte Lutz Müller das Brot zurück in seine Brotbox und wischte sich die Hände mit einem Feuchttuch ab. Seine Frau war wirklich die Beste, dachte einfach an alles.

»Dann mal los«, sagte er zu seiner Kollegin Sarah Krenz, die dies mit einem schiefen Grinsen quittierte. Während ihr Vorgesetzter noch in seinen umfangreichen Nahrungsvorräten gekramt hatte, hatte sie längst die Adresse im Navigationssystem eingegeben und war losgefahren. Aber sonst war der dicke Müller schon in Ordnung, nicht der Schnellste, weder im Kopf noch in den Beinen, aber freundlich und kollegial im Umgang.

»Da waren wir doch erst Sonntagnacht«, stellte sie nun fest. »Wie ist es möglich, dass der schon wieder zu Hause ist, wenn wir ihn doch gerade erst auf der Ranch abgeliefert haben?«

Bonnies Ranch, so nannten sie im Polizeijargon alle Psychiatrischen Kliniken, jedenfalls im ehemaligen Westen der Stadt.

Vor Öffnung der Grenze und noch bis 2006 war die Karl-Bonhoeffer-Nervenklinik eine zentrale Anlaufstelle für psychisch Kranke im Westteil von Berlin gewesen. Nicht dass Sarah das schon erlebt hätte, aber solche Verballhornungen hielten sich eben beharrlich.

»Was soll's, bringen wir ihn eben noch einmal hin.«

Die dickfellige Art von Lutz reizte sie manchmal etwas. Sein Gleichmut grenzte an Gleichgültigkeit. Für ihn war es nur wichtig, die Arbeitszeit mit Anstand hinter sich zu bringen, doch was er in dieser Zeit tat, war ihm herzlich egal, solange es nicht zu anstrengend wurde. Sie hingegen fragte sich unweigerlich, was faul war am System, wenn sie innerhalb von wenigen Tagen einen Menschen gleich zweimal mit Polizeigewalt in die Psychiatrie bringen mussten.

Mittlerweile warteten sie nun schon eine halbe Stunde auf den Dienstarzt, der angeblich zu tun hätte. Ja hatten sie denn nicht zu tun? Eigentlich war das Verhältnis der Ordnungshüter zu den Mitarbeitern der Kliniken meist gut. Oft bekamen sie einen Kaffee angeboten, der Umgangston war scherzhaft, freundlich-salopp, manchmal auch etwas anzüglich. Aber diese Schwester Kerstin hatte Haare auf den Zähnen. Ihre forsche Art grenzte haarscharf an Unfreundlichkeit. Selbst Lutz zeigte inzwischen erste Zeichen der Ungeduld. Zunächst hatte sich dieser Oliver Beckmann ganz gefügig gezeigt, war ohne Probleme ins Auto gestiegen. Während der Fahrt hatte sich dann aber die Leitstelle per Funk gemeldet. Das hatte den Mann offenbar stark irritiert. Er hatte vor Panik aufgeschrien und versucht, von der Rückbank aus nach vorne zu klettern, um das Funkgerät aus der Halterung zu reißen. Im Versuch, das zu verhindern und dem Mann Handschellen anzulegen, hatte Lutz einige Blessuren, unter anderem einen tiefen Kratzer an der Hand, davongetragen. Und als sie ihn dann im Aufnahmeraum der Station abgeliefert hatten – inzwischen war er wieder ruhig und erweckte den Eindruck, keiner Fliege etwas antun zu können –, hatte diese Schwester Kerstin sie ziemlich unfreundlich angeranzt, dass sie gefälligst mal die Handschellen abmachen sollten, sie hätten es schließlich mit einem kranken Menschen und nicht mit einem Schwerverbrecher zu tun.

»Ach, und was ist das hier?« Lutz war ehrlich empört gewesen und hatte seine Kratzspuren vorgewiesen.

»Wie es in den Wald hineinschallt, so schallt es auch wieder heraus«, war die Antwort von Schwester Kerstin gewesen, während ihr Blick demonstrativ auf das Fenster zum Aufnahmezimmer fiel, durch das man Oliver Beckmann knien und mit gefalteten Händen beten sah. Und als Sarah fragte, ob sie denn »wenigstens« die Wunde des Kollegen versorgen könnte, hatte sie erwidert, dass sie eine psychiatrische Pflegekraft sei und sie sich zur Wundversorgung schon an die allgemeine Rettungsstelle des Hauses wenden müssten.

Als Polizeianwärterin Sarah am nächsten Tag erklären sollte, warum sie im Krankenhaus nicht noch einmal explizit auf die drohende Fremd- und Eigengefährdung hingewiesen hatten, konnte sie das nicht zufriedenstellend darlegen. Eigentlich hatten sie das ja gesagt, wenngleich nicht in einer adäquaten Form, wie sie sehr wohl wusste. Sarah hatte im Weggehen der Schwester zugerufen: »Und lasst euch bloß nicht einfallen, den gleich wieder zu entlassen. Wir sind schließlich nicht die Kindermädchen der Klapse«, aber das konnte sie ja schlecht zu Protokoll geben. Also ließ sie diese Frage lieber offen.

Die Ereignisse hatten einfach eine Eigendynamik entwickelt, angefangen mit einem nicht komplikationslosen Transport und fortgesetzt durch einen unfreundlichen Empfang. Dann hatte ein Wort das andere gegeben, und am Ende hatten sie abrücken müssen, ehe der Dienstarzt sich hatte blicken lassen. Das war es letztlich auch, was sie als Erklärung anbot: Man hätte sie lange warten lassen, und dann hatten sie einen Einsatzbefehl bekommen, dem sie Folge leisten mussten. Und dass der Mann fremdgefährdend gewesen war, hätte diese Schwester ja gewusst, sie hatten ihr die Verletzungen gezeigt, die Oliver Beckmann ihrem Kollegen zugefügt hatte. Und die immerhin so schlimm waren, dass er sich am nächsten Tag hatte krankschreiben lassen müssen.

Schwester Kerstin schloss die Tür hinter den beiden Polizisten. Sie war etwas unfreundlicher gewesen, als sie beabsichtigt hatte. Die machten ja schließlich auch nur ihren Dienst. Aber auch sie war allmählich am Ende ihrer Kräfte. Das war jetzt ihr siebter Nachtdienst in Folge. Eigentlich hätte sie diese Woche freigehabt. Aber dann hatte sich ein Norovirus im Krankenhaus ausgebreitet, es hatte auch in der Pflege viele Krankmeldungen gegeben, und die Gesunden wurden eingeteilt, wo sie gebraucht wurden. Seit Monaten ging das jetzt so. Ein Loch wurde durch Aufreißen des nächsten gestopft. Das Überstundenkonto aller Kollegen quoll über, der Krankenstand war hoch. Kein Wunder, denn nur durch einen Krankenschein konnte man sich eine Verschnaufpause verschaffen. Wer gesund war, wurde verschlissen. Ein komplett freies Wochenende, von Freitagmittag bis Montagfrüh, davon konnten sie alle nur träumen. Dr. Mangel hatte in diesem Krankenhaus längst die Regie übernommen. Eigentlich waren der Aufnahmestation in der Nacht immer zwei Pflegekräfte zugeteilt. Schwester Kerstin konnte sich kaum erinnern, wann sie zuletzt zu zweit gewesen waren.

Seit Beginn dieser Schicht um 22 Uhr hatte sie schon sieben Aufnahmen und fünf Ambulante, also Patienten, die man wieder nach Hause gehen ließ, bewältigt, und das mit dem Anfänger Stefan Ull, der von Tuten und Blasen keine Ahnung hatte, aber schon mit dem sämigen Gehabe eines Chefarztes auftrat. Alles musste sie ihm in den Mund legen und es dann noch so aussehen lassen, als sei er selbst auf die Idee gekommen. Nicht dass ihr das behagt hätte, aber Schwester Kerstin war nicht dumm. Wenn sie sich nämlich in ihrer Ehre gekränkt fühlten, diese jungen Ärzte, dann machten sie noch mehr Arbeit.

Die geschlossene Akutstation war, wie die meisten Stationen dieses nach Effizienz-Kriterien eines privaten Trägers geführten Hauses, restlos überbelegt mit Patienten, darunter etliche Krawallmacher. Schwester Kerstin war in jeder freien Minute der Nacht ihren Kollegen auf der Akutstation zur Hand gegangen. Wenigstens hielten sie untereinander zusammen. Vor einer halben Stunde hatten sie auch noch einen randalierenden Jugendlichen aus der Kinder- und Jugendpsychiatrie (KJP) übernehmen müssen. Das passierte in der letzten Zeit immer wieder. Der Junge hatte in der KJP gezündelt, einen Feuerwehreinsatz ausgelöst und war erst auf andere Kinder, dann auf das Personal losgegangen. Also hatte man wieder einmal die Erwachsenenpsychiatrie um Hilfe gebeten. Einerseits verständlich, der Junge war zwar erst dreizehn Jahre alt, aber mit der Sozialkompetenz eines Dreijährigen und dem Muskelansatz eines Bodybuilders ausgestattet. Wo der hinschlug, wuchs kein Gras mehr. Andererseits war er doch auch nur ein ihnen anvertrautes krankes Kind, zwar hoch auffällig, aber immer noch ein Kind, das beileibe nicht zu den akuten Psychotikern der Erwachsenenstation passte. Das jedenfalls hatte Schwester Kerstin bei sich gedacht, als sich die geschulten Pfleger auf den Jungen stürzten, ihn niederrangen und anschließend fixierten.

Da hatten es sich die Chefetagen wieder einmal einfach gemacht. Die KJP war seit Monaten das Problemkind der Klinik. Erst hatten die Oberärzte ihren Chef vor den Augen der Geschäftsführung weggemobbt, und als endlich ein neuer Chef da war, war das Chaos Tagesordnung, und die Oberärzte und ein Großteil der Pflege hatten längst das sinkende Schiff verlassen. Der neue Chefarzt war über Monate der einzige Facharzt der Abteilung. Auch die untere Ärztecharge war nur rudimentär und insuffizient mit Berufsanfängern oder Ärzten besetzt, die kaum der deutschen Sprache mächtig waren. Doch anstatt den neuen Chefarzt nun zu unterstützen und ihm die Zeit zu geben, die Abteilung langsam aufzubauen, machte die Konzernführung extrem Druck, weil die Belegzahlen gesunken waren. Also wurden wieder solche Problemkandidaten aufgenommen wie dieser Junge, obwohl offenkundig war, dass man nicht die Ressourcen hatte, ihnen die Behandlung zukommen zulassen, die sie gebraucht hätten. Und die Pflege und die Kinder mussten es ausbaden. Wenn dieser Junge überhaupt noch eine Chance hatte, die fehlende Zuwendung und Wärme seiner vermurksten Kindheit aufzuholen, dann doch sicherlich nicht in der Sieben-Punkt-Fixierung einer Akutpsychiatrie für Erwachsene, umgeben von Pflegekräften, die selbst auf dem Zahnfleisch gingen und keinerlei Erfahrung im Umgang mit psychisch kranken Kindern hatten.

Und jetzt auch noch dieser Oliver Beckmann! Der war zwar harmlos, Schwester Kerstin hatte bereits mehrfach mit ihm zu tun gehabt und wusste, man musste ihn nur vor ein Klavier setzen, dann war er lammfromm. Aber er schlug immer wieder bei ihnen auf, und das sinnlose Rad der Routine, das niemandem etwas nutzte, allenfalls dem Konzern, der die Aufenthalte der Krankenkasse in Rechnung stellen konnte, begann sich erneut zu drehen. Oliver Beckmann wollte sich nicht behandeln lassen. Also durften sie ihn laut Gesetz nicht behandeln, also hatte er bei ihnen nichts verloren. So einfach war das nach Ansicht von Schwester Kerstin.

Erst Sonntagnacht hatte sie ihn aufgenommen, die Tagschicht hatte ihn wieder entlassen. Der Sozialpsychiatrische Dienst (SPD) hatte die Unterbringung zwar empfohlen, der Richter war der Empfehlung aber nicht gefolgt, nachdem er mit Oliver gesprochen hatte. Kein Wunder, der wusste doch inzwischen ganz genau, wie er sich zu verhalten hatte und was er dem Richter erzählen musste, um wieder freizukommen – und nun stand er schon wieder auf der Matte. Was hatte diese arrogante Jung-Polizistin ihr noch im Weggehen zugerufen? Sie solle sich bloß nicht einfallen lassen, den Mann wieder zu entlassen, sie hätten schließlich auch noch etwas anderes zu tun, als Kindermädchen für die Klapse zu spielen. Seit wann bitte sehr entschied die Polizei, wer im Krankenhaus behandelt wurde?

20

Zum wiederholten Mal in dieser Nacht klingelte das Telefon. Rasch tastete Stefan Ull im Dunkeln nach seinem Dect-Dienst-Telefon. Es lag neben dem Bett auf dem Boden. Die spartanische Einrichtung des Dienstzimmers drückte die fehlende Wertschätzung des Konzerns für seine Diensthabenden besser aus, als Worte es gekonnt hätten: Es gab keinen Nachttisch, geschweige denn eine Nachttischlampe. Matratze und Kopfkissen waren hart, die Bettdecke dünn. Oft mangelte es an frischer Bettwäsche, dann musste man auf einer Station auf Beutezug gehen, und Handtücher wurden gar nicht vorgehalten.

»Na endlich, ich klingele schon seit gefühlt zehn Minuten.« Die aufreizend wache Stimme von Schwester Kerstin hallte in seinem Ohr.

»Was gibt es?«

»Wir brauchen dich in der Aufnahme, Stefan, Neuzugang. Oder besser gesagt, bekannter Zugang.«

»Bekannt?«

»Ja, ein alter Bekannter. Oliver Beckmann ist mal wieder da. Wurde von der Polizei gebracht. Die haben gesagt, er hätte unterwegs Randale gemacht. Wahrscheinlich waren die nicht so nett zu ihm, wie wir das immer sind«, meinte Schwester Kerstin. »Jetzt ist er jedenfalls wieder gefügig wie ein Baby. Komm bitte trotzdem vorbei, aber geh vorher auf die P12. Bei den Borderlinern ist wieder Zoff, die haben schon zweimal angerufen. Du bist angeblich nicht ans Telefon gegangen.«

»Ich komme, ich ziehe mir nur rasch etwas an.«

Das stimmte zwar nicht, er zog sich seine Kliniksachen gar nicht mehr aus, sondern legte sich im Dienst immer so, wie er war, ins Bett. Wenn er aus dem Tiefschlaf hochgerissen wurde, hatte er eine Art Ankleideapraxie. Jedenfalls brachte er es dann nicht immer fertig, sich rasch und in der richtigen Reihenfolge anzuziehen, was schon mal Anlass für Gespött der Schwestern gewesen war.

Nachdem er die Borderline-Station befriedet hatte, indem er diesmal großzügig Bedarfsmedikamente verordnete, machte sich Stefan auf den Weg durch das Außengelände hinüber zur Aufnahmestation, die am anderen Ende des Parks gelegen war. Er hatte es nicht so eilig. Er wusste genau, dass Schwester Kerstin die Lage im Griff hatte. Je später er dort ankam, desto einfacher war es für ihn. Sie war eine sehr erfahrene Pflegekraft, trug aber im Stress ihr Herz auf der Zunge, und als Jungassistent tat man gut daran, sie erst einmal allein arbeiten zu lassen und dann genau das zu machen, was sie einem sagte.

Wie immer genoss er die kurzen Spaziergänge im Dienst, die ihn zwangsläufig an die frische Luft brachten, denn die einzelnen Klinikgebäude lagen verstreut in einem Park mit weitläufigen Rasenflächen, auf denen sich Kaninchen und manchmal auch Wildschweine und Rehe tummelten, beschattet von den ausladenden Kronen stolzer Baumsolitäre, die wohl schon mehr als hundert Lenze auf dem Buckel hatten. Er hatte gelesen, dass die ganze Anlage unter Denkmalschutz stand, nicht nur die Gebäude, sondern auch der Park. Die altehrwürdige Anlage war um die Jahrhundertwende als Irrenanstalt weit außerhalb der Stadtgrenzen gebaut worden. Inzwischen war die Stadt längst um sie herumgewachsen. Das damalige Konzept beabsichtigte vordergründig, die Erkrankten mit guter Landluft zu versorgen, diente aber letztlich wohl eher dem Zweck, die Insassen möglichst aus dem Blickfeld der Städter zu entfernen. Hier gab es damals alles, von der Landwirtschaft über eine eigene Kirche bis hin zu Werkstätten aller Art. Was gleichzeitig die Möglichkeit bot, den noch arbeitsfähigen Kranken sinnvolle Beschäftigung zu bieten und die Kosten niedrig zu halten. Viele lebten ihr ganzes Leben lang in diesen Einrichtungen, denn helfen konnte man ihnen meist nicht, und zu Hause wollte sie auch keiner haben.

Heutzutage waren die Werkstätten und Tierställe allerdings geschlossen. Dafür gab es in einem auf wirtschaftlichen Gewinn orientierten Betrieb mit der Ware Gesundheit nicht mehr das notwendige Personal. Die Kirche war schon seit Jahren baufällig und die Eingänge zum Schutz vor Unfällen verbarrikadiert. Der Streichelzoo, der noch einige Jahre lang überlebt hatte, weil ein gemeinnütziger Verein seinen Betrieb übernommen hatte, war erst im letzten Sommer, noch bevor Stefan in der Klinik angefangen hatte, geschlossen worden. Das Schild mit den Öffnungszeiten hatte sich teils aus der Verankerung gelöst und rappelte anklagend im Wind, als Ull den Weg links Richtung Aufnahme einschlug.

Die Weitläufigkeit des Geländes stand modernen Therapieansätzen eigentlich entgegen, die kurze Wege notwendig machten. Dabei wäre richtige Arbeitstherapie in Werkstätten sinnvoll, um die Patienten wieder auf das Leben nach der Psychiatrie vorzubereiten. Aber weder reichte das Geld, diese Werkstätten aufrechtzuerhalten, noch konnte man heutzutage kranke Menschen einfach so als billige Arbeitskräfte ausnutzen. Stattdessen bastelten und werkelten die Patienten daher in der Ergotherapie. Stefan hatte sich schon oft gefragt, ob es Sinn machte, wenn ein depressiver Handwerker in der Klinik Körbe flocht oder ein Manager mit Burn-out an der Töpferscheibe stand. Viele dieser Therapien hatten in der Psychiatrie ihre Berechtigung allein durch Gewohnheitsrecht, sie waren keineswegs evaluiert. Aber so etwas wissenschaftlich zu überprüfen, war sicher auch nicht trivial. Stefan Ull wusste, dass es nicht gut für ihn war, alles zu genau zu hinterfragen, dass ihm sein Sarkasmus oft im Wege stand, aber er konnte nicht anders. Er fühlte sich manchmal wie das kleinste Rädchen einer hoch komplizierten Maschinerie, deren vordringlichstes Ziel es war, sich selbst am Laufen zu halten.

Als er endlich die Aufnahmestation betrat, ging es bereits auf halb sechs zu. Bald würde die Sonne aufgehen. Der Gang durch die kühle Luft hatte ihn wach gemacht, er war jetzt bereit, sich Schwester Kerstin zu stellen. Doch die winkte nur müde ab und nahm sein Kommen als Gelegenheit, in ihre Pause zu gehen. Wieder einmal hatte die Pflegedienstleitung es nicht fertiggebracht, den Nachtdiensten Pausenvertretungen zu stellen. Während sie Stefan die Akte rüberreichte, sagte sie: »Lass den bloß wieder nach Hause, wir haben kein Bett mehr auf der Akutstation und können von dort auch keinen verlegen. Der wird die Behandlung sowieso wieder ablehnen, wie schon die letzten vier Male. Wir haben die Arbeit mit den Aufnahmeformalitäten, und der Richter lässt ihm morgen wieder ziehen. Der Mann will einfach unsere Behandlung nicht, und er ist völlig harmlos.«

Stefan bedankte sich, nahm die Handakte und begann, darin herumzublättern. Viel stand noch nicht drin. Offenbar hatten Nachbarn des Patienten die Polizei gerufen, weil er nachts Klavier gespielt hatte. Nachdem er zunächst ruhig mit den Polizisten mitgegangen war, hatte er während der Fahrt Krawall gemacht, als ein Funkspruch der Zentrale einging. Kein Wunder, ein wahnhafter Mensch, der sich von der NSA abgehört fühlte, musste eine Funkanlage in seiner Nähe als höchste Bedrohung erleben. Die Polizisten hätten das Ding nur ausschalten müssen. Stattdessen legten sie ihm mit Gewalt Handschellen an. Einen der Polizisten hatte der Patient daraufhin an der Hand verletzt. Die Polizisten hatten mitgeteilt, so Schwester Kerstins schriftliche Anmerkung, dass mit dem Patienten ein polizeiliches Verhör durchgeführt werden sollte, sobald er wieder vernehmungsfähig sei. Na, damit würden sie noch etwas warten müssen.

Stefan blickte durch die Glasscheibe in den Aufnahmeraum. Oliver Beckmann saß im Schneidersitz auf seiner Liege und schien mit sich selbst zu reden. Jedenfalls schlief er nicht, aber er tobte auch nicht. Trotzdem zögerte Stefan, allein in den Raum zu gehen. Der Raum hatte zwar einen Notfallknopf, und wenn der betätigt wurde, kämen sofort die Pfleger von der Akutstation nebenan herübergelaufen, aber man hörte doch auch immer wieder davon, dass Ärzte und Pfleger der Psychiatrie zu Schaden kamen. Außerdem besagte die Vorschrift eindeutig, dass man nicht allein ins Aufnahmezimmer ging, wenn noch unklar war, ob der Patient sich aggressiv verhalten würde. Er hätte Kerstin zurückhalten müssen, das wusste er, und er ärgerte sich, dass sie seine Unerfahrenheit und Unsicherheit ausgenutzt hatte, um eine rauchen zu gehen.

Stefan Ull beschloss, zunächst in der digitalen Akte Einsicht zu nehmen, bevor er mit dem Patienten sprach. Er selbst kannte Oliver Beckmann bisher nicht, doch der Patient hatte im letzten halben Jahr bereits vier Aufenthalte bei ihnen gehabt, jeweils immer nur für einige Tage. Das war ungewöhnlich. Zwar blieb man heute nicht mehr sein Leben lang in der Psychiatrie, aber üblicherweise doch einige Wochen, manchmal auch Monate, jedenfalls bei der Diagnose, die man bei Herrn Beckmann gestellt hatte: akute paranoid-halluzinatorische Psychose.

Der Vater hatte sich, las Stefan in einer früheren Anamnese, unter derselben Diagnose das Leben genommen. Mutter gesund, eine ebenfalls gesunde jüngere Schwester. Im 18. Lebensjahr erster Schub der Erkrankung, bis zur Diagnosestellung vergingen aber einige Jahre. Anfänglich gute Prognose, gutes Ansprechen auf Medikamente. Das Musikstudium wurde noch bis zum 23. Lebensjahr fortgeführt, wenngleich immer wieder mit längeren Unterbrechungen. Seither nur noch Gelegenheitsjobs. Der Patient war vor einem halben Jahr zur Mutter gezogen. Die Mutter war die Betreuerin für die Bereiche Gesundheitsfürsorge, Finanzielles, Vertretung bei Ämtern und Behörden und Aufenthaltsbestimmung. Seither war Herr Beckmann, der zuvor offenbar in anderen Kliniken in Süddeutschland behandelt worden war, wiederholt bei ihnen im Aeskulap-Klinikum vorstellig geworden. Einen ambulanten Psychiater hatte er nicht, da er inzwischen jede Behandlung konsequent ablehnte. Der Sozialpsychiatrische Dienst war zumindest mit der Mutter in Kontakt. Im Rahmen von jeweils mehr oder weniger akuten Situationen war er immer wieder bei ihnen eingeliefert worden, hatte aber auch im Krankenhaus jegliche Behandlung abgelehnt. Doch es hatte nie Hinweise gegeben, dass Herr Beckmann sich selbst oder andere gefährdete. So hatte man ihm immer wieder niederschwellige Behandlungsangebote gemacht, ihm eine Anbindung an die Institutsambulanz des Hauses angeboten, ihn dann jedoch wieder entlassen, da er alles ablehnte und der Amtsrichter jeweils keine Handhabe sah, ihn gegen seinen Willen in der Psychiatrie zu halten. Mit der Mutter und Betreuerin war das Prozedere jeweils abgesprochen gewesen, und sie hatte sich angeboten, sich auch weiterhin um den Sohn zu kümmern. Das soziale Umfeld war also vorhanden.

Das war vielleicht die heutige Krux in der Psychiatrie und

das Erbe des Missbrauchs, den man in der Vergangenheit mit psychiatrisch Erkrankten betrieben hatte. Missliebige Personen aller Couleur, gerne auch politisch Andersdenkende, Menschen, deren sexuelle Ausrichtung nicht dem Mainstream entsprach, waren immer wieder von totalitären Regimen in die Psychiatrie »entsorgt« worden, und die Ärzte hatten sich zu allen Zeiten und unter allen Regimen als gefällige Vollstrecker missbrauchen lassen. Laut Psych-KG durfte niemand, selbst mit einer klaren Diagnose, gegen seinen Willen behandelt werden. Da waren die Gerichte heute sehr streng, und der Psychiater stand immer mit einem Bein im Gefängnis. Das hatte ihnen der Chef ja gerade erst wieder eingeschärft. Und wenn es um seine juristische Absicherung ging, verstand der keinen Spaß. Es gab schließlich das Recht auf Nichtbehandlung. Man konnte einen Menschen mit einer Tumorerkrankung auch nicht zwingen, sie behandeln zu lassen. Warum sollte das bei einer psychiatrischen Erkrankung anders sein, nur weil dieser Patient vielleicht durch ein bizarres Verhalten auffiel, an dem eine intolerante Gesellschaft sich störte? Stefan Ull fand aber immer noch, dass das eine zweischneidige Sache sei. Schließlich war es ja so, dass der Mensch in der akuten Psychose eine Denkstörung hatte und in deren Folge nicht kritikfähig war, also eigentlich auch gar nicht entscheidungsfähig. Man enthielt ihm damit die notwendige Medikation vor, die ihm vielleicht zur Einsicht verholfen hätte. Das wäre ungefähr so, als würde man einen komatösen Menschen nicht behandeln, nur weil er nicht mehr wach war und sein Einverständnis geben konnte. Konkret wurde in der Psychiatrie gefragt, ob der Patient noch seinen »natürlichen Willen« bilden konnte. Ein etwas merkwürdiges juristisches Konstrukt, das umschrieb, dass jemand, der wegen einer Erkrankung, zum Beispiel einer Demenz oder einer Psychose, keinen »freien Willen« mehr bilden konnte, dennoch Absichten, Wünsche, Wertungen und Handlungsintentionen aufweisen konnte, die den natürlichen Willen ausmachten. Aber was genau war der natürliche Wille? Und musste man diesen wirklich achten, wenn er einer schweren Erkrankung entsprang, sich der Patient damit selbst schadete und sich in den gesunden Phasen seiner Erkrankung vermutlich anders entschieden hätte? Mit diesen Fragen ließen die Juristen und sein Chef den Jungassistenten Stefan Ull bisher allein.

Stefan Ull gestand sich ein, dass er mehr als andere zu Grübeleien neigte. Im Nachtdienst musste man Entscheidungen fällen und keine philosophischen Abhandlungen verfassen. Die Nacht würde bald zu Ende, der Dienst vorbei sein. Er wollte das hier jetzt schnell klären, nicht wieder unangenehm beim Chef auffallen und danach in seinen freien Tag gehen. Endlich schlafen! Daher beging er einen folgenschweren Fehler, als er beschloss, diesmal ein stringentes Konzept zu erarbeiten, Entscheidungen zu fällen und Verantwortung zu übernehmen.

21

Am Mittwochmorgen wurde Kammowski erneut vorzeitig vom Telefon aus seinem Schlaf gerissen. Wenn das so weiterging, war die Urlaubserholung schnell aufgebraucht. Diesmal war es das Pflegeheim. Seine Mutter sei wieder gestürzt und werde gerade in die Klinik gebracht. Kammowski ärgerte sich, das hatte er doch verhindern wollen. Aber die Pflegekraft sagte, sie habe nur den Auftrag anzurufen, sie wisse keine Einzelheiten, das hätte alles noch die Nachtschicht geregelt. Kammowski sah auf den Wecker. Es lohnte sich nicht mehr, wieder ins Bett zu gehen. Also stand er auf, hinterließ Charlotte einen Gruß auf dem Frühstückstisch und machte sich auf den Weg zur Arbeit. Er würde später versuchen, in der Klinik jemanden telefonisch zu erreichen, und seine Mutter nach der Arbeit besuchen.

Obwohl es noch recht früh war und immer noch Schulferien waren, ächzte die Stadt unter dem Autoverkehr. Kammowski selbst fuhr privat kaum noch mit dem Wagen. Wenn er zu seinem Vergnügen unterwegs war, einen Ausflug nach Brandenburg machte, dann nahm er ohnehin lieber seine Moto Guzzi, und zur Arbeit fuhr er meist mit dem Fahrrad, obwohl das in einer Stadt wie Berlin auch nicht nur Freude bereitete. Er war mehr so der gemächliche Fahrradfahrer, und die ihn überholenden und schneidenden Rennräder eiligerer Mitmenschen in Funktionskleidung und professionelle Fahrradkuriere waren fast gefährlicher als der Autoverkehr, von der Feinstaub- und Stickoxidbelastung einmal abgesehen.

Die Wettervorhersage hatte wieder einen sehr heißen Tag

prognostiziert. Trotzdem war es insbesondere morgens unverkennbar, dass die Tage kürzer wurden und der Herbst vor der Tür stand. Es war ja auch schon Ende August. Das Nahen der kälteren Jahreszeiten schreckte Kammowski nicht. Er zog die kühle, nach Laub duftende Luft des Herbstes, die Pastellfarben der Blätter und Spätblüher, das weiche Licht der schräg stehenden Sonne jederzeit der unbarmherzigen Hitze, der gnadenlosen Helligkeit und den knalligen Farben des Sommers vor. Außerdem schwitzte man dann nicht so beim Fahrradfahren.

Während er in die Pedale trat, ließ er die Ereignisse der letzten Nacht Revue passieren. Oliver Beckmann als potenzieller Mörder des jungen Mädchens, von dem er jetzt wusste, dass es wohl Lena Kaufmann geheißen hatte? Das Herrichten der Leiche, wie hatte Kevin noch gesagt? Wie Schneewittchen? Das konnte durchaus zu der psychotisch-religiösen Verklärung passen, die sich in der Madonnendarstellung des Mädchens an Olivers Wand gezeigt hatte. Aber eine brutale Vergewaltigung? So sah Oliver eigentlich nicht aus. Nun, er wusste zu wenig von dieser Erkrankung. Sie würden sich fachlichen Rat einholen müssen.

Gegen sieben Uhr kam er im LKA an. Er informierte kurz Thomandel, der schon am Schreibtisch saß, über die neue Entwicklung und rief dann bei der KTU an, damit diese ein Spurensicherungsteam zu Frau Beckmann schickte. Svenja war noch nicht da. Sie hatte Gleitarbeitszeit und kam meist gegen 7:30 Uhr. Kammowski hatte mit Thomandel vereinbart, dass er und Svenja die Frühkonferenz ausfallen lassen sollten, um sich in Olivers Zimmer umzusehen. Während Kammowski bei Doro mit einem Kaffee auf Svenja wartete, überlegte er, ob es eine gute Idee war, dass er selbst zu seiner Nachbarin fuhr. Er dachte daran, wie sich Frau Beckmann wohl fühlen mochte. Dann verwarf er den Gedanken wieder. Die Sache wurde nicht dadurch besser, dass er sich drückte und andere Kollegen vorschickte. Später würden sie dann auch in der Klinik vorbeifahren und sehen, ob Oliver vernehmungsfähig wäre. Thomandel hatte schon einen Haftbefehl beantragt, und der Richter würde eine Unterbringung nach § 126 StPO anordnen. Danach würde man Oliver Beckmann in eine Klinik des Maßregelvollzugs überstellen können.

Svenja traf pünktlich ein, und Kammowski informierte sie rasch über die Ereignisse der Nacht. Sie kam auf die Idee, sich schon mal in der Klinik anzukündigen, bevor sie losfuhren. Dabei machte sie eine unliebsame Entdeckung.

»Stell dir vor, Kammowski, Oliver Beckmann ist schon wieder aus der Psychiatrie entlassen worden. Beziehungsweise, sie haben ihn gar nicht aufgenommen. Sie sagen, sie hätten von möglicher Fremdgefährdung nichts gewusst.«

»Verdammter Mist. Das darf doch nicht wahr sein! Wann war das?«

»Die Schwester sagt, so gegen 6 Uhr 20.«

Kammowski schlug mit der Faust auf den Tisch. »Ruf rasch die Taxileitstellen an, ob jemand heute Morgen einen Transport von der Aeskulap-Klinik hatte.« Svenja nickte. Dann griff er selbst zum Telefon und rief Frau Beckmann an. Es war jetzt acht Uhr. Nein, Oliver sei noch nicht nach Hause gekommen. Sie versprach, sich sofort zu melden, sobald er auftauchte. Ihr hilfloser Ton traf Kammowski wie ein Messer in die Brust. Er hatte das Gefühl, komplett versagt zu haben.

»Wir sind in spätestens einer Dreiviertelstunde bei Ihnen.«

»Danke, Herr Kammowski«, hauchte sie. Wofür nur, dachte Kammowski verzweifelt. Vielleicht dafür, dass wir gleich deine Wohnung auf den Kopf stellen werden? Dafür, dass ich nicht dafür gesorgt habe, dass dein Sohn sicher untergebracht wurde?

Wieder griff er zum Telefon. Eine Beamtin des Teams, das Oliver in der Nacht in die Klinik gebracht hatte, war noch erreichbar, ihr Kollege hatte sich krankgemeldet. Die Polizeianwärterin wies alle Verantwortung von sich. Der Typ wäre irre gewesen, hätte so um sich geschlagen, dass sie niemals auf den Gedanken gekommen wären, dass die ihn gleich wieder entlassen. Sie wären ja froh gewesen, den Mann ohne Probleme dort abgeliefert zu haben. Ihr Kollege müsse selbst zum Arzt und die Verletzungen versorgen lassen, die Oliver Beckmann ihm beigebracht hätte. Das hätte das Personal in der Klinik ja auch gesehen und zur Kenntnis genommen, und sie hätten es auch darüber informiert, dass die Polizei noch mit dem Patienten würde sprechen müssen.

Thomandel, der bei dem Telefonat neben dem Schreibtisch gestanden hatte, sagte nichts. Das machte die Sache nicht besser. Der Chef meckerte ja gerne und ausgiebig an Kleinigkeiten und Formalien herum, aber wenn er mal schwieg, so wie jetzt, dann war wirklich etwas schiefgelaufen. Und Kammowski musste ihm recht geben. Natürlich hätte er Oliver Beckmann regulär verhaften und dann die Unterbringung im Maßregelvollzug erwirken müssen. Aber heute Nacht war er als hilfsbereiter Nachbar unterwegs gewesen, der um seinen Schlaf gebracht wurde, und nicht als ermittelnder Kommissar. Die Ebenen hatten sich so plötzlich vermischt, dass er nicht so schnell hinterhergekommen war. Wie konnten die diesen offensichtlich psychisch kranken Menschen im Aeskulap-Klinikum aber auch einfach wieder entlassen? Kammowski überlegte, in der Klinik anzurufen. Dann verwarf er den Gedanken wieder. Das brachte sie jetzt auch nicht weiter.

Doro rief von ihrem Flurbüro herüber, dass die Taxizentralen um die betreffende Zeit keine Fahrt von der Aeskulap-Klinik gehabt hatten.

»Okay«, sagte Thomandel schließlich. »Überlasst Doro die Fahndungsausschreibung und seht euch in der Wohnung dieses Herrn Beckmann um. Vielleicht taucht er dort ja in den nächsten Stunden auf. Danach besucht ihr die Eltern dieses Mädchens. Wo ist sie zur Schule gegangen? Welche Freunde hatte sie?« Er schaute sich suchend um. »Wo stecken eigentlich Kevin und Max?«

»Kevin hat frei, und Max kommt etwas später«, gab Svenja zurück. Sie grinste Kammowski verstohlen an. Thomandel konnte sich angeblich nie daran erinnern, wenn jemand mit ihm einen freien Tag abgesprochen hatte, das kannten sie schon. Sie wussten nur nicht, ob er wirklich so vergesslich war, mit Kevin hatte er ja gestern erst darüber gesprochen, oder ob das zu seiner Taktik gehörte, sich stets als den einzigen arbeitenden Beamten vor Ort zu inszenieren.

»Denkt an ein Bild von Oliver Beckmann«, rief Doro ihnen hinterher, als sie wenige Minuten später das Haus verließen.

»Du kannst nichts dafür, dass er weg ist«, sagte Svenja, als sie im Auto saßen. »Das ist einfach eine Verkettung saublöder Umstände. Letztlich hast du uns sogar eine Spur in dem Fall gewiesen, und all das, während wir anderen noch friedlich im Bettchen geschlummert haben. Und wir wissen endlich, wer Schneewittchen ist. Also mach dir keinen Kopf. Der taucht schon wieder auf.«

Kammowski grinste schief. Svenja war es nicht entgangen, dass er sich Vorwürfe machte. Ihr Trost war wohltuend, half aber nicht über die Erkenntnis hinweg, dass er einen Fehler gemacht hatte. Aber sie hatte recht. Nicht nur er, sondern auch die Streifenbeamten und die Klinik. Alle zusammen hatten sie es vergeigt. Da war sie wieder die alte Regel: Eine Sache ging nur dann richtig schief, wenn es an mehreren Stellen gleichzeitig schieflief.

Olivers Zimmer hatte sich sehr verändert, seit Kammowski es zuletzt gesehen hatte. Mit roter Farbe waren in großen Lettern auf allen Wänden Schriftzüge angebracht:

> *Ward verwundet um unsere Sünden, ward zerschlagen für unsere Missetat, und die Strafe lag auf ihr. Und er wird reinigen und läutern seine Priester, auf dass sie bringen Gott, ihrem Herrn, das Opfer.*

Und um das Bild von der Lena-Madonna stand geschrieben: *Ich weiß, dass mein Erlöser lebet.*

Die Farbe war sehr feucht aufgetragen worden, überall waren Farbnasen die Wand hinuntergelaufen. »Wow, das sieht aus wie Blut«, gab Svenja beeindruckt von sich.

»Acrylfarbe«, stellte Susanne Pötters richtig, die das KTU-Team leitete. »Sonst würde es hier anders riechen.«

Nachdem die KTU alle Spuren gesichert hatte, sahen sich Kammowski und Svenja die Beweisobjekte an. Sie waren vernichtend.

Neben Kleidungsstücken eines jungen Mädchens, Hose, T-Shirt, Unterwäsche, wurde ein rosa Rucksack gefunden, darin das Portemonnaie von Lena mit etwas Kleingeld und ihrem Schülerausweis für die öffentlichen Verkehrsmittel. Auch einen Taschenkalender fanden sie, mit wenigen tagebuchartigen kurzen Aufzeichnungen. Den würden sie sich später vornehmen. Ein Handy war nicht bei ihren Sachen.

Die KTU untersuchte auch die Kleidung von Oliver. In einem Kapuzenshirt fanden sie in den Taschen Überreste von

Blumen, Herbstanemonen und Rosen, ein Feuerzeug und drei Teelichter, die offenbar wegen eines schlechten Dochts nicht zu entzünden gewesen waren.

»Denkt daran, die Schuhe mitzunehmen, wegen der Fußspuren am Tatort«, sagte Kammowski, schob aber sogleich mehrere »'tschuldigung, 'tschuldigung« hinterher, denn Susanne Pötters hatte ihm einen strafenden Blick zugeworfen und dann mit einem Kopfnicken auf eine Kiste mit mehreren Schuhen, in Plastiktüten verpackt, gewiesen.

Als die Spurensicherung wieder gegangen war, setzte sich Kammowski zu Frau Beckmann an den Tisch. Sie schwiegen einige Sekunden, und dann legte Kammowski seine Hand auf ihre gefalteten Hände. Grobe, vom Rheuma gezeichnete Hände, denen man ein arbeitsreiches Leben ansah. Frau Beckmann hatte in den letzten zwei Stunden dem hektischen Treiben in ihrer Wohnung in einem Zustand nahe der Agonie beigewohnt und sich kaum gerührt.

»Frau Beckmann«, begann Kammowski, »wir haben in Olivers Zimmer allerhand Dinge gefunden …« Sie schien aus dem tranceähnlichen Zustand zu erwachen, sah erstaunt auf.

»… Dinge von Lena meine ich.«

»Sie war ja oft da«, versuchte Frau Beckmann zu erklären.

»Ja, sicher, aber wir haben auch Sachen gefunden, die nahelegen, dass Oliver am Tatort war.«

Sie erwiderte nichts, starrte ihn nur an. »Wir können momentan nicht mehr ausschließen, dass Ihr Sohn etwas mit Lenas Tod zu tun hat. Wir wissen auch nicht, in welchem Zustand er jetzt ist. Ob er vielleicht gewalttätig ist.«

»Oliver gewalttätig? Nein, bestimmt nicht.«

»Frau Beckmann, Ihr Sohn ist krank, sehr krank. Niemand weiß, zu was er in dieser Situation fähig ist. Haben Sie eine Idee, wo er sich jetzt aufhalten könnte? Wenn ja, dann müssen

Sie uns unbedingt weiterhelfen, damit nicht noch mehr passiert.«

»Nein, er kennt niemanden in Berlin. Er ist doch erst seit einem halben Jahr hier. Vorher hat er in München gelebt.«

Kammowski dachte an Charlotte. Sie war noch keine zwei Wochen hier und kannte offenbar schon sehr viel mehr Menschen als er selbst. Laut sagte er: »Könnten Sie vielleicht einige Tage zu Ihrer Tochter ziehen? Zu Ihrer eigenen Sicherheit?«

»Nein, das mache ich nicht. Wenn Oliver herkommt, möchte ich für ihn da sein. Er ist mein Sohn.« Energisch stand sie auf und glättete die Falten ihrer Schürze, wie um ihren Worten Nachdruck zu verleihen.

»Das halte ich für keine gute Idee.«

»Doch, das ist eine sehr gute Idee. Das hier ist mein Zuhause und auch das von Oliver!«

Kammowski seufzte. »Also gut, aber Sie informieren uns sofort, wenn er kommt, und wir stellen Ihnen eine Streife vor die Tür, die ein Auge auf Sie hat.«

»Nein, bitte nicht, das ist nicht nötig, und was sollen denn die Nachbarn denken?«

Aber Kammowski ließ das nicht gelten. Im Auto telefonierte Svenja mit Doro, um das Nötige zu veranlassen und die anderen zu informieren, während Kammowski den Wagen durch den dichten Verkehr lenkte. Sie selbst hatten noch einen weiteren, schweren Weg vor sich. Svenja gab die Adresse von Lenas Mutter in das Navi ein. »Brauchst du nicht«, sagte Kammowski. »Ich weiß, wo das ist.« Er kannte sich doch aus in seinem Kreuzberg.

22

Das Haus am Kottbusser Tor, oder am Kotti, wie man in Berlin sagte, wies die Abnutzung und Vernachlässigung von Jahrzehnten auf. Es war einer dieser lieblosen Nachkriegsbauten, deren Sinn darin bestand, möglichst schnell und viel billigen Wohnraum zu schaffen und Rendite abzuwerfen. Immerhin waren alle Wohnungen mit Balkonen ausgestattet, auf nahezu jedem war eine Fernseh-Schüssel montiert. Generationen von Mietern hatten das Ihrige beigetragen, den Komplex herunterzuwirtschaften, so, wie Generationen von Eigentümern das egal gewesen war, solange die Mieteinnahmen flossen.

Kammowski zögerte, als sie den Aufzug betraten. Er wirkte nicht gerade vertrauenerweckend. Baujahr 1982. Svenja war schon vorangegangen und hatte den Knopf für die vierte Etage gedrückt, so blieb ihm nichts anderes übrig, als ihr zu folgen. Im vierten Stock fanden sie eine Klingel mit dem Schriftzug »Kaufmann«. Ein Mann mittleren Alters öffnete ihnen die Tür und schaute sie fragend an.

»Können wir bitte Frau Kaufmann sprechen? Wir sind vom LKA.« Sie zückten ihre Ausweise und hielten sie dem Mann unter die Nase.

»Watt wollense denn von der?« Dem Mann war Unbehagen, vielleicht ein schlechtes Gewissen anzusehen. Aber das befällt manche Menschen ja schlagartig, sobald sie der Polizei gegenüberstanden, dachte Kammowski.

»Das würden wir ihr gerne selbst sagen. Dürfen wir vielleicht einen Moment hereinkommen?«

Svenja war die Freundlichkeit in Person. Diesem offenen Lächeln, dieser zarten Person konnte man einfach nichts abschlagen. Svenja weckte in jedem Menschen das Gefühl, gemocht oder zumindest nicht abgelehnt zu werden. Das wusste Kammowski inzwischen und ließ Svenja bei solchen Aktionen nur zu gern den Vortritt. Seine bulligen ein Meter neunzig und vielleicht auch seine etwas schroffe, direkte Art ließen die Menschen erst einmal zurückschrecken und in Abwehr gehen.

Es wirkte auch diesmal. Die eben noch abweisende Haltung des Mannes schmolz unter Svenjas harmlosem Satz wie Butter in der Sonne. Er öffnete die Tür und ließ sie ein. Die Wohnung roch nach kaltem Nikotin. Alles, von den Wänden bis zu den abgewetzten, fleckigen Polstermöbeln, schien von einem braunen Film überzogen, der das pure Nikotin abdampfte. Der Teppich unter der Sitzgruppe war durchlöchert von Kippen, die hier ausgebrannt oder ausgetreten worden waren. In dieser Wohnung lebten Kettenraucher. Aber die Wohnung wirkte aufgeräumt und gelüftet. In der Ecke stand ein Staubsauger, seine Schnur war noch mit der Steckdose verbunden.

»Entschuldigense bitte, ick war ja jerade beim Hausputz.« Der Mann räumte eilig den Staubsauger weg.

»Sieht ja auch schon gut aus hier. Aber dürfen wir Sie jetzt vielleicht fragen, wo Frau Kaufmann ist? Und wer Sie sind?« Svenja war einfach umwerfend. Ihr gelang es, neugierige Fragen, in ein Angebot zu verwandeln, das man nicht ablehnen konnte.

»Oh, ja, klar. Holger Mayen. Ick bin neen Bekannter von Frau Kaufmann. Meene Bekannte is jerade mal watt einkofen. Sie muss jeden Oojenblick zurück sein.« Er sah sich etwas hilflos um, als fragte er sich, ob die Wohnung vorzeigbar sei.

»Wollnse vielleicht nen Kaffe?«, fragte er schließlich, sah dabei aber nur Svenja an.

»Nein, danke, das ist wirklich nicht nötig, aber sehr freundlich von Ihnen.« Svenja lächelte wieder, und Holger Mayen erwiderte ihr Lächeln mit einem etwas unsicheren Blick. Er schien alles andere um sich herum vergessen zu haben. Das wurde Kammowski allmählich zu bunt.

»Herr Mayen, lebt hier eine Lena Kaufmann, und in welchem Verhältnis stehen Sie zu ihr?«

Kammowskis Frage durchschnitt das Band des Verständnisses, das Svenja gerade mühsam geknüpft hatte. Sie verzog kurz den Mundwinkel. Aber Kammowski beachtete sie nicht. Sosehr er Svenjas Befragungstaktik schätzte, er wollte hier und jetzt Fakten sehen, und dieses Geplänkel nervte ihn.

»Lena is die Kleene von meener Bekannten, warum wollnse dat denn wissen?«

»Wir sind diejenigen, die die Fragen stellen, Herr Mayen. Wann haben Sie Lena zum letzten Mal gesehen?«

Der Mann schien ernsthaft nachzugrübeln. Dann schüttelte er den Kopf. »Keene Ahnung, vorjestern vielleicht? Sie wissen ja, diese jungen Dinger sind ja heutzutage dauernd uf Trebe.« Wieder kniff er die Augen in Richtung Svenja zusammen, als habe er einen netten Scherz gemacht.

Kammowski fand das nicht witzig. »Sie leben hier im Haushalt und wissen nicht, wann Sie ein vierzehnjähriges Mädchen, das ebenfalls hier lebt, zuletzt gesehen haben?«

»Nein, nein, ick hab schon noch meene eigene Bude, ooch wenn ick oft hier bin.«

In die kurze Stille, die sich anschloss, drangen Geräusche von der Tür. Eine blonde Frau in undefinierbarem Alter, vielleicht Mitte vierzig, betrat die Wohnung, in jeder Hand eine Einkaufstüte. Schlank, zu schlank, und mit der grauen Haut, die den starken Raucher auszeichnete. Sie hat die Statur und den wackeligen Gang einer Alkoholikerin, dachte Kammowski.

Frau Kaufmann hatte einen aufgedunsen wirkenden Leib ohne jede Taille und spindeldürre Arme und Beine. Ihr vom Nikotin zerfurchtes Gesicht war mit pastöser Schminke bedeckt, die den Eindruck von Verlebtheit eher noch verstärkte. Die Hände machten fahrige Bewegungen, nestelten ständig an etwas herum, an ihren Haaren, am Reißverschluss ihrer Jacke, an ihrer Handtasche. Ihre Augen wanderten unstet umher, konnten den Blick nicht halten. Schließlich wühlte sie in ihrer Handtasche, fand eine Zigarettenschachtel und zündete sich rasch eine an, bevor sie die Besucher begrüßte.

Svenja warf Kammowski wieder einen Blick zu. Der sollte wohl heißen: Lass mich das machen. Aber Kammowski hatte gar nicht vorgehabt, vorzupreschen. Die Mitteilung des Todes eines Angehörigen war so ziemlich das Schlimmste, was die Polizeiarbeit mit sich brachte. Den Job überließ Kammowski liebend gerne anderen.

»Frau Kaufmann, wir möchten Ihnen einige Fotos zeigen. Ist das hier Ihre Tochter Lena?«

Und als Frau Kaufmann mit einem Anflug von Panik im Gesicht wortlos nickte, fuhr Svenja fort: »Dann müssen wir Ihnen leider eine sehr traurige Mitteilung machen …«

Lenas Mutter lächelte verlegen, schien in den Augen der Kommissare verzweifelt nach dem Scherz, der Korrektur der Aussage zu suchen. Um ihre Mundwinkel zuckte es nervös. Aber da wurde keine Aussage korrigiert. Als sie dessen gewahr wurde, schien sie plötzlich ihre Muskelspannung zu verlieren. Alles an ihr wurde schlapp. Sie ließ ihre Zigarette einfach fallen und sackte auf der Couch in sich zusammen wie ein Luftballon, aus dem die Luft entwichen war. Dann setzte sie zu einem lang gezogenen Schrei an, unnatürlich und schrill, nur unterbrochen von kurzen Atemstößen, die giemend und stöhnend in die Lunge ein- und ausgelassen wurden und sich anhörten, als verlasse die Seele eines Asthmatikers dessen Körper.

»Marianne.« Holger Mayen stürzte auf seine Freundin zu und versuchte, sie aufzurichten. Doch Marianne Kaufmann stieß ihn beiseite. Nach einigen Minuten, die allen schier endlos vorkamen, wurden ihre Schreie schließlich leiser und kürzer.

»Nein, nein, nein, das glaube ich nicht«, stieß sie hervor. Mayen versuchte erneut, sie in den Arm zu nehmen. Auch er hatte Tränen in den Augen. Wieder stieß sie ihn beiseite. Er wandte sich hilflos ab. Marianne wollte keinen Trost, sie wollte, dass ihr jemand sagte, dass das ein böser Scherz gewesen war. Wieder vergingen lange, qualvolle Minuten. Dann weinte sie, als würde niemals wieder etwas gut werden. Irgendwann schien ihr die Kraft selbst dafür auszugehen und der Gefühlsausbruch verebbte langsam.

Viel erfuhren Kammowski und Svenja nicht mehr. Weder Holger Mayen noch Marianne Kaufmann konnten sich definitiv erinnern, wann sie Lena zuletzt gesehen hatten. Sie hätten gedacht, sie sei bei einer Freundin. Konnten aber weder Namen noch Adresse besagter Freundin angeben. Dass Lena schwanger gewesen war, konnten sie sich nicht vorstellen. Das hätten sie doch gemerkt, sie hätte doch noch nicht einmal einen Freund gehabt.

Während Holger seiner Partnerin ein großes Glas Cognac eingoss, das sie dankend annahm und in gierigen Schlucken in sich hineinschüttete, überprüften Kammowski und Svenja Lenas Zimmer. Als sich die Kinderzimmertür hinter ihnen geschlossen hatte, ließ Svenja ihren Gefühlen freien Lauf.

»Das darf jetzt nicht wahr sein, hast du so etwas Widerwärtiges schon mal erlebt. Die ganze Trauer ist doch falsch, diese Frau vergießt keine einzige echte Träne.«

»Ach, ich weiß nicht«, sagte Kammowski. »Jeder, wie er kann.«

»Was meinst du damit? Findest du es etwa in Ordnung, dass diese Frau nichts als ihren Suff im Sinn hat? Dass sie nicht den geringsten Schimmer hat, was in ihrer Tochter vorgegangen ist? Dass sie nicht mal sagen kann, wann sie ihre Tochter zuletzt gesehen hat? Ein vierzehnjähriges Kind. Und das willst du jetzt ernsthaft rechtfertigen, ja?« Kammowski schaute sie erstaunt an.

»Nein, natürlich nicht, Svenja, krieg dich wieder ein und hör auf, mich anzumeckern, ich kann nichts dafür. Ich sage nur, dass diese Frau, aus welchen Gründen auch immer, selbst total am Ende ist. Die Frau ist alkoholkrank. Sie ist süchtig und hat sich und ihr Leben einfach nicht unter Kontrolle. Und dieser Typ da scheint mir keine große Hilfe zu sein. Sucht hat doch immer auch etwas mit Suche zu tun. Mit einer verzweifelten Suche nach dem richtigen Weg. Jedenfalls haben die beiden Worte doch etwas gemeinsam, Sucht und Suche. Findest du nicht? Vermutlich hast du recht, dass sie Lena nicht die Mutter gewesen ist, die sie hätte sein sollen. Aber welche Mutter ist schon perfekt? Diese hier kann kaum für sich selbst Verantwortung übernehmen. Das heißt aber nicht, dass sie jetzt nicht trauern darf oder dass ihre Trauer nur gespielt ist. Außerdem ist Lena ein pubertierendes Mädchen gewesen, und die erzählen nun mal nicht mehr alles zu Hause.«

»Trotzdem finde ich es ungerecht. Diese Lena«, sie wies auf das Zimmer des Mädchens, als wäre das Interieur Beweis für ihre Aussage, »hat doch überhaupt keine Chance gehabt.«

Kammowski zuckte die Achseln. »Die Welt ist ungerecht, wusstest du das noch nicht?«

Lenas Zimmer war das eines kleinen Mädchens. Alles in Rosa, vollgestopft mit billigen Kuscheltieren, Plüsch und Kinkerlitzchen aller Art. Eine Stunde lang gingen sie alle Schränke durch, fanden aber nichts, was ihnen weitergeholfen hätte. Wenn Lena ein anderes Leben gelebt hatte, als das Zimmer hier weismachen wollte, dann hatte sie dieses Leben gut verborgen. Als sie sich verabschiedeten, übergab Svenja Frau Kaufmann einen Zettel mit Ort und Zeit zur Identifikation ihrer Tochter. Frau Kaufmann nahm die Notiz mit einem Grinsen entgegen und lallte einen Dank. Es machte nicht den Eindruck, als habe sie verstanden, um was es ging. Auch Holger Mayen schien nicht mehr aufnahmefähig. Während Kammowski und Svenja das Kinderzimmer inspiziert hatten, hatten sich die beiden in einen tröstenden Vollrausch getrunken.

Die Rückfahrt ins LKA verlief schweigend. »Soll ich dich irgendwo absetzen?«, fragte Svenja schließlich. Aber Kammowski schüttelte nur den Kopf. »Ich hab mein Fahrrad noch in der Keithstraße.« Ein Anruf auf Kammowskis Handy unterbrach schließlich die Stille.

Es war das Aeskulap-Klinikum. Mist. Seine Mutter hatte Kammowski komplett vergessen. Die Rettungsstelle wollte nur Bescheid geben, dass sich seine Mutter nichts gebrochen hätte. Sie wäre aber völlig verwirrt gewesen, hätte die ganze Rettungsstelle zusammengeschrien, wollte weglaufen, und als die Pfleger das zu verhindern suchten, hätte sie sie geschlagen und gekratzt. Sie hätten sie daher in die geschlossene Gerontopsychiatrie des Hauses verlegt. Kammowski stöhnte laut auf und beendete das Gespräch.

»Probleme?«

»Nein, alles in Ordnung, meine Mutter ist heute Nacht im

Heim gestürzt, und nun ruft die Klinik an, um zu sagen, dass sie sich nichts gebrochen hat.«

»Um das festzustellen, haben die den ganzen Tag gebraucht?«

Kammowski nickte. »Angeblich ist sie handgreiflich geworden, und deshalb haben sie sie jetzt in die Gerontopsychiatrie verlegt.«

Svenja sah ihn fragend an. »Handgreiflich? Eine achtzigjährige Frau?«

»Keine Ahnung, wahrscheinlich hat sie den ganzen Tag in der Rettungsstelle nichts zu essen und zu trinken bekommen, was weiß denn ich.« Wieder seufzte er. Der Tag war voller Eindrücke und belastender Ereignisse gewesen. Er sehnte sich nach Ruhe und Feierabend.

»Kannst du mich doch zu Hause bei meinem Auto vorbeibringen? Ich denke, ich muss mal in die Klinik.«

»Ich komme einfach mit. Deine Mutter ist doch in der Aeskulap-Klinik, oder? Da war Oliver Beckmann auch. Du gehst deine Mutter besuchen, und ich versuche mal herauszufinden, warum die den Beckmann gleich wieder entlassen haben.«

23

Chefarzt Hoch-Rathing gab einen leisen Seufzer von sich. Dieser Arbeitstag war lang und nicht nach seinem Geschmack gewesen. Und nun meldete seine Sekretärin auch noch den Besuch einer Kriminalkommissarin an, die ihn dringend zu sprechen wünschte.

Der Tag hatte damit begonnen, dass um halb neun, direkt nach der Frühkonferenz, gleichzeitig und offenbar ohne Absprache die Amtsärztin und die Besuchskommission der Berliner Psychiatrien vor der Tür gestanden hatten. Unangemeldet kamen die selten, und wenn, dann immer als Folge von Beschwerden. Aber natürlich hatten sie das Recht, unangemeldet zu kommen. Und er hatte die Pflicht, ihnen alles zu zeigen. Wenn sie etwas fanden, konnte das unangenehme Folgen für das Haus und auch für ihn haben. Er trug schließlich die Verantwortung.

Warum die Amtsärztin kam, war ihm sofort klar gewesen. Auf seinem Schreibtisch lagen zwölf Beschwerdebriefe der Angehörigen einer Patientin aus der Gerontopsychiatrie, zwölf! Er hätte sicher besser daran getan, ihr einen zeitnahen Termin für ein Gespräch zu geben statt einen in der kommenden Woche, das sah er jetzt ein. Er hatte auf die sich im Urlaub befindliche zuständige Oberärztin verwiesen und gehofft, das Ganze aussitzen zu können, eine Taktik, die sich fast immer bewährte. Diesmal nicht. Die Oberärztin war inzwischen wieder da, aber der Tochter der Patientin war der Termin in der kommenden Woche nicht zeitig genug gewesen, daher hatte sie sich an die Amtsärztin gewandt.

Die Frau musste querulatorisch veranlagt sein. Sie hatte sich über das Essen, das Personal, die Zimmer und die Hygiene beschwert. Und das mit dem Halbwissen einer Frau, die auch schon einmal als Pflegehelferin gearbeitet hatte. So hatte sie einen ganzen Brief darüber verfasst, dass die Pflege alles nur mit Feuchttüchern abwischen würde, statt ordentlich zu putzen und zu desinfizieren. Mit Feuchttüchern! Oh, heilige Einfalt! Das waren teure Flächen-Desinfektionstücher. Früher hatte die Pflege selbst die Desinfektionslösungen angesetzt, das war aber lange vorbei. Die kommerziell gefertigten Tücher waren von gleichbleibender Qualität, behauptete jedenfalls die Hygieneschwester, und die Arbeitsmediziner waren auch froh, dass die Pflege nicht mehr mit diesen gefährlichen Konzentraten rumhantieren musste.

Das mit den Feuchttüchern hatte die Oberärztin der Amtsärztin rasch klarmachen können, wie sie ihm bereits berichtet hatte. Diese Angelegenheit war damit hoffentlich erledigt, und bei der Besichtigung der gerontopsychiatrischen Station waren offenbar auch sonst keine Mängel offenbart worden.

Um die Besuchskommission hatte er sich selbst kümmern müssen. Und ihr Bericht stand natürlich noch aus. Aber er hatte nicht den Eindruck, dass sich hieraus Probleme ergeben könnten. Ein Patient hatte sich darüber beschwert, dass er bei der Aufnahme fixiert worden war. Nun, das kam vor in der Akutpsychiatrie. Diese Akte hatten die Mitglieder der Kommission einsehen wollen und die Dokumentation der Aufnahmesituation. Der Patient hatte angegeben, dass er von Anfang an bereit gewesen sei, Medikamente zu nehmen, und trotzdem hätte sich der Arzt mit drei Pflegern auf ihn gestürzt und ihn am Bett fixiert, wo er mehr als fünf Stunden völlig regungslos hätte verharren müssen. Und niemand hätte sich um seinen gebrochenen Arm gekümmert, er hätte schreckliche Schmerzen aushalten müssen. Hoch-Rathing hatte sich den Aufnahmebericht angesehen. Stefan Ull hatte in der Nacht Dienst gehabt. Das hätte auch schiefgehen können, der junge Assistent war immer für eine Beschwerde gut.

Der Patient, im Hause bereits wegen einer Drogen-induzierten Psychose und Alkoholabhängigkeit bekannt, war um 1:30 Uhr mit 3,4 Promille Blutalkohol von der Polizei in Handschellen gebracht worden. Er hatte schon vorher in einer Kneipe und im Polizeiauto randaliert, hatte schließlich in der Rettungsstelle mit Stühlen um sich geworfen und war dann von den Polizisten mithilfe der Pflege auf einem Bett mit Gurten vorschriftsmäßig fixiert worden. Auch dort hatte er offenbar weitergetobt, hatte jede körperliche Untersuchung und die Einnahme von Medikamenten unter wüsten Beschimpfungen verweigert. Schließlich hatte Ull ihm eine Injektion verabreicht. Danach hatte er bis zum Morgen geschlafen und war gegen fünf Uhr von der Pflege nach Prüfung seiner Absprachefähigkeit von seinen Fesseln befreit worden. Er war zur Toilette gegangen, hatte sich wieder hingelegt und dann noch bis sieben Uhr seinen Rausch ausgeschlafen. Erst danach hatte er über Schmerzen im Arm geklagt, und ein Röntgenbild hatte eine Fraktur nachgewiesen. Zum Glück war alles genau dokumentiert worden. Wenn sie jemanden in Fixierung hatten, war die Pflege gehalten, alle halbe Stunde nach dem Patienten zu sehen und das zu dokumentieren. Der Arzt musste die Fixierung alle zwei Stunden wieder neu anordnen.

Natürlich hatte man nicht klären können, wann sich der Mann diesen Bruch zugezogen hatte, so wie der getobt hatte. Und natürlich hätte man bei eingehender körperlicher Untersuchung so eine Verletzung auch früher feststellen müssen, aber was sollte man denn machen, wenn da ein Baum von einem Mann mit drei Promille randalierte und jede körperliche Untersuchung verweigerte. Jedenfalls hatte er sich beschwert und ihnen die Besuchskommission eingebrockt.

Diesmal schien man Stefan Ull, ihrem jüngsten Assistenzarzt, der in Augen von Hoch-Rathing nicht gerade die hellste Kerze auf dem Assistentenkuchen war – aber was sollte man machen, so war das Angebot eben zurzeit, und wenigstens war er der deutschen Sprache mächtig –, keinen Fehler vorhalten zu können. Das hatte er dann auch der Besuchskommission klargemacht. Aber es hatte ihn den halben Tag gekostet. So etwas konnte man leider nicht an Oberärzte delegieren. Hier musste man sehr vorsichtig sein, sonst lief man in gravierende Probleme hinein. Chefarzt Hoch-Rathing war nicht umsonst in seinem Beruf so weit gekommen. Er wusste, wo die Fallstricke lagen. Delegieren können und wissen, wann man tunlichst nicht delegierte, das war die hohe Kunst.

Die Besuchskommissionen waren durch das »Berliner Gesetz zum Schutze psychisch Kranker« geregelt. Die Mitglieder arbeiteten ehrenamtlich, waren unabhängig von Weisungen und besuchten alle psychiatrischen Einrichtungen in Berlin mindestens einmal im Jahr, um zu prüfen, ob das Gesetz zum Schutz psychisch Kranker auch eingehalten wird. Es waren immer auch »Psychiatrieerfahrene« dabei, sprich Patienten, die nicht selten eine negative Sicht auf die Psychiatrie als Institution hatten. Die Berichte der Kommission wurden dem Landesbeirat für psychische Gesundheit vorgelegt, der wiederum Stellung dazu nahm und beides der zuständigen Senatsverwaltung vorlegte. Wurden hier gravierende Mängel aufgedeckt, konnte das unangenehme Folgen haben.

Wie schon gesagt, dieser Tag hatte es in sich. Was also wollte nun auch noch eine Kommissarin vom Landeskriminalamt von ihm?

24

Als sich die Tür endlich mit einem Summen öffnete, schlug ihm eine Wolke säuerlichen Geruchs nach abgestandenem Urin entgegen. Kammowski zuckte zusammen. Zwar kannte er das schon aus dem Heim seiner Mutter, aber hier war es noch intensiver. Eine greisenhafte Gestalt, nur mit einer Windel bekleidet, stand in einer Art Laufstall für Erwachsene direkt vor der Tür und sprach ihn an, oder besser, brabbelte unverständliche Laute vor sich hin. Als Kammowski weitergehen wollte, griff eine knorrige Hand mit langen, braun verfärbten Fingernägeln nach ihm und klammerte sich an seinem Hemd fest. Kammowski schob sie etwas erschrocken weg, der alte Mann ließ los und zockelte unbeeindruckt seines Weges. Es sah nicht gerade stabil aus, wie er da in diesem Gestell hing, aber er kam irgendwie voran.

Kammowski bahnte sich seinen Weg über den langen Flur zum Pflegedienstzimmer. Waren diese braun-schwarzen Häuflein, die auf dem gesamten Flur verteilt waren, tatsächlich Exkremente, oder hatte da nur jemand dunkle Erde hereingetragen? Was es auch war, Kammowski wollte es nicht wissen. Eine Pflege- oder Putzkraft hatte am anderen Ende des Flurs schon begonnen, die braunen Kötel zusammenzukehren. Im Aufenthaltsraum, der vom Flur durch eine Glasfront abgegrenzt war, und an einem Tisch davor saßen weitere Patienten der Gerontopsychiatrie. Eine Frau saß auf einem Stuhl, den Oberkörper und das Gesicht weit nach vorne gebeugt, und aus ihrem Mund lief ein nicht enden wollender Speichelstrom, der zu ihren Füßen eine Pfütze gebildet hatte.

Eine nackte, hagere Gestalt kreuzte plötzlich Kammowskis Weg. Die Frau beachtete ihn gar nicht. Zielstrebig hielt sie auf einen alten Mann zu, schlug ihm mit der greisen Hand gegen seinen Oberkörper, was ihn kurz zum Wanken brachte. Dann ergriff sie seine Hand und zog ihn herrisch mit sich fort, was er geschehen ließ. In einer für Außenstehende nicht nachvollziehbaren Verbundenheit zogen die beiden nun händchenhaltend Richtung Aufenthaltsraum. Eine Schwester fing sie ab und dirigierte beide – trennen lassen wollten sie sich nicht – sanft, aber energisch in das Zimmer der Frau zurück.

»Sie zieht sich immer gleich wieder aus, da kommen wir gar nicht hinterher«, sagte sie zu Kammowski, dessen fassungsloser Blick ihr wohl nicht entgangen war. Einen Moment später war sie mit dem Pärchen im Zimmer verschwunden, um gleich darauf den Kopf wieder aus der Tür zu strecken und in Richtung Dienstzimmer zu rufen: »Sandra, ruf mal den Dienstarzt und komm mit dem Verbandszeug. Frau Böttinger ist schon wieder gestürzt, hier ist alles voller Blut.«

Kammowski war inzwischen beim Dienstzimmer angekommen, aber Schwester Sandra rangierte bereits den sperrigen Verbandswagen auf den Flur und schlug die Tür des Dienstzimmers hinter sich zu. »Können Sie mir sagen, wo ich meine Mutter finde?«, beeilte er sich zu fragen. »Frau Kammowski.«

»Liegt in Zimmer 17«, schallte es zurück, dann war sie auch schon mit ihrem Verbandswagen in dem Zimmer der alten Dame verschwunden.

Gertrud, seine Mutter, lag in ihrem Bett. Ihre linke Gesichtshälfte war zugeschwollen und ganz blau. Wohl von dem Sturz. Eine Infusion lief in ihren linken Unterarm. Als Kammowski an das Bett seiner Mutter trat, meinte er, in ihrem Gesicht Angst und Verwirrung wahrzunehmen. Er nahm ihre

Hand, und sie schien sich zu beruhigen. Ausgerechnet seine Mutter sollte gewalttätig gewesen sein? Das konnte er sich nicht vorstellen. Eine Viertelstunde später gelang es ihm doch noch, die Schwester zu sprechen. Sie kam von sich aus in Gertruds Zimmer, um nach ihr und der Infusion zu sehen. Ihr gehetzter Blick sagte ihm allerdings, dass sie eigentlich keine Zeit hatte.

»Die Ärzte der Station sind heute schon weg, und der Dienstarzt kennt Ihre Mutter nicht. Vielleicht rufen Sie morgen einmal zwischen neun und sechzehn Uhr an, da müssten die Ärzte auf der Station sein, und Sie können einen Gesprächstermin ausmachen.« Dann ließ sie sich aber doch noch erweichen und berichtete, dass Gertrud in der Rettungsstelle, wo man sie wegen des Sturzes chirurgisch behandelt hatte, völlig durcheinander gewesen war. Sie hatte geschrien, um sich geschlagen und gekratzt. Deshalb hatten die Chirurgen die Psychiater geholt, die sie dann aufgenommen hatten. »Aber warum auf eine geschlossene Station, warum hierher?«, fragte Kammowski.

»Na, Sie sind gut, was meinen Sie denn, wo man eine verwirrte, um sich schlagende Frau, die nicht sagen kann, wer sie ist und wo sie ist, sonst hinbringen sollte? So friedlich, wie sie jetzt ist«, sie wies auf seine Mutter, »war sie anfangs auch bei uns nicht.«

Darauf fiel Kammowski keine Erwiderung ein. Er konnte ja schlecht sagen, dass er das ganze Ambiente unwürdig fand und seine Mutter nicht gern darin sah.

Plötzlich drang Lärm durch die geschlossene Tür. Ein Mann schrie. Schwester Sandra entschuldigte sich, sie seien heute Nachmittag sehr knapp besetzt, nur zu zweit, die dritte Pflegekraft hätte sich krankgemeldet. Die Leasingkraft sei nicht gekommen.

»Aber ich habe doch zwei Personen in Dienstbekleidung im Aufenthaltsraum gesehen.«

»Die sind nur vier Stunden am Tag da, sorgen für etwas Betreuung, machen mit den Senioren Spiele, malen mit ihnen, so weit das möglich ist. Wir sind unglaublich froh und dankbar, dass wir sie seit Kurzem haben. Das gibt es nirgendwo sonst in einem Berliner Krankenhaus, aber es sind keine Pflegekräfte.« Dann war sie schon wieder aus dem Zimmer geschlüpft.

Der Krach aus dem Flur brach nicht ab. »Wo habt ihr meine Frau versteckt?«, schrie ein Mann. Kammowski öffnete die Tür einen Spalt. Ein kleiner, aber sehr kräftig gebauter Mann hatte sich drohend vor dem Schwesternzimmer aufgebaut und hämmerte mit seiner Faust gegen die Scheibe. Und dann gellte ein ohrenbetäubender Lärm, wie von einer Alarmanlage, durch das Haus. Wenige Minuten später kam von allen Seiten Personal angelaufen, umzingelte den wütenden Mann, schob Patienten und Angehörige, so auch Kammowski, zurück in die Zimmer. Längere Zeit schien nicht viel zu passieren, der Mann schrie immer wieder. »Polizei, Polizei, die haben meine Frau hier versteckt, holt die Polizei.«

Dem hatten sie offenbar Folge geleistet, denn wenig später erschienen zwei Uniformierte. Danach wurde es ruhig. Kammowski blieb noch einige Minuten am Bett seiner Mutter sitzen, aber sie schien eingeschlafen zu sein.

Später traf Kammowski die Polizisten am Kaffeeautomaten vor der Station wieder und gab sich als Kollege zu erkennen. Freimütig erzählten sie ihm nun, dass sie oft um Amtshilfe gebeten wurden, wenn in der Psychiatrie jemand tobte. In diesem Fall schon deshalb, weil der Mann früher Kampfsportler gewesen war. Gegen so einen kämen die Schwestern nicht ohne Fremdhilfe an.

Kammowski verabschiedete sich, und sein Blick fiel auf Svenja, die auf einer Bank im Foyer saß, Ohrstöpsel im Ohr, und geduldig wartete. Svenja, die hatte er völlig vergessen!

»Kein Problem«, sagte sie, als er sich bei ihr entschuldigte. »Ich habe immer etwas Beschäftigung dabei.« Sie deutete auf ihr Smartphone.

»Italienisch? Hast du nicht gerade noch Französisch gelernt, weil du von Belgien so begeistert warst?«, fragte er, auf eine berufliche Reise nach Brüssel anspielend, die Svenja wegen ihres ersten Falls hatte unternehmen müssen.

»Hat sich bei genauerer Betrachtung als nicht so interessant erwiesen«, antwortete sie vage und offenlassend, ob sie damit die französische Sprache oder den belgischen Kollegen Yves de Grauve meinte.

Svenja berichtete auf der gemeinsamen Heimfahrt von ihrem Gespräch mit dem Chefarzt. Sie hatte nicht viel Neues erfahren. Außer dass Oliver Beckmann von wiederholten Aufenthalten in der Klinik bekannt war, sich aber vehement gegen eine Behandlung wehrte und man immer zwischen notwendiger Hilfe und Freiheitsberaubung abwägen musste. Bezüglich des fraglichen Morgens war dokumentiert, dass er weder eigen- noch fremdgefährdend gewesen sei und auf Entlassung beharrt hätte. »Natürlich hätten wir ihn noch einige Stunden dabehalten können, aber glauben Sie mir«, hatte Chefarzt Hoch-Rathing gesagt, »spätestens am Folgetag hätte der Richter ihn wieder ziehen lassen. Das haben wir nun schon einige Male genauso erlebt. Manchmal müssen wir das mehrfach durchspielen, bis der Richter zu der Überzeugung kommt, dass ein Zwangsaufenthalt unumgänglich ist.«

Kammowski nickte. Er war müde und sehnte sich nach seinem Bett. Aber die Angst davor, dass sich die morbiden Bilder des Tages von Oliver Beckmann, der den Satan beschwor, von seiner vor sich hin brabbelnden Mutter in der Klinik, von den verwirrten Gestalten der Gerontopsychiatrie und von der weinenden Alkoholikerin, die ihre Tochter verloren hatte, in seine Träume stehlen würde, verscheuchte den Gedanken an Schlaf. Er lud Svenja auf einen Absacker im Sandmann ein, aber sie lehnte ab, wollte noch in ihr Fitnessstudio. Sie erbot sich, ihn dort vorbeizufahren, was er gerne annahm.

Im Sandmann traf er Klaus. Klaus, sein bester Freund, ein Freund aus Kindertagen in Dinslaken, der mit Kammowski nach Westberlin gegangen war, um dem Wehrdienst zu entgehen. Klaus war Gymnasiallehrer geworden, belesen, kinderlos, eingefleischter Junggeselle mit ständig wechselnden Partnerinnen, die über die Jahre hinweg immer jünger wurden. Auch heute hatte er wieder viel zu erzählen. Er hätte eine neue Freundin. Eine Referendarin. Das übliche »Geschwätz« seines Freundes über die Frauen schob den Nebel unheilvoller Gedanken beiseite, und was noch an Resten verblieb, wurde mit Bier hinuntergespült.

Kammowski erzählte Klaus schließlich doch noch von den schrecklichen Erlebnissen des Tages, von der traurigen Familie, in der Lena Kaufmann offenbar gelebt hatte. Klaus hörte aufmerksam zu. Denn das konnte er wirklich, trotz der Oberflächlichkeit, die er oft an den Tag legte. Als alles gesagt war, beschlossen sie den Abend mit einem Hoch auf ihre eigene glückliche Kindheit in Dinslaken »am Stapp und in den Auen von Rhein und Rotbach«. Klaus, der Bildungsbürger, würzte das Ganze mit Rilke: »Und wenn Sie selbst in einem Gefängnis wären, dessen Wände keines von den Geräuschen der Welt zu Ihren Sinnen kommen ließen – hätten Sie dann nicht immer noch Ihre Kindheit, diesen köstlichen, königlichen Reichtum, dieses Schutzhaus der Erinnerungen?«

25

Als der Wecker am nächsten Morgen klingelte, wollte Kammowski das lange nicht wahrhaben. Wider Erwarten war sein Schlaf traumlos und tief, aber eindeutig zu kurz gewesen. Schlaftapsig schleppte er sich unter die Dusche. In der Küche fand er zu seiner Überraschung schon fertigen Kaffee vor. Charlotte hatte beschlossen, jetzt doch noch intensiv für den Test zu lernen. Sie sagte, sie sei bereits seit fünf Uhr auf den Beinen. Der Küchentisch war zugepackt mit Chemie- und Physikbüchern, Skripten und dem Laptop. Und über allen Unterlagen hatte sich Kater Churchill breitgemacht. Seiner Meinung nach rangierten seine Streicheleinheiten vor ihren Büchern.

»Aha«, sagte Kammowski und nahm ein Biologiebuch in die Hand, während er Milch in seinen Kaffee kippte. »Ich dachte, du willst Medizin studieren?«

»Ja, klar, wieso?«

Kammowski deutete auf die Bücher vor ihm. Charlotte verstand und lachte. »Na ja, die können ja noch kein ›medizinisch‹ abfragen, also prüfen sie das Abiwissen in Naturwissenschaften.«

»Da können sie ja gleich die Abinote zugrunde legen. Kammowski schüttelte den Kopf.«

»Das machen sie ja auch, zusätzlich.«

»Also, dann nehmen sie die mit den guten Abinoten und von denen noch mal die, die besonders gut Mathe, Physik und so 'nen Kram können?«

»Exactement, Papon.«

»Na, dann wundert mich ja nicht mehr, dass wir so viele Sozialneurotiker als Ärzte haben.«

»Pass auf, was du sagst, Paps, ich hatte die Leistungskurse Mathe und Chemie und in beiden eine Eins.«

»Von mir hast du das nicht«, seufzte Kammowski.

Auch Charlotte schüttete sich Kaffee nach. Dabei rutschte ihr Bademantelärmel hoch und legte ihren Unterarm frei. Der war über und über mit bunten Bändern umwickelt, so dicht, dass man die Haut dazwischen nicht mehr sehen konnte. Kammowski sprang auf und griff nach ihrem Arm.

»Aua, du tust mir weh, Papa, was soll das denn?«

»Wickle sofort diese Bänder ab! Auf der Stelle!«

»Hey, Mann, was hast du denn für Probleme?«

»Ich habe überhaupt keine Probleme, aber du wickelst jetzt sofort diese Bänder ab. Hast du mich verstanden?«

»Du hast laut genug geschrien«, gab Charlotte zurück und begann aufreizend langsam, die Bänder zu öffnen.

Zum Vorschein kam die nackte, unverletzte, glatte Haut eines gesunden Teenagers. »Oh, mein Gott«, stöhnte Kammowski. Er hatte Tränen der Erleichterung in den Augen.

»Das ist doch nur eine Mode, machen jetzt alle so. Ich habe mir die Bänder sogar selbst aus Seide genäht. Was hast du denn gedacht?«

Er schüttelte nur den Kopf. Der Schreck war ihm tief in die Knochen gefahren und hatte ein Gefühl wie Grippe hinterlassen. Er konnte nicht sprechen. »Ich habe gedacht, dass du dich vielleicht ritzt, was denn sonst?«, stieß er schließlich hervor.

Charlotte grinste. »Ich doch nicht, Papon, jedenfalls nicht, ohne dich zu fragen.«

Beide lachten vor Erleichterung. Charlotte rieb sich den Arm. An der Stelle, an der er sie gepackt hatte, würde sie vermutlich einen blauen Fleck bekommen. Es tat immer noch weh. »Okay, nachdem wir das nun geklärt haben, kann ich vielleicht weiterlernen, und du musst, glaube ich, zur Arbeit, oder?«

Kammowski sah zur Uhr. Charlotte hatte recht. Es war schon spät.

»Soll ich uns heute Abend mal was kochen, was meinst du?«

»Ja, gute Idee, Paps.«

Eigentlich hatte Charlotte abends etwas anderes vorgehabt. Aber das sagte sie nicht. Sie wusste, dass ihr Vater allen Kummer mit gutem Essen vergessen konnte. Und sie hatte verstanden, wie sehr ihr Vater sie liebte, auf seine Art. Trotzdem hätte er sie einfach fragen sollen.

An der besagten Stelle entwickelte sich später wirklich ein Hämatom. Die Bänder legte sie aber nicht mehr an.

Obwohl er schon viel zu spät dran war, zögerte Kammowski, als er auf dem Weg zur Arbeit an Frau Beckmanns Tür vorbeikam. Er wusste, sie war immer früh auf den Beinen. Im Sommer hatte er sie auch schon mal um sechs Uhr morgens im Hof Wäsche aufhängen sehen. Jetzt war aus der Wohnung kein Geräusch zu vernehmen. Schließlich gab er sich einen Ruck und klingelte. Sie mussten wissen, ob Oliver sich mit seiner Mutter in Verbindung gesetzt hatte. Und das herauszufinden gelang besser, wenn er seiner Nachbarin bei der Frage in die Augen sehen konnte.

Frau Beckmann war schneller an der Tür, als er gedacht hatte. Sie schien etwas enttäuscht zu sein, Kammowski zu sehen. Vielleicht hatte sie mit ihrem Sohn gerechnet.

»Nein, Oliver hat sich noch nicht gemeldet. Ich mache mir solche Sorgen, Herr Kommissar, Oliver kennt hier doch niemanden«, sagte sie. »Wo soll er denn nur hingehen? Hat mein Oliver dem Mädchen etwas angetan?«

»Noch wissen wir gar nichts, Frau Beckmann, aber wenn er kommt, sagen Sie uns doch Bescheid, oder? Er kann uns vielleicht weiterhelfen.«

Frau Beckmann nickte.

»Gibt es wirklich keine Verwandten oder Bekannten, zu denen Ihr Sohn gegangen sein könnte?«

Frau Beckmann schüttelte wieder den Kopf. »Hier in Berlin lebt nur noch meine Tochter Helena. Aber zu der würde er sicher nicht gehen. Die beiden sind wie Hund und Katze, haben sich nie gut verstanden. Ich habe heute Morgen auch schon mit ihr telefoniert.«

»Vielleicht geben Sie mir trotzdem ihre Telefonnummer und Adresse?«

Frau Beckmann ging zurück in den Flur, wo neben dem Telefon auf einem kleinen Regal auch Notizheft und Stift bereitlagen. Dann kam sie zurück und drückte Kammowski wortlos einen Zettel in die Hand. Kammowski spürte deutlich, dass das Verhältnis zwischen ihnen nicht mehr das alte war.

»Es tut mir leid«, sagte er, doch Frau Beckmann nickte nur und schloss rasch die Tür hinter ihm. Vor dem Haus saßen die Kollegen der Zivilstreife und tranken ihren ersten Kaffee. Im Lauf der Schicht würden sicher noch weitere dazukommen. Als Kammowski vorbeiging, hoben sie ihre Pappbecher zum Gruß.

Im Dezernat liefen die Arbeiten schon auf Hochtouren, als Kammowski eintraf. Die KTU hatte Fußabdrücke vom Tatort mit Olivers Turnschuhen abgleichen können. Auch Fingerabdrücke aus seinem Zimmer waren mit denen vom Tatort identisch. Es gab keinen Zweifel mehr: Oliver Beckmann war am Tatort gewesen. Das zusammen mit den Gegenständen, die sie in seinem Zimmer gefunden hatten, schloss den Kreis der Indizien allmählich immer enger um Oliver Beckmann. Nun mussten sie ihren Verdächtigen nur noch finden. Da er kein Handy benutzte und sie keine weiteren Anhaltspunkte hatten, war genau das die Schwierigkeit.

Kevin hatte von Doro Kontaktdaten der Lehrer und Klassenkameradinnen bekommen. Er hatte sich schon die Finger wund telefoniert, wie er zumindest behauptete, und brannte darauf, seine Ermittlungsergebnisse kundzutun.

»Richtige Freundinnen hatte Lena wohl nicht in der Schule. Ich habe mit zwei Mädchen gesprochen, die sie etwas näher kannten. Beide sagten, dass sie eher der Typ Einzelgängerin war und dass sie sich in der letzten Zeit kaum noch außerhalb der Schule getroffen hätten. Und geschwänzt hat sie wohl auch häufiger mal. Die eine sagte, Lena hätte zuletzt gar nichts mehr erzählt. Sie hätte gedacht, dass sie einen neuen Freundeskreis außerhalb der Schule hätte. Die andere hat mir erzählt, Lena hätte plötzlich merkwürdige Interessen entwickelt, für klassische Musik, wollte Orgel lernen und so'n Zeug.«

»Orgelunterricht?« Kammowski horchte auf. »Das passt. Frau Beckmann hat erzählt, dass Oliver Lena Musikunterricht gegeben hat. Sie war da wohl nicht unbegabt, und Oliver Beckmann hat ja fast ein Musikstudium hinter sich gebracht.«

»Also gut, Männer«, sagte Thomandel in die Runde, als sein Blick auf Doro und Svenja traf, fügte er rasch ein »und Frauen« hinzu. »Gute Ermittlungsarbeit bisher, aber nun müssen wir den Mann auch finden.«

»Die Fahndung mit Bild ist raus«, gab Doro bekannt, »aber ich habe hier noch etwas Wichtiges.« Sie deutete auf ihren Monitor. »Der Bericht über den DNA-Abgleich des Embryos ist gerade hereingekommen. Oliver Beckmann ist nicht der Vater des Kindes.«

Diese Nachricht ließ alle verstummen. Dann brach Kammowski das Schweigen. »Okay, dann suchen wir also zwei Männer. Wir müssen ohnehin mit Lenas Freundinnen, den Nachbarn, den Eltern sprechen. Wäre ja nicht ganz ungewöhnlich, dass sie einen Freund hatte. Aber unsere heiße Spur ist im Moment Oliver Beckmann. Auf den sollten wir uns nach wie vor konzentrieren. Wo könnte der Mann untergetaucht sein?«

»Du hast doch erzählt, dass Frau Beckmann noch eine Tochter hat. Vielleicht ist Oliver bei seiner Schwester. Oder gibt es andere Verwandte und Bekannte, wo der Mann untergeschlüpft sein könnte? Kollegen, Mathias hat recht, da müssen wir jetzt unbedingt dranbleiben«, sagte Thomandel, »da dürfen wir keine Luft mehr dran lassen«, und verschwand in Richtung seines Büros.

Kammowski, Svenja, Kevin und Doro sahen sich sprachlos an. »Na, dann mal los, Kollegen, wo er recht hat, da hat er recht«, grinste Kammowski. »Die Schwester habe ich heute schon vor der Arbeit gecheckt. Ich habe mit ihr telefoniert. Sie weiß nicht, wo ihr Bruder steckt, und will das auch nicht wissen.«

»Nur Streber arbeiten vor der Arbeit«, gab Svenja von sich.

»Soll ich jetzt allen Ernstes noch mal mit den Klassenkameradinnen sprechen?«, fragte Kevin empört.

»Hast du doch soeben gehört, da müssen wir jetzt dranbleiben. Und die Betonung lag auf wir.« Werner konnte sich immer noch über die Bemerkungen seines Chefs aufregen.

»Ja, was denn jetzt?«, fragte Kevin.

»Ja, was wohl?«, herrschte Werner ihn an. »Du wirst noch einmal die Klassenkameraden befragen. Irgendjemand muss doch etwas von einem Freund des Mädchens bemerkt haben. Und sprich bitte auch noch mal mit der Mutter und ihrem Partner. Zu wem hatte Lena Kontakt? Onkel, Cousins, Freunde, Nachbarn, einfach alles, was zwei Beine hat, männlichen Geschlechts und zeugungsfähig ist.«

»Und frag diesen Freund der Mutter auch gleich, ob er sich freiwillig einem DNA-Test unterziehen möchte«, ergänzte Kammowski. »Der Mann macht auf mich keinen vertrauenerweckenden Eindruck.«

»Und wenn er nicht will?«

»Dann kommen wir vielleicht später darauf zurück, einen Test gegen seinen Willen werden wir momentan nicht genehmigt bekommen. Frag bitte auch gleich in der Nachbarschaft von Familie Kaufmann herum, ob jemand Lena mit einem Mann zusammen gesehen hat. Oder ob jemand etwas beobachtet hat, das uns hilft, das Verhältnis zwischen Lena und ihrem Stiefvater zu beleuchten. Eine einigermaßen belastbare Aussage in die richtige Richtung, und wir bekommen unseren DNA-Test auch gegen seinen Willen.«

Am Ende des Tages hatten sie immer noch keinen Hinweis, wo Oliver Beckmann untergetaucht war. Es war zum Verzweifeln.

26

Kammowski hatte mit dem Stationsarzt Stefan Ull einen Termin für 18 Uhr ausgemacht. Da hätte er, Ull, ohnehin Spätdienst, es könne allerdings passieren, dass er zu einem Notfall weggerufen würde.

Stefan Ull war ein junger, freundlicher Arzt, der mit kurzen Worten sachkundig umriss, warum man Kammowskis Mutter aufgenommen hatte. »Sie wissen ja, sie hat eine Demenz und war im Heim gestürzt. Vielleicht hat der Sturz, vielleicht aber auch der entgleiste Zucker oder die zu geringe Flüssigkeitszufuhr zu einem Delir geführt. Es kann auch an allem zusammen gelegen haben. Sie war völlig außer sich in der Rettungsstelle.« Er ginge aber davon aus, dass sich ihr Zustand bald stabilisieren würde und sie dann in ihr Heim entlassen werden könne. Die geschlossene Station sei deshalb notwendig gewesen, weil sie ja noch gut zu Fuß unterwegs sei und trotz des Delirs eine Hinlauftendenz gehabt hätte. »Eine Hinlauftendenz?«, fragte Kammowski. »Wo wollte sie denn hinlaufen?«

»Man spricht heute lieber von einer Hinlauftendenz als von einer Weglauftendenz«, erklärte Dr. Ull. »Ist nur ein anderer Begriff für dieselbe Sache. Soll aber bei den Pflegenden und den Ärzten eine Haltungsänderung bewirken. Der demenzkranke Mensch lebt in seiner eigenen Welt. Gefühle wie Angst, Pflichtbewusstsein und Unruhe dominieren und steuern sein Verhalten. Indem wir versuchen, ihn aus seiner Lebensgeschichte zu begreifen, versuchen wir, seine Hinlaufziele zu erspüren. Da ist vielleicht ein ehemals sehr pflichtbewusster Mann, der jeden Morgen pünktlich zur Arbeit ging. Es könnte sein, dass er deshalb morgens so unruhig ist, weil er denkt, er muss zur Arbeit. Dann setzen wir ihn an unsere Haltestelle, und er ist zufrieden. Dass der Bus nie kommt, realisiert er gar nicht.«

Kammowski nickte. Er hatte sich schon gefragt, was die vermeintliche Haltestelle auf der Station mit Sitzgelegenheit und »Fahrplan« für eine Bedeutung hatte. Er erinnerte sich daran, dass seine Mutter eine Zeit lang sehr gequält gewesen war, weil sie doch »ihre Kinder« nicht allein lassen konnte. Sie war eine sehr engagierte Lehrerin gewesen. Und die Tagesbetreuung ganz am Anfang, als er sie zu sich nach Berlin geholt hatte, hatte sie nur deshalb toleriert, weil sie der festen Überzeugung war, dass sie dort arbeitete. Sie beschwerte sich dann zwar gerne bei ihm, dass es doch nicht richtig sei, dass sie in ihrem Alter noch so hart arbeiten müsse, aber sie war damit irgendwie auch zufrieden, das war es, was sie gut kannte. Jeden Tag ihre Pflicht tun. So weit konnte Kammowski dem Arzt folgen. Aber Haltungsänderung der Pflegenden? Kammowski hatte das gestrige Chaos auf der Station noch vor Augen und dachte, dass solche gelehrten Worte am Pflegealltag, der von Mangel auf allen Ebenen geprägt war, vermutlich vollkommen vorbeigingen.

Stefan Ull erklärte Kammowski, dass sie seine Mutter gerne noch ein paar Tage behalten wollten, um den Blutzucker besser einzustellen. Der Langzeitwert sei sehr schlecht gewesen, was darauf hinweise, dass nicht nur der gestrige Tag in der Rettungsstelle den Zucker durcheinandergebracht hätte. Um auf seine Frage zurückzukommen, sie hätten auch bereits überlegt, Frau Kammowski auf die offene Station zu verlegen, aber sie fühle sich hier inzwischen wohl, und sie wollten ihr nicht so viele Ortswechsel zumuten.

»Kann man sie denn einfach hier wegsperren?«, fragte Kammowski. Musste man dafür nicht einen richterlichen Beschluss haben? Ihm war doch so, schließlich hatte er früher mal Jura studiert, war zwar schon etwas länger her, aber in der Polizeischule hatten sie die Paragrafen zur Freiheitsberaubung dann ja auch noch einmal lernen müssen.

Stefan Ull nickte. »Keine Sorge, das geht hier alles ganz rechtskonform vor sich. Da achtet unser Chef schon drauf. In der ersten Nacht haben wir sie nach Psych-KG untergebracht, da war sie wirklich wild, wollte immer weglaufen, hat gekratzt und gekniffen. In einer Akutsituation und zu unserem eigenen Schutz oder dem anderer dürfen wir Ärzte eine vorläufige Unterbringung gegen den Willen des Betroffenen aussprechen. Am nächsten Tag muss dann aber immer der Sozialpsychiatrische Dienst (SPD) kommen und die Sachlage überprüfen und gegebenenfalls eine Empfehlung an den Richter geben. Nur der entscheidet dann über die weitere Unterbringung. Ihre Mutter war aber schon am nächsten Tag nach etwas Flüssigkeit über eine Infusion ganz friedlich und hat keinen Entlasswunsch mehr zum Ausdruck gebracht. Da haben wir den SPD gar nicht erst informiert, sondern sind davon ausgegangen, dass sie freiwillig dableibt. Aber Sie als ihr Betreuer mit Aufenthaltsbestimmungsrecht können natürlich entscheiden, wo sie sich aufhalten soll. Wenn Sie es wünschen, dann werden wir sie selbstverständlich sofort entlassen. Aber wie gesagt, wir würden empfehlen, den Zucker besser einzustellen. Dafür brauchen wir noch einige Tage.«

»Und was ist, wenn sie doch wieder ›wild‹ wird und wegwill?«, fragte Kammowski, den Begriff des Arztes aufgreifend.

»Dann müssten Sie auch entscheiden. Sie sind der Betreuer.

Sie würden dann eine Unterbringung nach BGB aussprechen und dem Amtsgericht mitteilen.«

»Ich?«, fragte Kammowski überrascht.

»Ja, Sie, aber keine Angst, unsere Sozialarbeiterin hilft Ihnen dabei.«

Kammowski hatte keine Angst. Er bemerkte nur, dass er von all diesem Kram trotz einiger Semester Jurastudiums keine Ahnung hatte. Er wusste zwar, dass er der Betreuer seiner Mutter war, aber er hatte die Urkunde damals abgeheftet und gar nicht genau gelesen.

»Doktor Ull, darf ich Sie einmal etwas anderes fragen? Wenn jemand nicht dement ist, sondern eine psychiatrische Erkrankung hat, eine, bei der er Stimmen hört und meint, deren Aufträge ausführen zu müssen. Muss man einen solchen Patienten nicht auch gegen seinen Willen in der Klinik halten und behandeln?«

»Bitte einfach nur Herr Ull, ohne Doktor. Sie meinen eine paranoide Schizophrenie?«

Kammowski nickte, hatte aber natürlich keine Ahnung, wie man eine solche Erkrankung nennen würde.

»Es hängt davon ab.«

»Wovon hängt das ab?«

»Man muss in jedem Einzelfall genau prüfen, ob eine Eigen- oder Fremdgefährdung vorliegt. Wenn ja, dann müssen der Sozialpsychiatrische Dienst und der Richter, die die Unterbringung am Folgetag prüfen, derselben Meinung sein. Das ist nicht immer der Fall. Die hängen die Messlatte heute oft sehr hoch. Wir hatten neulich erst einen Fall, wo der Sohn unbedingt seine Mutter, die trotz beginnender Demenz noch allein lebte, gegen ihren Willen in der Klinik lassen wollte, weil sie ihn zu Hause mit Telefonanrufen ›tyrannisierte‹. Als sie realisierte, dass der Sohn ohne sie gehen wollte, hat sie mit den Fäusten auf ihn eingeschlagen. Da konnten wir sie wegen ›Fremdgefährdung‹ wenigstens bis zum nächsten Tag dabehalten, sozusagen, um die Situation zu entschärfen. Am nächsten Tag hatte der Richter aber kein Verständnis. ›Der Mann kann ja sein Telefon ausschalten‹, hat er gesagt. ›Versorgungsprobleme sind kein Grund, jemand gegen seinen Willen in die Psychiatrie zu bringen.‹«

Kammowski nickte verständnisvoll. Er hatte alle bisherigen Phasen der Demenz bei seiner Mutter hautnah erlebt und wusste nur zu genau, wie schwierig es für die Angehörigen gerade am Anfang war, wenn die Betroffenen nichts mehr allein tun konnten, aber noch sehr viel Willen hatten.

»Aber wenn ein jüngerer Mensch eine psychiatrische Erkrankung hat, die man behandeln könnte, und wenn er sich dadurch, dass er krankheitsbedingt keine Krankheitseinsicht hat, sein Leben ruiniert, das Studium abbricht, nicht mehr für seinen Lebensunterhalt aufkommt, dann ist das doch Eigengefährdung, dann muss man ihn doch auch gegen seinen Willen behandeln, oder nicht?«

»Sicher nicht. Selbst wenn er obdachlos ist, wäre das kein Grund. Und selbst wenn der Richter ihn dann für einige Wochen unterbrächte und wir ihn hierbehielten. Das heißt noch lange nicht, dass wir ihn auch gegen seinen Willen medikamentös behandeln dürfen.«

»Das kann aber nicht stimmen«, unterbrach ihn Kammowski. »Erst gestern habe ich zufällig hier auf der Station beobachtet, wie ein Mann erst getobt hat, dann gefesselt wurde und schließlich ganz ruhig war. Der hat seinen Widerstand doch bestimmt nicht ohne Medikamente aufgegeben.«

Stefan Ull blickte Kammowski ruhig an. »Da irren Sie sich, der hat schließlich ganz freiwillig seine Tropfen geschluckt, und er wurde sicher nicht gefesselt, sondern sachkundig Sieben-Punkt-fixiert. Aber selbst wenn er das nicht getan hätte. Wenn jemand gegen andere oder sich selbst gewalttätig wird, dann dürfen wir ihm etwas geben. Kurzfristig und zur Entschärfung einer akuten Situation. Aber niemals als längerfristig angelegte Therapie gegen seinen Willen. Das geht nur mit richterlichem Beschluss. Und wie gesagt, da liegt die Messlatte noch höher als bei der Unterbringung, und es dauert oft Wochen und Monate, bis ein solcher Antrag durchkommt.«

»Ich finde, wenn jemand krank ist, dann muss man ihm helfen.« Kammowski war nicht überzeugt.

»Vielleicht haben Sie recht«, sagte Stefan Ull. »Und wenn wir mit einem Medikament zu hundert Prozent Heilung erzielen könnten, dann müssten wir darüber wohl gar nicht diskutieren. Sicher, es gibt viele Patienten, die mithilfe der Medikamente ein einigermaßen normales Leben führen können. Aber bei anderen erreichen wir gar nichts, oder es stellen sich sogar mehr negative als positive Wirkungen der Medikamente ein. Einige Patienten fühlen sich in ihrem Wahn auch wohler als ›gesund‹ unter Medikamenten. Sie beklagen einen Verlust an Persönlichkeit. Manche sind in ihren kranken Phasen künstlerisch tätig, bringen in den gesunden aber nichts zustande und werden sich dann noch ihrer Defizite bewusst. Denken Sie an Vincent van Gogh. Das ist ein sehr vielschichtiges Problem. Und die Selbstbestimmung des Menschen ist nun mal das höchste Gut.«

Er hätte sicher noch weiter ausgeholt, aber das Telefon klingelte, und Stefan Ull wurde zu seinem Dienst gerufen.

27

Sie aßen früh zu Abend. Kammowski hatte Rotbarschfilet gekauft und mit Gemüse in Folie gegart. Ein Gericht aus einem Kochbuch, das Elly und er damals zur Hochzeit geschenkt bekommen hatten. Mit diesem Buch hatten Kammowskis Kochversuche gestartet, und dieses Gericht daraus kochte er immer noch gerne, wenn es schnell gehen sollte. Nur brauchte er heute dafür kein Rezept mehr. Kammowski hatte Klaus zum Essen eingeladen. Er war schließlich Charlottes Patenonkel.

Nach dem Essen ging Charlotte wieder an ihre Bücher, und Kammowski und Klaus saßen noch beim Wein zusammen.

»Du hast doch mal im Schulchor gesungen, oder?«, fragte Kammowski.

Klaus sah ihn überrascht an. »Ja, aber das ist hundert Jahre her. Wieso fragst du?«

Da erzählte ihm Kammowski, dass er sich mit dem Gedanken trage, in der nahe gelegenen Christuskirche in der Vorweihnachtszeit den Messias von Händel mitzusingen. »Die nehmen auch Chorsänger projektbezogen, man muss dann nicht dauerhaft mitsingen.«

»Na, ich weiß nicht, mit Kirche hab ich es ja nicht so.« Klaus schien nicht überzeugt.

»Mit Kirche musst du nichts am Hut haben, um im Chor mitzusingen. Außerdem sind die wirklich gar nicht so schlecht, ich war jetzt ein paarmal bei Aufführungen dabei, ist ja gleich hier um die Ecke.«

Klaus schien immer noch nicht überzeugt. Kammowski sah auf die Uhr.

»Sollen wir mal hingehen? Es ist ja noch früh, und es gibt jeden Donnerstag Abendmusik in der Kirche. Ob heute allerdings auch der Chor auftritt, weiß ich nicht.«

Klaus war in solchen Dingen unkompliziert. Er erklärte sich bereit, ganz unverbindlich natürlich, mitzugehen, wenn sie danach noch auf einen Absacker in den Sandmann gehen würden. Darauf wiederum konnte sich Kammowski ohne Zögern einlassen.

Am heutigen Abend gestaltete der Jugendchor die donnerstägliche Abendvesper. Es waren überwiegend Mädchen in dem Chor, vielleicht fünfzehn an der Zahl, alle zwischen zwölf und fünfzehn Jahren, wie Kammowski und Klaus schätzten. Auch die Musikanten waren noch jung, wenngleich älter als der Chor. Es war ein Genuss, ihnen zuzuhören. Geboten wurden verschiedene Abendlieder, einige englische Chorstücke von John Rutter und zum Schluss noch der Taizégesang *Behüte mich, Gott*. Alles sehr melodisch, zum Teil schon etwas kitschig, wie Kammowski fand, aber durch die gute Intonation und die Freude, mit der diese jungen Menschen offensichtlich sangen, wurde der Abend zu einem Erlebnis.

»Das ist schon eine Leistung, so viele junge Menschen für Kirchenmusik zu begeistern«, überlegte Klaus, dessen pädagogisches Interesse geweckt war, als sie später vor ihrem Bier im Sandmann saßen. »Hast du gesehen, wie konzentriert und diszipliniert die Mädchen waren? Sie hingen ihrem Organisten ja geradezu an den Lippen. Das würde ich gerne einmal in der Schule erleben. Bei mir schwatzen die in diesem Alter ohne Punkt und Komma, und sicher nicht über den Unterrichtsstoff.«

»Nur kein Neid, vielleicht musst du sie den Unterrichtsstoff einfach singen lassen?«, schlug Kammowski lachend vor. »Es heißt doch immer, in deutschen Schulen wird heutzutage zu wenig gesungen.«

Klaus grinste. »Das käme auf einen Versuch an. Allerdings würden die Gören dann sicher von mir verlangen, dass ich mitmache, und ich bin mir nicht sicher, ob ich als singender Lehrer zum YouTube-Star werden möchte.«

»Vielleicht solltest du deine Stimme erst ein wenig erproben, bevor du an YouTube-Karrieren denkst. Zum Beispiel nächsten Dienstag?« Kammowski schob ihm den Flyer hin, den er aus der Kirche mitgebracht habe. »Außerdem, allein mag ich da nicht hingehen«, gab er zu.

Klaus lachte. »Okay, nach dieser entwaffnend eingestandenen Bedürftigkeit kann ich schlecht Nein sagen. Aber lass mir noch etwas Bedenkzeit, du alter Schweinepriester. Meinst du nicht, es könnte reichen, sich das Projekt an Weihnachten einfach anzuhören?«

In der Nacht skypte Kammowski endlich mit Christine. Und plötzlich waren alle kritischen Überlegungen Kammowskis hinsichtlich ihrer Beziehung wie weggeblasen. Wie sich herausstellte, hatte sie auch schon mehrfach versucht, ihn zu erreichen, und war dann auf eine Expedition ins Landesinnere gefahren, wo es kein Netz gab. Sie sprach mit großer Begeisterung von Land und Leuten, und sie waren sich trotz der Entfernung so nahe, dass Kammowski sich seiner Befürchtungen und seines Misstrauens schämte. Sie fragte ihn nach Charlotte und hörte sich seine Ängste und Sorgen der letzten Tage mit großer Empathie, aber auch mit einem gewissen Amüsement an, wie er argwöhnte. Aber sie war schlau genug, ihn nicht damit aufzuziehen. Sie schien sich aufrichtig zu freuen, dass Charlotte vielleicht demnächst in

Berlin studieren würde und sie sie dann kennenlernen könnte.

»Das heißt, du kommst nicht wie geplant nach Hause?«

»Nein, ich muss tatsächlich noch mindestens eine Woche, vielleicht zwei dranhängen.«

Kammowski war enttäuscht, die vielen Begründungen, wen sie wann noch würde treffen müssen, rauschten an seinen Ohren vorbei. Hängen blieb nur ihre Abschiedsfloskel.

»Bis bald, freu mich auf dich.«

Das war immerhin etwas.

28

Das Freischwimmbad platzte aus allen Nähten. Ein heißer Sommertag und die letzten Ferientage, da wollte jeder noch einmal für den Winter den Geruch von Sonne, Sonnencreme, Chlor und Pommes frites tanken – das Gefühl von Freiheit der Sommerferien.

Horden kleiner Kinder tummelten sich im Nichtschwimmerbecken und auf der Rutsche, aufgeregte Mütter schrien dazwischen. Aufgestylte Bikinischönheiten mit langen Haaren und aufwendig lackierten, überlangen Fingernägeln, deren aufgeklebte Glitzersteinchen das Sonnenlicht reflektierten, stolzierten in kichernden Gruppen vor Testosteron ausschwitzenden jungen Muskelpaketen hin und her, die ihnen begehrliche Blicke und freche Bemerkungen zuwarfen, die wiederum mit gespielter Entrüstung beantwortet wurden. Andere versuchten, die Aufmerksamkeit der Damenwelt mit extravaganten Sprüngen vom Beckenrand zu erregen. Die Bademeister versuchten, die aufgeheizte Lage im Griff zu halten, indem sie Dominanz und Durchsetzungsvermögen ausstrahlten.

»Du da, in der schicken roten Badehose«, dröhnte es aus der Lautsprecheranlage. »Das Springen vom Beckenrand ist strengstens verboten – noch ein Mal, und du fliegst raus, ist das klar?«

Der Angesprochene war inzwischen wieder aus dem Becken geklettert, hob die Hände und verzog das Gesicht zu einem Fragezeichen. Die Geste schien zu sagen: *Du musst mich jetzt echt mit jemandem verwechseln, Mann, ich hab doch gar nichts getan.* Seine Kumpel lachten, und gemeinsam trollten sie sich Richtung Liegewiese.

Oliver lag auf der Wiese nahe dem Sprungturm auf einem kleinen Handtuch. Er hatte sein T-Shirt ausgezogen, die lange Hose behielt er noch an. Der Fünfmeterturm war wegen Überfüllung geschlossen, aber das Dreimeterbrett war offen, und Oliver beobachtete die jungen Angeber bei ihrem Imponiergehabe und ihre ebenso jungen Bewunderinnen. Die meisten hatten mehr Angst vor dem Sprung, als sie zugeben wollten, und auf dem Plateau vor dem Sprungbrett tummelten sich mehr Jungs, als tatsächlich sprangen. Wieder griff einer der Bademeister ein.

»Hallo, Leute, das da oben ist das Dreimeterbrett und keine Begegnungsstätte für einsame Herzen. Wer da raufklettert, der springt gefälligst auch runter. Oder er klettert wieder runter, und zwar subito«, knatterte es wieder durch die Lautsprecheranlage, die auch schon bessere Zeiten gesehen hatte, was sich jedoch nicht im Verlust der Lautstärke bemerkbar machte. Unten am Beckenrand lachten einige Kumpels schadenfroh und feuerten die Sprungkandidaten an.

»Bist du auch schon gesprungen?«, sprach ein junges Mädchen Oliver an. Sie hatte ihn schon seit Längerem beobachtet, während er ganz in das Treiben am Sprungbrett vertieft gewesen war und sie nicht bemerkt zu haben schien. Er sah ziemlich gut aus, war schon älter – sie schätzte ihn auf Mitte zwanzig und lag damit noch knapp zehn Jahre unter dem wahren Alter. Aber er war sehr schlank, wirkte jungenhaft und eher etwas schüchtern, das ließ ihn jünger erscheinen. Jedenfalls nicht so ein Angeber-Typ wie die meisten Klassenkameraden von ihr.

Oliver sah erstaunt auf. »Nein«, sagte er und deutete dann

auf seine lange Hose. »Ich habe keine Badesachen dabei, und mit Jeans lassen die mich nicht ins Wasser.«

»Wieso gehst du ohne Badeklamotten ins Schwimmbad?«

»Mach ich immer so«, behauptete Oliver und grinste sie an.

»Und wieso gehst du mit Mathebüchern schwimmen?« Er wies auf ihre Tasche, aus der ein Mathematikbuch herauslugte. Laura verzog das Gesicht. »Nachprüfung in Mathe nach den Ferien.«

Oliver nickte nur und schenkte seine Aufmerksamkeit wieder den Jugendlichen auf dem Dreimeterbrett. Ein drahtiger Junge mit südeuropäischem Aussehen legte einen ganz ordentlichen Kopfsprung hin und wurde von seinen Kollegen mit großem Hallo bejubelt. Auch eine Gruppe junger Mädchen scharwenzelte um den Aufstieg zum Sprungbrett herum und ließ sich von den Jungen necken.

»Willst du nicht mal wieder zu deinen Freundinnen gehen?«, meinte Oliver schließlich.

»Wie kommst du auf die Idee, dass das meine Freundinnen sind?«

»Vielleicht, weil du eben noch bei ihnen gestanden hast.«

»Hast du mich etwa beobachtet?«

Er zuckte nur mit den Achseln. »Ich beobachte immer alles um mich herum, aber nicht speziell dich.«

»Kannst du mir mal dein Handy leihen? Meines ist leer, ich muss mal telefonieren.«

»Ich habe kein Handy. Ich will nicht, dass die mich abhören.«

»Was bist du denn für ein Spinner? Wer hört dich denn ab?«

Oliver antwortete nicht, sah wieder zum Sprungturm hinüber und schien ihre Anwesenheit vergessen zu haben.

Lauras Interesse war geweckt. Sie setzte sich neben ihm auf

die Wiese. Er sah wirklich gut aus und hatte nicht so die klassische Anmache drauf. Nach einiger Zeit waren die beiden tief in ein Gespräch versunken und hatten kein Auge mehr für den Trubel um sie herum.

29

Jetzt schaut euch das hier mal an«, rief Svenja aufgeregt. »Das haben uns die Kollegen gerade reingereicht. Wieder ein vermisstes Mädchen in Kreuzberg. Diesmal haben die Eltern allerdings sofort eine Vermisstenanzeige erstattet. Laura Stottrop, dreizehn Jahre alt. Sie wird seit Freitagabend vermisst.

Alle sahen sich bestürzt an. Seit letztem Mittwoch war ihr einziger Tatverdächtiger im Schneewittchenmord untergetaucht, und bisher hatten sie noch keinen Hinweis, wo er sich aufhielt. Da er aufgrund seiner Paranoia als Folge seiner psychischen Erkrankung weder Handy noch Kreditkarte benutzte und sie weder von der Mutter noch von seiner Schwester irgendwelche Hinweise zu seinem Aufenthaltsort bekommen hatten, traten sie auf der Stelle. Da lief ein offenbar unberechenbarer psychisch kranker Mann frei in Berlin herum, der wahrscheinlich ein junges Mädchen auf dem Gewissen hatte, und jetzt wurde im selben Bezirk wieder ein Kind vermisst!

»Muss ja nichts mit unserem Fall zu tun haben«, versuchte Kevin die Situation zu retten.

»Muss nicht sein, kann aber sein«, knurrte Kammowski etwas schroff zurück. »Und wenn doch, dann gnade uns Gott. Wo ist das Mädchen zuletzt gesehen worden, haben wir ein Foto?«

Laura Stottrop war laut Angaben der Eltern am Freitagmittag ins Freibad gegangen. Sie war bis 18 Uhr zurückerwartet worden. Als sie um 19 Uhr noch nicht da war, telefonierten die Eltern alle Freundinnen und die Familie ab. Um 20 Uhr benachrichtigten sie die Polizei.

»Lass uns mal zu den Kollegen von der Vermisstenstelle runtergehen. Vielleicht haben die schon was Neues, was noch nicht im Rechner steht«, schlug Kammowski Svenja vor. »Ich habe da jetzt ein echt blödes Gefühl.«

Tom Streiter von der Vermisstenstelle begrüßte sie freundlich. Sie hätten schon am Wochenende alle möglichen Anlaufstellen des Mädchens kontaktiert. Die Eltern hatten nach einigem Zögern aber eingeräumt, dass Laura auch weggelaufen sein könnte. Sie hätte am kommenden Mittwoch eine Nachprüfung in Mathe, vor der sie große Angst gehabt hätte, weil sie im Fall des Nichtbestehens die Klasse würde wiederholen müssen. Sie hatten sich aber selbst schon den Kopf zerbrochen und keine Idee, wohin das Kind gegangen sein könnte.

»Jetzt nehme ich mir gerade die Kameraaufzeichnungen des Freibads vor. Die haben überall Videokameras, weil da doch häufiger mal Krawall ist. Ist aber die Suche nach der Stecknadel im Heuhaufen. Da war es am Freitag so voll, dass die später keinen mehr reingelassen haben.«

»Ihr sagt uns Bescheid, wenn ihr was gefunden habt?«

»Sicher.«

Svenja und Kammowski wollten gerade gehen, als Kammowski etwas auf dem Video entdeckte, das der Kollege hatte weiterlaufen lassen, während sie sich unterhielten.

»Verdammt, halt das mal an. Geh noch mal etwas zurück. Stopp. Jetzt zoom das mal größer.«

»Das ist nicht unser Mädchen, Laura hat kurze Haare«, widersprach der Kollege und verwies auf das ausgedruckte Bild auf seinem Schreibtisch.

»Ich meine nicht das Mädchen, ich möchte, dass du den

Kerl hier rechts vergrößerst.« Tom Streiter tat, wie ihm geheißen.

»Was ist mit dem? Kennst du den?«

»Weiß nicht, geht das noch größer?«

»Ja schon, wird dann aber pixeliger.«

»Was meinst du?« Kammowski schaute Svenja an. »Ist er es?«

Svenja war aschfahl geworden. Sie nickte.

»Okay, Kollege, wir brauchen sofort das ganze Material. Das da«, er wies mit dem Finger auf einen jüngeren Mann, den das Standbild eingefangen hatte, »ist Oliver Beckmann, unser Hauptverdächtiger im Mordfall Lena Kaufmann.«

In den nächsten Stunden verwandelte sich das LKA in einen Bienenschwarm. Alle verfügbaren Beamten wurden zur Soko Schneewittchen abgezogen. Das komplette Videomaterial wurde gesichtet, ebenso das der umliegenden U-Bahn-Stationen. Zum Schrecken aller Beteiligten konnte man nach zwei Stunden gemeinsamer Arbeit gut nachvollziehen, dass Oliver Beckmann einige Zeit mit Laura im Freibad gesprochen hatte. Um 17 Uhr hatten sie gemeinsam das Schwimmbad verlassen und waren in die U-Bahn am Schlesischen Tor eingestiegen. Danach verlor sich ihre Spur. Allerdings hatten sie noch nicht alle Videoaufzeichnungen von allen infrage kommenden Bahnstationen ab dem Schlesischen Tor ausgewertet. Aber das würde Tage dauern. Beklemmung machte sich breit. Keiner sprach es aus, aber alle befürchteten, dass die nächste neue Erkenntnis der Fund einer Mädchenleiche werden könnte.

Nach einem arbeitsintensiven Tag, der außer Frust keine Erfolge zu bieten hatte, der ihnen das Elend der Eltern, die ihr Kind vermissten und verzweifelt waren, vor Augen führte, rief kurz vor Feierabend auch noch Frau Beckmann im Dezernat an. Kammowski erwog einen Moment, das Gespräch an jemand anderen zu delegieren. Er mochte seine Nachbarin, und es ging ihm nicht gut bei dem Gedanken, dass ihr Sohn ein von der ganzen Berliner Polizei gesuchter Mörder war. Dann besann er sich und ließ sich von Doro das Gespräch durchstellen.

»Was gibt's Frau Beckmann? Ich bin es, Ihr Nachbar Kammowski.«

»Herr Kommissar, ich hab Ihnen doch versprochen, mich zu melden.« Sie sprach nicht weiter, irgendwie versagte ihr die Stimme. Sie wirkte sehr aufgewühlt. »Herr Kammowski, Oliver ist gerade da gewesen.«

»Was?«, entfuhr es Kammowski. Er war aufgesprungen und winkte die Kollegen herbei. »Ist er noch da? Können Sie versuchen, ihn festzuhalten?«

»Nein, er ist schon wieder weg. Er war nur fünf Minuten da, hat sich ein paar Sachen und Geld geholt und ist gleich wieder gegangen.«

»Wir sind in wenigen Minuten bei Ihnen.« Kammowski knallte den Hörer auf.

»Verdammte Scheiße, haben die Kollegen vor der Tür denn Tomaten auf den Augen?«

»Die Kollegen hat Thomandel heute Mittag abgezogen«, wusste Svenja zu berichten, während sie mit Blaulicht Richtung Bergmannstraße rasten. »Hast du das nicht mitbekommen?«

Kammowski schüttelte nur den Kopf. Er war sprachlos, aber in ihm kochte die Wut. Sein Gesicht wirkte unnatürlich gerötet. Er sah aus wie ein Vulkan kurz vor dem Ausbruch.

Sie durchsuchten das ganze Haus vom Keller bis zum Dachboden, liefen alle Geschäfte und die Nachbarhäuser ab.

Vergebens. Schließlich gingen sie noch einmal zu Frau Beckmann zurück.

»Hat Ihr Sohn irgendetwas gesagt, das auf seinen Aufenthaltsort schließen lässt?«

»Nein, er hat mir gar nichts gesagt. Er hat nur frische Wäsche und seinen Schlafsack in eine Reisetasche gepackt, hat mir den Kühlschrank leer geräumt und sich mein ganzes Geld aus dem Portemonnaie genommen.«

»Danke, dass Sie uns sofort informiert haben. Wenigstens hat er Ihnen nichts getan.«

»Nein, Herr Kammowski, das würde er auch sicher nie tun. Da hatte ich eigentlich nie Befürchtungen. Und außerdem erschien er mir, ehrlich gesagt, heute viel normaler als noch vor einigen Tagen. Vielleicht hat er ja wieder seine Medikamente genommen.« Sie lächelte hoffnungsfroh. »Er war fast«, sie zögerte einen Moment, »ja, er erschien mir fast gut gelaunt und entspannt zu sein, wenn ich das so sagen darf. Ich habe ihn angefleht, zur Polizei zu gehen, aber da hat er nur gelacht und ist gegangen.«

Ja, und vielleicht ist er nur so gut gelaunt, weil er schon wieder ein Mädchen ermordet hat, dachte Kammowski starr vor Entsetzen, sagte aber nichts und bedankte sich für ihre Hilfe.

»Verdammt, Manfred, wir hätten ihn gehabt, wie konntest du die Kollegen abziehen?«

Als sie wieder im LKA waren, war es um Kammowskis Beherrschung geschehen. Ohne anzuklopfen, stürmte er in Thomandels Büro, der sich gerade sein Jackett anzog und den Abend einläuten wollte. »Komm mal wieder runter, Mathias, ich bin hier für einen maßvollen Einsatz der Ressourcen zuständig. Ich kann nicht ohne hinreichenden Grund zwei Kollegen im Rund-um-die-Uhr-Einsatz vor einem Haus postieren. Weißt du eigentlich, wie viel Personal das bindet? Zumal es überhaupt keinen Anlass gab, zu befürchten, dass Oliver Beckmann seiner Mutter etwas antun könnte. Und die Wahrscheinlichkeit, dass er nach Hause kommen würde, war auch nicht so groß, schließlich musste er annehmen, dass wir sein Haus überwachen.«

»Was wir aber nicht getan haben!«, schrie Kammowski. »Denn wenn wir es getan hätten, dann hätten wir ihn jetzt, und wir hätten vielleicht ein Mädchen gerettet, ein junges Mädchen, nicht viel jünger als deine Tochter, Manfred. Hast du da mal dran gedacht, oder ist dir das scheißegal?«

»Jetzt werde bitte nicht persönlich, Mathias, und hör gefälligst auf zu schreien. Setz dich hin und halt mal eine Sekunde die Luft an, du Wutmichel.« Manfred Thomandel schloss energisch die Tür seines Büros. Draußen waren schon neugierige Kollegen aufgetaucht, die den Streit gerne mit angehört hätten und so taten, als hätten sie justament etwas ganz Wichtiges vor Thomandels Tür zu tun. Dann wandte er sich wieder seinem Mitarbeiter zu, zog das Jackett aus, nahm einen Bügel und hängte es sorgfältig wieder in den Schrank, als gäbe es zurzeit nichts Wichtigeres, als Knitterfalten in einer Jacke zu verhindern.

»Mathias, bei allem Verständnis für euch Kollegen vor Ort, die ihr näher dran seid als wir hier an den Schreibtischen der Leitungsebene. Wir können nicht jeden Schritt eines Verbrechers voraussehen, das weißt du so gut wie ich, und dich hier als Moralapostel aufzuspielen und mir Vorwürfe zu machen, wie ich die Leute einteile, das ist absolut unangemessen und hilft uns nicht weiter. Versetz dich für einen Moment auch einmal in meine Lage. Lass uns lieber überlegen, was wir jetzt tun. Gibt es überhaupt Hinweise, dass das Mädchen noch lebt?«

Kammowski schüttelte nur den Kopf. Die Wut war mit einem Mal verpufft, und er sackte wie ein missglücktes Soufflé in dem Sessel an Thomandels Besprechungstisch zusammen. Die Anspannung hatte sicher seinen Blutdruck in die Höhe getrieben. Er massierte sich die Schläfen. Die Arterien waren hart und gespannt. Er wusste, er würde eine Migräne bekommen. Das war immer so, wenn er sich aufregte. Wenigstens darauf konnte man sich verlassen.

»Das letzte Lebenszeichen stammt von der Videokamera, die die beiden am Schlesischen Tor zeigt. Wo sie die U-Bahn wieder verlassen haben, konnten wir noch nicht ermitteln.«

»Okay, solange wir keine Leiche haben, gehen wir davon aus, dass sie noch lebt. Ich werde jetzt mit dem Richter telefonieren, damit wir sofort eine Suchmeldung mit Fotos von beiden an die Presse geben und in jedem U-Bahnhof aufhängen können. Und ihr setzt euch jetzt vor die Rechner und steht erst wieder auf, wenn ihr wisst, wo die zwei die U-Bahn wieder verlassen haben.«

Kammowski erhob sich, um zu gehen. An der Tür wandte er sich noch mal Thomandel zu. »Tut mir leid, Manfred, mir geht die Sache an die Nieren, und mir sind die Nerven durchgegangen.«

»Schon in Ordnung, Mathias, aber schalte das nächste Mal dein Hirn ein, bevor du Dampf ablässt. Du bist nicht der Einzige, der das Mädchen seinen Eltern lebend übergeben möchte. Und ich versuche, Mitarbeiter für eine Nachtschicht zu organisieren«, schob er noch hinterher, als Kammowski schon fast draußen war. »Wir arbeiten jetzt so lange, bis das gesamte Videomaterial gesichtet ist, auch das von heute. Der Mann ist wahrscheinlich wieder mit den Öffentlichen gefahren, nachdem er bei seiner Mutter war. Checkt bitte trotzdem noch mal die Taxiunternehmen.«

»Schon klar, Chef.« Kammowski wusste selbst, was jetzt zu tun war. Er war doch kein Anfänger. Der Eifer seines Vorgesetzten sollte nur über sein schlechtes Gewissen hinwegtäuschen. Denn ein Fehler war es gewesen, die Kollegen abzuziehen, daran bestand nach Kammowskis Meinung gar kein Zweifel. Aber er selbst hatte sich wieder einmal nicht im Griff gehabt, auch daran gab es nichts zu rütteln. Er hatte »das HB-Männchen« gemacht, wie Elly seine Wutanfälle bezeichnet hatte. Daher blieb ihm jetzt nichts anderes übrig, als den Schwanz einzuziehen und abzudrehen. Wer schreit, ist nun mal immer im Unrecht.

Trotz aller Hektik und Betriebsamkeit, die die Konzentration fast der gesamten Berliner Polizei auf den Fall Laura Stottrop auslöste, am späten Abend waren sie immer noch keinen Schritt weiter. Das Mädchen war wie vom Erdboden verschluckt.

Um 23 Uhr verkündete Kammowski, dass er jetzt ein paar Stunden Schlaf brauche. Werner war schon vor einer Stunde gegangen, und Svenja wirkte auch völlig übermüdet. Die Sache ging allen nahe. Thomandel hatte wie versprochen einige Hilfskräfte aus anderen Abteilungen organisieren können, die erst am Nachmittag zur Schicht gekommen waren. Die waren ausgeruhter als sie und würden die ganze Nacht weiter das Videomaterial sichten und Anrufe entgegennehmen. Die Fahndungsfotos mit der Aufforderung, sich zu melden, wenn man Aussagen über den Aufenthaltsort von einem der Personen machen konnte, hingen inzwischen in allen U-Bahnhöfen. Das Foto von Oliver Beckmann war mit dem Hinweis »möglicherweise gewaltbereit« versehen worden. Ein Psychologe hielt sich bei Lauras Eltern auf. Alle hofften auf ein Lebenszeichen von Laura, aber das kam nicht.

»Geh nach Hause. Auch du brauchst mal Schlaf«, sagte Kammowski zu Svenja, die in einen Bericht vertieft war.

Svenja nickte, schaute aber nicht auf, las konzentriert weiter.

»Was machst du da eigentlich?« Kammowski kam neugierig näher.

»Ich lese noch mal den Bericht des Pathologen, der hat doch vorhin noch eine Ergänzung geschickt, und den Bericht von der Spurensicherung vom Tatort Schneewittchen.«

»Svenja, Lena ist tot, wir müssen uns jetzt auf Laura konzentrieren.«

»Ist schon klar.«

Der Satz blieb im Raum stehen.

»Weißt du, dass dieser Oliver am Tatort war, daran besteht kein Zweifel. Er war es vermutlich, der Lena wie Schneewittchen aufgebahrt hat. Wir haben seine Fingerabdrücke auf den Kerzentüten, die Fußabdrücke von seinen Schuhen, die Kleidung von ihr in seiner Wohnung.« Sie machte eine Pause und fuhr dann fort: »Wir wissen auch bereits, dass er sie nicht geschwängert hat. Aber nun wurde offenbar auch DNA von einer dritten Person unter ihren Fingernägeln gefunden. Nicht viel, deshalb ist es ihnen zunächst entgangen. Sie hatte vor allem ihre eigene Haut unter den Fingernägeln, vermutlich hat sie versucht, sich gegen die Erdrosselung zur Wehr zu setzen. Aber eben nicht nur.« Sie schob Kammowski die Akte rüber. »Es gab auch DNA von einer anderen Frau, unter drei Fingernägeln von Lenas rechter Hand.«

Kammowski hielt kurz inne. Ja, hier stand es schwarz auf weiß: Die DNA-Spuren von Olivers Zahnbürste, die ihnen die Mutter zur Verfügung gestellt hatte, hatte keine Gemeinsamkeiten mit der DNA vom Fötus und den Hautabschürfungen ergeben. Letztere stammten von einer unbekannten weiblichen Person.

»Okay«, sagte Kammowski langsam. »Das ändert die momentane Sachlage aber nicht wesentlich. Sicher, wir müssen noch herausfinden, wer sie geschwängert hat. Und auch, wessen Haut sie unter den Fingernägeln hat. Vielleicht hat sie sich mit einer Freundin gestritten, und es ist zu Handgreiflichkeiten gekommen. Aber Oliver hat sich im Umfeld von Lena aufgehalten, und er ist jetzt mit Laura unterwegs. Das erste Mädchen ist tot, das zweite hoffentlich noch nicht. Auch wenn Lena nicht von ihm schwanger war, er ist immer noch verdächtig, sie getötet zu haben. Er ist nicht zurechnungsfähig, möglicherweise ein Psychopath, und er hat ein zweites Mädchen in seiner Gewalt. Darauf müssen wir uns jetzt konzentrieren.«

Svenja nickte. »Schon klar, ich dachte nur, es würde dich interessieren.«

Sie legte die Akte in ihre Schublade und schickte sich an, auch nach Hause zu gehen.

Da kam Kevin aufgeregt in ihr Büro gestürmt. »Sie haben das Handy von Laura in einem Mülleimer in Charlottenburg am S-Bahnhof Neu-Westend gefunden.«

An Schlaf war jetzt nicht mehr zu denken. Die Videoanalyse konzentrierte sich nun auf die U- und S-Bahn-Stationen im Umkreis des Handys.

30

Um vier Uhr morgens wurden sie fündig: Die Videoaufzeichnungen des S-Bahnhofs Neu-Westend vom Freitagabend zeigten ein Paar, das sehr gut Laura und Oliver Beckmann entsprechen konnte. Die Aufnahmen waren leider von sehr schlechter Qualität. Aber die Kollegen waren sich doch ziemlich sicher, dass es sich um die beiden handelte. Sie gingen friedlich nebeneinanderher, es sah keineswegs so aus, als bedrohte er sie.

Nun wurde auch Thomandel informiert. Eine halbe Stunde später erschien er verschlafen im Büro. Gemeinsam standen sie vor der großen Straßenkarte Berlins im Besprechungsraum.

»Wo ist er nur hin mit dem Mädchen?«, fragte er in die Runde.

Niemand antwortete.

»Wir müssen die ganze Gegend absuchen«, ergänzte er schließlich. »Bleibt uns nichts anderes übrig.«

»Aber das ist die Suche nach der Stecknadel im …«, widersprach Kevin, verstummte aber mitten im Satz.

Thomandel forderte Verstärkung an und teilte die Straßenzüge fünf Einsatzgruppen zu. Sie würden sich sternförmig vom S-Bahnhof aus in alle Himmelsrichtungen bewegen und an jeder Tür klingeln und Fotos von Oliver Beckmann und Laura zeigen. Als voraussichtliche Einsatzzeit wurde sechs Uhr vereinbart.

»Wir sollten auch bei Frau Beckmann anrufen, es könnte sein, dass sich Oliver noch einmal bei ihr gemeldet hat«, überlegte Kammowski. Er sah auf seine Armbanduhr. »Vielleicht gehe ich lieber rasch selbst bei ihr vorbei. Wir treffen uns dann kurz vor sechs im Westend.«

Frau Beckmann schien keineswegs geschlafen zu haben, denn sie öffnete schon beim ersten Klingeln die Haustür. Wieder einmal fiel Kammowski auf, wie stark seine Nachbarin in den letzten Tagen gealtert schien. Das Haar hing ihr strähnig ins Gesicht, die Augen waren gerötet, als hätte sie eben noch geweint.

»Ach, Herr Kammowski, gibt es irgendwelche Neuigkeiten von meinem Jungen?«

Kammowski informierte sie über den Stand der Dinge, ließ aber Laura dabei aus.

»Überlegen Sie doch noch einmal, was könnte Oliver da oben im Westend machen?«

»Ich habe wirklich nicht die geringste Ahnung, Herr Kommissar.« Sie schüttelte bedauernd den Kopf. Doch dann schien ihr plötzlich ein Gedanke zu kommen. »Im Westend, sagen Sie?«

Kammowski nickte. »Was geht Ihnen durch den Kopf?«

»Ach, ich weiß nicht, aber mir ist da tatsächlich eine Idee gekommen. Sie kennen doch Herrn Putzke aus dem Seitenflügel des Hauses. Der ältere Herr, der vor einigen Wochen gestorben ist.«

Kammowski hatte nicht die geringste Ahnung, von wem sie sprach, nickte aber zustimmend.

»Ja, was ist mit ihm?«

»Herr Putzke hatte einen Schrebergarten, und wenn ich mich nicht irre, war der da oben im Westend. Oliver hat ihm im Frühjahr den Garten gemacht. Er hatte keine Arbeit mehr, und Herr Putzke brauchte Hilfe. Der Mann war da wohl schon krank, wusste aber nichts davon. Er hat nur immer über diese Schwäche geklagt und dass ihm der Garten zu viel wird. Da habe ich ihm vorgeschlagen, dass Oliver vielleicht etwas helfen könnte, gegen ein Taschengeld. Oliver wird deshalb doch jetzt keinen Ärger bekommen, oder? Ich meine, er hat die Arbeit bei Herrn Putzke sicher nicht versteuert …«

»Um Himmels willen, Frau Beckmann, wir haben momentan wirklich andere Sorgen, als die Steuersünden Ihres Sohnes zu untersuchen. Wo ist dieser Garten?«

»Das weiß ich nicht, ich war ja nie da.« Sie überlegte wieder, schüttelte bedächtig den Kopf. Kammowskis Nerven waren zum Zerreißen gespannt, und er konnte sich nur mühsam beherrschen.

»Frau Beckmann, Sie müssen uns jetzt helfen, wo könnte dieser Garten sein?«

»Ich weiß es wirklich nicht, Herr Kommissar. Oliver sprach immer nur von einem Garten im Westend. Aber wir könnten Herrn Ostendorf aus dem zweiten Hinterhof fragen, den kennen Sie doch sicher auch. Der große Glatzköpfige. Der hat dort, glaube ich, selbst einen Garten, und wenn ich mich richtig erinnere, hat er Herrn Putzke seinen Garten vor Jahren vermittelt. Ist nicht so leicht, in Berlin einen Garten zu bekommen.«

Kammowski kannte keinen Herrn Ostendorf aus dem Haus. Und auch für die Verfügbarkeit von Schrebergärten interessierte er sich momentan nicht. Rasch umarmte er die völlig verdutzte Frau Beckmann, murmelte ein »Danke« und war weg. Während er in den zweiten Hinterhof hastete, informierte er seine Kollegen, dass sie die Flächensuche noch zurückstellen sollten, da er möglicherweise in wenigen Minuten einen genaueren Zielort angeben könnte. Dann klingelte er bei Herrn Ostendorf Sturm.

Herr Ostendorf war noch etwas verschlafen, aber hoch kooperativ. Er sei selbst mal bei der Truppe gewesen und helfe gern. Rasch hatte er einen alten Berlin-Stadtplan herausgesucht und konnte sogar einen Parzellenplan der Kleingartenanlage Kolonie Westend vorweisen. Die Erben von seinem Freund Putzke hätten sich seines Wissens noch nicht um den Garten gekümmert. Die hätte er als stellvertretender Vorsitzender des Schrebergärtner-Vereins ohnehin bald mal angeschrieben, es ginge ja nicht, dass ein Garten derart verkomme.

Kammowski hörte nicht mehr genau hin. Herr Ostendorf hatte die Parzelle von Herrn Putzke in seinen Lageplan eingezeichnet und händigte Kammowski sogar die Schlüssel für die Zufahrtswege aus.

»Machen Sie uns da aber nichts kaputt!«, rief er Kammowski hinterher, nachdem der sein Ansinnen, gleich mit rauszufahren, dankend abgelehnt hatte. Aber Kammowski hörte ihn schon nicht mehr. Rasch fotografierte er den Lageplan mit seinem Handy ab und schickte das Bild ans LKA. Während er in seine Wohnung zurückrannte, telefonierte er mit den Kollegen, die sich inzwischen alle im LKA eingefunden hatten.

Thomandel sagte den Großeinsatz wieder ab und forderte ein kleines Sonderkommando an. Kammowski würde direkt mit seinem Auto hinfahren. Die Kollegen versprachen, ihm seine Schutzkleidung mitzubringen. Es war inzwischen 5:30 Uhr. Mit etwas Glück würden sie Oliver Beckmann noch schlafend vorfinden. Wenn nur dem Mädchen nichts passiert war!

Kammowski nahm seine Dienstwaffe aus dem Safe im Schlafzimmer und schnallte sie sich um. Draußen würde bald die Sonne aufgehen. Es schien wieder ein schöner Spätsommertag zu werden.

Charlotte stand plötzlich im Flur. Ihre Anwesenheit hatte er völlig vergessen, war dementsprechend nicht gerade leise gewesen. Wie sie so dastand in Slip und T-Shirt, die Haare vom Schlaf noch zerzaust, übermannte ihn ein zärtliches Gefühl, und wieder dachte er an Laura, an deren Eltern. Hoffentlich kamen sie nicht zu spät.

»Was ist los?«, fragte Charlotte.

»Einsatz, ich muss sofort los. Wir wissen jetzt, wo sich Oliver Beckmann aufhalten könnte.« Dann fiel ihm ein, dass er seiner Tochter ja bisher gar nichts von dem Fall erzählt hatte und auch nicht durfte. Schon allein deshalb, weil sie Frau Beckmann auch kannte und er da keine Verwicklungen gewollt hatte.

»Wo Oliver Beckmann ist? Das hätte ich dir doch auch sagen können.«

Immer wieder gab es diese Momente in Kammowskis Leben, wo er sich von den Ereignissen überrollt fühlte, wo er vom handelnden Akteur zum hilflosen Beobachter mutierte. Und das Gefühl, das sich dann einstellte, war schmerzhaft. Wieso wusste Charlotte, wo sich Oliver Beckmann aufhielt? Warum kannte sie ihn überhaupt?

Er musste sie fragend, wenn nicht gar verzweifelt angesehen haben, denn sie ergänzte rasch: »Ich habe ihn gestern im Flur getroffen. Er hat mir erzählt, dass er ein paar Tage in einer Datsche lebt, noch ein bisschen den Sommer in der Laubenpieperkolonie im Westend genießen will. Er hat mich sogar eingeladen, mal vorbeizukommen.«

Kammowski spürte wieder den Puls gegen seine Schläfen hämmern. Seine Hände zitterten, als er nach seinem Hausschlüssel griff.

»Kleines, wir müssen reden, aber nicht jetzt, das machen wir heute Abend. Bitte bleib heute zu Hause. Dieser Oliver Beckmann hat möglicherweise zwei junge Mädchen auf dem Gewissen. Und sollte der Mann noch einmal mit dir Kontakt aufnehmen, dann rufst du mich sofort an, okay?«

Sie nickte, hatte einen erstaunten Gesichtsausdruck.

»Glaube ich nicht«, warf sie ihm hinterher, als er schon fast in der Haustür stand.

»Was glaubst du nicht?«

»Dass er zwei Mädchen auf dem Gewissen hat.«

Für derlei Dispute hatte Kammowski gerade weder Zeit noch Verständnis.

»Du bleibst zu Hause und lässt niemanden in die Wohnung, haben wir uns verstanden, Tochter?«

»Wird erledigt, Chef«, rief sie ihm mit Kusshand hinterher und verzog sich wieder in ihr Zimmer.

31

Kurz nach sechs Uhr erfolgte der Zugriff. Die Kleingartenanlage lag noch verschlafen im Dunst des frühen Morgens. Warme Sonnenstrahlen ließen die Tautropfen auf Blüten und Spinnweben glitzern wie Strasssteinchen. Welch eine trügerische Idylle! Einzelne frühe Kleingärtner mit seniler Bettflucht machten bereits ihre Kontrollgänge durch die Anlage, verzogen sich dann aber, aufgeschreckt von der lautlosen, gestischen Aufforderung durch eine bedrohlich vorrückende Truppe vermummter Polizisten, rasch in ihre Lauben. Und dann ging alles ganz schnell. Die Sondereinsatztruppe umzingelte die Datsche, brach die Tür auf und überraschte Oliver Beckmann im Schlaf.

Als er realisierte, dass er verhaftet werden sollte, leistete er mit allen Kräften erbitterten Widerstand. Aber gegen eine wohltrainierte Spezialeinsatztruppe hatte der Mann keine Chance. In wenigen Minuten hatten sie ihn niedergerungen und ihm Handschellen angelegt. Er schrie mit heiserer Stimme die gesamte Laubenpieperkolonie zusammen, Laura solle fliehen. Aber Laura stand völlig verschlafen da und ließ sich willenlos zum Notarztwagen führen. Sie lebte und war offenbar wohlbehalten. Laura wurde medizinisch betreut und dann ihren Eltern übergeben, die man rasch benachrichtigt hatte. Oliver Beckmann wurde in den Maßregelvollzug im Olbendorfer Weg gebracht. Diesmal würde er nicht gleich wieder entlassen werden, so viel war sicher!

Nachdem die KTU sich die Datsche vorgenommen hatte und wieder abgezogen war, verschafften sich auch Kammowski und Svenja einen Eindruck. Lange schwiegen beide, ließen das Szenario auf sich wirken.

»Was sagst du?«, fragte Kammowski Svenja schließlich.

Sie antwortete nicht gleich, druckste etwas herum.

»Spuck's schon aus, ich glaube, wir haben gerade den gleichen Gedanken.«

»Ja, öhm … das hier ist alles nicht ganz stimmig.« Sie wies auf den wackeligen alten Resopal-Küchentisch, auf dem Mathebücher und jede Menge Übungsblätter verteilt waren.

»Sieht so aus, als hätten die wirklich für Lauras Matheprüfung gelernt.«

Kammowski nickte und nahm eine Medikamentenpackung vom Couchtisch. »Risperidon«, las er vor. In dem Blister fehlten mehrere Tabletten. »Das sind, glaube ich, psychiatrische Medikamente. Seine Mutter hat ja gesagt, dass sie nach dem letzten Treffen den Eindruck hatte, dass es ihm besser ging.«

»Und schau dir das hier an, das sieht doch so aus, als hätten die in verschiedenen Ecken gepennt.«

Tatsächlich, abgesehen von einem Lager aus Kissen und Decken auf der Couch lag in der anderen Ecke des Raums eine Isomatte, auf der ein Schlafsack ausgebreitet war.

»Sieht einfach nicht aus wie die Höhle eines gemeingefährlichen Serienkillers.«

Kammowski nickte wieder, schob seine Bedenken dann aber energisch beiseite. »Und wenn schon, ist vielleicht seine Masche, das Vertrauen der Mädchen zu bekommen, indem er ihnen immer zunächst das gibt, was sie gerade am meisten brauchen. Bei Schneewittchen die Musik und bei Laura Mathenachhilfe. Mal sehen, was sie uns erzählen wird. Jetzt ist jedenfalls erst mal der Druck aus unseren Ermittlungen raus. Alles Weitere wird sich finden. Heute mache ich, glaube ich, ganz früh Schluss. Ich muss mal mit Charlotte reden.«

Und dann erzählte er Svenja, dass Charlotte Oliver Beckmann offenbar auch gekannt hatte, was bei ihrer Kommunikationsbereitschaft und der Tatsache, dass Oliver im selben Hause wohnte, eigentlich kein Wunder war, wie er sich eingestand. Und er erzählte ihr auch, dass Charlotte ihm heute Morgen berichtet hatte, dass sie von der Datsche gewusst hatte, dass Oliver sie sogar eingeladen hatte, herzukommen, und dass er, Kammowski, doch die meiste Zeit gar nicht wisse, wo Charlotte sich aufhalte. Und mit einem Mal liefen die Tränen, und er konnte gar nichts dagegen tun. Mit ihnen floss die ganze Anspannung der letzten Tage aus ihm heraus.

Svenja strich ihm über den Arm. »Du bist ein guter Vater, Kammowski, und Charlotte ist eine schlaue junge Frau, die beginnt, ihr eigenes Leben zu führen. Du musst dich an den Gedanken gewöhnen, dass du sie nicht vor jeder schlechten Erfahrung schützen kannst. Aber glaub mir, so, wie ich sie kennengelernt habe, kann sie ganz gut auf sich selbst aufpassen.« Sie lachte, und auch Kammowski musste lachen. Er umarmte sie, die Tränen liefen immer noch, aber er wischte sie verstohlen weg.

»He, Kammowski, Dienst ist Dienst und privat ist privat«, wehrte Svenja seine Umarmung scheinbar ab, indem sie auf eine Auseinandersetzung und einen seiner markigen Sprüche aus der holprigen Anfangszeit ihrer gemeinsamen Arbeit anspielte.

»Ach, Kollegin Svenja, was kümmert mich der Scheiß, den ich gestern gesagt habe? Hast du Lust, heute Abend zum Essen zu kommen? So gegen 19 Uhr? Es gibt Lammkoteletts mit Bohnen.«

32

Auf dem Weg nach Hause ließ Kammowski es langsam angehen. Das hatte er sich nach dem Stress der letzten Tage verdient. Gemächlich radelte er durch die Stadt, trank im Café an der Ecke einen Espresso und ließ sich die Sonne ins Gesicht scheinen. Bald würde der Sommer vorbei sein, dann würde wieder Berliner Kälte das mediterrane Flair seines Bergmannkiezes ablösen. Jetzt spielte sich das gesamte Leben noch auf der Straße und in den Straßencafés ab, wenngleich es auch hier, wie überall in Berlin, immer touristischer zu werden schien.

Kammowski lebte nun schon mehr als dreißig Jahre in der Bergmannstraße, nur deshalb konnte er sich die Altbauwohnung, die für ihn allein eigentlich zu groß war, überhaupt leisten. Die Miete war viele Jahre lang unfassbar günstig gewesen und nie angepasst worden. Vor fünfzehn Jahren war das Haus verkauft worden. Alle Hausbewohner fürchteten nun zu Recht um ihre günstigen Mietpreise. Kammowski hatte lange überlegt, dann aber doch das Angebot des neuen Eigentümers, die Wohnung zu kaufen, angenommen. Das hatte ihn einige schlaflose Nächte gekostet, aber inzwischen hatte sich der Wert der Wohnung bereits verdoppelt. Viele der alten Mieter hatten das nicht gekonnt, mussten die teurer werdenden Wohnungen irgendwann verlassen. Das Thema der Gentrifizierung ging auch an dem ehemaligen Bezirk Berlin 61 nicht vorbei. Überall Schickimickikneipen und Restaurants, wo früher ein Trödler neben dem anderen gewesen war. Die ganze Straße hatte damals den miefigen Geruch geatmet, der aus den feuchten Souterraingeschäften aufstieg, die vollgepackt gewesen waren mit Möbeln vom Beginn des vorigen Jahrhunderts. Kammowski hatte damals dort sein ganzes Mobiliar zusammengetrödelt, hatte Schränke abgebeizt und Stühle selbst aufgepolstert. Und jede Menge Küchengerätschaften angeschafft. Interessante Teile waren dabei gewesen. Elektrische Kaffeemaschinen aus Edelstahl, die aussahen wie Samowars, leider mit einem Stecker, der heute nicht mehr zulässig war, per Handkurbel angetriebene Mixer, Kaffeemühlen und vieles mehr. Unglaublich, was für interessante Küchenutensilien jedes Zeitalter so hervorbrachte. Eine Zeit lang schienen sie unentbehrlich zu sein, jeder musste das Teil haben, und schon einige Jahrzehnte später gerieten sie völlig in Vergessenheit. Kammowski hatte ein Faible für solche Dinge, aber Elly hatte über das »Küchengerümpel« geschimpft und vieles davon in den Keller verbannt. Einiges lag da heute noch und wartete auf seine Wiederentdeckung oder den Gang zum Flohmarkt.

Schon vor dreißig Jahren war es schwer gewesen, im Bergmannkiez eine Wohnung zu bekommen. Dass Kammowski die Wohnung damals von einem Bekannten zur Verfügung gestellt bekommen hatte, zählte noch heute zu den glücklichen Segnungen seines Lebens. Der Freund hatte sein Soziologiestudium vorübergehend gegen den Klassenkampf eingetauscht und war in ein besetztes Haus in der Dieffenbachstraße gezogen. Seine wunderschöne Altbauwohnung in einem der schon damals angesagtesten Bezirke Westberlins, dem Bezirk 61, hatte er seinem politischen Kampf gegen das Kapital im Allgemeinen und die Miethaie im Speziellen aber nicht ganz opfern wollen, und so war es für beide ein guter Deal gewesen, dass er Kammowski die Wohnung untervermietete. Später hatte der Bekannte mit anderen Freunden gemeinsam eine Fabriketage am Moritzplatz gemietet, und Kammowski konnte die Wohnung ganz übernehmen. Dann war irgendwann Elly dazugekommen, dann die Kinder, und jetzt bewohnte er die Wohnung wieder allein.

Kammowski nahm sich vor, heute Nacht, wenn er mit Christine skypte, das Thema Zusammenziehen einmal anzusprechen. Aber ob das der richtige Moment war für so einen Vorstoß? Per Skype ans andere Ende der Welt? Wenn er um ein Uhr nachts mit ihr skypte, war es in Ulan-Bator sieben Uhr morgens. Nein, das war sicher nicht der richtige Zeitpunkt für solche Gespräche. Kammowski löffelte die zuckergetränkten Kaffeereste aus der Espressotasse, legte Kleingeld auf den Tisch und zog weiter zum türkischen Lebensmittelgeschäft, um Kartoffeln, Bohnen, Schafskäse und Lammkoteletts zu kaufen. Ein einfaches und ehrliches Gericht ohne Schnickschnack. Er würde die Kartoffeln schälen, in dünne Scheiben schneiden und in den Bräter geben, die Bohnen einmal kurz im Dampfgarer etwas vorgegart dazu, alles mit etwas Brühe und Sahne übergießen, dann das Lammfleisch obendrauf, italienische Kräuter dazu und mit Feta bestreuen. Schließlich kam der Bräter mit Deckel in den Backofen, und man musste nur noch warten, bis es fertig war. So einfach war Kochen. Kammowski brauchte keine Haute Cuisine, er war mehr für das einfache Essen. Und obwohl er manchmal auch gerne in ein Restaurant ging, seine eigenen Gerichte schmeckten ihm einfach am besten. Das Problem war nur, dass man für sich allein nicht so gut kochen konnte. Das machte einfach nicht so viel Spaß. Wieder dachte er an Christine. Sie war jetzt schon zwei Wochen weg. Er vermisste sie.

Obwohl er in dem türkischen Lebensmittelgeschäft Stammkunde war und immer freundlich begrüßt wurde, jeden der Verkäufer beim Namen nennen konnte, wurde er den

Eindruck nie ganz los, dass die türkischen Kunden weniger bezahlten als er. Aber so war das eben. Wer sagte, dass es in der Welt gerecht zugehen sollte, konnte sich noch lange nicht anmaßen, zu entscheiden, was gerecht war. Doch trotz des selbst verordneten Gleichmuts ertappte er sich jedes Mal wieder dabei, dass er versuchte zu registrieren, was die Kunden vor ihm zu zahlen hatten.

Einige Stunden später hatten Svenja, Charlotte und er gemeinsam die Kartoffeln geschält, die Bohnen geputzt und warteten nun bei einem Glas Wein darauf, dass das Essen fertig würde. Charlotte berichtete Svenja und Kammowski von ihren Begegnungen mit Oliver Beckmann. Sie hätte den ein oder anderen Small Talk mit ihm gehabt, nicht mehr.

Wie Kammowski schon vermutet hatte, hatte Charlotte Oliver und auch Lena gelegentlich bei Frau Beckmann getroffen, wenn sie sich wieder einmal mit neuen DVDs ihrer derzeitigen Lieblingsserie versorgen wollte, von denen Frau Beckmann einen unbegrenzten Vorrat zu haben schien. Mehr sei da eigentlich nicht gewesen, man habe aber seither ein paar Worte miteinander gewechselt, wenn man sich im Hausflur traf. Charlotte hatte bisher nichts davon mitbekommen, dass Lena inzwischen tot war. Nun war sie sehr bestürzt. Sie hatte sie zwar länger nicht gesehen, aber gedacht, dass sie vielleicht einen Freund hätte oder einfach andere Interessen. Oliver hätte da mal so etwas angedeutet, aber Genaues wisse sie nicht.

Svenja und Kammowski sahen sich an. Sie hatten den gleichen Gedanken.

»Hast du Lena irgendwann einmal mit einem anderen Mann zusammen gesehen?«, fragte Svenja.

»Nein, so nah haben wir uns nun auch nicht gestanden, wie gesagt, ich habe sie ein oder zwei Mal bei den Beckmanns gesehen und sicher keine drei Worte mit ihr gewechselt.«

»Und Oliver hat nichts davon gesagt, wer dieser neue Freund sein könnte?«, bohrte Kammowski nach. »Überleg bitte mal ganz genau, das könnte wirklich sehr wichtig sein, für uns und auch für Oliver.«

Charlotte überlegte und schüttelte dann den Kopf. »Ehrlich, Papa, ich kann euch nicht mehr sagen. Oliver ist ein echt netter Typ. Aber er wurde immer merkwürdiger. Hat dauernd vom Satan gesprochen, der sich in der Kirche eingenistet hätte, und dass er von der Mutter Maria geschickt werde, ihn zur Strecke zu bringen. Und von Pinguinen, mit denen er zusammenarbeite, um die Welt zu retten. Lauter so merkwürdiges Zeugs eben. Er war dauernd mit seinen Stimmen und magischen Handlungen beschäftigt, die Unheil abhalten sollten. Hast du gesehen, dass er in den letzten Tagen immer eine Lichterkette um den Hals hatte? Total schräg, oder?«

Kammowski nickte.

»Ja, er war schon etwas exzentrisch. Aber was könnte er mit der Kirche gemeint haben? Welche Kirche? Und vor allem, wen wollte er zur Strecke bringen?«

»Mensch Papa, den Satan, was weiß ich denn, was sein krankes Hirn für einen Wahnsinn produziert. Das war doch sowieso alles nur Gerede. Ich sag dir doch, der konnte keiner Fliege etwas zuleide tun und erst recht nicht einen Satan zur Strecke bringen. Der kannte nur seine Musik und seine Religion. Ich habe selbst einmal beobachtet, als ich bei Beckmanns war, wie Lena sich vor einer Spinne gefürchtet hat, die sich plötzlich vor ihren Augen von der Decke abseilte. Und was macht Oliver? Er fängt sie mit einem Glas, spricht mit ihr wie mit einem Haustier und setzt sie dann auf der Fensterbank aus. Eine Spinne sei auch ein Geschöpf Gottes.«

»Du glaubst also nicht, dass er Lena ermordet haben könnte? Vielleicht war er auf jemanden eifersüchtig?«

»Nein, wirklich nicht. Oliver ist doch ein ganz schüchterner, lieber Mensch. Der mochte Lena sehr und wollte ihr helfen. Aber eifersüchtig war der bestimmt nicht.«

»Immerhin ist er krank und allein deshalb unberechenbar«, warf Svenja ein. »Und ist es nicht auch etwas merkwürdig, dass er sich zu jungen Frauen wie Lena, Laura und auch zu dir hingezogen fühlt statt zu Frauen seines Alters?«

»Ach, ich glaube, der war so schüchtern, dass er sich gar nicht getraut hätte, ältere Frauen anzusprechen. Der interessiert sich ohnehin nicht für Mädchen oder Frauen, jedenfalls nicht in sexueller Hinsicht. Oliver ist doch schwul.«

Svenja und Kammowski sahen sich an.

»Bist du dir sicher? Oliver ist homosexuell? Davon hat Frau Beckmann nie etwas gesagt.«

»Ich glaube nicht, dass er es ihr gesagt hat. Mütter können da komisch sein.«

»Aha, und woher weißt du das dann?«

Charlotte verdrehte die Augen. »Papa, vielleicht weil wir mal darüber gesprochen haben? Aber das musste er mir auch nicht sagen. Das sah man ihm doch an. Wie er sich bewegt hat, wie er geschaut hat. Wie er mit Frauen umgegangen ist.«

Sie schwieg, und auch Svenja und Kammowski sagten nichts. Kammowski musterte seine Tochter wie ein fremdes Wesen. Schließlich sagte er, und Skepsis schwang in seiner Stimme mit: »Du sagst, du hast höchstens zwei, drei Mal mit ihm Small Talk gehabt, und dann redet ihr über seine sexuelle Orientierung wie andere über das Wetter? Wie passt das zusammen?«

»Papa, also wirklich, manchmal bist du schwierig. Ich habe kein Gespräch über seine sexuellen Vorlieben mit ihm geführt. Er hat mich gefragt, wo ich herkomme, und ich habe ihn gefragt, seit wann er in Berlin lebt und ob es ihm hier besser gefällt als in München. Und er hat mir gesagt, dass es ihm in München eigentlich besser gefallen hätte, dass das aber auch daran liegen könnte, dass er dort mit einem geliebten Mann zusammengelebt hat. Diese Beziehung sei aber leider zu Ende gegangen. Wie gesagt, Small Talk. Nicht mehr.«

Der Duft von überbackenem Schafskäse und krossen Lammkoteletts zog durch die Küche. Das Essen war fertig. Kammowski stand auf, schaltete den Backofen aus, deckte den Tisch und öffnete noch eine Flasche Wein. Für Charlotte holte er Cola aus dem Kühlschrank. Ihn konnte man mit dem Gesöff ja jagen, aber Charlotte konnte Cola literweise trinken. Wie Elly. Besser Cola als Alkohol, dachte er. Er war froh, dass Charlotte weder in Gefahr zu schweben schien, an einer Essstörung zu erkranken, noch übermäßig Alkohol trank. An ihrem Glas Rotwein hatte sie nur genippt. Auch Svenja war bald zu Wasser übergegangen. Die erste Weinflasche ging überwiegend auf sein Konto. Er trank zu viel, und er wusste, dass er das ändern sollte. Aber nicht heute. Heute wollte er einfach mal ein paar Stunden lang unbeschwert sein, trinken, plaudern und an nichts Ernstes mehr denken, schon gar nicht an die Arbeit. Aber das war gar nicht so einfach. Zu sehr hatte ihn das Gespräch mit Charlotte aufgewühlt, und auch Svenja schien nachdenklich geworden zu sein.

Die Klingel unterbrach seine Gedanken. Klaus stand vor der Tür. Völlig empört. »Ich dachte, wir wollten im Chor singen? Mich jagst du dahin und selbst bleibst du zu Hause, futterst dir einen Wanst an, umgibst dich mit den besten Weinen und den schönsten Frauen.«

Klaus, dieser Charmeur, war noch nicht ganz eingetreten, da baggerte er schon Svenja an.

»Mensch, Klaus, dich und den Chor habe ich total vergessen. Wir hatten heute einen harten, aber sehr erfolgreichen

Arbeitstag, und wir wollten das noch ein bisschen feiern. Aber dein Timing ist erstklassig. Das Essen ist gerade fertig. Hast du Hunger?« Damit ließ sich Klaus gerne besänftigen. Und schon bald beherrschte er mit seiner lockeren Art das Gespräch am Tisch. Klaus, der alte Geschichtenerzähler. Selten war Kammowski ihm so dankbar gewesen für sein unbeschwertes Seemannsgarn. Mit Klaus wurde jeder Abend gesellig.

»Wie war's denn jetzt eigentlich im Chor?«, fragte er Klaus beim Abschied.

»Gar nicht schlecht«, überlegte Klaus. »Ganz nette Leute. Nur der Kantor, ich weiß nicht … Der macht da einen auf Hahn im Korb, die Mädels himmeln ihn alle an. Warum auch immer. An dem ist doch nicht viel dran. Vermutlich, weil er fast der einzige Mann unter hundert ist. Ich bin beim Singen besser mitgekommen, als ich dachte, und es macht tatsächlich Spaß. Aber ich weiß nicht, Probe einmal in der Woche und dann noch zwei Probenwochenenden bis Weihnachten? Das ist ziemlich viel Einsatz. Natürlich wollen die Damen einen so begnadeten Bass nicht mehr von der Angel lassen«, grinste er. »Und ein bisschen Konkurrenz belebt das Geschäft.«

»Wir können es uns ja noch mal überlegen«, gab Kammowski zur Antwort. Chöre, die Händelmesse, Weihnachten, das war jetzt alles weit weg.

Christine war diesmal gleich am Rechner, sie schien auf seinen Anruf gewartet zu haben. Sie hatte offenbar schon geduscht und sich ein Handtuch um das nasse Haar gewickelt. Das Badehandtuch rutschte ihr immer wieder von der Brust, was Kammowski nicht ungern sah. Er fand, sie sah nackt noch besser aus als mit Kleidung.

Voller Begeisterung erzählte sie von Menschen, Begegnungen und dieser im Smog versinkenden, aber aufstrebenden Großstadt. Gegen Ulan-Bator sei Berlin eine grüne Insel der Glückseligkeit. Sie würde noch eine Woche lang zu tun haben, hatte aber für den kommenden Montag schon den Rückflug gebucht. Ob er sie vom Flughafen abholen würde. Nur zu gerne sagte er das zu.

»Ich vermisse dich«, sagte sie, und Kammowski erwiderte, dass er sie auch vermisse. Und dann sagte er es doch, obwohl er wusste, dass das nicht der richtige Moment war, und er sich, noch während er sprach, am liebsten auf die Zunge gebissen hätte.

»Ich fände es schön, wenn wir zusammenziehen würden, Stine. Du bist so oft weg, und wenn du mal da bist, hätte ich dich gerne näher bei mir.« Selbst über die Skype-Verbindung sah er, dass sie die Stirn runzelte.

»Lass uns so was nicht am Telefon besprechen, Matze, es ist noch so früh am Morgen. Ich habe noch nicht mal Kaffee getrunken.« Sie zögerte, bevor sie weitersprach. »Ich habe dich auch sehr gerne um mich. Aber wir leben auch in zwei verschiedenen Welten. Ich bin mir noch nicht sicher, ob die wirklich beide in eine Wohnung reinpassen.«

»Du hast recht. Ich hatte mir so sehr vorgenommen, das nicht am Telefon anzusprechen. Ich bin einfach etwas sentimental geworden. Ich habe wohl etwas zu viel Rotwein getrunken. War alles ein bisschen viel in den letzten Tagen.«

Schnell wechselte er das Thema und erzählte von dem Abend mit Klaus, Svenja und Charlotte. Dass Klaus und er überlegten, an Weihnachten die Händel-Messe im Chor der Christuskirche mitzusingen. Er erzählte von der ermordeten Lena, deren Gesang ihn morgens geweckt hatte. »Ich weiß, dass mein Erlöser lebet«, versuchte er, ihr das Lied vorzusingen, brach aber rasch ab, weil ihm der weitere Text und auch die Melodie entfallen waren. Und er erzählte davon, dass Lena, die aus so ungünstigen Verhältnissen kam, eigentlich gar keine Chance im Leben gehabt hatte. Ein schönes und begabtes Mädchen, jünger als Charlotte und doch jetzt schon tot. Welch eine Verschwendung! Und er erzählte auch von Oliver, der Lena Unterricht gegeben hatte. Das sei wohl ihr Verhängnis gewesen. Und am schlimmsten sei es für ihn, Kammowski, gewesen, als er erfuhr, dass Charlotte beide gekannt hatte und dass sie, Charlotte, von Oliver auch in die Datsche eingeladen worden war, wovon er, Kammowski, gar nichts gewusst habe. Obwohl er es hätte wissen können, vielleicht sogar hätte wissen müssen. Er kannte schließlich seine Tochter und wusste, wie rasch und arglos sie Kontakte knüpfte, und Oliver wohnte doch im selben Haus. Dass Charlotte völlig naiv sei und sich auch jetzt noch nicht vorstellen konnte, dass Oliver Lena etwas angetan hätte. Dabei sei die Indizienlage doch ziemlich erdrückend, und er habe doch selbst gesehen, wie verrückt der Mann gewesen war, ganz außer sich vor Panik vor dem Satan, von der eisernen Faust eines religiösen Wahns fest umklammert.

Oh, Mann, er hatte zu viel Rotwein getrunken. Was erzählte er hier eigentlich wie ein Wasserfall? Noch dazu Ermittlungsfakten, die er gar nicht weitergeben durfte? Christine hatte ihn in Ruhe ausreden lassen. »Das ist wirklich ziemlich verwickelt, Matze«, meinte sie schließlich. »Weißt du, was ich an dieser ganzen Geschichte gar nicht auf die Reihe bekomme? Wieso singt ein vierzehnjähriges Mädchen überhaupt Kirchenarien? Erst recht, wenn sie in einem bildungsfernen Umfeld aufwächst? Die imitieren in dem Alter doch eigentlich Popstars, wollen in Castingshows auftreten, veröffentlichen ihre Lieder auf YouTube. Aber Kirchenarien? Und warum wollt ihr, Klaus und du, jetzt auch diese Händel-Messe singen? Wollt ihr da verdeckt ermitteln?«

Kammowski stutzte. »Was meinst du damit?«

Christine sah ihn erstaunt an. »Was soll ich schon meinen? Du erzählst mir, dass diese Lena die Sopran-Arie der Händel-Messe geübt hat. Und jetzt wollt ihr, Klaus und du, auch diese Messe singen. Warum also?«

»Wie kommst du darauf, dass Lena eine Händel-Messe gesungen hat?«

»Matze, was ist mit dir los? Bist du betrunken? Hast du mir nicht vor fünf Minuten erst erzählt, dass dich diese Lena morgens um sieben Uhr mit einer Arie von Händel geweckt hat?«

»Ich habe den Text zitiert«, sagte Kammowski zögerlich. »Einen Psalm, den sie gesungen hat ...«

»Stimmt genau, und auch wenn du ihn etwas schräg gesungen hast, ich denke doch, dass es sich dabei um die Sopran-Arie aus einer Händel-Messe gehandelt hat.« Sie begann zu singen: »Ich weiß, dass mein Erlöser lebet ... und so weiter.«

Kammowski nickte und sagte kein Wort. Schließlich grinste er sie an. »Christine, du bist einfach genial! Und unfassbar gebildet.«

»Matze, ich weiß, aber du sprichst in Rätseln. Ich habe gerade leider keine Zeit fürs Rätselraten, vergiss nicht, mein Tag fängt gerade an, und ich habe einen ganzen Sack von Terminen für heute.«

Kammowski ließ sich nicht beirren. »Ich kann es nicht fassen. Du hast da gerade einmal im Vorbeigehen meinen Fall gelöst oder zumindest den Kreis der Tatverdächtigen vervielfacht. Ich liebe dich.«

»Na, hoffentlich nicht nur wegen meiner kriminalistischen Fähigkeiten.«

»Nein, aber wegen deiner Bildung, deiner Klugheit, deiner Gabe zuzuhören und wegen tausend anderer Dinge.«

Sie lachte. »Die musst du mir alle aufzählen, wenn ich wieder in Berlin bin. Ich muss jetzt los. Ich habe um neun Uhr ein Treffen.«

Sie stand auf. Dabei rutschte ihr wieder das Badehandtuch von der Brust. Kammowski grinste. »Wegen deiner Schönheit natürlich auch.«

»Schau weg, du Lüstling.«

»Den Teufel werde ich tun. Ich werde jetzt mit diesem Bild von dir ins Bett gehen und von dir träumen.«

»Träumen ist gestattet, aber nicht mehr.«

Sie lachten und verabredeten sich für den nächsten Abend/ Morgen zum Skypen.

»Und danke, dass du mir zugehört hast. Wir haben wieder nur von mir und meinem Fall geredet.«

»Immer gerne«, erwiderte sie. »Sei gewiss, ich werde mich mit endlosen Diavorführungen revanchieren. Na ja, Dias sind das ja heute nicht mehr. Aber ich habe tolle Fotos gemacht.«

»Und ich freue mich darauf«, sagte er und warf ihr zum Abschied einen Kuss zu. Dann verschwand ihr Bild vom Monitor. An Schlaf war nun nicht mehr zu denken. Kammowski schlich sich ins Wohnzimmer, setzte sich die Kopfhörer auf, legte die CD ins Fach und hörte sich den ganzen Messias von Händel an.

33

Am nächsten Morgen hatte Kammowski einen leichten Kater, und ausgeschlafen war er auch nicht. Was ihn nicht daran hinderte, pünktlich im Büro zu erscheinen. Ganz die alte Schule: Wer feiern kann, muss auch arbeiten können. Aber er nahm mit Erleichterung zur Kenntnis, dass im LKA alles heute einen Takt langsamer ablief. Das Böse schien ein Einsehen zu haben und genehmigte ihnen einen Tag Auszeit.

Nach der Frühkonferenz trafen sich alle bei Doro und feierten mit einem Kaffeestündchen ihren Ermittlungserfolg. Thomandel ließ es sich nicht nehmen, dazuzukommen und das Team zu loben. Er war mehr als froh, bei der für den Vormittag angesagten Pressekonferenz die Lösung des Falls und die Rettung von Laura Stottrop verkünden zu können.

»Kollegen, das war wirklich gute Arbeit«, sagte er und hob seine Kaffeetasse wie ein Glas Sekt in die Runde.

»Darauf trinken wir«, gab Werner zurück, und alle taten es ihm nach.

Nur Kammowski saß in seinem Korbsessel versunken und schüttelte den Kopf. »So froh ich bin, dass es Laura gut geht und Oliver Beckmann hinter Schloss und Riegel ist«, meinte er, »so bin ich mir nicht so ganz sicher, ob wir damit wirklich Lenas Mörder gefasst haben.«

Alle schauten erstaunt auf.

»Was soll das, Kammowski?«, fragte Werner leicht angesäuert. »Die Indizien sind doch hieb- und stichfest. Der Mann ist irre, er kannte sie, und er war am Tatort. Und er hatte sich schon ein zweites Mädchen vorgenommen. Was willst du denn noch mehr?«

»Bauchgefühl und ein paar Dinge, die nicht ins Bild passen.«

Kammowski stand auf und ging noch mal zur Kaffeemaschine, um sich einen zweiten Kaffee zu zapfen, was Doro zu verhindern wusste. Sie hatte es nicht gern, wenn sich jemand an ihrem Kaffeeautomaten zu schaffen machte, Automatik hin oder her. Kammowski hatte keine Lust auf ein Streitgespräch mit Werner oder einen Ringkampf mit Doro. Dafür war es noch zu früh am Morgen, und die Nachwirkungen des gestrigen Abends hämmerten gegen seine Schädeldecke.

Die anderen schauten ihn irritiert an. »Gibst du uns vielleicht auch die Ehre, uns diese Dinge mitzuteilen?«, rief Werner Kammowski etwas lauter hinterher, als zur Überwindung der Distanz zwischen Sitzgruppe und Kaffeeautomat notwendig gewesen wäre.

Svenja sprang Kammowski bei und berichtete davon, dass Oliver Beckmann offenbar homosexuell gewesen war, ein sexuelles Motiv damit unwahrscheinlich war. Sie hatte die Vermutung Charlottes gleich heute Morgen gegengecheckt, indem sie seinen Ex-Partner in München ausfindig gemacht hatte – der lebte noch in derselben Wohnung, wo Oliver gemeldet gewesen war –, und sie hatte ihn telefonisch erreicht. Sie rief ihnen in Erinnerung, dass man ja auch immer noch nicht wisse, wer Lena geschwängert hätte, und dass es Spuren eines dritten Menschen am Tatort gegeben hatte, auch unter ihren Fingernägeln, was möglicherweise hieß, dass sie sich gegen diesen Dritten zur Wehr gesetzt hatte.

»Das mag stimmen, aber wir suchen denjenigen, der oder die Lena getötet hat, und nicht den, der sie geschwängert hat, außerdem hat sicher auch schon mal die ein oder andere Frau meine DNA unter ihren Fingernägeln gehabt, und sie hat das Ganze ganz gut überlebt«, gab Kevin grinsend zu bedenken.

Er hat die seltene Gabe, in seinen Kommentaren immer knapp danebenzuliegen, dachte Svenja. Laut sagte sie: »Du weißt doch, dass es sich um weibliche DNA handelte.«

»Richtig, wir müssen ihre Freundinnen und Klassenkameradinnen überprüfen«, ergänzte Kammowski.

»Was glaubt ihr eigentlich, was ich die letzten Tage gemacht habe?«, empörte sich Kevin.

»Hast du denn die Kratzspuren berücksichtigt?«, fragte Werner scharf, und dann an Kammowski gewandt: »Was, glaubst du, hatte dieser Oliver Beckmann mit Laura vor, als er sie in die Datsche verschleppte?«

»Also erstens hat er sie nicht verschleppt, wie die Videoaufzeichnungen der BVG zeigen, sondern sie sind ganz einvernehmlich dorthin gegangen«, erwiderte Svenja an Kammowskis Stelle.

»Und zweitens hat er, wie es aussieht, mit ihr vor allem für ihre Mathematikprüfung gelernt«, ergänzte Kammowski, der mit seinem Kaffee wieder zurück in die Runde getreten war. »Leute, ich sage ja nicht, dass wir unseren Hauptverdächtigen ganz aufgeben müssen, aber wir sollten doch das Denken nicht einstellen.«

»Ach nee, ein erwachsener Mann nimmt ein junges Mädchen mit in eine Laubenkolonie, um mit ihr Mathe zu lernen, und kommt nicht auf die Idee, das vorher mit ihren Eltern zu besprechen?« Werners Sarkasmus tropfte aus seinen Worten.

»Du vergisst, dass Oliver Beckmann ein psychisch kranker Mann mit beeinträchtigtem Urteilsvermögen ist«, antwortete Kammowski in einer sachlich-stoischen Art, von der er wusste, dass sie Werner mehr reizen konnte, als wenn er ihn angeschrien hätte. Die Reaktion ließ nicht auf sich warten.

»Ach nein, bist du jetzt Psychiater, oder was?«

»Was schlägst du denn vor, Mathias?«, stöhnte Thomandel, dessen unkomplizierte und glorreiche Pressekonferenz sich gerade in Luft aufzulösen schien.

»Also erstens müssen wir noch einmal mit Laura sprechen und auch mit Oliver Beckmann. Und dann müssen wir intensive Recherchen in der Christuskirchengemeinde aufnehmen. Oliver Beckmann und wahrscheinlich auch Lena haben dort verkehrt. Das müssen wir klären. Ich vermute, dass Lena dort Kontakte hatte. Damit eröffnet sich ein weites Feld möglicher Verdächtiger. Die müssen alle abgearbeitet werden. Zumindest sollten wir doch herausfinden, wer der Vater ihres Kindes ist und was er zur Tatzeit gemacht hat. Und auch in der Gemeinde und nicht nur bei den Klassenkameraden sollten wir uns die Arme der Frauen auf Kratzspuren ansehen und herausfinden, ob Lena sich dort mit jemandem gestritten hat.«

Betretenes Schweigen setzte ein. Was Kammowski sagte, wirkte schlüssig, aber sie hatten den Fall innerlich abgeschlossen und waren noch nicht bereit, ihn wieder zu öffnen, und schon gar nicht in dem von Kammowski umrissenen Umfang.

»Laura ist gestern noch von einem Psychologen und einem Arzt gesehen worden«, unterbrach Doro das Schweigen. »Beide haben bestätigt, dass sie okay ist, und sie ist ja dann auch mit den Eltern nach Hause gegangen. Ich habe heute schon mit der Mutter telefoniert. Sie hat gesagt, dass es Laura sehr gut geht. Sie habe sogar darauf bestanden, heute Morgen zu ihrer Mathe-Nachprüfung zu gehen. Ich habe vereinbart, dass ihr am Nachmittag vorbeikommt. Ihr seid für fünfzehn Uhr angemeldet.«

Die gute Doro. Hatte wieder einmal leise im Hintergrund gearbeitet, ohne großes Aufsehen. Svenja grinste.

»Übernehmen wir das, Kammowski?«

Der nickte zustimmend, kramte nach zwei Aspirin in der Hosentasche und verzog sich grußlos in sein Büro, seinen Kater zu pflegen. Svenja schaute ihm nach, während sie die letzten Milchschaumreste ihres Latte macchiato aus dem Glas löffelte. Doro begann unterdessen schon, die Tassen zusammenzustellen.

»Er hat ja meistens recht«, sagte sie mehr zu sich selbst als zu Svenja. »Aber muss er das immer so heraushängen lassen? Erst kommt er tagelang nicht in die Pötte, man muss ihm alle Informationen hinterhertragen, und dann stürmt er davon, und alle müssen springen, und alles muss am besten noch gestern erledigt werden …«

Svenja verzog das Gesicht zu einem schiefen Grinsen. Wer, wenn nicht sie, konnte davon ein Lied singen. Ihr direkter Vorgesetzter Kammowski war für sie eine harte Nuss gewesen, als sie vor einem halben Jahr beim Berliner LKA angefangen hatte. Aber sie hatten sich inzwischen miteinander arrangiert. »Sternzeichen Löwe«, sagte sie und stand auf, um Doro beim Einräumen der Spülmaschine zu helfen. »Löwen hetzen auch nicht hinter ihrer Beute her, sondern liegen faul in der Sonne und warten, bis die Beute vor ihrer Nase spazieren geht, jedenfalls die männlichen. Aber wenn die Gazelle dann unvorsichtig wird, kennen sie kein Erbarmen.«

Doro lachte laut auf. »Donnerwetter, du kennst ihn ja schon ziemlich gut, aber das hier lass mal bitte«, meinte sie und nahm ihr die Tasse aus der Hand. Doro beschwerte sich zwar hin und wieder über die Faulheit der Kollegen, aber sie ließ sich nicht so gerne ins Handwerk pfuschen und war zufrieden, solange sich das rosa Sparschwein, in dem sie die Beiträge der Kollegen für die Bewirtung sammelte, regelmäßig füllte.

»Wenn du wüsstest, wie sehr der sich schon verändert hat, seit du da bist«, murmelte Doro vor sich hin, aber Svenja war schon längst in ihrem Büro verschwunden und hörte die Bemerkung nicht mehr.

Laura Stottrop war in einem schwierigen Alter, wie die Mutter es ausdrückte. Aber im Moment wirkte sie wie ein glückliches kleines Mädchen. Sie hatte heute ihre Matheprüfung bestanden. Damit war sie in die nächste Klasse versetzt worden. Und sie verstand die ganze Aufregung um ihre Person nicht. Klar, sie hatte schon ein bisschen ein schlechtes Gewissen, weil sie einfach abgehauen war, ohne den Eltern Bescheid zu sagen. Aber die hatten es auch nicht anders verdient. Sie hatten sie so unter Druck gesetzt, was das für eine Schande sei, dass sie das Klassenziel nicht erreicht hatte, aber sie hatten sich nicht mit ihr hingesetzt, um zu lernen. Dafür war keine Zeit gewesen, vielleicht hatten sie es sich auch nicht zugetraut. Oliver hatte die Zeit gehabt. Und er konnte echt gut Mathe. Vor allem konnte er gut erklären. Sie hatte gedacht, sie wäre einfach zu blöd dafür, aber so, wie er es erklärte, war das alles ganz einfach. Und dann hatten sie geübt, so lange, bis sie es konnte, oder, wie Oliver gesagt hatte, bis sie nicht mehr wusste, wie man es falsch machen konnte.

Klar, der Typ hatte nen Schuss weg, murmelte dauernd irgendwelche Beschwörungen, hatte darauf bestanden, dass sie ihr Handy wegwarf, obwohl der Akku sowieso schon lange leer war, zündete überall Kerzen an, sprach von einem Satan, den er noch richten müsse. Lief die meiste Zeit wie ein wandelnder Weihnachtsbaum in der kleinen Laube umher, denn er hatte sich eine LED-Lichterkette um den Hals gehängt, zum Schutz vor irgendetwas. Sie hatte das nicht verstanden.

Aber es war ihr egal gewesen. Zu ihr war er immer nett gewesen. Und er hatte sie, was noch wichtiger war, nie von oben herab behandelt.

»Was, glaubst du, hat er von dir gewollt?«, fragte Svenja.

Laura sah sie genervt an. »Er hat gar nichts von mir gewollt, er wollte mir nur bei Mathe helfen. Warum könnt ihr das nicht endlich mal kapieren? Und warum müsst ihr Erwachsenen immer denken, dass jemand etwas Böses im Schilde führt? Nur weil jemand anders ist als andere, muss er doch nicht böse sein. Ihr predigt doch immer, dass man freundlich sein soll, keine Vorurteile haben soll. Aber ihr verhaltet euch nicht so!« Den letzten Satz hatte Laura ihrer Mutter entgegengeschleudert.

»Wir haben dir aber auch gesagt, dass man nicht einfach mit fremden Männern mitgeht, wie konntest du uns das nur antun? Kannst du dir gar nicht vorstellen, in was für einer Angst wir die letzten Tage gelebt haben?«

Laura schwieg verstockt. Vermutlich hatte sie dieses Gespräch seit gestern schon häufiger geführt.

»Bitte, Frau Stottrop, das bringt uns jetzt nicht weiter. Wir wollen froh sein, dass Laura wohlbehalten nach Hause zurückgekehrt ist.«

Jetzt verfiel auch die Mutter in verstocktes Schweigen.

Svenja wandte sich wieder Laura zu. »Sieh mal, niemand meint, dass Oliver böse ist. Aber er scheint sehr krank zu sein, und er hat wohl seine Tabletten, die ihm hätten helfen können, nicht mehr genommen.«

»Das stimmt doch gar nicht«, fauchte Laura. »Ich habe selbst gesehen, wie er sie genommen hat. Oliver konnte nicht gut schlafen, und dann hat er sie genommen. Ich hatte die Tabletten in seiner Jackentasche gefunden, als ich nach Streichhölzern für die Kerze suchen sollte. Dann habe ich im Beipackzettel gelesen, dass die müde machen und dass man dann besser schlafen kann. Ich habe ihm das vorgelesen, und dann hat er die Tabletten genommen.«

»Du hast ihn überredet, seine Medikamente zu nehmen? Das hat zuvor nicht einmal seine Mutter geschafft«, meinte Svenja.

Laura sagte nichts, aber in ihren Augen blitzte Stolz auf. »Er ist dann auch viel ruhiger geworden.«

»Darf ich dich noch etwas Persönliches fragen?«, fragte Svenja vorsichtig.

Laura nickte gönnerhaft.

»Ist er dir einmal zu nah getreten?«, fragte Svenja. »Ich meine, hattet ihr Sex miteinander?«

»Nein, verdammt noch mal, das hat mich die Psychologin auch schon dauernd gefragt. Dass ihr Erwachsenen immer nur so was im Kopf habt, das ist wieder mal typisch. Nein, er hat mich nicht einmal berührt. Wir haben MATHE GEÜBT, geht das nicht in euer Hirn rein?«

»Laura, wie sprichst du denn mit der Polizistin?« Lauras Mutter war ehrlich empört. »Du entschuldigst dich jetzt sofort bei Frau Hansen, hast du mich verstanden?« Ihre Stimme war gegen Ende des Satzes ziemlich schrill geworden, hatte aggressiver geklungen als Laura selbst.

Wenn sie immer so mit ihr spricht, dann muss sie sich nicht wundern, wenn es genauso aus dem Wald wieder herausschallt, dachte Svenja. »Ist schon gut, Frau Stottrop«, meinte sie dann. Und an Laura gewandt: »Wir müssen dich das fragen, und du hilfst uns sehr, wenn du diese Frage ganz offen und ehrlich beantwortest. Wir wollen schließlich nicht, dass Oliver Beckmann für etwas verurteilt wird, das er nicht getan hat.«

»Ich bin offen und ehrlich, ich sehe nur nicht ein, warum

ich euch immer wieder dasselbe erzählen soll.« Das Mädchen verschränkte die Arme vor der Brust und machte ein bockiges Gesicht.

»Also gut, dann lassen wir es zunächst dabei bewenden«, sagte Svenja. Sie warf Kammowski, der während der ganzen Zeit schweigend dabeigesessen hatte, einen fragenden Blick zu. Der nickte und stand auf. Sie verabschiedeten sich von der Mutter und von Laura, die sie aber keines Blickes mehr würdigte. Sie hatte ihre Kopfhörer ins Ohr gesteckt und war jetzt ganz auf ihre Musik konzentriert.

»Warum hast du denn nichts gesagt?«, fragte Svenja, als sie wieder im Auto saßen.

»Warum hätte ich das tun sollen? Du hast das doch gut gemacht.«

Sie schaute ihn forschend an, konnte aber seiner Miene nichts entnehmen, was seine Worte Lügen strafte.

»Diese Kleine ist ein pubertierendes Monster. Aber wir haben durch deine Befragung alles erfahren, was wir wissen wollten.«

»Ach ja?«

»Ja«, sagte er und nickte energisch, um seinen Worten Nachdruck zu verleihen.

»Dieser Oliver Beckmann ist sicher sehr gestört, aber ich glaube nicht mehr, dass er unser Mann ist.«

Und dann erzählte er Svenja die Geschichte mit der Händel-Arie, die Lena gesungen hatte.

»Ich habe da wirklich auf dem Schlauch gestanden. Ich hatte Lena, Oliver und seine Mutter in der Kirche zusammen gesehen. Und es kann doch kein Zufall sein, dass sie mit Oliver die Händel-Arie geübt hat. Sicher hat Lena im Chor mitgesungen. Wir werden morgen in die Christuskirche fahren und herausbekommen, zu wem sie Kontakt hatte. Und wenn ich von jedem männlichen Chormitglied einen DNA-Test einfordern muss.«

»Das werden Thomandel und Werner nicht gerne sehen«, spöttelte Svenja.

»Kann sein, aber da müssen sie durch«, grinste Kammowski.

Es war schon dunkel geworden, man konnte den Herbst inzwischen nicht mehr ignorieren. Die Tage wurden kürzer, das Wetter ließ zu wünschen übrig. Der Nieselregen der letzten Tage war in Dauerregen übergegangen. Ein kalter Wind riss die Blätter von den Bäumen und peitschte den Regen in Böen gegen die Windschutzscheibe und führte dazu, dass aus realen siebzehn Grad Celsius gefühlte fünf Grad wurden.

34

Am Donnerstagmorgen erschien im Berliner Lokalteil der Zeitung ein Bericht über den Fall.

Psychisch kranker Serientäter gefasst – Polizei rettet Mädchen in letzter Minute.

Kammowski blieb das Brötchen im Hals stecken. Was hatte Thomandel denen erzählt? Die Klarnamen der Mädchen und von Oliver wurden nicht genannt. Aber Oliver Beckmann wurde als Psychopath geschildert, der mindestens ein Mädchen auf dem Gewissen hatte und dem die Polizei das zweite Opfer gerade eben noch aus den Klauen hatte entreißen können. Offenbar hatte Thomandel die von Kammowski geäußerten Zweifel an Oliver Beckmanns Schuld in der Pressekonferenz nicht durchklingen lassen. Einerseits nahm Kammowski ihm das nicht übel. Die Polizei war oft genug im Fokus ungerechter Anschuldigungen, musste sich stets im Spannungsfeld von angeblichem Übereifer, fehlender Neutralität und Unfähigkeit rechtfertigen. Es tat gut, auch mal einfach nur Fahndungserfolge melden zu können. Aber wenn sich die Sache dann doch als falsch herausstellte, dann würden sie ziemlich dämlich dastehen. Und was musste erst Frau Beckmann über den Artikel denken? Kammowski schlich sich geradezu an ihrer Wohnungstür vorbei und war froh, ihr nicht im Hausflur zu begegnen.

Als er beim LKA ankam, telefonierte Svenja schon mit dem behandelnden Arzt des Maßregelvollzugs, in dem Oliver Beckmann untergebracht war. Der Arzt wollte sie vertrösten. Herr Beckmann sei momentan noch nicht vernehmungsfähig.

Man wolle sich gerne melden, sobald es ihm besser gehe. Svenja blieb hartnäckig und verabredete sich mit dem Arzt zu einem Gespräch am frühen Nachmittag.

Während des Vormittags arbeiteten Kammowski und Svenja fast wortlos nebeneinanderher. Das heißt, Svenja arbeitete. Kammowski starrte vor sich hin, trank Kaffee und »geduldete« sich. Ihre Arbeit in einem gemeinsamen Büro war längst kein Konfliktthema mehr wie in der Anfangszeit, als Hauptkommissar Kammowski sich nicht damit abfinden wollte, dass er sein Zimmer plötzlich teilen sollte. Die Zwischentür zu dem Büro von Werner und Kevin war heute geschlossen. Thomandel hatte Werner und Kevin bereits auf einen anderen Fall angesetzt. Bezüglich des weiteren Vorgehens im Fall »Schneewittchen« hatte Thomandel Kammowski zurückgepfiffen. Er wolle sich erst mit dem zuständigen Staatsanwalt absprechen. Kammowski müsse sich gedulden, auch wenn ihm das schwerfalle. »Vernehmt erst noch mal unseren Hauptverdächtigen und schreibt dann alles, was wir haben, zusammen. Dann sehen wir weiter. Und bitte keine Ermittlungen auf eigene Faust.«

»Der will doch jetzt nicht etwa alle Zweifel unter den Tisch kehren, nur weil er sich vor der Presse festgelegt hat, oder?« Kammowski war sauer. Svenja spürte instinktiv, dass es besser war, nichts zu sagen. So verging einige Zeit, ohne dass jemand sprach. Kammowski saß griesgrämig an seinem Schreibtisch, dann griff er in seinen Rucksack, der neben dem Schreibtisch auf dem Boden stand, und holte einen 500-Gramm-Becher Früchtejoghurt heraus. Nach längerer Recherche fand er in den Tiefen seiner Schreibtischschublade schließlich den gesuchten Löffel. Während sein Blick missmutig von der Hartfaserplatte, die ihnen als Pinnwand und Tafel diente, hinüber zu Svenja, dann zum Fenster und zurück wanderte, löffelte er ihn schweigend aus. Schließlich richtete er sich unvermittelt auf und warf den leeren Joghurtbecher mit der dramatischen Geste eines Profibasketballspielers im Endspiel kurz vor Abpfiff Richtung Papierkorb neben der Tür. Dieser zusätzlichen Belastung waren die ohnehin unter Daueranspannung stehenden Knöpfe seines Hemdes nicht gewachsen. Mit einem leisen Ratsch sprangen drei Knöpfe gleichzeitig vom Hemd ab und landeten mit einem leisen Plopp auf dem Boden, während der Joghurtbecher mit einem lauten Scheppern neben dem Papierkorb zu Boden ging.

»Mist«, sagte Kammowski und versuchte, sein Hemd zusammenzuraffen, während er den Bauch einzog, was allerdings nur bis zum nächsten Atemzug weiterhalf. Schon bald gab er die Versuche, seine Kleidung zu richten, auf. »Dabei bin ich doch schon wieder auf Diät.«

Svenja grinste. »Aber mach bitte nicht wieder eine Nulldiät.« Kammowski machte in größeren Abständen immer wieder eine Gewaltfastenkur, um sein Übergewicht in den Griff zu bekommen.

»Kannst ja mal mit zum Polizeisport gehen.«

»No sports, please«, wehrte Kammowski entsetzt ab. »Nein, ich versuche es jetzt mit einer anderen Methode: gesünder essen, Zucker weglassen und abends gar nichts mehr essen. Bisher allerdings noch nicht so erfolgreich, wie du siehst.« Dabei wies er grinsend auf seinen Bauch, der sich aus der Öffnung des Hemds herauswölbte.

Svenja sah interessiert auf. »Gesund und zuckerfrei leben? Hast du nicht gerade ein Pfund Joghurt gegessen?«

»Ja, habe ich, Proteine braucht man ja auch, sonst wird bei der Diät nur Muskulatur abgebaut.«

»In so einem Joghurt ist nicht viel Protein drin. Dafür umso mehr Zucker. In einhundert Gramm Früchtejoghurt stecken im Schnitt dreizehn Gramm Zucker. Das macht«, sie tat, als müsse sie angestrengt nachrechnen, »… fünfundsechzig Gramm Zucker. Ein Würfelzucker hat drei Gramm. Du hast also soeben zweiundzwanzig Stück Würfelzucker gegessen. Das sind zweihundertfünfzig Kilokalorien, nur für den Zucker.«

»Woher weißt du so was?«, fragte er entgeistert, stand auf, ging zum Papierkorb, hob den Joghurtbecher vom Boden auf, setzte sich wieder an den Schreibtisch und vertiefte sich in die gedruckten Angaben auf dem Becher. »Das steht hier nicht.« Er warf den Becher erneut Richtung Papierkorb. Diesmal gelang der Zielwurf, was ihm ein stolzes Lächeln entlockte. »Das müssen die doch eigentlich draufschreiben, oder nicht?«

Svenja murmelte irgendetwas von Zuckerlobby und vertiefte sich wieder in ihre Arbeit. Schließlich sagte sie: »Hast du dir eigentlich einmal das Tagebuch von Lena angesehen?«

»Ich habe es nur einmal kurz durchgeblättert, als wir bei ihrer Mutter waren. Da steht nicht viel drin. Ist ja mehr ein Kalender, kein richtiges Tagebuch.«

»Dann schau dir das hier doch mal an.« Svenja deutete auf Einträge, die Lena in ihren Kalender gemacht hatte. »Jeden Dienstagabend und jeden Donnerstagnachmittag steht da ein ›Dr. T.‹ drin. Und schau mal hier. An ihrem Todestag wollte sie offenbar ein Konzert in der Philharmonie besuchen.« Sie schob ihm den Kalender hinüber.

»In der Philharmonie? Wie kommt ein vierzehnjähriges Mädchen mit diesem familiären Hintergrund an Karten für die Philharmonie?« Er überlegte kurz. »Vielleicht von Oliver Beckmann?« Dann korrigierte er sich. »Nein, davon hat Frau Beckmann nichts erzählt. Sie hat doch gesagt, dass er den

Abend mit ihr verbracht hat und erst spät noch weggegangen ist.«

Svenja hatte rasch im Rechner recherchiert. »Da gab es ein Konzert mit den Berliner Philharmonikern unter der Leitung von Simon Rattle. Schon als erwachsener Normalsterblicher kommt man nicht ohne Weiteres an Karten ran. Ein Kind schon gar nicht. Ich weiß, wovon ich rede. Ich habe das neulich selbst einmal vergeblich versucht, als ich meine Eltern zu Besuch hatte«, schob sie als Erklärung hinterher, als Kammowski sie fragend anschaute. »Ganz zu schweigen von der Penunze, die du dafür hinblättern musst.«

»Du meinst, dieser Dr. T. könnte der Sponsor sein?« Kammowski war jetzt plötzlich hellwach.

»Ja, der Sponsor und möglicherweise auch der Beischläfer und eventuell sogar der Mörder. Dr. T. könnte aber auch ›der Turnverein‹ oder ›der Teeladen‹ bedeuten. Andererseits, vielleicht steht das Dr. tatsächlich für Doktor. Nur, wer geht schon zweimal in der Woche zum Arzt? Ich habe mit Lenas Mutter telefoniert. Sie hat keine Idee, wer ›Dr. T.‹ sein könnte, und sie weiß auch nicht, was Lena dienstags und donnerstags gemacht hat.«

»Warum wundert mich das jetzt nicht?«, sagte Kammowski. »Aber irgendjemand wird doch wissen, wer oder was Dr. T. ist. Wir müssen alles noch mal durchgehen. Die Klassenkameradinnen, den Freund der Mutter, die Lehrer. Vielleicht sogar das Personal der Philharmonie.«

Svenja nickte. »Ich fange gleich an damit. Aber die Philharmonie? Das halte ich für keine gute Idee. Dauert ewig, bis wir diejenigen erreicht haben, die an diesem Abend Dienst hatten, und ob die sich dann an ein einzelnes junges Mädchen erinnern können? Wir wissen nicht einmal mit Bestimmtheit, ob Lena wirklich an diesem Abend dort war.«

»Stimmt schon, aber wenn wir nicht weiterkommen, bleibt uns nichts anderes übrig, als diese Spur auch zu verfolgen. Wenn Thomandel uns lässt. Lass uns erst einmal in den Maßregelvollzug fahren. Das hat Thomandel uns schließlich sogar explizit aufgetragen. Vielleicht können wir doch mit Oliver sprechen, und vielleicht kann er uns sogar sagen, wer dieser Dr. T. ist.«

Aber dazu kam es zunächst nicht. Doro rief an und sagte, dass eine Pfarrerin Hohlbruck vor der Tür warte und Kammowski zu sprechen wünsche.

»Pfarrerin Hohlbruck? Kenne ich nicht. Hat sie gesagt, worum es geht?«

»Nein«, erwiderte Doro, »aber sie sagt, es sei wichtig.«

»Na gut, dann schick sie zu mir.«

Doro lachte ein »Gut, dann mach ich das mal« in die Leitung.

Während sich Kammowski fragte, was daran jetzt wieder so lustig war, klopfte es auch schon an die Tür, das machte Kammowski einmal mehr klar, dass Doro stets ihre eigenen Entscheidungen traf und keineswegs der Meinung war, dafür sein Einverständnis abwarten zu müssen.

Pfarrerin Hohlbruck war eine sympathische Frau um die vierzig. Das dunkelbraune, leicht gelockte und von silbernen Strähnen durchsetzte Haar trug sie kurz geschnitten. Lange, bunte Ohrringe und überweite Kleidung in Tulpenform ohne jeden Schnörkel, mit flachem und bequemem Schuhwerk kombiniert, ergaben das Gesamtbild einer etwas übergewichtigen, freundlich-quirligen Frau, deren modisches Outfit sich stets der Bequemlichkeit unterzuordnen hatte. Genau genommen sah sie aus wie eine Ökotante, dachte Kammowski. Mit allzu ökologisch-biodynamisch angehauchten Zeitgenossen hatte Kammowski ein Problem. Aber das freundliche Lächeln dieser Frau ließ seine Gedanken zu einem fiesen Vorurteil zusammenschrumpfen.

»Herr Kammowski«, fing sie an. »Ich habe gestern mit Frau Beckmann gesprochen, und sie hat mir geraten, mich an Sie zu wenden. Sie setzt großes Vertrauen in Sie. Es geht um den Sohn von Frau Beckmann, Oliver Beckmann.«

Die Pfarrerin berichtete, dass ihr Oliver flüchtig bekannt sei, weil seine Mutter seit vielen Jahren in der Gemeinde aktiv sei und sie ihr schon das ein oder andere Mal ihre Sorgen anvertraut hatte. Sie wisse daher auch, dass er sehr krank sei und dass man Verständnis haben müsse. »Wissen Sie, Verständnis habe ich ja, schon von Berufs wegen sozusagen.« Sie lachte wieder und entblößte dabei weiße Zähne, deren Unregelmäßigkeiten der Schönheit ihres Gesichtes keinen Abbruch taten und das perfekte Kieferstyling jüngerer Generationen als mangelnde Individualität entlarvten. Dann seufzte sie laut auf. »Aber was der Junge jetzt macht, das geht doch etwas weit. Seine Anrufe grenzen allmählich an Psychoterror. Er kennt weder Ruhe- noch Nachtzeiten.«

»Wovon sprechen Sie?«, fragte Kammowski erstaunt. Auch Svenja war von ihrem Schreibtisch aufgestanden und kam interessiert näher. Kammowski stellte Svenja vor. »Meine Kollegin, Frau Hansen.«

Die Pfarrerin bedachte auch Svenja mit ihrem strahlenden Lächeln, das geeignet schien, Eisblöcke zum Schmelzen zu bringen. Dann wandte sie sich wieder Kammowski zu. »Ich spreche von Oliver Beckmanns Terroranrufen. Er sagt zwar nie seinen Namen, aber er kann mich doch nicht für dumm verkaufen. Ich kenne ihn doch!«

»Was will er denn von Ihnen?« Kammowski konnte sich immer noch keinen Reim auf diese Information machen.

»Nun, er beginnt immer mit irgendwelchen Beschwörungsformeln, wild zusammengewürfelt aus Psalmen und Alltagssprache, kaum verständlich und inhaltlich nicht nachvollziehbar. Dann behauptet er, dass sich der Satan höchstpersönlich in unserer Kirche eingenistet hat, und er bittet uns, nein, er befiehlt uns wohl eher, einen Exorzisten zu bestellen, weil uns sonst Unheil drohe. Total irre.« Sie schüttelte heftig den Kopf, als könne sie selbst kaum glauben, was sie da erzählte. Ihre Ohrringe, aus Holz, Leder und Silber gearbeitet, flatterten ihr dabei um den Kopf, als wollten sie davonfliegen.

»Abgesehen von der Ironie, dass ausgerechnet eine evangelische Pfarrerin die katholische Institution der Glaubenskongregation, Sie verstehen schon, das, was früher die Inquisition war, anrufen soll. Also, bei allem Verständnis, das geht zu weit.« Die Pfarrerin lachte wieder.

Kammowski und Svenja sahen sich erstaunt an. »Wollen Sie uns jetzt allen Ernstes erzählen, dass Herr Beckmann aus der Klinik anruft und Ihnen rät, den Satan aus Ihrer Kirche austreiben zu lassen?«

»Genau das. Heute Morgen um fünf Uhr, und dann noch einmal am Vormittag während unserer Teambesprechung.«

»Was genau sagt Herr Beckmann denn?«

Pfarrerin Hohlbruck holte wortlos ein Smartphone aus ihrer Tasche und spielte ihnen einen Mitschnitt vor. »Hören Sie selbst, das ist aber nicht von Anfang an aufgenommen.«

»Heilige Muttergottes, o nein … dominus vobiscum … sei still und lass mich jetzt mal reden … ich habe dir doch gesagt, dass du keine Telefone verwenden sollst, warum bist du so ungehorsam. Lena, bitte für uns, der Satan ist unter euch, ich befehle euch im Namen der Muttergottes … kannst du nicht mal Ruhe geben, ich sage es ja schon … ich befehle euch, die Inquisition zu rufen … ich werde ihm die Maske vom Gesicht reißen, der Satan wird kommen und alles niederbrennen, glaubt ja nicht, dass ihr davonkommt, wir haben Fotos von euch. Wir können alles beweisen … Feuer … o nein … Hilfe, Hilfe.«

Der Rest war kaum verständliches Gebrabbel und Gestöhne. Die Pfarrerin schaltete das Gerät ab.

»Klingt fast so, als wären da noch andere Leute im Raum, mit denen er spricht, während er mit Ihnen telefoniert«, sagte Svenja.

»Ich könnte mir vorstellen, da spricht er mit den Stimmen, die er hört. Frau Beckmann hat mir zumindest gesagt, dass ihr Sohn Stimmen hört. Und man gewinnt den Eindruck, dass sie nicht nur freundlich zu ihm sind. Er tut mir leid, das muss ja quälend für ihn sein – für uns aber auch.«

Die Frau Pfarrerin scheint nicht nur sympathisch, sondern auch intelligent zu sein, dachte Kammowski. Wenn er nicht zuvor Oliver Beckmann selbst erlebt hätte, wäre er nicht darauf gekommen, dass er auf dieser Aufnahme nicht etwa mit realen Personen, sondern mit seinen halluzinierten Stimmen sprach.

»Wollen Sie Anzeige wegen Belästigung erstatten?«, fragte Kammowski.

Pfarrerin Hohlbruck schaute ihn entgeistert an. »Nein, natürlich nicht. Aber ich – oder besser Frau Beckmann – dachte, Sie können vielleicht dafür sorgen, dass das aufhört. Bei unserem Kantor Fröbe hat er offenbar auch schon angerufen.« Sie lachte wieder. »Dem ist der Schreck in Mark und Bein gefahren, das können Sie mir glauben. Der Mann war bleicher als eine Kalkwand.«

Kammowski nickte. »Ich denke, das lässt sich machen. Wir stehen mit der Klinik in Kontakt und werden dafür sorgen, dass Herr Beckmann nicht mehr telefonieren darf.«

Die Pfarrerin lächelte wieder ihr warmes Lächeln, dankte den beiden und verabschiedete sich.

»Was hältst du davon?«

»Der Mann ist wirklich ganz schön krank und unter Druck!«, antwortete Svenja. »Man möchte nicht in seiner Haut stecken.«

Kammowski nickte. Dann grinste er. »In der von unserer Pfarrerin aber auch nicht. Das muss ziemlich unheimlich sein, wenn man schlaftrunken ans Telefon geht und sich dann so was anhören muss.«

»Soll ich mitfahren in die Klinik?«

Kammowski nickte. »Ja, lass uns das mal zusammen machen. Vier Augen sehen mehr als zwei. Schon merkwürdig, dass er von dort überhaupt telefonieren konnte. Die Insassen müssen doch ihre Handys bei der Einlieferung abgeben.«

»Dominus vobiscum«, sang Kammowski, während sie mit dem Aufzug in die Tiefgarage fuhren. »Als Kind habe ich immer gedacht, der Pfarrer singt ›Herr, wo bist du?‹. Also ich habe mich schon gefragt, wenn nicht mal der Pfarrer weiß, wo der Herr ist, wer soll es denn dann wissen?«

Svenja brauchte etwas, um den Witz zu verstehen, dann kringelte sie sich vor Lachen. »Und was singt er tatsächlich?«

»Das ist Latein und heißt ›der Herr sei mit euch‹. Hast du kein Latein gehabt?«

Svenja lachte immer noch. »Nein, meine Eltern wollten nicht, dass ich eine tote Sprache lerne. Aber auch ohne Latein kann es zu Missverständnissen kommen. Meine Schwester hat sich einmal geärgert, weil im Religionsunterricht für die nächste Stunde die Geschichte des Franz von Assisi angekündigt wurde. Alles, was sie verstanden hat, war ›der Franz von der Sissi‹. Und sie dachte, sie würden in der nächsten Stunde

Sissi-Filme mit Romy Schneider sehen. Da war die Enttäuschung groß.«

Lachend stiegen sie in den VW Touran, der ihnen vom Fuhrparkleiter zugewiesen wurde. »Seht zu, dass ihr bald wieder auf den Hof kommt«, sagte dieser. »Da braut sich ein Wetter zusammen.«

35

Wie recht der Mann hatte. Mit dem schönen Wetter schien es endgültig vorbei zu sein. Während sie nach Reinickendorf rausfuhren, zu einem der beiden Standorte des Berliner Maßregelvollzugs, regnete es unaufhörlich. Und das war kein milder Sommerregen, sondern das Wasser fiel sturzbachähnlich vom Himmel. Die Temperaturen waren in den letzten Tagen deutlich gesunken, und der Wetterdienst warnte vor Sturmböen, die von Westen aufziehen und in den kommenden Stunden Berlin erreichen würden. Schon jetzt peitschten die Äste der Straßenbäume heftig im Wind. Die Bäume hatten noch nicht ihre Blätter verloren und boten dem Sturm zu viel Angriffsfläche.

»Ist vielleicht doch keine gute Idee, jetzt noch loszufahren«, meinte Svenja.

Kammowski gab das Ziel ins Navi ein. »Bisher werden auf der Strecke noch keine nennenswerten Behinderungen gemeldet.«

»Das beruhigt mich noch nicht wirklich«, gab Svenja zweifelnd von sich. »Es nützt uns ja noch nicht so viel, dass wir hinkommen. Wir müssen auch wieder zurückkommen, oder willst du im Maßregelvollzug übernachten?«

»Solange ich mir nicht das Zimmer mit einem Serienkiller und Kannibalen teilen muss«, lachte Kammowski.

»Ach, privat sollen die ja auch ganz nett sein«, ging Svenja auf seinen Scherz ein. »Aber sei bitte so nett und sorge dafür, dass mein Bettnachbar kein Vergewaltiger ist.«

Erstaunlicherweise verlief die Hinfahrt ohne Komplikationen. Es war sogar leerer als sonst auf den Straßen. Vermutlich waren viele Berliner vernünftiger als sie gewesen und gar nicht erst auf die Straße gegangen.

Eine Dreiviertelstunde später trafen sie im Olbendorfer Weg ein. Oliver Beckmann war in der Aufnahmestation des Hauses aufgenommen worden. Wenn jemand eine Straftat im Zustand der Schuldunfähigkeit beging, dann kam er nicht ins Gefängnis, sondern das Gericht ordnete seine Unterbringung nach § 63 Strafgesetzbuch in einem psychiatrischen Krankenhaus an, vor allem, wenn man davon ausgehen musste, dass von ihm auch weiterhin Gefahr ausging. Wenn die Schuldunfähigkeit noch nicht bestätigt worden war, zum Beispiel kurz nach einer Straftat, dann konnte vom Gericht nach § 126a Strafprozessordnung eine einstweilige Unterbringung befohlen werden, so wie jetzt bei Oliver Beckmann.

Dr. Engin, der leitende Arzt, war keinesfalls unfreundlich. Er war ein schöner Mann mit großen dunkelbraunen Augen, einem schwarzen gepflegten Bart und einem warmherzigen Lächeln. Er schien Wert auf sein Äußeres zu legen, war modisch, aber salopp gekleidet mit Jeans, weißen Turnschuhen und einem Designer-T-Shirt. Offenbar gab es im Maßregelvollzug keine Kittelpflicht. Dr. Engin nahm sich Zeit, lud sie auf einen Tee in sein Büro ein, aber in der Sache an sich war er zunächst unnachgiebig.

»Wie ich Ihnen ja schon am Telefon gesagt habe, mit Herrn Beckmann werden Sie noch nicht viel Sinnvolles anfangen können. Er ist noch nicht so weit. Es macht keinen Sinn, mit ihm zu sprechen.«

Sie tranken ihren Tee, und Svenjas Blicke schweiften durch das peinlich aufgeräumte Büro. Auf dem Schreibtisch schien jedes Ding seinen Platz zu haben. Ein Mann mit Ordnungsliebe. Svenjas Blick wanderte vom Schreibtisch zu einem Plakat an der Wand. Dr. Engin war Svenjas Blicken gefolgt und erklärte: »Die Sultan Ahmed Moschee in Istanbul, sie wird von vielen auch die Blaue Moschee genannt.«

»Sie sind Türke?«

»Ja und nein, jetzt bin ich Deutscher, aber im Herzen bin ich Türke. Ich bin in Istanbul aufgewachsen, habe dort studiert …« Er lächelte, sprach aber nicht weiter.

Kammowski war immer wieder erstaunt, wie Menschen wie Svenja und Charlotte zwanglos und unvermittelt mit anderen ins Gespräch kamen. Wie sie mit dem Gegenüber einige scheinbar belanglose Worte austauschten, und schon war da eine Ebene der Gemeinsamkeit, des Verständnisses erschaffen. Niemals hätte sich das Gespräch so entwickelt, wenn er es eröffnet hätte. Aber andererseits, dachte er in einem Anflug von Aufbegehren bei sich, wenn sie hier noch länger säßen und Tee tranken, müssten sie sich vielleicht noch die ganze Lebensgeschichte von Dr. Engin anhören. Ungeduldig wippte Kammowski mit dem Fuß. Aber er irrte sich. Svenja wechselte plötzlich das Thema.

»Kann man denn gar nicht mit ihm reden?«, fragte sie.

»Doch, reden können Sie mit ihm, wenn Sie es unbedingt wünschen. Aber ich fürchte, er wird Ihre Fragen nicht beantworten können.«

»Wir würden uns einfach gerne einen eigenen Eindruck verschaffen«, strahlte Svenja Dr. Engin an, der ebenso gewinnend zurücklächelte und sich schließlich doch bereit erklärte, sie zu Herrn Beckmann zu führen.

»Herr Beckmann lebt in einem komplexen Wahnsystem, in das er alles, was er erlebt, einbaut, und sei es, von außen betrachtet, auch noch so surreal«, erklärte Dr. Engin, während er sie durch die Sicherheitskontrollen des Hauses begleitete.

Schließlich betraten sie die Aufnahmestation der Klinik, eine Abteilung mit zwölf Betten. Das moderne Gebäude strahlte keineswegs Gefängnisatmosphäre aus, trotz der verschlossenen Türen. Alles war licht, mit großen Fensterflächen zum Garten, kleinen Innenhöfen. Man dachte eher an ein Sanatorium als an ein Gefängnis, aber das war es ja letztlich auch.

»Ich würde bei dem Gespräch gerne dabei sein und es notfalls auch abbrechen wollen, wenn ich den Eindruck habe, dass es Herrn Beckmann nicht mehr guttut. Das könnte Ihnen vielleicht sogar bei der Gesprächsführung helfen. So ein Wahn ist manchmal eine recht bizarre Sache. Nichtfachleute können sich da oft nur sehr schwer einfühlen.«

Dagegen hatten die Kommissare nichts einzuwenden. Oliver Beckmann saß auf dem Bett in seinem Zimmer und blätterte in einer Zeitschrift, als sie eintraten. Er sah noch abgehärmter und blasser aus, als Kammowski ihn in Erinnerung hatte, aber insgesamt entspannter. Was hatte Dr. Engin eben angesichts der verschlossenen Türen gesagt? Die Insassen wären nicht selten entlastet, wenn sie in die geschützte Atmosphäre einer geschlossenen Station kämen. Die Freiheit draußen, die Vielfalt der Reize wäre für psychisch Kranke oft eine Überforderung. Und in der Tat wirkte Oliver viel ruhiger als bei den Anlässen, zu denen Kammowski ihn zuletzt gesehen hatte. Auch hatte er nichts gegen ein Gespräch und bot den Gästen sogar Platz an.

Das Zimmer war freundlich und hell eingerichtet, und es gab sogar eine kleine Sitzecke, die allerdings nicht für so viele Gäste angelegt war. Dr. Engin holte sich einen Stuhl aus dem Aufenthaltsraum und setzte sich dazu.

»Herr Beckmann«, begann Kammowski vorsichtig, nachdem Dr. Engin sie vorgestellt hatte, »wir würden Sie gerne zu

Ihrem Verhältnis zu Lena Kaufmann und Laura Stottrop befragen.«

Oliver Beckmann sah sie misstrauisch an. »Haben Sie Handys dabei?«

Kammowski und Svenja verneinten. Ihre Handys hatten sie vor Einlass in den Maßregelvollzug am Eingang ausmachen und abliefern müssen.

»Ich rede nur mit Ihnen, wenn Sie keine Handys haben. Der Satan hört immer mit. Das darf ich nicht riskieren.«

Kammowski sah hilfesuchend zu Dr. Engin.

»Niemand darf sein Handy mit in das Gebäude nehmen, Herr Beckmann, Sie wissen doch, dass das eine Vorschrift ist«, sagte er zu Oliver. Das schien ihn zu beruhigen, und Oliver begann mit seiner Geschichte, und die war so abenteuerlich, dass sie die Kommissare ratlos zurückließ.

Oliver Beckmann erzählte, dass er in intensivem Kontakt zur Muttergottes stünde, die ihn auserwählt hätte, junge Mädchen vor dem Satan zu retten. Anfangs seien die Aufträge, die sie ihm gab, auch für ihn nicht immer gleich verständlich gewesen. So habe er zunächst gedacht, dass auch Lena zu den Mädchen gehörte, die er retten sollte. Aber dann habe sich herausgestellt, dass sie selbst die Muttergottes war, die auf diese Weise mit ihm in mittelbaren Kontakt treten wollte.

»Woran haben Sie denn gemerkt, dass Lena die Muttergottes ist? Worin unterschied sie sich von anderen Mädchen, und was machte Sie da so sicher?«, fragte Dr. Engin.

Oliver schaute ihn triumphierend an. »Das habe ich natürlich daran gemerkt, dass sie dann nicht mehr da war, sie ist ja wieder in den Himmel aufgestiegen. Aber sie spricht seither täglich mit mir.«

»Lena spricht zu Ihnen?«, fragte der Arzt.

»Nein, nicht Lena, die Muttergottes spricht zu mir.«

»Spricht sie freundlich zu Ihnen?«

Oliver zögerte. »Meistens ist sie sehr freundlich. Sie ist eine liebende Mutter. Aber momentan ist sie nicht zufrieden mit mir.«

»Warum ist sie nicht zufrieden?«

»Weil ich jetzt hier bin und mich nicht meiner eigentlichen Aufgabe widmen kann.«

»Und was wäre Ihre Aufgabe?«

Wieder schüttelte Oliver etwas ungeduldig den Kopf. »Das habe ich Ihnen doch schon gesagt. Meine Aufgabe ist es, den Satan zu bekämpfen. Und wie ich ebenfalls schon gesagt habe, hat es etwas gedauert, bis ich verstanden habe, dass Lena eigentlich die Muttergottes ist. Sie ist sehr geduldig, aber jetzt möchte sie endlich Taten sehen.«

»Lassen Sie uns noch einmal auf Ihre Kommunikation mit der Muttergottes zurückkommen. Wie genau muss ich mir dieses Gespräch vorstellen«, fragte der Arzt, der inzwischen ganz die Gesprächsführung übernommen hatte, während Kammowski und Svenja mehr oder weniger sprachlos danebensaßen und zuhörten.

Oliver überlegte nur kurz. »Das geht über inneres Bewusstsein.«

»Aha, inneres Bewusstsein. Können Sie uns das erklären? Was verstehen Sie denn unter innerem Bewusstsein?«

»Na, ich höre, was die Muttergottes zu mir sagt, und wenn ich ihr innerlich antworte, dann spüre ich, dass sie mich versteht. Wenn ich zum Beispiel eine Frage stelle, dann beantwortet sie sie.«

»Was macht Sie so sicher? Haben Sie Beweise dafür, dass Lena eigentlich die Muttergottes war?«

»Ja, sehr viele sogar. Zum einen ist sie genau in dem Moment in mein Leben getreten, als ich zur Muttergottes gebetet habe.« Er überlegte. »Das war in einem anderen Krankenhaus.«

»Die Muttergottes Lena war eine Mitpatientin?«, fragte Dr. Engin nach. Oliver nickte zustimmend. »Und sie ist zu Ihnen getreten und hat gesagt, Oliver Beckmann, ich bin die Muttergottes?«

»Nein, natürlich nicht. So plump ist sie doch nicht. Aber sie hat mir Zeichen gegeben. Viele Zeichen.« Er lächelte, den Blick ganz nach innen gerichtet.

»Was waren das für Zeichen?«

»Zum Beispiel ihre Stimme. Die Stimme hatte einen göttlichen Klang. Ein Mensch kann so gar nicht singen. Anfangs habe ich aber, genau wie Sie jetzt, an mir und meiner Beobachtung gezweifelt. Ich habe die Muttergottes kürzlich erst gefragt, warum sie sich mir nicht gleich in ihrer ganzen Vollkommenheit offenbart hat. Aber das konnte sie gut begründen. Sie hat gesagt, dass wir Menschen das Göttliche immer nur wohldosiert vertragen. Da hätte ich auch selbst draufkommen können. Ich wäre sofort blind und taub geworden, wenn sie sich mir gleich in ihrer göttlichen Gestalt präsentiert hätte.«

»Gab es noch andere Zeichen außer der Stimme?«

»Ja, natürlich. Ich habe gesehen, wie sie von einem Lichtermeer, von Tausenden Engeln und mit Blumen bekränzt, vom Vater zurück in den Himmel eskortiert wurde. Da hat sie zu mir in einer himmlischen Sprache gesprochen, die ich erst gar nicht verstanden habe.« Er hielt inne. »Aber dann hat sie mich berührt, und plötzlich konnte ich sie verstehen. Es war wie ein Wunder. Sie hat mich zu ihrem Ritter gemacht.«

»Herr Beckmann, was meinen Sie, könnte es vielleicht noch eine andere Erklärung für das geben, was Sie da gesehen haben?«, fragte Dr. Engin vorsichtig.

Oliver schüttelte heftig den Kopf. »Nein, da bin ich mir ganz sicher. Aber ich verstehe Ihre Zweifel, die hatte ich am Anfang ja auch. Zu dieser Zeit hat sie ja noch nicht mit mir gesprochen. Aber die Muttergottes hatte schließlich Erbarmen mit mir und ist durch das innere Bewusstsein mit mir in Kontakt getreten. Seither sprechen wir täglich miteinander, und wir lachen über mein menschliches Unvermögen zu Beginn. Wissen Sie, sie ist nicht nachtragend.« Oliver machte ein glückliches Gesicht, als sehe er die Muttergottes gerade vor sich.

»Und jetzt gibt Ihnen die Muttergottes Aufträge?«, fragte Dr. Engin weiter.

»Ja, sie hat mich in den Stand eines heiligen Ritters der Muttergottes erhoben und mich in einen Krieg gegen den Satan geschickt. Ein sehr schwerer Kampf, dem nur die Besten gewachsen sind. Ich gehöre jetzt zu den elf Pinguinen. Das sind Auserwählte, die über die ganze Welt verstreut sind. Nur wenige sind berufen. Sie hat mich auserwählt unter vielen.«

Kammowskis Blick wanderte ungläubig von Svenja zu Dr. Engin. Doch der ließ sich davon nicht irritieren und fuhr fort, seine Fragen zu stellen.

»Wer ist der Satan eigentlich?«

»Oh, der Satan hat natürlich viele Gesichter und viele Gestalten. Aber die Muttergottes hat mich gelehrt, auch diese Zeichen zu erkennen.«

»Was sind das für Zeichen, und wie erfahren Sie von Ihren Aufträgen?«

Oliver schien kurz unsicher zu werden. »Es gibt ganz viele Zeichen, und es dauert sehr lange, bis man sie erkennt, das kann ich Ihnen auch nicht so schnell beibringen. Dafür braucht man viele Wochen Übung. Und dafür muss man auserwählt sein.«

»Sie sind also auserwählt und verstehen Zeichen, die andere nicht sehen?« Oliver nickte und sah wieder sehr zufrieden aus.

»Können Sie uns vielleicht einmal ein Beispiel geben?«

Oliver überlegte. »Also gut. Ich war neulich zum Beispiel im Schwimmbad. Ich wollte da eigentlich nur mal die Duschen benutzen, weil ich wegen Satan nicht nach Hause gehen konnte. Aber das Wetter war sehr schön, und ich habe mich noch ein wenig auf die Wiese gesetzt. Plötzlich hat sich ein Sonnenstrahl in einem Spiegel gefangen, den eine Frau auf der Wiese benutzt hat. Dabei wurde kurz das Gesicht eines Mädchens hell erleuchtet. Und zuvor hatte mir die Muttergottes über das innere Bewusstsein mitgeteilt, dass sie die Person, die ich zu schützen hätte, mit einem Lichtmal versehen würde, damit ich sie erkenne.«

»Sie haben das Mädchen also an ihrem Lichtmal erkannt. Und wovor sollten Sie sie schützen?«

Oliver Beckmann zeigte allmählich Ungeduld wegen der aus seiner Sicht unsinnigen Nachfragen. »Das habe ich Ihnen doch schon gesagt. Sie war schon von den Knappen des Satans umgeben.«

»Knappen des Satans?«

»Ja, Satan ist nie alleine unterwegs. Seine Jünger waren als junge Männer getarnt. Aber ich habe sie sofort erkannt.«

»Woran?«

»Alle drei hatten rote Badehosen an.«

Kammowski und Svenja blieb der Mund offen stehen. Aber der Arzt führte das Gespräch weiter, ohne seiner Verwunderung Ausdruck zu verleihen. »Sie waren sich also sicher, dass es die Knappen des Satans waren, weil alle drei rote Badehosen anhatten.«

»Ja, Rot ist die Farbe des Feuers und die Farbe der Hölle.

Aber es gab noch mehr Zeichen.« Dr. Engin schaute fragend. »Der Satan hat sich mit seinen Knappen über einen Geheimcode in Verbindung gesetzt, den ich als Einziger verstehen konnte, weil mich die Muttergottes gewarnt hatte. Sie hat gesagt, dass der Satan über Lautsprecher seinen Knappen den Befehl geben würde, wieder in die Hölle zu fliegen und das Mädchen mitzunehmen.«

»Es gab also im Schwimmbad eine Lautsprecherdurchsage?«, hakte der Arzt nach.

»Ja, genau, es wurde durchgesagt, dass die Knappen gleich fliegen würden. Da wusste ich natürlich sofort Bescheid, dass es jetzt höchste Zeit wurde, das Mädchen zu retten.«

»Sie wollen uns erzählen, dass Sie Laura Stottrop durch Ihre Entführung vor einem Kidnapping durch den Satan beschützen wollten?« Kammowski konnte es sich nicht mehr verkneifen, in das Gespräch einzugreifen. Die Zweifel an der ganzen Geschichte waren seiner Stimme und seinen Gesichtszügen mehr als deutlich anzumerken. Oliver Beckmann reagierte sofort verstört. Er zuckte zurück und sagte nichts mehr. Dr. Engin sah Kammowski warnend an und schlug wieder einen betont verständnisvollen Ton an.

»Sie haben Laura beschützen wollen, als Sie sie mitnahmen.«

Oliver nickte. Er wirkte jetzt noch erschöpfter als zu Beginn, und Dr. Engin bedeutete den Kommissaren, das Gespräch abzubrechen.

»Eine Frage bitte noch«, sagte Kammowski eilig und bemühte sich um einen empathischeren Tonfall. »Wo ist der Satan jetzt?«

»Na, wo schon. In der Christuskirche natürlich«, sagte Oliver, und ihm war anzumerken, dass ihn die Begriffsstutzigkeit seiner Gesprächspartner allmählich wirklich ermüdete. Er wandte sich ab, schloss die Augen und verfiel in einen unverständlichen Singsang, während er den Oberkörper hin und her wiegte. Die Audienz beim Ritter der Muttergottes war augenscheinlich beendet.

»Sehen Sie, das habe ich gemeint, als ich von einem komplexen Wahngebilde sprach«, nahm Dr. Engin den Faden wieder auf, als sie sich zu einem Abschlussgespräch in seinem Zimmer niedergelassen hatten. »So ein Wahn ist oft schwer zu erschüttern. Die Patienten sind davon restlos überzeugt und lassen sich nicht oder nur durch langwierige therapeutische Arbeit und nicht durch sachliche Argumente korrigieren. Aber er nimmt jetzt freiwillig Medikamente, damit ist schon viel gewonnen. Und er redet schon viel geordneter als am Anfang. Da war er völlig ideenflüchtig im Denken, sodass man die Inhalte gar nicht nachvollziehen konnte.«

»Lassen Sie mich raten«, sagte Kammowski. »Die Muttergottes hat ihm geraten, Medikamente zu nehmen.«

Dr. Engin nickte. »Ich sehe, Sie haben das System begriffen, Herr Kommissar. Zum Glück ist es bei Herrn Beckmann so, dass seine Muttergottes ganz verständig zu sein scheint. Die meisten Patienten nehmen keine Medikamente. Wenn der Patient die Behandlung verweigert, dann können wir ihn nicht zwingen.« Er grinste die Kommissare an. »Die meisten lassen sich aber irgendwann davon überzeugen, wenn sie realisieren, dass so Dinge wie Ausgang davon abhängig gemacht werden, wie kooperativ sie sind.

»Ist das nicht Erpressung?«, fragte Svenja.

»Je nach Sichtweise. Ich würde es eher sanften Druck in Richtung gesundes Verhalten nennen.«

»Dürfen die Patienten hier eigentlich ihre Handys behalten?«, fragte Kammowski und erzählte Dr. Engin, dass Oliver

Beckmann offenbar regelmäßig und auch nachts bei der Pfarrerin der Christuskirche anrief.

»Die Handys werden unseren Patienten abgenommen. Aber wir haben einen Münzfernsprecher, den sie benutzen dürfen. Eigentlich aber nur zu bestimmten Zeiten und nach Rücksprache. Gut, dass Sie mir das sagen. Da werden wir eingreifen müssen.«

»Glauben Sie, dass Oliver Beckmann das Mädchen getötet hat?«, fragte Svenja den Arzt, bevor sie sich verabschiedeten.

»Schwer zu sagen«, gab Dr. Engin zur Antwort. »Wenn, dann sicher nur, weil ihn die Stimme der Muttergottes dazu angestiftet hat. Oft sind diese Stimmen ja gar nicht so freundlich und wohlwollend, sondern eher beleidigend und quälend. Und es kommt schon mal vor, dass sie von dem Betroffenen sogar einen Mord verlangen. Aber das ist doch wohl nur extrem selten der Fall. Auch wenn seine Muttergottes momentan wohl auch nicht mehr ganz so freundlich mit ihm spricht.«

Kammowski nickte. »Passen Sie trotzdem gut auf den Mann auf. Nicht, dass unser nächster Mord das Pfarrhaus von Pfarrerin Hohlbruck betrifft.«

Die Rückfahrt in die Stadt verlief gespenstig. Einerseits, weil sie die Eindrücke dieses merkwürdigen Gesprächs erst verarbeiten mussten, zum anderen, weil es inzwischen dunkel geworden war und sich der strenge Wind wie angekündigt zu einem ausgewachsenen Sturm entwickelt hatte. Straßenbäume bogen sich bedrohlich, alles, was nicht niet- und nagelfest war, flog durch die Luft.

Kammowski schaltete wieder das Radio ein. Die Aufzählung des Radiosprechers, welche S-Bahn-Linien den Verkehr wegen Hindernissen auf den Bahngleisen eingestellt hatten, welche Straßen wegen Unterspülung oder umgestürzter Bäume gesperrt waren, wollte nicht enden. Die Feuerwehr riet dringend dazu, die Häuser nicht mehr zu verlassen. Der Höhepunkt des Sturms sei noch nicht vorüber. Keiner sprach mehr ein Wort, aber beide dachten dasselbe. Es war ziemlich unvernünftig gewesen, die Fahrt anzutreten. Aber nun waren sie auf der Straße und mussten irgendwie wieder nach Hause kommen. Als Svenja Kammowski endlich in der Bergmannstraße absetzen konnte, waren beide erleichtert.

»Es ist wirklich zu gefährlich weiterzufahren, lass das Auto hier stehen. Ich habe ein Gästezimmer, und Charlotte wird sich freuen, dich mal wiederzusehen – wenn sie zu Hause ist, was ich aber nicht sicher sagen kann.«

Svenja überlegte. Die Fahrt bis hierher war wirklich anstrengend gewesen. Sie hatte immer wieder Umwege suchen müssen. »Vielleicht hast du recht. Macht es dir wirklich nichts aus?«

»Würde ich es sonst anbieten?«

Svenja lachte in sich hinein. Nein, das würde Kammowski wohl wirklich nicht. Er war mehr so der direkte Typ, der sich nicht gerne mit Förmlichkeiten aufhielt. Zumindest wäre es ihm wohl nicht in den Sinn gekommen, um der Höflichkeit willen zu lügen.

»Okay, dann danke ich für das Angebot.«

»Also gut. Dann müssen wir jetzt nur noch sehen, dass wir auf dem Weg zur Haustür nicht noch absaufen oder uns ein Baum erschlägt«, meinte Kammowski.

Ein Baum erschlug sie nicht, aber als sie das Treppenhaus endlich erreicht hatten, waren sie bis auf die Haut durchnässt. Kammowski sah die triefende Svenja grinsend an. Eine Pfütze hatte sich unter ihren Schuhen gebildet.

»Ich fürchte, jetzt muss ich auch noch einen meiner Pyjamas hergeben.«

Als sie die Treppe hochstiegen, verursachte jeder Schritt knatschende Geräusche.

»Wow, ich kann mich gar nicht erinnern, wann ich das letzte Mal so nass war. Eigentlich ganz lustig, wenn man danach wieder ins Trockene kann.« Vor der Tür zogen sie die Jacken und die nassen Schuhe aus. »Ich dachte, Charlotte wäre schon wieder in Köln?«, sagte Svenja, während Kammowski die Tür aufschloss.

»Nein, sie ist noch da. Sie hat jetzt irgendwann diesen Test.«

Charlotte war tatsächlich zu Hause, und sie war sehr erleichtert, dass es ihrem Vater gut ging. Sie hatte mehrfach versucht, ihn telefonisch zu erreichen, und sich bereits Sorgen gemacht. Kammowski fiel ein, dass er sein Handy im Krankenhaus ausgeschaltet hatte. Er hatte vergessen, es wieder einzuschalten.

Charlotte suchte für Svenja trockene Kleidung von sich zusammen. Svenja war etwas größer als sie, aber eine Jogginghose und ein T-Shirt würden passen. Kammowski gab ihr ein Badehandtuch und riet ihr, unter die Dusche zu gehen, um sich nicht zu erkälten. Während er sich im Schlafzimmer umzog, ging ihm durch den Kopf, wie sehr sich alles im letzten halben Jahr verändert hatte. Er wäre nie auf den Gedanken gekommen, dass er einmal einer Arbeitskollegin eine Notunterkunft in seiner Wohnung anbieten würde. Sturm hin oder her. Er hatte bisher Distanz als wichtiges Instrument zur Schaffung einer guten Arbeitsatmosphäre gehalten. Seit Svenja da war, war alles anders geworden.

Charlotte hatte gekocht und sogar den Tisch festlich gedeckt. Kammowski war sprachlos, als er ins Esszimmer kam und Tischdecke, Kerzen und eine kalt gestellte Flasche Sekt entdeckte.

»Habe ich etwas verpasst, Kleines, du hast doch nicht Geburtstag?« Natürlich hatte sie nicht Geburtstag, darüber war er sich durchaus im Klaren. Aber irgendetwas nagte da an ihm, unterschwellig machte sich schlechtes Gewissen breit.

Svenja kam noch vor ihm drauf. »Du hast den Test bestanden?«

Charlotte grinste. »Das erfahre ich erst per Post. Aber sagen wir mal, ich habe kein ganz schlechtes Gefühl. War echt nicht so schwer.«

Kammowski umarmte sie und warf sie wie ein kleines Kind mehrfach in die Höhe. Sie war ja immer noch ein Fliegengewicht. »Herzlichen Glückwunsch, Charlottchen. Warum hast du denn nicht gesagt, dass heute der Test ist?«

»Also, erstens bringt das Unglück, vorher darüber zu sprechen, und zweitens hast du nicht gefragt.«

Sie stritten noch einige Zeit darüber, ob das nun wirklich Unglück gebracht hätte. Svenja war schon der Meinung, und sie glaubte auch, dass es nicht ganz ungefährlich sei, wenn sie jetzt schon auf das Bestehen des Tests anstießen. Feiern vor Verkünden der Ergebnisse wäre wie Gratulieren vor dem Geburtstag. Aber Charlotte und Kammowski waren sich diesmal selten einig: Das sei magisches Denken, und ein Glas Sekt könne sich jetzt keineswegs mehr nachteilig auswirken, weil der Test ja schließlich schon geschrieben war. Von dem Moment an, als Charlotte ihn abgegeben hatte, konnte kein noch so böses Omen ihn und damit das Ergebnis noch verändern. Das wäre ja gegen jedes Naturgesetz. Und schließlich lebten sie nicht mehr im dunklen Mittelalter.

»Na gut«, pflichtete Svenja ihnen schließlich gutmütig bei. »Man muss die Zeichen eben lesen können. Das kann wohl nicht jeder.« Sie zwinkerte Kammowski zu. Welch ein merkwürdiger Tag das gewesen war!

36

Am nächsten Morgen glich Berlin einem Kriegsschauplatz. Obwohl Polizei und Feuerwehr die ganze Nacht durchgearbeitet hatten, war immer noch kein Ende der Einsätze in Sicht. Der Sturm hatte Bäume entwurzelt, Autos zertrümmert und Dächer abgedeckt. Wie durch ein Wunder hatte es keine Toten gegeben, aber mehrere Verletzte. Und die Öffentlichen fuhren bislang nur auf wenigen Strecken. Der Wind hatte inzwischen aber nachgelassen, und es regnete kaum noch. Viele Straßen waren noch blockiert, überall waren Staus angesagt. Daher wollten Kammowski und Svenja es lieber gar nicht erst versuchen, mit dem Auto zur Dienststelle zu kommen. Charlotte lieh Svenja ihr Rad. Kammowski hatte beiden Kindern Fahrräder für Berlin angeschafft, damit sie gemeinsame Ausflüge machen konnten, wenn sie einmal zu Besuch waren. Benutzt hatten sie sie bisher kaum.

Charlotte würde ihre Rückfahrt nach Köln wohl auch verschieben müssen. Es war noch nicht abzusehen, wann die Deutsche Bahn den Zugverkehr Richtung Köln wieder aufnehmen konnte.

Im LKA angekommen, waren sie fast die Einzigen, die es zum Dienst geschafft hatten. Die meisten Kollegen steckten noch irgendwo im Verkehr fest oder warteten auf Busse und Bahnen. Nur Doro stolzierte wie gewohnt auf sieben Zentimeter hohen Stilettos durch ihr Café.

»Wollen wir erst mal bei Doro einen Latte macchiato trinken?«, fragte Kammowski. Svenja nickte.

Sie hingen gerade gemütlich in Doros Korbsesseln und löffelten den Rest geschäumter Milch aus den Gläsern, als Thomandel mit energischen Schritten auf sie zukam. Auch er war heute offenbar mit dem Fahrrad gefahren. Er hatte noch seinen lilafarbenen Helm und eine pinkfarbene Rennradfunktionskleidung mit weißen Rallyestreifen an.

»Habt ihr schon die Meldung hier gesehen?« Er hielt einen Computerausdruck in der Hand.

Kammowski grinste. »Schicke Aufmachung.«

Thomandel verzog genervt das Gesicht. Ihm war nicht nach Scherzen zumute, schon gar nicht, wenn sie auf seine Kosten gingen. »Schau dir lieber das hier an, dann wird dir das Lachen vergehen. Da führt uns doch einer an der Nase herum.«

Er reichte Kammowski das DIN-A4-Blatt, und als der sich nicht gleich anschickte, es zu lesen, sagte er ungeduldig: »Ich gehe mich erst mal umziehen. Wir sehen uns in fünf Minuten zur Lagebesprechung bei mir.«

»Was ist denn in den gefahren?«, fragte Kammowski erstaunt. Dann sah er sich das Papier genauer an. »Scheiße, scheiße, scheiße.«

»Was ist los?« Svenja schaute überrascht auf.

»In der Wohnung von Lenas Mutter wurde eingebrochen.«

»In der Wohnung von Frau Kaufmann?«

Kammowski nickte und fuhr fort: »Der Lebensgefährte von Frau Kaufmann, Holger Mayen, wurde lebensgefährlich verletzt. Er hat offenbar einen Schlag auf den Hinterkopf bekommen und liegt im Koma. Scheint so, dass er den Einbrecher auf frischer Tat erwischt hat.«

»Aber was sollte bei Familie Kaufmann zu holen sein?«

»Keine Ahnung, hat der Täter vielleicht auch bemerkt, aber da war es schon zu spät.«

»Das ist aber ein merkwürdiger Zufall, oder?«

Das fand Thomandel auch, als sie sich alle zwar nicht fünf, sondern zwanzig Minuten später in seinem Büro einfanden. Auch Werner und Kevin Ordyniak waren inzwischen eingetroffen.

Es war immer wieder erstaunlich zu beobachten, wie Thomandel sich an neue Umstände anpassen und mit dem Brustton der Überzeugung etwas als seine Idee und Gewissheit vertreten konnte, was er noch am Tag zuvor weit von sich gewiesen hatte. Sich der Macht des Faktischen stellen, nannte er das gerne und war stolz auf seine Flexibilität. Das Banner immer nach der Windrichtung des Gewinners ausrichten, nannte Kammowski das. Er ärgerte sich immer noch darüber, musste sich aber nach all den Jahren eingestehen, dass Thomandel ganz gut damit fuhr. Immerhin hatten sie vor vielen Jahren fast zeitgleich bei der Polizei angefangen, und Thomandel war heute sein Vorgesetzter.

»Kann ja sein, dass das ein normaler Einbruch mit schwerer Körperverletzung war, aber ausgerechnet in der Wohnung unseres Mordopfers?« Thomandel schüttelte den Kopf. Er hatte inzwischen wieder seinen gewohnten braunen Anzug an, der an den Ellbogen bereits ausgebeult und um die Hüfte herum zu eng geworden war, sodass der Bund unter seinen Bauch und noch tiefer rutschte und er ständig damit beschäftigt war, die Hose hochzuziehen.

»Hosenträger kommen ja wieder in Mode«, warf Kammowski unvermittelt in den Raum. Thomandel, dem seine Angewohnheit gar nicht bewusst war, schaute irritiert auf.

»Wie bitte?«

Kammowski, Werner und Kevin grinsten.

Svenja rettete die Situation. »Sie haben völlig recht, Chef. Das ist mehr als merkwürdig. Wir waren bei Familie Kaufmann. Sehr einfache Verhältnisse. Wenn die mit ihrem Einkommen weiter als bis zur Monatsmitte kommen, sollte mich das wundern. Ist denn sonst noch bei jemandem in dem Haus eingebrochen worden?«

Thomandel schüttelte den Kopf. »Nein, genau das meine ich ja. Normalerweise sind das doch Banden, und die nehmen sich ganze Häuserblocks systematisch vor. Hier ist aber nur eine einzige Wohnung betroffen. Jedenfalls Stand der Dinge heute Morgen. Schaut euch bitte noch einmal in der Wohnung um. Lasst euch die Schlüssel von der Ersten Inspektion aushändigen. Herr Mayen liegt im Koma, und seine Frau musste ebenfalls ins Krankenhaus. Sie hat den Mann gefunden und einen Nervenzusammenbruch bekommen. Kein Wunder. Erst das mit der Tochter, dann der Ehemann. Ich sage euch, das stinkt doch zum Himmel.«

»Ihr Freund«, meinte Kevin Thomandel berichtigen zu müssen.

»Wie bitte?« Thomandel schaute konsterniert.

»Er ist ihr Freund und nicht ihr Mann«, konkretisierte Kevin. Das war wieder typisch für Kevin. Er wusste einfach nicht, wann er sich zurückhalten musste. Schon Kammowskis Bemerkung wegen der Hosenträger war grenzwertig gewesen. Aber für ihn als Anfänger war solch ein Verhalten gegenüber seinem dreißig Jahre älteren Vorgesetzten weit jenseits jeder Anstandsgrenze. Das schien auch Thomandel so zu sehen.

»Also wirklich, Herr Ordyniak, das tut doch nichts zur Sache. Ist das alles, was Sie zu dem Fall beizutragen haben?« Ein peinliches Schweigen kam auf. Thomandel wandte sich wieder den anderen zu. »Kollegen, irgendetwas habt ihr übersehen. Wer hat da etwas bei Familie Kaufmann gesucht? Los geht's, heute Nachmittag will ich zur Abwechslung mal belastbare Ergebnisse sehen.« Damit waren sie entlassen.

»Doro, bitte einen Cappuccino in mein Büro!«, rief er noch in den Flur, und mit einem lauten Knall fiel die Tür hinter ihm ins Schloss.

»Was glaubt der denn? Ich bin doch keine Servicekraft!«

Kammowski grinste. »Vielleicht machst du heute mal eine Ausnahme, dicke Luft!« Dann zeigte er auf Kevin. »Oder noch besser, lass den Lehrjungen mal den Kaffee servieren. Der weiß nämlich immer noch nicht, wann er die Klappe zu halten hat.«

Die Wohnungstür war nicht aufgebrochen worden. Herr Mayen musste seinem Angreifer offenbar die Tür geöffnet haben. Kannte er ihn vielleicht? Möglich, aber vielleicht hatte sich der Täter auch als Handwerker oder Paketzusteller ausgegeben. Aber eines ließ die Wahrscheinlichkeit eines Zufalls zu einem Nichts zusammenschrumpfen: Der Täter hatte sich offenbar ausschließlich Lenas Zimmer vorgenommen. Hier schien alles durchwühlt worden zu sein, während die übrige Wohnung einen unangetasteten Eindruck machte.

»Das ergibt doch alles keinen Sinn«, brummelte Kammowski, nachdem sie eine Stunde lang das Zimmer untersucht hatten und wieder im Auto saßen. Svenja nickte. »Also, hier hat doch jemand etwas gesucht, etwas, das nicht gefunden werden sollte, weil es den Täter in Zusammenhang mit dem Tod von Lena bringt.«

»Aber warum jetzt erst? Er musste sich doch denken, dass wir schon längst Lenas Sachen durchsucht hatten!«

»Ja, du hast recht. Das ist nicht ganz stimmig. Wenn ich der Täter wäre, dann hätte ich mich auch eher still verhalten. Er muss doch davon ausgehen, dass wir jetzt erst recht alarmiert sind.«

»Ja, wenn es da überhaupt einen Zusammenhang gibt und

es nicht doch ein einfacher Einbruch mit Körperverletzung war. Aber wenn nicht, dann musste er große Sorgen haben, dass Lenas Mutter oder ihr Stiefvater noch etwas finden und einen Zusammenhang herstellen.«

»Lass uns mal die Nachbarn befragen, vielleicht hat jemand etwas gehört«, schlug Kammowski vor.

Niemand hatte etwas von dem Überfall mitbekommen, aber nach Ablauf von zwei Stunden und etlichen Befragungen waren sie doch einen großen Schritt hinsichtlich der Frage weitergekommen, wer der Vater von Lenas ungeborenem Kind sein konnte: Zwei Nachbarn, die auf demselben Flur wie Familie Kaufmann wohnten, berichteten unabhängig voneinander, dass Holger Mayen in der Wohnung ein und aus ging und möglicherweise nicht immer den nötigen Abstand zu seiner Stieftochter gehalten hatte. Eine alte Dame sagte aus, dass Herr Mayen oft betrunken war und sich im Flur nicht selten unsittlich benommen hätte. Sie hatte beobachtet, wie er versucht hatte, Lena zu küssen und ihr an den Busen zu fassen, was das Mädchen heftig abgewehrt hätte.

»Man hätte fast zu dem Schluss kommen können, dass die Nachbarin das nur gestört hat, weil er es im Flur gemacht hat«, überlegte Svenja laut, während sie, zurück im Büro, ihre Berichte von der Vernehmung der Hausbewohner in die Computer tippten und auf die Freigabe des Richters warteten, bei Herrn Mayen einen DNA-Abstrich vornehmen zu können. »Oder warum hat sie keine Meldung bei der Polizei oder dem Jugendamt gemacht?«

Lange kurvten sie vor dem Neuköllner Krankenhaus herum, fanden aber keinen Parkplatz.

Schließlich stellte Kammowski den Wagen direkt vor einem Halteverbotsschild im Eingangsbereich ab. Er nahm ein

Schild aus dem Handschuhfach und legte es in den Bereich der Windschutzscheibe.

POLIZEILICHE MASSNAHME

»Ist das zulässig?«, fragte Svenja, die so ein Schild noch nie gesehen hatte.

Kammowski brummelte etwas von Notwehr und ging voran Richtung Eingang.

Nachdem sie sich im zentralen Pflegestützpunkt der Intensivstation ausgewiesen hatten, führte sie ein Pfleger in das Zimmer von Holger Mayen. Der Anblick war erschreckend. Überall Geräte, die mit Beuteln verbunden waren. Das Gesicht sah unnatürlich geschwollen aus, die Arme glichen aufgepumpten Schläuchen. Auf der Haut hatten sich Blasen gebildet. *Wie eine Wasserleiche,* ging es Kammowski durch den Kopf. Die Beatmungsmaschine pumpte ächzend Luft in den geschundenen Körper, der nur noch wenig Ähnlichkeit mit einem menschlichen Wesen hatte. In einen Urinbeutel, der unten am Bettgestell befestigt war, hatte sich eine kleine Menge blutiger Flüssigkeit angesammelt.

»Was meinen Sie, wann wir ihn vernehmen können?«

Der Pfleger schnaubte. »Nach was sieht es denn aus, Kollegen? Vielleicht morgen früh um sieben?« Als er die ungläubigen Gesichter der Polizisten sah, die seinem Sarkasmus nicht hatten folgen können, fügte er sachlicher hinzu: »Sprechen Sie mit der Ärztin.«

Er wies mit dem Finger durch die Glasscheibe in das Nachbarzimmer, wo eine von Kopf bis Fuß in Schutzkleidung gewandete Gestalt sich an einem Patienten zu schaffen machte. »Frau Dr. Kupfer legt gerade einen zentralen Zugang. Danach kann sie sicher mit Ihnen sprechen.« Er wandte sich wieder den Ermittlern zu. »Der Mann ist sehr schwer verletzt worden. Aber das ist nicht sein größtes Problem.

Momentan kämpfen wir mit einer Sepsis. Sie sehen ja, wie er im ganzen Körper Flüssigkeit einlagert. Die Wände der Blutgefäße sind durch die Entzündung porös, und alles, was wir an Flüssigkeit hineinschütten, wandert in die Gewebe ab. Ich würde jetzt nicht drauf wetten, dass Sie überhaupt noch einmal mit ihm sprechen können. Aber fragen Sie besser unsere Doktorin. Ich darf ja eigentlich gar nicht mit Ihnen reden. Ich sage ihr Bescheid, dass Sie ein Gespräch wünschen.«

Es dauerte noch zwanzig Minuten, dann stand Dr. Kupfer ihnen Rede und Antwort. Sie hatte sich von ihrer Schutzbekleidung befreit und stand nun in der blauen Dienstbekleidung der Intensivstation, Kasack und Hose, vor ihnen. Kastanienrote Locken wuselten um ihren Kopf und ließen sie auf den ersten Blick jünger aussehen, als sie war. Kleine Fältchen im Augenwinkel und um den Mund und der ernste Gesichtsausdruck korrigierten den ersten Eindruck.

»Der Patient hatte eine epidurale Blutung, die haben die Kollegen der Neurochirurgie vermutlich rechtzeitig entlastet. Aber er ist Alkoholiker und dadurch in seiner Immunabwehr geschwächt. Hat sich gleich eine Sepsis, also eine Entzündung des ganzen Körpers durch Bakterien, eingefangen. Wir sind noch nicht sicher, ob wir ihn durchbekommen.«

Kammowski nickte. Er hatte nicht viel verstanden, aber doch so viel, dass Frau Dr. Kupfer dasselbe sagte wie der Pfleger: Vorerst würden sie Herrn Mayen nicht befragen können. Dr. Kupfer war so freundlich, dem Patienten die DNA-Probe durch Bestreichen der Mundschleimhaut mit einem Watteträger selbst abzunehmen, nachdem sie ihr die richterliche Anordnung gezeigt hatten. Svenja und Kammowski waren darüber erleichtert. Sonst machten sie so eine DNA-Probe auch selbst, allerdings üblicherweise bei Menschen, die freiwillig ihren Mund öffneten.

»Sind Sie eigentlich sicher, dass es sich um Fremdverschulden handelt?«, fragte Kammmowski, nachdem das erledigt war. »Könnte der Mann nicht einfach gestürzt sein?« Kammowski fragte sich das schon die ganze Zeit. Die Wohnungstür war schließlich nicht aufgebrochen worden. Nur weil Lenas Zimmer durchsucht worden war, hieß das ja nicht zwangsläufig, dass es sich um einen Mordversuch handelte. Vielleicht hatte Herr Mayen selbst etwas gesucht und war dabei im Suff gestürzt.

»Na ja, wir sind keine Gerichtsmediziner, aber einen einfachen Sturz als Ursache halte ich für sehr unwahrscheinlich. Der Patient hat eine hochparietale Fraktur.« Als sie die fragenden Gesichter sah, stand sie auf, ergriff Kammowskis Kopf und deutete die betreffende Stelle an seinem Hinterkopf an. »Man spricht da von einer sogenannten Hutkantengrenze.« Wieder nahm sie Kammowski als Anschauungsobjekt. »Alles, was darüberliegt, ist üblicherweise nicht durch einen Sturz erklärbar. Es sei denn, der Mann wäre auf eine Leiter geklettert und kopfüber nach unten gesprungen.« Sie ließ Kammowskis Kopf los.

Als sie wieder im Auto saßen, sagte Kammowski zu Svenja: »Weißt du, was Ärzte von anderen Menschen unterscheidet?« Dabei griff er sich gedankenverloren an seinen Kopf.

»Nein, was meinst du? Ihre Überheblichkeit vielleicht?«

»Nein, das meine ich nicht. Ich meine, die haben keine Hemmungen, fremde Menschen zu berühren. Mein Kopf ist ja nicht unbedingt eine erogene Zone, aber es war schon etwas überraschend, als die Frau Doktor mich da eben einfach angefasst hat.«

Svenja lachte. »Fandest du sie nett?«

»Das tut doch hier nichts zur Sache. Man wird nur nicht alle Tage von wildfremden Menschen am Kopf gekrault. Das ist doch irgendwie distanzlos, oder nicht?«

Svenja gluckste vor Lachen und verschluckte sich an ihrer Spucke. Darüber musste sie noch mehr lachen. »Kammowski, du bist wirklich lustig.«

»Immer gern zur Stelle, wenn du Aufmunterung brauchst«, grinste Kammowski. »Scheiße, scheiße, scheiße«, meinte er dann plötzlich und angelte sein Handy aus der Tasche.

»Du fluchst in letzter Zeit ziemlich viel, Kollege, gut dass die Kinder das nicht gehört haben«, sagte Svenja. Kammowski sah sie verständnislos an. Er hatte nicht zugehört, war mit seinen Gedanken schon weiter.

»Was, wenn Oliver Beckmann Herrn Mayen angegriffen hat? Weil er wusste, dass der Mann nicht die Finger von seiner Stieftocher lassen konnte?«

Dr. Engin ging sofort ans Telefon. Nein, Oliver Beckmann war nicht ausgebrochen, er saß friedlich in seiner Zelle und sprach mit der Muttergottes.

»Warum habe ich nur den Eindruck, dass die Puzzlesteinchen alle offen vor uns liegen und wir nur zu blöd sind, sie zusammenzufügen?«, fragte Kammowski, nachdem das Ergebnis des DNA-Abgleichs für alle überraschend schon wenige Stunden später vorlag: Holger Mayen war nicht der Vater von Lenas Kind. Sie saßen in der Nachmittagsbesprechung und trugen die Ermittlungsergebnisse zusammen. Svenja und Kammowski berichteten von ihren Besuchen in der Wohnung und im Krankenhaus. »Okay, Kollegen, was wissen wir?« Kammowski stand auf ging zu der Tafel, ergriff einen der Faserstifte und fuhr dann fort: »Oliver Beckmann«, er schrieb den Namen links an die Tafel, »ist krank und kannte das Opfer Lena Kaufmann.« Er schrieb Lenas Namen in die Mitte der Tafel. »Er war auch am Tatort und ist damit unser Tatverdächtiger Nummer eins. Aber: Wir wissen, dass eine zweite Person ebenfalls am Tatort war, vermutlich ein Mann, jedenfalls jemand mit Schuhgröße 42.« Auch dies schrieb er an die Tafel und fügte XY? hinzu. »Dieser Mann könnte auch der Vater des ungeborenen Kindes von Lena Kaufmann gewesen sein. Ihr Stiefvater war es nicht, wie wir seit heute definitiv wissen. Ihre Eltern wissen nichts von einem Freund. Die Schulkameradinnen, Nachbarn und Lehrer haben wir ebenfalls ohne Erfolg befragt. Aber wir haben aus Lenas Kalender den Hinweis, dass sie sich mit einem ›Dr. T.‹ regelmäßig getroffen hat.« Er fügte dem XY? ein Dr. T. hinzu. »Oder zumindest vermuten wir, dass Dr. T. für einen Namen steht. Wir wissen durch unsere Recherche, dass Lena Kaufmann sehr an Musik interessiert war. Zunächst gingen wir natürlich davon aus, dass Oliver Beckmann ihr Musikinteresse gefördert hatte. Er hat mit ihr Klavier und Gesang geübt und hat selbst einmal Musik studiert, wenn auch wegen seiner Erkrankung nicht mit Abschluss. Da war der Zusammenhang mehr als wahrscheinlich. Das Problem ist: Wir müssen davon ausgehen, dass es einen weiteren Mann gibt, jemanden mit Bezug zu Musik, der vielleicht sogar mit ihr in der Philharmonie war. Lena ist nämlich mit großer Wahrscheinlichkeit am Abend ihres Todes bei einem Konzert gewesen. Da war sie sicherlich nicht allein. Olivers Mutter hat ausgesagt, dass Oliver den Abend über bei ihr zu Hause war und erst später noch einmal weggegangen ist. Er kann es daher nicht gewesen sein.«

Kammowski sah die anderen an und fuhr dann fort. »Lena hat mit Oliver Beckmann gesungen. Er hat mit ihr die Sopran-Arie aus einer Händel-Messe geprobt. Diese Messe wird gerade in der Christuskirche einstudiert.« Kammowski schrieb mit großen Buchstaben Christuskirche an die Tafel. »Olivers Mutter gehört zu dieser Gemeinde. Ich habe sie mit Oliver und Lena selbst dort in einem Konzert gesehen.« Er schwieg, um seinen Worten Nachdruck zu verleihen.

»Und dann ist da noch Oliver Beckmann selbst. Der Mann ist zwar nicht zurechnungsfähig, aber er versteht sich als von der Muttergottes gesandter Ritter, der Frauen beschützen muss. Beschützen vor dem Satan, der sich in der Christuskirche eingenistet hat. Nehmen wir einmal ganz hypothetisch an, dass nicht Oliver Beckmann Lena getötet hat, sondern eine andere Person. Was, wenn Oliver Beckmann weiß, wer der Mörder von Lena ist? Wenn er deshalb bei der Pfarrerin angerufen hat? Weil er weiß, dass der Mörder irgendetwas mit der Christuskirche zu tun hat?« Mit einer energischen Bewegung zeichnete Kammowski drei dicke Kreise um die Christuskirche. »Wir müssen unsere Ermittlungen auf die gesamte Gemeinde ausweiten. Wenn Lena wirklich in dem Chor mitgesungen hat, dann werden wir dort nach ›Dr. T.‹ Ausschau halten müssen.«

Dieses Mal gab es keine Einwände seitens der Kollegen.

37

Am Samstagmittag ging Charlottes Zug zurück nach Köln.

»Wollen wir vielleicht vorher noch mal bei Oma vorbeisehen?«, fragte Kammowski Charlotte beim Frühstück. Seine Mutter war am frühen Morgen von der Klinik wieder ins Heim entlassen worden. Charlotte war immer das Lieblingsenkelkind seiner Mutter gewesen, so jedenfalls seine Wahrnehmung. Natürlich war das nie ausgesprochen worden. Aber die beiden waren sich immer nahe gewesen. Gertrud war schon mit der kleinen Charlotte stundenlang spazieren gegangen, hatte ihr vorgelesen, mit ihr gepuzzelt und ihr jeden Wunsch von den Augen abgelesen. Und natürlich wurde Charlotte von der Großmutter maßlos verwöhnt. Kammowski hatte einmal beobachtet, wie Klein-Charlotte beim Spazierenfahren in ihrem Buggy einfach nur die Hand nach hinten hob und von der Oma einen Keks nach dem anderen bekam, zum Ärger seiner Frau Elly, die das Verwöhnen mit Süßkram durch die Schwiegermutter nicht so gerne sah.

»Das Recht der Großeltern«, hatte Kammowski zu entschärfen versucht, obwohl er auch der Meinung gewesen war, dass Gertrud es bei Charlotte mit den Süßigkeiten übertrieb. Aber Elly ließ sich diesbezüglich nicht besänftigen. Sie nutzte jede Gelegenheit, sich über ihre Schwiegermutter aufzuregen – eines der vielen Streitthemen in ihrer Ehe. Aber ausgerechnet seiner Mutter unausgewogene Kost vorzuwerfen, war geradezu paradox, denn während Gertrud, solange sie geistig dazu in der Lage gewesen war, jeden Tag frisch gekocht hatte, hasste Elly alles, was mit Kochen zu tun hatte. Sie konnte sich tagelang nur von Gebäck ernähren, und das Einzige, was sie in der Küche gerne und mit Geschick herstellte, waren Kuchen.

In den letzten Jahren hatten Gertrud und Charlotte sich nicht mehr oft gesehen. Kammowski wollte, dass Charlotte sich von ihrer Oma verabschiedete. Wer weiß, ob sie das nächste Mal noch lebt, wenn sie wiederkommt, dachte er, sprach es aber nicht laut aus.

Charlottes Zug ging um 14:45 Uhr vom Hauptbahnhof. Sie hatten also noch genügend Zeit, und so machten sie sich nach dem Frühstück auf den Weg ins Pflegeheim.

Zu Kammowskis Überraschung kannte man Charlotte dort. Von allen Seiten wurde sie mit Hallo begrüßt.

»Warst du schon mal hier?«, fragte er sie erstaunt. »Klar«, sagte Charlotte leichthin, steuerte auf das Zimmer ihrer Großmutter zu und bog noch rasch zum Abstellraum ab, um eine Vase für die Blumen zu holen. »Ein tolles Mädchen«, raunte ihm Schwester Andrea im Vorbeigehen zu. Dem konnte er bedingungslos zustimmen.

Die nächste Stunde kam er aus dem Staunen nicht mehr heraus. Charlotte und Gertrud hatten einen geradezu zärtlichen Umgang miteinander. Trotz ihrer Demenz schien Gertrud aufzublühen. Mit Fortschreiten der Krankheit hatten ihre Gesichtszüge die Wachheit und Intelligenz verloren, die ihnen früher einmal innewohnten. Meist drückte ihr Gesichtsausdruck nur noch eine Verlorenheit und Stumpfheit aus, die Kammowski schlecht ertragen konnte. Heute wirkte sie fast wieder wie früher, zumindest zufrieden.

Charlotte bürstete der Oma das Haar, schnitt ihr die Fingernägel, cremte und massierte ihre Hände und sang ihr etwas vor. Und tatsächlich fing Gertrud an, vor sich hin zu summen. Die Zeit verging rasch, und bald mussten sie sich aufmachen, um nicht den Zug zu verpassen. »Bis bald, Oma«, sagte Charlotte zum Abschied und drückte ihr einen Kuss aufs Haar. Oma Gertrud lächelte glücklich.

»Bei Charlotte sah es so unbeschwert aus, woher hat sie das nur?«, fragte Kammowski Klaus abends im Sandmann. Seit man sich gar nicht mehr mit Gertrud unterhalten konnte, wusste Kammowski nichts Rechtes mit seiner Mutter anzufangen. Noch vor einem halben Jahr waren sie spazieren gegangen, sie hatten gesungen und Gedichte aufgesagt. Jetzt schaffte sie nur noch kurze Wege, und er setzte sie lieber in den Rollstuhl, um Spaziergänge zu machen. Gerne auf den nahe gelegenen Spielplatz. Früher hatte sie immer gerne Kinder beobachtet. Stundenlang konnte sie zusehen, wie sie im Sandkasten ihre Kuchen backten. Heute stierte sie vor sich hin und bekam nicht mit, was sich um sie herum abspielte. Kammowski liebte seine Mutter, aber die Besuche zogen sich ihm in die Länge und waren nicht selten quälende Pflicht.

»Von wem soll sie das schon haben, von dir natürlich. Du machst das doch jetzt seit Jahren, wofür ich dich aufrichtig bewundere, ich hätte das nicht gekonnt, ganz ehrlich. Ist doch klar, dass einem das dann auch mal zu viel wird, bei aller Liebe. Charlotte geht sie dreimal besuchen und fährt dann wieder nach Köln. Sie hat keinerlei Verantwortung. Außerdem ist ihr Verhältnis einfach unbelasteter«, meinte Klaus. Er hatte Kammowskis schwierigen Ablöseprozess aus dem Elternhaus als Jugendlicher damals in allen Facetten miterlebt. Kammowskis Vater hatte ihm sein Versagen im Studium und die Verweigerung des Wehrdienstes nie verziehen. Jahrelang war der Kontakt ganz abgebrochen. Die Mutter hatte zu ihrem Mann gehalten oder sich ihm zumindest untergeordnet. Erst nach dem Tod des Vaters hatten Mutter und Sohn sich wieder einander angenähert, aber ohne sich jemals auszusprechen.

»Weißt du, es ist grauenhaft, die Mutter so zerfallen zu sehen, jede Woche ist etwas weniger von ihrer Persönlichkeit, ihrem Wesen da. Ehrlich gesagt, hasse ich es mittlerweile, sie zu besuchen. Alles riecht nach Tod und Verfall. Noch vor einem halben Jahr war da etwas zwischen uns. Das ist jetzt völlig weg. Deshalb war ich ja so überrascht, dass Charlotte noch an sie herangekommen ist.«

»Frauen haben eben weit mehr und besser entwickelte nonverbale Kommunikationskanäle als wir Männer. Behauptet zumindest Sandra.« Sandra war Klaus' neueste Eroberung. Wieder sehr jung, sehr attraktiv, eine Referendarin aus seiner Schule. Seit Jahren ging das jetzt so. Klaus war immer auf der Suche nach der großen Liebe, fand sie und verlor sie wieder. Und hatte immer noch nicht verstanden, dass das nicht nur an den Frauen lag, auch wenn sie es immer waren, die den Schlussstrich zogen.

Die beiden Freunde beschlossen, noch ein Bier zu trinken und Backgammon zu spielen.

38

Als Kammowski am nächsten Nachmittag von einem Regenspaziergang zurückkam, stand ein Krankenwagen vor der Tür. Im Hausflur begegnete ihm ein Mann. Er kam ihm bekannt vor, aber Kammowski wusste nicht, wo er ihn zuordnen sollte. Als die Haustür von Frau Beckmann offen stand, klingelte er und betrat mit klammem Herzen die Wohnung. Waren die Belastungen der letzten Tage nun doch zu viel gewesen für die alte Frau? Von wegen alte Frau, korrigierte er sich, sie ist höchstens fünfzehn Jahre älter als du selbst.

Kammowski dachte an den Artikel in der Zeitung, in dem Olivers Name zwar nicht genannt worden war, in dem man aber von einem gewalttätigen Psychopathen gesprochen hatte. Vielleicht hatte sie das nicht verkraftet. Ein resoluter Sanitäter stellte sich ihm in den Weg und wollte ihn der Wohnung verweisen. Frau Beckmanns Tochter, Helena Beckmann, trat hinzu. »Ist schon in Ordnung, das ist Hauptkommissar Kammowski. Er wohnt hier im Haus und kennt meine Mutter.«

»Was ist geschehen?«

»Meine Mutter hat einen Schwächeanfall bekommen. Sie lebt, aber sie ist nicht bei Bewusstsein. Zum Glück war Herr Fröbe gerade zu Besuch.« Sie wies auf den gedeckten Kaffeetisch. »Sie muss plötzlich ohnmächtig geworden sein. Herr Fröbe hat sofort die 112 gewählt und mich dann angerufen.«

»Wir sind dann so weit«, sagte der Sanitäter. Helena Beckmann nickte. »Ist gut. Ich komme dann mit meinem eigenen Wagen nach.«

Frau Beckmanns Gesicht war blass, als die Sanitäter sie auf der Trage an Kammowski vorbeitrugen. Man hatte ihr eine Sauerstoffbrille in die Nasenlöcher geschoben und eine Infusion angehängt. Die Augen waren geschlossen, aber sie schien zu leben, jedenfalls hob und senkte sich der Brustkorb regelmäßig.

»Darf ich Sie um einen Gefallen bitten, Herr Kammowski? Würden Sie vielleicht den Schlüssel nehmen und ab und zu nach den Blumen sehen? Sie wissen schon, ihre Balkonblumen sind ihr Ein und Alles. Ich schaffe es nicht jeden Tag nach der Arbeit hierher, vor allem nicht, wenn ich meine Mutter auch im Krankenhaus besuchen will.«

»Kein Problem, mache ich gerne.«

Helena Beckmann drückte ihm den Schlüssel in die Hand und eilte dann den Sanitätern und ihrer Mutter hinterher. Als sie gegangen waren, räumte Kammowski das Geschirr in die Spülmaschine und stellte den Kuchen und die Milch in den Kühlschrank. Kurz überlegte er, ob er die Spülmaschine anstellen sollte, verwarf den Gedanken aber wieder, sie war ja noch fast leer.

39

Die Christuskirche war eine dieser Berliner Kirchen, die man nicht auf Anhieb als solche erkannte, weil sich das düstere dunkelrote Backsteingebäude nahtlos in die Reihe hoher Häuserfassaden des Straßenzugs einfügte. Der aufmerksame Beobachter sah jedoch rasch den beleuchteten Schaukasten zur Rechten des hölzernen Portals, in dem die Aktivitäten der Gemeindegruppen und die Gottesdienstzeiten aushingen. Über dem Portal war ein rundes Kirchenfenster zu erkennen, in dem sich jetzt das Licht der späten Nachmittagssonne reflektierte. Die zweiflügelige Tür war abgeschlossen, aber zur Linken führte eine kleinere Pforte über einen lang gezogenen düsteren Flur zum Gemeindehaus. Hier befanden sich im Erdgeschoss zum Hof hinaus der Pfarrsaal und die Toiletten, während im ersten Stock das Sekretariat der Pfarrerin und weitere Räume untergebracht waren, deren Verwendungszweck sich Svenja und Kammowski nicht erschloss.

Pfarrerin Hohlbruck sei noch im Kindergarten beschäftigt, erfuhren sie von der Gemeindesekretärin, die mit unverhohlener Neugier ihre Dienstausweise studierte. Man sah ihr an, dass sie zu gern gefragt hätte, was die Kommissare von der Frau Pfarrerin wollten, aber sie hielt sich zurück, wies auf zwei verschlissene Sessel in einer Ecke des Raums und bot Svenja und Kammowski sogar einen Kaffee an, den diese dankend ablehnten. Dann wandte sie sich wieder ihrer Schreibarbeit am Computer zu.

Kammowski sah sich im Pfarrbüro um. Alles hier atmete

den Mief vergangener Jahrzehnte und offenbarte einen gravierenden Investitionsstau. Die Wände hätten längst einmal einen neuen Farbanstrich gebrauchen können, die Dreh-Lichtschalter schienen aus einem anderen Jahrhundert zu stammen. Vermutlich war die ganze Elektrik heillos veraltet. Aber alles war peinlich sauber, und Kammowski meinte Bohnerwachs zu riechen. Irgendwo im oberen Stockwerk betätigte jemand eine Toilettenspülung, das Wasser rauschte unmittelbar neben ihrem Sitzplatz lautstark durch die Wand. An der Decke zeichnete sich ein Fleck von einem früheren Wasserschaden ab. Das schmucklose, aber stabile Mobiliar, vermutlich aus den Fünfzigern, tat pflichtbewusst weiter seinen Dienst. In ein paar Jahren würden einige Teile vielleicht schon als Antiquitäten durchgehen können. Kammowski bezweifelte das allerdings. Die Sachen waren einfach zu geschmacklos. Die Vorhänge mit streng geometrischem Muster – orangefarbene, rote und grüne Kreise auf beigem Grund – erinnerten Kammowski an seine Kindheit, an eine Tapete, die früher einmal eine Wand ihres Esszimmers geschmückt hatte. Das Muster hatte sich ihm eingeprägt, weil es auf vielen Fotos aus seiner Kindheit abgebildet war. Klein-Mathias mit Schultüte, Klein-Mathias mit Kerze und im Anzug zur heiligen Kommunion …

Die Wand gegenüber der Tür wurde von einem überdimensionalen Gemälde eines unbekannten Künstlers beherrscht, das den Gekreuzigten in all seinen Qualen darstellte. Hinter dem Kreuz wütete ein gewaltiger Sturm, Blitze zerschnitten den Himmel und erhellten ein Weltuntergangsszenario. Zu Jesu Füßen knieten, vom Sturm wundersamerweise völlig unbeeinträchtigt, Frauen, die Hände betend zum Heiland erhoben. Der stuckverzierte Goldrahmen war an vielen Stellen lädiert, das Blattgold weitgehend abgeblättert. Auch das Ölgemälde selbst wies tiefe Kratzer auf.

»Wir wollten es schon so oft abhängen, aber die Ehefrau des Künstlers, der der Gemeinde das Bild geschenkt hat, ist Mitglied bei uns und wäre dann wohl traurig …«

Kammowski und Svenja fuhren herum. Mit dem Eintreten von Pfarrerin Hohlbruck schien die Sonne in dem trostlosen Gemäuer aufzugehen. Sie strahlte genauso wie am vergangenen Donnerstag, als sie im LKA gewesen war, und lud die beiden Kommissare mit energischer Handbewegung ein, ihr in ihr Büro zu folgen, das sich neben dem Sekretariat befand. Die Sekretärin hatte offenbar nur das Erscheinen der Pfarrerin abwarten wollen, denn sie verabschiedete sich nun.

»Das Sekretariat ist immer nur zwei Stunden täglich besetzt. Wir müssen sparen«, erläuterte Pfarrerin Hohlbruck die Situation. »Sie hatten Glück, dass Sie genau in dieser Zeit gekommen sind. – Ja, natürlich«, antwortete die Pfarrerin dann auf Svenjas Frage, ob Lena Kaufmann in der Gemeinde verkehrt habe. »Lena hat bei uns im Chor mitgesungen. Sie gehörte nicht direkt zur Gemeinde. Ich glaube, Oliver Beckmann hat sie irgendwann einmal mitgebracht. Sie hatte eine außergewöhnlich schöne Stimme. Unser Kantor war ganz begeistert und hatte sie sogar für die Sopran-Arie vorgesehen. Er plant zu Weihnachten die Aufführung einer Händelmesse, müssen Sie wissen.«

»Wir sind auf der Suche nach einer Person mit der Abkürzung Dr. T. Mit dieser Person hat sich Lena Kaufmann möglicherweise regelmäßig getroffen. Fällt Ihnen jemand aus der Gemeinde ein, auf den diese Bezeichnung passen könnte?«, fragte Kammowski. Pfarrerin Hohlbruck sah ihn alarmiert an. »Habe ich Sie richtig verstanden? Sie ermitteln jetzt in meiner Gemeinde?«

Svenja winkte ab. »Nein, nein, das ist eine reine Routinebefragung. Wir suchen einfach im gesamten Umfeld von Lena nach einer Person mit der Abkürzung Dr. T.«

Pfarrerin Hohlbruck schien das nicht beruhigt zu haben. Sie runzelte die Stirn, sah von Kammowski zu Svenja und ließ ihren Blick schließlich wieder auf Kammowski ruhen. »Nein, wie schon gesagt, ich kenne das Mädchen ja kaum, kannte sie kaum«, korrigierte sie sich. »Tragische Sache. Aber fragen Sie doch einfach Karl Fröbe, unseren Kantor.«

»Das werden wir tun. Wären Sie so freundlich, uns eine Liste der Chormitglieder zu geben?«, fragte Svenja.

»Das würde ich gerne machen, aber ich habe so eine Liste gar nicht. Der Chor ist doch kein eingetragener Verein oder so. Er verwaltet sich sozusagen selbst. Aber Herr Fröbe wird bestimmt eine Liste für Sie haben, und wenn nicht er, dann der Chorvorstand.«

Fröbe, da war er wieder, der Name. Und jetzt wusste Kammowski auch, wo er ihn schon mal gehört hatte und wieso der Herr im Hausflur ihm bekannt vorgekommen war. Herr Fröbe war der Kantor der Christuskirche. Was er wohl bei Frau Beckmann gemacht hatte, fragte sich Kammowski. Na, was schon, einen Höflichkeitsbesuch. Anteilnahme unter Christen. Schließlich hatte Oliver immer mal in der Kantorei ausgeholfen, wie die Pfarrerin berichtet hatte.

Sie ließen sich die Adresse von Fröbe und die vier Namen des Chorvorstands geben, für Sopran, Alt, Bass und Tenor je eine Person, und verabschiedeten sich dann.

»Was ist denn in dich gefahren?«, fragte Svenja neugierig, als sie wieder im Auto saßen. »Du hast gar nicht aufgehört, die Frau anzustarren. Das war megapeinlich.«

Megapeinlich. Manchmal erinnerte ihn Svenja an seine Tochter, der auch immer etwas an Papa megapeinlich war.

»Sie hat mich in Trance versetzt«, flüsterte Kammowski

Svenja ins Ohr, als würden sie noch im Auto belauscht. »Diese Frau ist eine Hexe. Und Oliver Beckmann hat recht. Wir müssen die heilige Inquisition einschalten.«

Svenja sagte nichts. Starrte ihn einfach nur an. Es gab immer noch diese Momente, wo sie einfach nicht wusste, was sie von diesem Kammowski halten sollte. Meinte der das jetzt ernst?

»Na«, grinste Kammowski zufrieden, »dass ich das noch mal erleben darf, dass ich dich sprachlos gemacht habe. – Nein, sie hat mich nicht in Trance versetzt«, fügte er nach einer Weile erklärend hinzu. »Ich habe mich nur die ganze Zeit gefragt, ob die Dame wirklich so naiv ist oder ob sie nur so tut. Als seien Gemeindemitglieder per definitionem von jedem Verdacht frei. Hast du gesehen, wie panisch sie geguckt hat, als sie realisierte, dass wir möglicherweise in ihrer Gemeinde ermitteln könnten?«

Am Abend holte Kammowski Christine am Schönefelder Flughafen ab und brachte sie in seine Wohnung. Sie war am frühen Morgen von Chinggis Khaan International Airport zunächst nach Moskau geflogen und hatte dort einige Stunden Zwischenhalt gehabt. Entsprechend müde war sie jetzt, aber glücklich und voller Geschichten über diese Stadt am Ende der Welt, die im Begriff war, so Christine, von der archaischen Urzeit einen Riesensprung direkt in die digitale Neuzeit zu machen. Als Kammowski einmal kurz in die Küche ging, um noch etwas Wein zu holen, fand er sie bei seiner Rückkehr tief schlafend auf der Couch vor. Er überlegte, ob er sie ins Bett tragen sollte. Aber davon würde sie sicher aufwachen. Eigentlich hatte er sich den Abend anders vorgestellt. Irgendetwas zwischen Romantik und wildem Sex. Nun, das schien warten zu müssen.

Wie schön sie war, selbst im Schlaf. Sanft drückte er ihr einen Kuss auf die Wange, deckte sie mit einer Wolldecke zu und ging dann selbst zu Bett. Es war so wohltuend, sie wieder bei sich zu haben.

Er war schon halb im Einschlafen begriffen, als ihn irgendetwas wieder weckte. Die besten Ideen kamen immer im Halbschlaf. Rasch stand er auf und schlich in den Flur. Über dem Festnetztelefon, ein altes, weißes Ding mit Wählscheibe, das er kaum noch benutzte, war eine Art Schwarzes Brett angebracht. Mit dem Handy als Taschenlampe fand er schnell das Gesuchte – den Flyer der Christuskirche. Dann schlich er zurück ins Schlafzimmer. Wie nicht anders erwartet, war Klaus noch wach. »Hast du Lust, für mich als verdeckter Ermittler zu arbeiten?«

Und wie ebenfalls nicht anders erwartet, war Klaus sogleich Feuer und Flamme. »Agent 007 meldet sich zum Einsatz. Habe ich eine Lizenz zum Töten?«

40

Kammowski wollte gerade aufstehen, als sein Handy klingelte. Christine schlief noch, irgendwann in der Nacht war sie zu ihm ins Bett gekommen, er war davon nicht mehr wach geworden. Jetzt klappte sie nur kurz ein Auge auf, ließ sich von ihm einen Kuss auf die Stirn geben und rollte sich wieder auf die Seite. Rasch zog er die Schlafzimmertür hinter sich zu und nahm den Anruf entgegen.

Es war Helena Beckmann. Sie entschuldigte sich wegen des frühen Anrufs, konnte aber Erfreuliches berichten. Ihre Mutter sei wieder bei Bewusstsein, stand aber noch unter Beobachtung. Bisher hatte sich wohl noch keine Ursache für den Schwächeanfall finden lassen. Jedenfalls saß sie jetzt wieder voller Energie im Krankenbett und teilte schon wieder Kommandos aus, wie Helena etwas genervt zu berichten wusste. Es zeigte sich, dass auch Helena gut delegieren konnte.

»Es ist mir etwas unangenehm, Ihnen Umstände zu machen, aber meine Mutter möchte unbedingt die Zeit im Krankenhaus nutzen, um ihre alten Fotos zu sortieren. Ein Bekannter hat ihr angeboten, ihre Fotos zu digitalisieren, und sie muss nun aussuchen, welche Fotos aus der großen Kiste ihm ausgehändigt werden sollen. Ich habe Ihnen doch meinen Schlüssel zum Blumengießen gegeben. Meinen Sie, Sie könnten vor der Arbeit in ihrer Wohnung vorbeigehen und die Kiste dann mit in die Arbeit nehmen? Dann käme ich heute Nachmittag bei Ihnen vorbei und würde sie abholen.«

Das sagte Kammowski gerne zu. Er ließ sich von ihr erklären, wo die Kiste zu finden war, und bot ihr dann sogar an, sie selbst ins Krankenhaus zu bringen. Er hatte ohnehin vorgehabt, seiner Nachbarin einen Besuch abzustatten.

Die Wohnung von Frau Beckmann war noch genauso, wie er sie verlassen hatte. Und doch wirkte sie anders. Wohnungen atmeten die Gerüche ihrer Bewohner aus, und wenn die nicht mehr da waren, roch es gleich etwas anders. Vielleicht musste einfach einmal gelüftet werden. Rasch riss er die Wohnzimmerfenster weit auf, wässerte die Blumen auf dem Balkon und machte sich dann auf die Suche nach der Fotokiste. Eine große Blechdose im Wohnzimmerschrank sollte doch leicht zu finden sein. Da war aber nichts. Nachdem er alle Schubkästen und Fächer des Wohnzimmerschranks vergebens inspiziert hatte, rief er Helena Beckmann an. Sie konnte sich das nicht erklären. Die Mutter sei ja ziemlich ordentlich, und die Fotokiste hatte ihren angestammten Platz im Wohnzimmerschrank auf der rechten Seite. Sie kamen überein, in den nächsten Tagen irgendwann noch einmal gemeinsam danach zu sehen. Kammowski wollte keineswegs noch mehr in Frau Beckmanns Schränken wühlen, als er das bereits heute getan hatte.

»Du kannst doch nicht allen Ernstes einen Privatmann, noch dazu einen Freund, ermitteln lassen, Mathias. Und du kannst ihn doch nicht in vertrauliche polizeiliche Ermittlungen einweihen!« Thomandel war nicht begeistert von Kammowskis Idee, Klaus im Chor der Christuskirche recherchieren zu lassen.

»Ich erzähle ihm nichts Vertrauliches, und er ermittelt eigentlich gar nicht. Er nimmt eine zweite Probestunde in einem Chor und sammelt nebenbei Informationen, die er an mich weitergibt. Informationen, die ihm die Beteiligten freiwillig mitteilen. Und vielleicht sind die bei einem Fremden auskunftsfreudiger als gegenüber der Polizei.« Vor allem, wenn ein solcher Charmeur wie Klaus fragt, vollendete er den Satz für sich. Kammowski ärgerte sich über sich selbst. Er hatte beim Morgenkaffee in Doros Büro frei über seine Idee gesprochen, Klaus auf Erkundungstour zu schicken. Das hätte er besser für sich behalten. Hätte ja keiner etwas von der Aktion bemerken müssen. So war offenbar gleich einer der Anwesenden der Morgenrunde zu Thomandel gelaufen und hatte gepetzt. Kammowski hatte Werner im Verdacht.

»Parallel sprechen wir heute mit dem Kantor und versuchen herauszufinden, zu wem in der Gemeinde Lena Kaufmann sonst noch Kontakt hatte«, versprach Kammowski.

»Also gut, dann weiß ich davon mal nichts, aber bitte außer dem Besuch heute Abend keine weiteren Ermittlungen durch Privatpersonen, verstanden?«

41

Das hat uns mindestens ein Seminar zum ethischen und rechtlichen Hintergrund im Umgang mit polizeilichen Ermittlungsergebnissen eingebrockt«, maulte Kammowski, als Svenja und er im Auto saßen. Thomandels Fortbildungstick war in der ganzen Abteilung gefürchtet. »Ich möchte wirklich gerne wissen, wer Thomandel das gesteckt hat.«

»Ich finde, diesmal hat er nicht ganz unrecht. Kommissare, die Freunde zum verdeckten Ermitteln ausschicken, gibt es doch nur im Martha-Grimes-Krimi. Und dann ist das wenigstens ein Adliger mit einem satten Finanzpolster. Hast du dir mal überlegt, was du machst, wenn Klaus dir eine Spesenrechnung präsentiert?«

»Wer ist Martha Grimes, und was bitte sollte das für eine Spesenrechnung sein? Der soll eine Stunde im Chor singen, mehr nicht.«

»Nun, so wie ich ihn kennengelernt habe, lädt der den gesammelten Chor nachher auf ein Bier ein. Zumindest den weiblichen Teil.« Svenja grinste. »Mein lieber Mann, das wird teuer. Ach ja, und Martha Grimes ist eine Krimiautorin.«

Kammowski zog es vor zu schweigen. Ohnehin waren sie gerade an der Christuskirche angekommen. Svenja öffnete das Portal, und als sie in die muffige Kühle der nach Mottenpulver, Feuchtigkeit und Schimmel riechenden Kirche traten, wurden sie von Orgelmusik empfangen. Kein professionelles Spiel. Da übte jemand. Eine Stelle wurde immer wieder gespielt, abgebrochen und dann von Neuem versucht. Kammowski kam plötzlich ein Gedanke. »Erinnerst du dich, was die Freundinnen oder Klassenkameradinnen von Lena ausgesagt haben? Zumindest eine von ihnen, meine ich, hat doch gesagt, dass Lena so komisch geworden sei, dass sie sogar Orgel lernen wollte. Völlig abgedreht in den Augen einer ›normalen‹ Vierzehnjährigen.«

»Wie kommst du jetzt darauf?«

»Na ja, wir haben doch immer ganz selbstverständlich angenommen, dass Oliver Lena Klavierunterricht gegeben hat. Weil er ein Klavier in der Wohnung hat, weil wir wissen, dass sie dort ein und aus gegangen ist.«

Svenja war stehen geblieben. »Okay, okay«, sagte sie aufgeregt mit leiser Stimme. »Inzwischen wissen wir, dass sie Kontakt zu dieser Kirche hatte, dass sie im Chor mitgesungen hat, dass sie den Chorleiter Karl Fröbe kannte.«

Kammowski raunte: »Kombiniere und deduziere, Watson, es könnte durchaus sein, dass Lena von Herrn Fröbe nicht nur im Chor unterrichtet wurde.«

Auf der Orgelempore trafen sie auf einen zwölfjährigen Jungen, der sich jeden Dienstagmittag nach der Schule den Schlüssel im Gemeindehaus holen und hier üben durfte. Nachdem sie sich vorgestellt und ihre Ausweise gezeigt hatten, die der Junge aufmerksam und mit einer gewissen Aufregung prüfte, und nachdem er sie gefragt hatte, ob sie auch Pistolen hätten, was sie bejahten, allerdings seien die im Büro eingeschlossen, erlosch sein anfängliches Interesse rasch wieder. Er müsse jetzt wieder üben, denn gleich komme der nächste Schüler, der an die Orgel wolle. Immerhin teilte er ihnen mit, dass er Privatunterricht bei Herrn Fröbe hätte, und der Junge wusste auch, dass Herr Fröbe in Tempelhof wohnte. Er kannte sogar die genaue Adresse. Sie waren schon im Gehen begriffen, als Kammowski sich noch einmal umdrehte.

»Sag mal, kennst du eigentlich eine Lena Kaufmann? Weißt du, ob sie auch Unterricht bei Herrn Fröbe hatte?«

»Das ist das Mädchen, das jetzt tot ist, oder?« Kammowski nickte nur.

»Ja«, sagte der Junge schließlich. »Ich habe sie hier mal getroffen. Sie durfte auch üben. Aber sie war noch nicht so gut wie ich.« Und als schämte er sich, dass er schlecht über einen toten Menschen sprach, ergänzte er rasch: »Sie hatte ja auch gerade erst angefangen mit dem Lernen, und ich bin schon ein Jahr dabei.«

Zu Hause war Fröbe auch nicht anzutreffen. Eine etwas abgehärmt aussehende Mittvierzigerin öffnete ihnen die Tür und stellte sich als seine Ehefrau vor. Sie ließ sie ein, bot ihnen aber keinen Platz an. Ihr Mann sei nicht da, und sie wisse nicht, wann er wiederkomme. Er habe viele Orgel- und Klavierschüler, mit seinem genauen Tagesplan kenne sie sich nicht aus. Das müssten sie ihn schon selbst fragen.

»Das werden wir«, strahlte Kammowski sie an, drückte Frau Fröbe-Heinzel, wie sie ihn gleich zu Beginn des etwas wortkargen Gesprächs verbessert hatte, eine Visitenkarte in die Hand und bat sie, ihrem Mann auszurichten, dass er möglichst heute noch, sonst aber am nächsten Morgen gegen neun Uhr ins LKA kommen möge. »Nur eine Befragung, weil Lena Kaufmann in seinem Chor gesungen hat«, ergänzte er freundlich. »Und sagen Sie ihm bitte, dass wir unbedingt eine Liste aller Chormitglieder mit Adresse benötigen.«

»Mittwochmorgen ist er immer in der Kirche«, erwiderte sie in ihrer schon fast unfreundlichen Art.

»Es ist wirklich wichtig, Frau Fröbe-Heinzel, vielleicht kann er sich da einmal vertreten lassen – oder besser noch heute Nachmittag vorbeikommen? Wir sind sicher bis siebzehn Uhr im LKA erreichbar.«

Sie mussten sich um wenige Minuten verpasst haben, oder er war doch zu Hause gewesen, wie Svenja argwöhnte, denn kaum eine halbe Stunde nachdem sie wieder im Büro waren, rief Doro an. Ein Herr Fröbe sei da und sage, sie hätten ihn einbestellt.

»Herr Fröbe, wie schön, dass Sie es einrichten konnten, so schnell zu kommen. Nehmen Sie doch Platz. Das hier ist meine Kollegin, Frau Hansen.«

Karl Fröbe war ein etwas untersetzter Mann Ende vierzig. Ein dunkler Teint und strahlend blaue Augen glichen das bereits schütter werdende Haar etwas aus, das am Hinterkopf zu einem langen Zopf gebunden war. Er trug eine schwarze Jeans und ein schwarzes, kurzärmeliges Hemd.

Sie gaben sich die Hand, und Kammowski stellte unangenehm berührt fest, dass Fröbe eine kühle, feuchte Hand und einen schlaffen Händedruck hatte.

Svenja begann mit der Befragung: »Sie kannten Lena Kaufmann?«

»Ja, natürlich. Sie hat in unserem Chor mitgesungen. Oliver Beckmann, ein Gemeindemitglied, hat Lena zum Chor gebracht. Das Mädchen hatte eine sehr schöne Stimme. Wirklich traurig, was da passiert ist. Aus ihr hätte einmal eine große Sängerin werden können«, sagte Fröbe mit träumerischer Stimme, als höre er sie auf seinem inneren Ohr in der Metropolitan Opera singen. Und dann erzählte er, dass sie aus problematischen Verhältnissen komme, sie habe sogar einmal angedeutet, dass ihr Stiefvater manchmal zudringlich wurde. Er habe ihr helfen wollen.

»Moment bitte«, unterbrach ihn Svenja. »Sie haben ihr helfen wollen, und dann erzählen Sie uns, dass ihr Stiefvater sie sexuell belästigt hat. Und das haben Sie nicht zur Anzeige gebracht?«

Fröbe zuckte unter der harschen Ansprache zusammen. »Na ja«, stammelte er, »sie hat mir ja nichts Genaues gesagt, ich habe das, wenn ich ehrlich bin, eher vermutet, als dass ich es wirklich weiß. Man will ja auch niemanden falsch belasten.«

»Aber Sie kannten sie immerhin so gut, dass sie Ihnen so etwas anvertraut hat?« Svenja schüttelte ungläubig den Kopf.

»Sie hat mir gar nichts anvertraut«, verteidigte sich Fröbe jetzt etwas energischer. »Was wollen Sie mir hier eigentlich unterstellen?

»Sie haben dem Mädchen also kostenlos Orgelunterricht gegeben?«, versuchte Kammowski das Gespräch wieder auf sachlichen Boden zu lenken. »Oder war das mit ihren Eltern abgesprochen und Sie wurden bezahlt?«

»Ja, wie gesagt, ich wollte ihr helfen. Sie wollte unbedingt Orgel lernen, warum auch immer. Sie hätte kein Klavier zu Hause, da könne sie auch gleich in der Kirche üben. Aber das war natürlich Unsinn, im Gemeindehaus stehen ja zwei Klaviere, an denen sie auch üben konnte und es auch tun musste. So oft können die Schüler ja nun auch nicht an die Kirchenorgel, da müssen sie sich schon einteilen, außerdem sind die Anfänge bei Orgel und Klavier ja gleich …«

»Herr Fröbe«, unterbrach Svenja den Redeschwall des Kantors, »haben Sie über den Orgel- und Chorunterricht hinaus privaten Kontakt zu Lena Kaufmann gepflegt?«

Karl Fröbe erstarrte erneut, Schweißperlen standen ihm auf der Stirn. Entgeistert schaute er Svenja an. »Wo denken Sie hin, natürlich nicht!«

Svenja zwang ihm ihren Blick auf, dem er wieder nicht standhalten konnte. »Wären Sie bereit, sich einem Gentest zu unterziehen?«

»Nein, natürlich nicht. Stehe ich jetzt etwa unter Verdacht?« Aufgeregt schaute er in die Runde.

»Nein, diese Frage müssen wir allen Männern stellen, die mit Lena in irgendeinem Kontakt standen. Alle Männer aus dem Chor zum Beispiel. Haben Sie uns die Liste mitgebracht?«

»Ja.« Fröbe zog ein Blatt Papier aus seiner Jackentasche und entfaltete es. Auf dem Papier zeichnete sich die Feuchtigkeit seiner Finger deutlich ab. Kammowski fragte ihn noch, wo er am Tatabend gewesen sei, auch das sei eine reine Routinefrage, und Karl Fröbe teilte ihnen mit, dass er den ganzen Abend mit seiner Frau zusammen gewesen sei, die das sicher bestätigen könne. Sie verzichteten darauf, ihm zum Abschied die Hand zu geben, und baten ihn, sich in den kommenden Tagen für eventuelle weitere Fragen zur Verfügung zu halten.

»Der Mann ist mir unsympathisch«, sagte Svenja. Kammowski musste ihr zustimmen. Aber solche Gefühle brachten sie nicht weiter.

42

Kammowski hatte sich mit Helena Beckmann in der Wohnung ihrer Mutter verabredet, um gemeinsam nach der Fotokiste zu suchen beziehungsweise um Helena in die Wohnung zu lassen. Da man das Suchen nach einer Fotokiste nicht unbedingt als dienstlichen Termin bezeichnen konnte, den man vor den Kollegen an die große Glocke hängen wollte, hatte Kammowski lieber gar keine Erklärung abgegeben. Helena stand schon vor der Haustür und sah ungeduldig auf ihre Armbanduhr. Sie hatte sich ebenfalls nur eine Stunde von der Arbeit freigenommen und wartete nun schon eine Viertelstunde. Helena Beckmann kam mehr auf ihre Mutter. Sie war von kleiner Statur und eher stämmig gebaut. Sie hatte nicht die grazile Schönheit ihres Bruders. Auch das freundliche, offenherzige Wesen hatte sie offenbar von ihrer Mutter geerbt. Trotz seiner Verspätung begrüßte sie Kammowski freundlich und bedankte sich für sein Kommen.

»Warum will sie denn ausgerechnet im Krankenhaus Fotos sortieren?«, fragte Kammowski, während er den Schlüssel ins Schloss steckte. Vielleicht hatten seine Worte vorwurfsvoll geklungen, vielleicht hatte Helena sich in den letzten Stunden genau diese Frage gestellt, jedenfalls platzte die Antwort aus ihr heraus, als habe seine Frage ein Fass zum Überlaufen gebracht: »Was weiß denn ich. Sie hat einfach nicht lockergelassen. Sie wissen doch, wie Mütter so sind.«

Kammowski grinste. Er kannte Frau Beckmann inzwischen ein wenig und wusste, dass sie mit ihren ein Meter sechzig einen freundlichen, aber gewaltigen Durchsetzungswillen aufbieten konnte. Helena grinste zurück.

»Dieser Bekannte, dessen Hobby Digitalfotografie ist, hat ihr vorgeschwärmt, wie praktisch das sei, die Fotos an ihrem Rechner und sogar über den Fernseher ansehen zu können oder sich ein Album erstellen zu lassen. So ein Album nimmt man angeblich eher mal wieder in die Hand als die unsortierten Fotos einer Kiste …« Helena ließ keinen Zweifel daran, dass sie da anderer Meinung war. »Sie soll aber eine Vorauswahl treffen, damit das nicht zu viel Arbeit wird. Und da hat sie sich wohl gedacht, dass sie jetzt, während sie im Krankenhaus liegt, viel Zeit dafür hat, und wir müssen springen.«

»Seien wir froh, dass es ihr wieder so gut geht, dass sie Wünsche äußern kann«, lenkte Kammowski ein. »Wissen die Ärzte denn inzwischen, was ihr fehlte?«

»Nicht wirklich, glaube ich. Sie haben sie gefragt, ob sie regelmäßig Schlafmittel oder Beruhigungsmittel einnimmt. Aber das konnte sie verneinen, sie war ja immer eher gegen die Einnahme von Medikamenten. Wenn wir mal eine Schmerztablette haben wollten, wurde uns das immer verweigert. ›*Die machen alle süchtig, das fangen wir mal gar nicht an, Fräuleinchen, geh lieber an die frische Luft.*‹ Ich habe ihre Sprüche manchmal gehasst.«

Kammowski lachte mitfühlend. »Kenne ich, hatte meine Großmutter auch drauf. ›*Arbeite, kriegste Rückenschmerzen, vergisste die Kopfschmerzen.*‹« Sie lachten.

Eine halbe Stunde später mussten sie die Suche leider ohne Erfolg aufgeben. Helena hatte sowohl Wohn- als auch Schlafraum komplett durchsucht und sich auch das Zimmer ihres Bruders vorgenommen. Die Fotos blieben verschwunden.

»Ich verstehe das nicht. Hier hat alles seinen Platz. Und der Platz, wo die Fotokiste immer stand, ist leer. Vielleicht hat sie die Fotos doch schon dem Bekannten gegeben und kann sich nicht daran erinnern? War ja alles etwas viel in den letzten Tagen. Ich meine den Stress mit meinem Bruder.«

Kammowski schwieg und schüttelte dann den Kopf. »Dann müsste der Bekannte Ihrer Mutter, der sie im Krankenhaus danach gefragt hat, das doch auch vergessen haben. Außerdem mag Ihre Mutter vielleicht in großer Sorge gewesen sein, aber ich hatte nie den Eindruck, dass sie den Überblick verliert.«

Helena Kaufmann nickte. »Ja, Sie haben recht, Herr Kammowski. Es tut mir wirklich leid, dass ich Sie umsonst bemüht habe. Vielleicht hat mein Bruder die Kiste an sich genommen und ihr nichts davon gesagt. Eine andere Erklärung habe ich auch nicht. Es werden sich ja wohl kaum Einbrecher für unsere alten Kinderfotos interessiert haben.«

»Wohl kaum.« Kammowski lachte. »Soll ich den Schlüssel wieder an mich nehmen und weiter nach den Blumen schauen?«

»Das wäre wunderbar und eine große Erleichterung für mich. Ich kann mir vorstellen, dass es nicht mehr lange dauert, bis meine Mutter wieder aus dem Krankenhaus entlassen wird.«

Als sie sich verabschiedet hatte und gegangen war, fiel Kammowski auf, dass sie sich gar nicht nach ihrem Bruder erkundigt hatte. Sie hatte nicht gefragt, ob Kammowski ihn für schuldig hielt. Natürlich hätte er ihr ohnehin keine Auskünfte geben können, aber es war schon ungewöhnlich, dass sie sich gar nicht dafür zu interessieren schien. Frau Beckmann hatte einmal angedeutet, dass das Verhältnis der Geschwister zerrüttet war. Sicherlich machte sie ihren Bruder auch für den Zusammenbruch der Mutter verantwortlich.

Kammowski ging durch den Kopf, wie selten er mit seiner

Schwester telefonierte, wie wenig sie sich für das Leben des anderen interessierten, wie schwierig auch ihr Verhältnis war. Kammowskis Ex-Frau Elly hatte ebenfalls zu ihrem Bruder, der in Süddeutschland lebte, kaum Kontakt. Elly und er hatten sich für die eigenen Kinder immer gewünscht, dass sie sich besser verstanden. Aber konnte man so etwas steuern, zumal wenn man es selbst nicht vorlebte? Sie hatten zumindest versucht, in der Erziehung darauf zu achten, dass die Geschwister zusammenhielten, sich nicht gegenseitig ausspielten. Aber Charlotte und ihr Bruder waren auch recht unterschiedliche Charaktere. Die Zeit würde zeigen, wie belastbar diese Geschwisterliebe war.

Später am Abend stellte Kammowski fest, dass Klaus mehrfach auf die Mailbox gesprochen hatte. Er hätte einige wichtige Ermittlungsergebnisse mitzuteilen. Gut, dass Thomandel das nicht hörte. Klaus war allerdings nicht gewillt, diese kurz und knapp am Telefon mitzuteilen. Als er endlich gegen 22 Uhr im Sandmann auftauchte, hatte sich Kammowski schon ein Schnitzel, einen Salat und eine Flasche Mineralwasser – er war mal wieder dabei, Kalorien zu sparen – einverleibt und war daher gut gestärkt, um die notwendige Geduld aufzubringen, Klaus dessen Ermittlungsergebnisse aus der Nase zu ziehen. Klaus hatte sich offenbar einen größeren Auftritt mit zumindest noch Svenja als Zuhörerin vorgestellt. Ein schnöder Bericht nur vor Kammowski schmälerte seinen Gewinn erheblich. Als Svenja dann doch noch zur Tür hereinkam, blühte er auf und begann zu erzählen: »Also, ich habe mit einigen Mädchen aus dem Chor geredet. Die waren auf diese Lena gar nicht so gut zu sprechen. Es hörte sich fast so an, als wären sie eifersüchtig auf sie gewesen. Fröbe hatte wohl erst eine andere Frau für den Solopart vorgesehen. Aber kaum dass Lena aufgetaucht war, war davon keine Rede mehr. Da war sie natürlich sauer. Interessanterweise kreideten die Mädchen das aber nicht dem Chorleiter, sondern Lena an. Sie hätte sich bei ihm eingeschleimt, sagen sie. Ansonsten ist der Kantor dort sehr beliebt. Sie sagen, er stellt hohe Ansprüche, aber das gefällt ihnen, auch wenn es manchmal anstrengend und nervig ist, wenn sie eine Stelle immer und immer wieder üben müssen. Die Mädels nennen ihn hinter seinem Rücken nur Doktor Ton, weil er so unbarmherzig auf die Intonation achtet. Und das kann ich bestätigen, er hat uns heute …«

»Wie, sagst du, nennen sie ihn? Dr. Ton?«, unterbrach Kammowski.

»Ja, da muss es mal so einen Gesangswettbewerb im Fernsehen gegeben haben, den haben die Girls wohl alle gesehen. Und bei dieser Show wurde ein Jury-Mitglied Dr. Ton genannt, weil es immer etwas zu meckern hatte.«

Svenja und Kammowski sahen sich schweigend, aber alarmiert an.

»Ja, hallo, spricht hier noch jemand mit mir?« Klaus hatte sich bedeutend mehr Resonanz auf seine Ermittlungsergebnisse gewünscht.

»Du warst toll, Klaus. Und du hast uns wirklich sehr weitergeholfen. Mehr können wir dir nicht sagen, das verstehst du doch, oder?«

Es machte nicht den Anschein, aber Klaus war auch nicht der Typ, der lange schmollen konnte. Nachdem Kammowski ihn auf ein weiteres Bier eingeladen hatte, war er zufrieden.

43

Gleich am nächsten Morgen saß das Team früh mit Thomandel und dem Staatsanwalt zusammen.

»Die Geschichte mit diesem Dr. Ton ist merkwürdig«, räumte Staatsanwalt Obermeister ein, »aber für eine Anklage oder eine DNA-Analyse gegen seinen Willen reicht das noch nicht. Wir müssen erst mehr über das Verhältnis zwischen dem Kantor und dem Mädchen herausfinden. Wenn er Lena unterrichtet hat, ist es nicht verdächtig, dass sie einen Termin mit ihm im Kalender notiert. Sie müssen ihn mit diesen Terminen konfrontieren und klären, ob und warum er sich mit ihr getroffen hat. Und Sie sollten sich noch mehr in der Gemeinde umhorchen. Da wird doch viel beobachtet und getratscht. Ich kann mir nicht vorstellen, dass eine besondere Beziehung zwischen dem Kantor und einem jungen Mädchen ganz unbeobachtet geblieben wäre. Hat er denn ein Alibi für die Zeit?«

»Er behauptet, den Abend mit seiner Frau verbracht zu haben, und seine Frau hat das bestätigt«, sagte Svenja.

»Ich werde mal das Pädophilieregister durchgehen«, schlug Doro vor. »Vielleicht ist er da schon einmal aufgefallen. So eine Veranlagung fällt nicht vom Himmel.«

»Ja, mach das, Doro«, stimmte Thomandel zu. »Und nun genug getrödelt, an die Arbeit, Kollegen«, setzte er hinterher, was ihm einen schiefen Blick von Kammowski einbrachte. Was taten sie denn die ganze Zeit anderes als arbeiten?

Svenja lachte leise in sich hinein. Wie lange arbeiteten die jetzt zusammen? Wie konnte man sich nach all den Jahren noch über die immer gleichen Sprüche seines Chefs aufregen.

Svenja und Kammowski fingen bei den Mitgliedern des Chorrats an. Doro hatte mit zweien von ihnen Termine noch am selben Vormittag vereinbaren können. Der Bassvertreter war ein freundlicher älterer Herr namens Bornkämper, ein pensionierter Angestellter der Berliner Verkehrsbetriebe, der sie mit seiner Frau in seinem Garten in einer Laubenkolonie in Treptow empfing und Eistee anbot, aber auch ein Bierchen dagehabt hätte. Sie entschieden sich für den Eistee und nahmen auf den weißen Kunststoffstühlen Platz. Der Garten verband Ordnung mit Geschmacklosigkeit, eine Kombination, die schmerzte, aber bei Kammowski gleichzeitig eine Welle der Sympathie auslöste, die er sich nicht erklären konnte. Waren es die einfachen, aber geordneten und überschaubaren Verhältnisse? Seine Großmutter, eine Bauerstochter aus Westpreußen, die es ins Ruhrgebiet verschlagen hatte, hätte in diesem Garten residieren können. Aber nein, dann wäre es hier nicht so ordentlich gewesen. Frau Kammowski war eine einfache, aber lebenslustige Frau gewesen, die gerne »den lieben Gott einen guten Mann sein« oder »das Messer im Schwein stecken« gelassen hatte.

Frau Bornkämper verschwand im Gartenhäuschen, das offenbar alle Vorzüge einer Zweitwohnung aufwies. Bald darauf kehrte sie mit einem Tablett und vier Gläsern eisgekühltem Tee zurück. »Selbst gemacht«, kommentierte sie stolz, »nicht so ein Zeugs aus der Tüte«, und reichte jedem ein Glas samt Untersetzer aus Holz und Emaille, damit der Plastiktisch keinen Schaden nahm.

Ja, die Lena, das sei ein nettes Mädchen gewesen mit einer wunderbaren Stimme, ganz tragisch das Ganze und natürlich auch schlecht für ihre Aufführung. Da würde sie jetzt schmerzlich fehlen. Nein, von Freunden wisse er nichts. Er wisse nur, dass Oliver Beckmann sie irgendwann einmal mitgebracht hatte. Oliver hätte immer mal bei den Proben ausgeholfen, bevor er so krank wurde. Dann hätten sie nach Stimmen getrennt üben können. Oliver habe mit den beiden Männerlagen geübt und Kantor Fröbe mit den Frauen. Aber er könne sich nicht vorstellen, dass Lena und Oliver mehr als Freundschaft verbunden hätte. »Man hat da ja eher munkeln hören, dass Oliver ›vom anderen Ufer‹ war. Sie wissen schon, was die Leute eben so reden.« Dabei hatte Herr Bornkämper seine Stimme gesenkt, als wolle er nicht beschuldigt werden, sich lautstark an derartig furchtbaren Gerüchten zu beteiligen. Svenja, die Homophobie nicht leiden konnte, reagierte gereizt. »Sonst noch irgendwelche Gerüchte, über Lena vielleicht? Gab es noch jemanden aus dem Chor, zu dem sie engeren Kontakt pflegte?«

»Nicht dass ich wüsste.« Herr Bornkämper schien von dem aggressiven Unterton der Kommissarin irritiert zu sein.

Seine Frau rutschte derweil unruhig auf ihrem Stuhl herum. Man sah deutlich, dass es in ihr arbeitete.

»Wissen Sie vielleicht mehr?«, fragte Kammowski.

»Nein«, beeilte sie sich zu sagen. »Nur …«

»Ja?«, ermunterte Svenja sie. »Nur raus damit.«

»Wie gesagt, das sind ja wirklich nur Gerüchte.«

»Die uns aber weiterhelfen könnten«, sagte Kammowski freundlich und hoffte, dass Svenja ihm nicht wieder dazwischengrätschte.

»Na ja, die Frauen im Chor haben schon über sie gesprochen. Wie sie da immer ankam, wie sie sich anzog, und sie war ja auch kein Gemeindemitglied.« Frau Bornkämper verstummte.

»Wie zog sie sich denn an?«, bohrte Kammowski weiter.

»Wie ein junges Mädchen eben«, sagte Herr Bornkämper beschwichtigend.

»Wie ein Flittchen«, entfuhr es seiner Frau.

»Wie kannst du nur so reden!«, entrüstete sich Herr Bornkämper.

Doch seine Frau ließ sich den Mund nicht verbieten. »Ich sage nur, was ich weiß, was alle wissen. Die Frauen im Chor fanden es einfach unschicklich, wie sie sich anzog, und nun ja, wie sie allen Männern den Kopf verdreht hat. Und wie gesagt, sie war nicht einmal Gemeindemitglied und wurde von Kantor Fröbe gleich mit der Solostimme besetzt, das kann man doch nicht machen! Es gibt im Chor doch auch andere gute Stimmen, Frauen, die dem Chor schon seit Jahren die Treue halten. Die hätten auch einmal einen Solopart verdient. Diese Lena, die ist ja nicht einmal regelmäßig zu den Chorproben gekommen, und wenn, dann immer eine Viertelstunde zu spät. Die hat sich immer für was Besseres gehalten.«

»Sie meinen, es gab Frauen, die eifersüchtig auf sie waren?«, fragte Svenja.

»Frau, wie kannst du nur so reden«, versuchte Herr Bornkämper seine Frau zu bremsen.

»Ach, ihr Männer, wenn ihr ein hübsches, junges Ding seht, dann seid ihr doch blind für alles andere«, fuhr sie ihn an. Und an die Kommissare gewandt: »Fragen Sie Frau Korngruber, die kann Ihnen mehr über dieses Früchtchen erzählen. Ich bin ja selbst kein Chormitglied und sage hier nur, was in der Gemeinde so gesprochen wird.« Dabei hob sie entschuldigend die Arme, als wolle sie sagen, dass sie keineswegs die Urheberin dieser üblen Nachrede war, sondern allenfalls ihre unschuldige Übermittlerin.

Frau Korngruber, Sopran-Chorrätin, war eine etwa fünfunddreißigjährige, attraktive Sekretärin, die sie nachmittags telefonisch bei der Arbeit erreichten. Sie wollte nicht gerne am Arbeitsplatz mit ihnen sprechen, hatte aber nichts gegen eine verspätete Mittagspause einzuwenden. Sie verabredeten sich in einem Café.

Frau Korngruber drückte sich etwas vorsichtiger aus als Frau Bornkämper, bestätigte aber im Prinzip deren Aussage. Sie wolle ja nichts Schlechtes über das Mädchen sagen, aber seit Lena im Chor mitmachte, hieß es immer nur »Lena hier« und »Lena dort«. Der Chorleiter sei ganz vernarrt gewesen, hätte sie ihnen immer als Vorbild angepriesen. Auf den anderen Frauen hat er herumgehackt, war nie zufrieden, bei ihr war immer alles toll. Das hätte schon Unfrieden hervorgerufen. Dabei sei sie ja auch keine ausgebildete Sängerin gewesen, hätte auch mal falsch gesungen. Und ihre Stimme sei zwar schön, aber keineswegs tragend gewesen. »Aber bei ihr hat er über das hinweggehört, was er bei uns kritisiert hat.« Das hätte die anderen Frauen schon geärgert, nicht nur sie. Und dass er ihr, Frau Korngruber, dann auch noch die Solo-Partie abgenommen und Lena gegeben habe, das sei schon ziemlich ungerecht gewesen. Das habe sie ihm auch gesagt.

»Schließlich hatte ich dafür sogar Gesangsunterricht genommen, Privatstunden auf eigene Kosten.« Frau Korngruber brach abrupt ab, sie hatte mehr von sich preisgegeben, als sie gewollt hatte.

»Wo waren Sie denn am Sonntagabend, Frau Korngruber?«, fragte Kammowski nun und zückte sein Notizbuch.

»Mit meiner Freundin in der Oper und danach zu Hause«, gab sie pampig zurück. Wegen so einer Sache brächte man niemanden um. Sie habe allerdings beschlossen, aus dem Chor auszutreten. Das sei zwar schade, sie sei ja nun seit mehr als zehn Jahren dabei, aber es gäbe in Berlin zum Glück noch andere Chöre.

»Können Sie mir Namen und Adresse der Freundin nennen?«, fragte Svenja ungerührt. »Und gibt es Zeugen dafür, ab wann Sie zu Hause waren?«

Frau Korngruber verzog das Gesicht und fauchte schließlich, das könnten sowohl ihre Freundin als auch ihr Mann sicher bestätigen. Sie griff nach ihrer Handtasche, um ihr Handy herauszuholen, dabei rutschte ihre weitärmelige Bluse bis zum Ellbogen hoch und entblößte einen zerkratzten Unterarm.

»Frau Korngruber, woher haben Sie diese Kratzer?«

Frau Korngrubers irritierter Blick wanderte von ihrem Handy zu ihren Armen. Sie schien zu überlegen. »Wir haben seit Kurzem eine junge Katze«, sagte sie und nannte ihnen dann die Kontaktdaten ihrer Freundin und ihres Mannes.

»Wären Sie zu einer freiwilligen DNA-Probe bereit?«, fragte Kammowski mit ernster Stimme.

»Was, wenn ich dazu keine Lust habe?«

»Dann werden wir uns um eine richterliche Anordnung bemühen«, entgegnete Kammowski ungerührt. »Ich muss Sie ersuchen, uns morgen früh um neun Uhr zu einer offiziellen Befragung im LKA zur Verfügung zu stehen.«

Frau Korngruber erblasste. »Muss ich einen Anwalt mitbringen?« Ihre Stimme hatte einen flattrigen Unterton.

»Das steht Ihnen selbstverständlich frei.«

Als sie zum LKA zurückkamen, vernahm Kevin gerade Frau Fröbe, die von Doro einbestellt worden war. Herr Fröbe war bereits befragt worden und wartete vor dem Sekretariat auf seine Frau. Kevin berichtete, dass Frau Fröbe das Alibi ihres Mannes noch einmal bestätigt hatte. Sie hätten zusammen einen Krimi im Fernsehen angeschaut und seien danach gleich ins Bett gegangen. »Klang glaubhaft. Beide konnten den Inhalt des Films angeben«, schloss Kevin seinen Bericht.

»Muss nicht viel heißen«, widersprach Doro. »So etwas kann man heutzutage leicht recherchieren. Oder sich den Film später in der Mediathek ansehen.«

44

Als Kammowski und Svenja am Donnerstagmorgen zufällig zur selben Zeit bei der Arbeit erschienen, wartete Doro schon auf sie. »Ich habe wichtige Neuigkeiten, liebe Kommissare, und wenn ihr nett seid, verrate ich sie euch auch.«

»Aha«, sagte Kammowski und ließ sich in einen der Korbstühle fallen. »Und, gibt's vielleicht auch einen Kaffee zu deinen Neuigkeiten?«

»Für mich auch einen«, sagte Thomandel, der unbemerkt von den anderen Seite aus seinem Büro getreten war.

»Später gibt es Kaffee, Kollegen, jetzt hört erst mal zu. Ich habe doch die Vorgeschichte von Kantor Fröbe etwas unter die Lupe genommen und seinen Namen durch unsere Systeme geschickt. Das war gar nicht so einfach, denn bisher ist er nicht rechtskräftig verurteilt worden, daher taucht er in den üblichen Dateien gar nicht auf. Da musste ich etwas tiefer recherchieren, und bingo, heute Morgen ist da etwas hochgepoppt.«

»Mach's nicht so spannend, Doro, ich brauche einen Kaffee.«

Doro verdrehte die Augen. »Also gut, gegen Kantor Fröbe ist schon einmal im Emsland ermittelt worden. Er soll dort in einer Kirchengemeinde ein junges Mädchen belästigt haben. Die Beweislage war aber zu dünn gewesen für eine Anklage.«

»Was sagst du da?« Kammowski richtete sich kerzengrade auf, so weit das in den Korbstühlen möglich war.

»Was steht denn genau in der Akte?«, fragte Thomandel.

»Nicht viel, nur dass die Mutter des Mädchens Anzeige erstattet hat. Sie haben damals in Lingen gelebt, und das Mädchen hat im Kinderchor der Gemeinde gesungen, in der Fröbe gearbeitet hat. Die Mutter behauptete, das Mädchen sei völlig verstört gewesen, sie habe erzählt, der Kantor habe sie angefasst und vor ihr onaniert. Die Mutter hat die Anzeige aber erst erstattet, nachdem sie mit der Tochter schon nach Hamburg umgezogen war. Die Psychologin der Tochter hätte ihr dazu geraten. Aber für Ermittlungen war es dann schon zu spät. Die Kollegen haben zwar noch einige Gemeindemitglieder befragt, aber das hat zu nichts geführt.«

»Wie alt war das Mädchen damals?«, fragte Svenja.

»Elf Jahre.«

Missbrauch von Minderjährigen, von Schutzbefohlenen in einer christlichen Gemeinde. Angewidert verzogen alle das Gesicht. Nun berichteten Kammowski und Svenja von ihren Gesprächen mit den Mitgliedern des Chorrates, die die besondere Beziehung zwischen Lena und dem Kantor zu bestätigen schienen.

»Frau Korngruber war übrigens ursprünglich von Fröbe für die Sopran-Arie in der Händel-Messe besetzt worden. Dann hat er aber Lena den Part übertragen. Eifersucht könnte da schon ein Motiv sein und Kränkung. Die anderen Frauen haben sie in der Ablehnung Lenas moralisch unterstützt. Für die war sie ein Flittchen, das sich von außen in ihren schönen Chor hineingedrängt hat. Eine, die da nicht hingehörte. Außerdem hat Frau Korngruber verkratzte Unterarme. Wir haben sie für neun Uhr zum Verhör einbestellt und ihr einen freiwilligen DNA-Test nahegelegt«, fasste Kammowski das gestrige Gespräch zusammen.

»Einem jungen Menschen das Leben nehmen, weil man die Solostimme in einem Kirchenchor abgenommen bekommt?« Thomandel schüttelte ungläubig den Kopf.

»Es gab schon nichtigere Gründe für Mord, würde ich meinen, Chef«, sagte Max Werner. »Aber bleiben wir mal bei Fröbe selbst. Nach dem, was Doro herausgefunden hat, scheint er mir doch inzwischen der Hauptverdächtige zu sein.«

»Nach allem, was wir bisher gehört haben, war er doch in das Mädchen verliebt, was wäre dann das Mordmotiv? Ein Pädophiler ist doch nicht typischerweise auch ein Mörder«, gab Thomandel zu bedenken.

»Das nicht, aber sie war schwanger«, sagte Svenja. »Wenn er der Vater des Kindes war, dann hätte ihn das in höchste Bedrängnis gebracht.«

»Den DNA-Test hat er lieber mal abgelehnt«, ergänzte Kammowski.

»Kinder, das alles sollte doch reichen, um den Richter davon zu überzeugen, den DNA-Test auch gegen den Willen des Verdächtigen zu bekommen.« Thomandel stand auf. »Darum kümmere ich mich. Ich informiere auch Staatsanwalt Obermeister über die neuesten Entwicklungen. Wir brauchen einen Durchsuchungsbeschluss für Fröbes Wohnung und seinen Arbeitsplatz. Doro, kannst du bitte das Alibi von Frau Korngruber überprüfen?«

»Kein Kaffee mehr, Chef?«, fragte Doro.

»Später«, sagte Thomandel und verschwand wieder in seinem Büro.

Die anderen sahen sich an. Auch ihnen war die Kaffeelust vergangen. Mit Mord und Totschlag hatten sie inzwischen umzugehen gelernt. Missbrauch von Minderjährigen war für sie immer noch etwas Unfassbares, etwas unglaublich Widerliches, etwas, das an die eigene Substanz ging. Schließlich hatten sie alle Kinder, Schwestern, Bekannte in dem Alter. Der Fall Lena war schon schlimm genug gewesen, aber eine Elfjährige? Schließlich sagte Doro: »Wollt ihr vielleicht noch mit der Hamburger Familie sprechen? Ich habe die Adresse ausfindig gemacht.« Doro schob Kammowski den Zettel mit der Telefonnummer hin.

Kammowski wehrte ab. »Das ist ein Thema von Frau zu Frau«, entschied er und reichte den Zettel Svenja weiter, die die Augen verdrehte, aber keinen Einspruch erhob.

Im Büro angekommen, öffnete Svenja beide Fensterflügel weit und atmete tief durch. Im Dezernat war es trotz der frühen Stunde schon drückend heiß, es gab keine Klimaanlage, und wahrscheinlich hing noch die Hitze vom gestrigen Tag in den Gemäuern. Die Kleidung klebte am Körper fest, und jede Bewegung wurde zur Anstrengung. Die feuchte warme Luft, die jetzt von draußen hereinkam, brachte auch keine Erleichterung. Seit gestern waren die Temperaturen wieder über die Dreißig-Grad-Marke geklettert. Ganz Berlin kochte, die Luft stand still und schwirrte über dem Asphalt. Von ferne meinte man Donner grollen zu hören, aber der Himmel war fast wolkenlos. Svenja meinte auch, sich erinnern zu können, dass morgens im Radio wieder heftige Gewitter angesagt gewesen waren. Die Abkühlung würde ihnen guttun, aber bitte nicht wieder so heftig wie bei dem Wolkenbruch der letzten Woche. Noch immer waren die entwurzelten und wie Streichhölzer abgeknickten Bäume nicht alle weggeräumt.

Der Vormittag verging mit Telefonaten und dem Verhör von Frau Korngruber, die ohne Anwalt kam und sich freiwillig dem DNA-Test unterzog. Gegen Mittag konnte Doro mitteilen, dass sowohl die Freundin von Frau Korngruber als auch ihr Mann ihr Alibi bestätigt hatten. Der Ehemann hatte auch bestätigt, dass die junge Katze, die seit einem halben Jahr bei ihnen lebte, äußerst kratzwütig war und eigentlich nur mit Handschuhen angefasst werden konnte. Zum Beweis hatte er seine eigenen Unterarme mit der Handykamera fotografiert und ihnen die Bilder geschickt. Die Arme sahen aus, als wären sie durch eine Dornenhecke gegangen.

»Irgendetwas machen die falsch mit ihrer Katze«, meinte Svenja kopfschüttelnd. »Die sieht doch eigentlich ganz süß aus.« Sie wies auf das Handyfoto der Katze, das Herr Korngruber mitgeschickt hatte.

»Hängt auch ein bisschen von der Rasse ab, und jede Katze hat einen eigenen Charakter«, sagte Kammowski. Sein Kater Churchill war in seinen jungen Jahren auch wilder gewesen, hatte Tapeten, Vorhänge und Polstermöbel ruiniert. Inzwischen war er in die Jahre gekommen und friedlich, solange er regelmäßig sein Fressen und seine Streicheleinheiten bekam.

Mittags nahm sich Svenja den Zettel von Doro vor, auf dem sie die Hamburger Telefonnummer der Mutter notiert hatte, deren Tochter möglicherweise von Fröbe belästigt worden war. Kammowski hatte sich für die Mittagspause entschuldigt. Immerhin hatte er überhaupt etwas gesagt. Sonst hielt er es ja nicht für nötig, sich abzumelden. Manchmal war er für Stunden wie vom Erdboden verschluckt. Anfangs hatte Svenja geargwöhnt, er wolle nicht mit ihr zusammenarbeiten, aber inzwischen meinte sie zu wissen, dass er das nicht machte, um sie zu ärgern. Es war einfach Gedankenlosigkeit oder fehlende Teamfähigkeit, wenn man es kritisch interpretieren wollte. Vielleicht hatte er auch irgendwo in der Nähe eine Zweitwohnung mit Bett und machte einen Mittagsschlaf. Zuzutrauen wäre ihm das. Seufzend griff sie zum Telefon und wählte die Hamburger Telefonnummer. Sie hatte Glück, nach wenigen Klingellauten meldete sich eine Frauenstimme: »Frauke Meier.«

Svenja nannte rasch auch ihren Namen und ihr Begehren.

Frau Meier zögerte lange, bevor sie sprach. »Woher soll ich wissen, ob Sie wirklich von der Polizei sind?«

Svenja überlegte. »Wir könnten auflegen, und Sie könnten im LKA der Berliner Polizei anrufen und sich zu mir verbinden lassen.« Frau Meier schien immer noch zu zögern. Einer plötzlichen Eingebung folgend sagte Svenja: »Wissen Sie was, Frau Meier, so am Telefon spricht es sich nicht so gut. Wenn Sie heute am frühen Abend Zeit hätten, dann würde ich von Berlin rasch herübergefahren kommen, und wir könnten uns persönlich miteinander unterhalten – nachdem ich Ihnen meinen Dienstausweis gezeigt habe«, fügte sie noch rasch hinzu.

Frau Meier zögerte. »Das würden Sie tun? Ist das nicht ein bisschen viel Aufwand?«

»Nein, nein, das ist kein Problem. Mit dem Zug bin ich in unter zwei Stunden da.« Und sie könnte diese Reise mit einem Besuch bei ihren Eltern verbinden, dachte Svenja, die auch in Hamburg wohnten.

»Also gut, dann gebe ich ihnen jetzt meine Handynummer, und Sie schreiben mir eine WhatsApp, wann Sie am Bahnhof ankommen werden. Wir wohnen ganz in der Nähe, aber ich würde mich mit Ihnen in einem Café treffen. Ich möchte nicht, dass meine Tochter etwas davon erfährt. Sie hat die damaligen Ereignisse immer noch nicht ganz verarbeitet.«

Svenja willigte ein und legte auf. Dann schaute sie auf die Uhr. Wenn sie den Zug um 14:38 Uhr noch bekam, wäre sie schon um 16:21 Uhr in Hamburg. Thomandel hatte nichts dagegen, im Gegenteil, er hieß ihren Einfall sogar gut und lobte sie für ihr Engagement. Da er wusste, dass ihre Familie in Hamburg lebte, bot er ihr sogar an, einige Überstunden abzufeiern und erst am nächsten Morgen zurückzufahren. »Reicht völlig, wenn Sie morgen Mittag wieder hier sind, Frau Hansen.« In solchen Sachen dachte er mit und war immer generös. Schließlich informierte Svenja noch Doro, damit sie Kammowski eine Nachricht zukommen ließ, falls der sich heute noch mal herbequemte, und dann machte sie sich auf den Weg.

Kammowski hatte sich zum Nachdenken zurückgezogen. Diese Freiheit nahm er sich von Zeit zu Zeit auch während der Dienstzeit, meist aber in der Mittagspause. Und jetzt war es wieder einmal so weit. Um seine Gedanken zu ordnen, bedurfte es keines Mittagsschlafes, wie Svenja vermutet hatte, wenngleich dies eine Variante gewesen wäre, die er sich durchaus ebenfalls hätte vorstellen können. Jetzt aber ging Kammowski in den Zoo. Der war fußläufig in zehn Minuten erreichbar, und Kammowski hatte eine Jahreskarte. Doch heute half der Zoo nicht. Kammowski machte sich Vorwürfe. Er hatte das Gefühl, einen Fehler gemacht zu haben, die vielen Zeichen gesehen, aber nicht erkannt zu haben, immer noch nicht zu erkennen. Immer wieder waren sie mit der Nase auf diesen Fröbe gestoßen worden. Klaus hatte schon nach dem Konzert und nach seinem ersten Besuch gesagt, dass er den Mann irgendwie komisch fand. Und was hatte dieser Fröbe eigentlich bei Frau Beckmann gemacht? Warum musste Frau Beckmann nach seinem Besuch ins Krankenhaus? Und warum waren danach ihre alten Fotos verschwunden? Was, wenn Fröbe der Satan war, den Oliver Beckmann in der Christuskirche aufspüren wollte? Hatte Oliver Beckmann vielleicht von Anfang an gewusst, wer der Mörder von Lena war, hatte er ihn in der Tatnacht beobachtet? Immerhin war er am Tatort gewesen. Vielleicht war er einfach zu krank, um auf die Idee zukommen, zur Polizei zu gehen.

Und was hatte Oliver bei seinen Anrufen gesagt? *Wir können alles beweisen …* Waren das vielleicht Fotos? Und hatte die Pfarrerin nicht berichtet, dass Oliver Beckmann nicht nur um fünf Uhr morgens bei ihr, sondern auch am Vormittag während der Teambesprechung im Pfarrhaus angerufen hatte? Was, wenn Kantor Fröbe bei dieser Teambesprechung anwesend war? Wenn er sich danach aufgemacht hatte, die vermeintlichen Beweise in seinen Besitz zu bringen? Bei Frau Beckmann. Aber vielleicht auch bei Lenas Eltern? Lenas Stiefvater lag immer noch im Koma. Die Mutter war nicht zu Hause gewesen, als der Überfall passierte. All das waren nur Vermutungen. Sie würden den Gentest abwarten müssen. Dann würde sich schon klären, ob Fröbe der Vater des ungeborenen Kindes war. Kammowski angelte das Handy aus der Hosentasche. Er hatte Glück. Frau Hohlbruck ging sogleich an ihr Handy.

»Kommissar Kammowski, wie schön, von Ihnen zu hören.«

Es war diese vorauseilende, fast schon etwas übertriebene Freundlichkeit, die ein Stück der Sympathiewelle ausmachte, die sie vor sich herschob. Wer lächelt, dem öffnen sich alle Türen, hatte Kammowskis Großmutter immer gesagt. Er wusste, dass da viel Wahres dran war, war aber selbst trotzdem kein Lächler geworden. Er fand, dass das doch auch immer eine Gratwanderung zwischen Freundlichkeit und Falschheit war. Und ein falsches Lächeln fand Kammowski schlimmer als gar keins.

»Ja, Herr Fröbe nimmt fast immer an den Teambesprechungen teil. Er war auch dabei, als Oliver Beckmann anrief. Ich erinnere mich genau. Ich hatte das Telefon laut gestellt, um alles mit meinem Handy aufzunehmen. Ich habe Ihnen das dann ja vorgespielt. Herr Fröbe hat einen genauso großen Schreck bekommen wie ich, das können Sie mir glauben. Er ist ganz blass geworden. Aber warum fragen Sie?«

»Reine Routinesache, mehr kann ich Ihnen leider nicht sagen. Wer war denn noch bei dem Gespräch dabei?«

Die Pfarrerin nannte einige Namen. Der Küster, die Gemeindesekretärin, zwei Gemeinderatsmitglieder. Kammowski schrieb die Namen in sein Notizbuch. »Sie können es also nicht lassen, in meiner Gemeinde einen Mörder zu suchen, Herr Kommissar?«

Das hatte nicht unfreundlich geklungen, eher neckend, als wolle sie ihn wegen seines unsinnigen Verdachts aufziehen. Er sah sie vor sich, wie sie jetzt wieder lächelte, wie sich die kleinen Falten um ihre wachen Augen kringelten, wie sie beim Telefonieren den Kopf mal zur einen, dann wieder zur anderen Seite neigte und damit ihre üppigen Ohrgehänge zum Schwingen und Klingen brachte.

»Wussten Sie eigentlich, dass Ihr Kantor in einer früheren Gemeinde beschuldigt wurde, ein Kind belästigt zu haben?«

Kammowski spürte, wie sie am anderen Ende der Leitung erstarrte.

»O mein Gott«, stammelte sie schließlich. »Sie glauben, dass Herr Fröbe Lena getötet hat?«

»Nein, im Gegensatz zu Ihnen werde ich nicht fürs Glauben bezahlt«, beeilte er sich zu sagen. »Wir ermitteln immer in alle Richtungen. Das ist unsere Pflicht. Ich hätte mir gewünscht, Sie hätten mir von der Vorgeschichte Ihres Kantors erzählt.«

»Ganz ehrlich, Herr Kommissar, daran habe ich doch gar nicht mehr gedacht. Das war für mich ganz weit weg. Der Pfarrer der Gemeinde im Emsland hat mich damals angerufen, das stimmt, aber das ist jetzt schon einige Jahre her. Er wollte mich informieren, aber er war sich sehr sicher, dass nichts an den Beschuldigungen dran war. Er hat gesagt, dass das Kind aus schwierigen Verhältnissen stamme, die Eltern geschieden, die Mutter überlastet und überfordert. Er hat mir

Fröbe sozusagen ans Herz gelegt, weil er meinte, dass es sein könnte, dass da ein Mensch unverschuldet in Schwierigkeiten geraten sei. Und darüber hinaus wäre er musikalisch eine Bereicherung für jede Gemeinde. Sie können sich gar nicht vorstellen, was dieser Mann alles für unsere Gemeinde getan hat. Er ist ein wunderbarer Musiker und ein sehr guter Lehrer. Er kann auch so gut mit Kindern umgehen.« Die letzten Worte des Satzes waren ihr fast im Hals stecken geblieben. »Ich hatte ja bei dem Vorstellungsgespräch auch ein gutes Gefühl. Und auf mein Gefühl habe ich mich bisher eigentlich immer verlassen können … und man darf als Christ doch niemanden vorverurteilen, oder?« Hilflosigkeit und Verzweiflung sprachen jetzt aus ihrer Stimme.

Kammowski schwieg. Schließlich sagte er: »Vielleicht haben Sie ja recht. Wir haben im Moment keinerlei Beweise. Und wir ermitteln weiter.«

»Danke, Herr Kammowski.«

»Wofür?«

»Für Ihr Verständnis.«

Kammowski überlegte. Hatte er wirklich Verständnis? Ihm war die Frau sympathisch, kein Zweifel. Aber war es nicht fahrlässig gewesen, einen Mann mit dieser Vorgeschichte so blauäugig auf Kinder der Gemeinde loszulassen, nur weil das Bauchgefühl passte? Was, wenn das Bauchgefühl trog? Hatte Svenja nicht zum Beispiel ein ganz anderes Bauchgefühl gehabt? Aber vielleicht waren sie von Berufs wegen genauso mit Skepsis vorbelastet, wie der Beruf einer Pfarrerin Offenheit und Vorschussvertrauen erforderte und die unbedingte Bereitschaft, an das Gute im Menschen zu glauben. Wenn man als Polizist immer mit den Schurken zu tun hatte, verschob sich vielleicht die Sichtweise. Man glaubte nicht mehr primär daran, dass der Mensch gut war.

»Tun Sie mir einen Gefallen? Bitte erzählen Sie niemandem von unserem Gespräch.«

»Nein, natürlich nicht, wo denken Sie hin, Herr Kommissar. Wo sind Sie eigentlich im Moment?«

»Wieso fragen Sie?«

»Hört sich an wie in einem Folterkeller. Wer schreit denn da so?«

Kammowski hatte während des Telefonats seine Außenwelt ganz ausgeblendet. Die Makaken–Affen stritten sich gerade lautstark um die Früchte, die ihnen die Tierpfleger ins Gehege gelegt hatten.

»Keine Sorge, die Berliner Polizei foltert nicht, das kann ich Ihnen versichern, die Gefangenen hier streiten sich nur gerade darum, wer die dickste Banane bekommt.« Diese Erklärung ließ sie etwas ratlos zurück, wie Kammowski grinsend zur Kenntnis nahm, doch er sah keine Veranlassung, ihre Ratlosigkeit aufzulösen.

In der Zwischenzeit hatte Werner mehrmals auf die Mailbox gesprochen. Als Kammowski zurückrief, war Werner ziemlich angezickt: »Wo steckst du, Kammowski, hier ist die Hölle los. Oliver Beckmann ist aus dem Maßregelvollzug entwichen. Wir haben jetzt auch die richterliche Anordnung zum Gentest bei Fröbe, und jede Minute muss der Beschluss zur Hausdurchsuchung eintreffen. Wir müssen uns seine Wohnung vornehmen. Kevin und ich, wir schaffen das hier nicht allein, Svenja ist doch in Hamburg.«

»Mittagspause«, sagte Kammowski ungerührt. »Aber ich bin in fünf Minuten da.«

»Okay«, antwortete Werner. »Komm lieber gleich zu Fröbes. Kevin signalisiert mir gerade, dass es losgehen kann. Ich sehe zu, dass nach Oliver Beckmann gefahndet wird. Nicht zu glauben, lassen die den einfach zu einer externen

Untersuchung beim Arzt gehen und dann noch entkommen.«

Als Werner und Kevin gegen 16:00 Uhr mit dem Einsatzteam bei den Fröbes eintrafen, wartete Kammowski bereits vor der Tür. Frau Fröbe öffnete ihnen. Ihr Mann sei nicht da, und sie wisse nicht, wo er sich aufhalte, sagte sie genau wie beim ersten Besuch. Widerstrebend ließ sie die Polizisten in die Wohnung und folgte ihnen aufgeregt von Zimmer zu Zimmer. »Sie bringen mir ja hier alles durcheinander!«

»Setzen Sie sich einfach in die Küche, trinken Sie einen Kaffee, und lassen Sie uns unsere Arbeit tun«, sagte Werner nicht direkt unfreundlich, aber doch sehr bestimmend. »Ich übernehme das mal«, sagte Kammowski, nahm Frau Fröbe, die jetzt wie ferngesteuert wirkte, am Arm und führte sie in die Küche. »Ich glaube, wir könnten wirklich alle einen Kaffee gebrauchen, oder?« Frau Fröbe nickte, machte jedoch keinerlei Anstalten, den Plan umzusetzen.

Sie erhob aber auch keine Einwände, als Kammowski sich anschickte, die Kaffeemaschine anzustellen, sondern saß mit versteinerter Miene an ihrem Küchentisch. Frau Fröbe war Grundschullehrerin und eine Frau, die auf ihr Aussehen achtete. Sie war geschmackvoll, aber unauffällig gekleidet und sorgsam geschminkt, etwas zu dick aufgetragen für Kammowskis Geschmack. Sie hätte aber als attraktiv durchgehen können, wenn sie nicht immer so verkniffen geschaut hätte.

Nach wenigen Minuten tropfte und zischte die Kaffeemaschine, und ein aromatischer Duft breitete sich aus. »Darf ich mir Milch aus dem Kühlschrank nehmen?« Frau Fröbe saß immer noch regungslos am Küchentisch, nickte zustimmend. Als Kammowski den Kühlschrank öffnete, fielen ihm Karten der Philharmonie auf, die mit Magneten an der Kühlschranktür befestigt waren. Ein Konzert der Berliner Philharmoniker mit Simon Rattle. Das Konzert war bereits vorüber. Es war auf den Todestag von Lena datiert.

»Waren Sie mit Ihrem Mann in diesem Konzert?« Kammowski wies auf die Karten.

»Was? Ach, Sie meinen die Karten für die Philharmonie. Nein, ich musste überraschend zu meiner Mutter, sie war erkrankt und brauchte meine Hilfe.«

»Hatten Sie uns nicht zu Protokoll gegeben, dass Sie mit Ihrem Mann zu Hause vor dem Fernseher gesessen haben?«

Frau Fröbe zuckte zusammen, schien fieberhaft nachzudenken, um dann resigniert in sich zusammenzusacken. »Mein Gott, dann werde ich mich wohl geirrt haben, man kann doch nicht jeden Termin im Kopf haben. Ich war jedenfalls nicht in der Philharmonie.«

»Aber Ihr Mann war dort?« Die beiden Karten waren entwertet.

»Ich kann mich nicht mehr genau erinnern, Sie bringen mich ja völlig durcheinander. Ich glaube, er war mit einem Freund dort. Fragen Sie ihn doch selbst.«

Kammowski nahm Handschuhe aus seiner Jackentasche und verstaute die Karten in einer Plastiktüte, die er in der anderen Jackentasche aufbewahrte. Vielleicht waren noch verwertbare Fingerabdrücke darauf.

Frau Fröbe war wieder zu ihrer stoischen Gelassenheit zurückgekehrt, als ginge sie das alles hier gar nichts an. In Kammowski stieg auf einmal Wut hoch. Diese Frau hatte genau gewusst, was mit ihrem Mann los war. Sie hatte es einfach verdrängt, nicht wahrhaben wollen, hatte ihm sogar ein falsches Alibi gegeben. Sie hatte die Augen verschlossen und getan, als sei alles in bester Ordnung. Diese Gleichgültigkeit hatte wahrscheinlich Sofie Meier die Unschuld ihrer Kindheit und Lena Kaufmann das Leben gekostet.

Er deutete auf die inzwischen in Plastik verstauten Konzertkarten. »Lena Kaufmann war laut ihrem Tagebuch an diesem Tag in diesem Konzert.« Wieder tippte er auf die Karten. »Und danach ist sie ermordet worden.«

Frau Fröbe zuckte zusammen, und Kammowski wurde sich plötzlich seiner Brutalität bewusst. Aber das war ihm in diesem Moment egal. »Also noch einmal, Frau Fröbe, wo ist Ihr Mann? Oder wollen Sie an einem weiteren Mord die Mitschuld tragen?«

Sie antwortete nicht mehr, und Kammowski sah ein, dass das Kaffeestündchen keine Wirksamkeit mehr entfaltete. Er stand auf, verließ die Küche und ging zu Kevin, der sich den Wohnraum vorgenommen hatte. Soeben öffnete er eine Alu-Kiste, wie sie oft für hochwertiges Nürnberger Weihnachtsgebäck Verwendung fand.

»Die Fotokiste von Frau Beckmann!«, rief Kammowski.

Kevin sah ihn erstaunt an. »Was für eine Kiste?«

»Ich habe euch doch gesagt, dass ich Fröbe im Hausflur getroffen hatte, als meine Nachbarin, Frau Beckmann, die Mutter von Oliver Beckmann, ins Krankenhaus gebracht werden musste. Und danach war die Fotokiste verschwunden, und im Krankenhaus konnte man sich nicht erklären, warum Frau Beckmann nach einem Besuch von ihrem Mann«, er deutete mit dem Finger auf Frau Fröbe, die Kammowski ins Wohnzimmer gefolgt war, »plötzlich bewusstlos geworden war.«

Frau Fröbe schwieg, aber ihr Gesicht wurde immer verkniffener. Ein IT-Experte des Teams steckte den Kopf zur Küche herein und teilte ihnen mit, dass er den Rechner mitnehmen würde, auf dem sie bereits jetzt eine ganze Partition mit Kinderpornografie gefunden hätten. Und dann brach Frau Fröbe schließlich zusammen wie ein Baum, der stundenlang einem Wintersturm getrotzt hatte und dann doch unter der Last des Schnees zerbarst. »Ich habe ihn so angefleht, endlich vernünftig zu werden und damit aufzuhören«, schluchzte sie, und die Tränen pflügten hässliche Streifen durch ihr Make-up. »Er hat es mir doch versprochen.«

»Wo ist Ihr Mann jetzt, Frau Fröbe?«, fragte Kammowski, während er ihr ein Papiertaschentuch reichte. »Sie müssen uns jetzt helfen, damit nicht noch mehr passiert.«

Frau Fröbe schluchzte wieder laut auf. »Ich habe ihn seit gestern nicht mehr gesehen, und sein Handy ist abgeschaltet. Er ist mit dem Auto weg. Mehr weiß ich auch nicht. Irgendetwas muss da vorgefallen sein, aber er wollte es mir nicht sagen.«

»Gibt es keine Freunde, Bekannte, Verwandte, wo Sie ihn vermuten würden?«

Sie schüttelte den Kopf.

»Könnten Sie mir bitte Namen und Kontaktdaten des Freundes Ihres Mannes notieren, mit dem er möglicherweise in der Philharmonie war? Und bitte auch, wie wir Ihre Mutter erreichen können«, fragte Kammowski, als sie sich kurze Zeit später verabschiedeten.

»Meine Mutter ist sechsundachtzig Jahre alt und krank, Sie werden sie völlig unnötig in Angst und Schrecken versetzen.«

»Wir werden vorsichtig agieren«, versprach Kammowski. Frau Fröbe hatte dafür nur ein abwertendes Schulterzucken übrig, tat aber, worum sie gebeten worden war.

Trotz intensiver Fahndung nach Fröbe und Oliver Beckmann blieben beide verschwunden. Doro erreichte noch am späten Nachmittag Fröbes Freund, der aber abstritt, von ihm in die Philharmonie eingeladen worden zu sein. Frau Fröbes Mutter konnte hingegen bestätigen, dass ihre Tochter sie in Brandenburg an der Havel besucht hatte. Sie sei gegen 18 Uhr wieder nach Hause gefahren, an die genaue Uhrzeit konnte sie sich allerdings nicht erinnern. Krank? Nein, krank sei sie nicht gewesen. »Aber in meinem Alter ist man ja auch nicht mehr gesund, wenn Sie verstehen, wie ich das meine, Frau Kommissarin«, erklärte sie Doro am Telefon. Sie wusste nur, dass sie nach dem Weggang der Tochter noch in aller Ruhe zu Abend gegessen und danach im ZDF die Nachrichten geschaut hätte, und die kämen doch wohl immer um 19 Uhr.

»Einen kranken Eindruck machte sie wirklich nicht«, berichtete Doro in der Nachmittagsdienstbesprechung. »Sie hat immerhin glasklar bestätigt, dass ihre Tochter an diesem Tag da war.«

»Stimmt schon, aber wenn sie nicht krank war und die Tochter schon um 18 Uhr wieder fuhr, warum verzichtet die dann auf einen Konzertbesuch?«, fragte Werner.

»Vielleicht gab es Streit, und Frau Fröbe ist lieber zu ihrer Mutter gefahren, statt mit ihrem Mann ins Konzert zu gehen«, überlegte Thomandel.

»Und Fröbe hatte freie Bahn, Lena mitzunehmen«, ergänzte Kammowski.

»Vergesst nicht, dass Lena den Konzertbesuch in ihren Kalender eingetragen hatte, das spricht gegen eine kurzfristige Einladung nach einem Ehestreit«, überlegte Werner.

»Wir wissen ja nicht, wann Lena den Eintrag in ihren Kalender gemacht hat«, wandte Doro ein. »Ihr dürft nicht vergessen, Lena war noch ein Kind, das benutzt so einen Kalender möglicherweise nicht nur als schnöde Erinnerungshilfe, sondern auch als Tagebuch. Wenn Fröbe sie am Nachmittag angerufen hat, um sie kurzfristig einzuladen, dann hätte sie das einfach als besonderes Ereignis in ihrem Kalender festgehalten, vielleicht noch Blümchen und Herzchen danebengemalt.«

»Kann sein, muss nicht sein«, widersprach Kammowski. »Ganz so romantisch wie du scheint sie jedenfalls nicht veranlagt gewesen zu sein.« Er legte Lenas Tagebuch auf den Schreibtisch. »Keine Herzchen, keine Blumen.«

45

Svenja erkannte die Frau sofort. Sie stand am vereinbarten Treffpunkt, einer Backstube am Hauptausgang des Bahnhofs, und schaute sich suchend um. Sie hatte ein offenes Gesicht, wirkte aber etwas älter, als sie wahrscheinlich war.

»Frau Meier? Ich bin Svenja Hansen. Wir haben vor einigen Stunden miteinander telefoniert. Ich bin Ihnen sehr dankbar, dass Sie bereit sind, mit mir zu sprechen.« Svenja holte ihren Dienstausweis aus der Tasche. Frau Meier warf einen kurzen Blick darauf und lächelte dann entschuldigend. »Ich habe schlechte Erfahrung mit der Presse gemacht, Sie müssen das verstehen.«

Sie bahnten sich einen Weg durch die Menschenmassen des Feierabendverkehrs, die wie Bienen aus allen Öffnungen des Hauptbahnhofs in die Straßen ausschwärmten, jeder mit individuellem Ziel, aber in der Gesamtheit ein gewaltiger Sog, dem man sich kaum entziehen konnte. In einem kleinen Café fanden sie einen ruhigen Tisch im hinteren Bereich vor den Toiletten. Die Fensterplätze des Cafés und die Tische auf dem Trottoir waren alle belegt von lärmenden Menschen: Touristen, die mit Stadtführern herumhantierten, Schüler und Studenten, die in ihre Handys versunken waren und sich gleichzeitig über die Tische hinweg lautstark unterhielten, und Rentner in ihrer obligatorischen beigen Uniform, die sich ein spätes Stück Torte gönnten und dem Treiben um sie herum mit einer Mischung aus Missbilligung und Interesse folgten.

»Ich habe nicht so viel Zeit, ich möchte zu Hause sein,

wenn meine Tochter aus der Schule kommt«, sagte Frau Meier.

Svenja nickte. »Erzählen Sie mir doch einfach kurz aus Ihrer Sicht, was damals passiert ist.«

»Eigentlich gibt es nicht viel zu erzählen. Sofie hat im Kinderchor mitgesungen. Das ist jetzt fünf Jahre her. Wir wohnten damals noch in Lingen. Anfangs hat ihr das viel Spaß gemacht, sie hatte eine Freundin aus der Schule, die auch im Chor war. Aber dann wollte sie plötzlich nicht mehr dorthin, nicht mehr in den Chor und auch nicht mehr in die Kirche. Ich habe das erst nicht ernst genommen. Wissen Sie, ich bin alleinerziehend. Sofie ist donnerstagnachmittags, wenn Kinderchor war, nach der Schule immer zu Hannah, ihrer Freundin, gegangen, und die Mutter hat dann beide ins Gemeindehaus gebracht. Ich hatte damals in der Gemeinde einen Job als Sekretärin. Ich hätte doch sonst gar nicht gewusst, wohin mit ihr. Jeder Nachmittag war total durchgeplant, einen Tag Turnverein, einen Tag bei der einen Freundin, den nächsten bei einer anderen. Und für den Notfall konnte sie auch mal zu einer Nachbarin, aber oft war sie auch bei mir im Büro, oder sie spielte irgendwo auf dem Kirchengelände. Ich wollte sie nach der Schule noch nicht längere Zeit allein lassen, und einen Hort, so wie hier in Hamburg, gab es damals in Lingen noch nicht. Also habe ich auf sie eingeredet, dass man so etwas nicht einfach aufgibt, nur weil es plötzlich keinen Spaß mehr macht. Es tut mir heute noch leid. Irgendwann sagte die Mutter der Freundin dann, dass sie sie nicht mehr nehmen könne. Das Kind mache jedes Mal ›Theater‹, wie sie es nannte.

Sofie war völlig verändert, und das hielt auch noch an, als sie nicht mehr zum Chor ging. Aus einem lebenslustigen Mädchen war plötzlich ein verängstigtes Kind geworden, das nachts mit Albträumen aufwachte, wieder ins Bett machte und nicht mehr aus dem Haus gehen wollte. Die Lehrerin in der Schule sprach mich schließlich an, ob es häusliche Probleme gäbe. Aber die hatten wir nicht. Sicher, es ist nicht einfach, arbeiten gehen und ein Kind allein großziehen, aber wir kannten es nicht anders. Sofies Vater hat uns schon im Stich gelassen, als sie zwei Jahre war, sie hat gar keine Erinnerung an ihn. Die Lehrerin riet mir, zu einer psychologischen Beratung zu gehen, und das habe ich dann auch gemacht. Ich bin mit ihr nach Münster gefahren.« Frau Meier hielt inne, nahm einen Schluck von ihrem Mineralwasser und fuhr dann fort. »Die Psychologin meinte, dass Sofie typische Zeichen von sexuellem Missbrauch aufweise. Sie fragte mich nach Männern in meinem Bekanntenkreis. Aber da gab es niemanden. Lingen ist ein kleines Kaff, ich hatte genug mit meiner Arbeit und mit Sofie zu tun, da war kein Platz für einen Mann. Dann ist mir die Sache mit dem Kinderchor wieder in den Sinn gekommen. Ich habe mit dem Pfarrer gesprochen, aber der wollte nichts davon wissen.« Wieder hielt sie inne, sah Svenja an, als wollte sie ergründen, ob ihr zu trauen sei und sie weitersprechen konnte. »Der hat mich so blöd behandelt, das können Sie sich gar nicht vorstellen. Am Ende sah es so aus, als ob ich hysterisch sei, mir das alles nur einbildete und dann noch einen unbescholtenen Menschen mit falschen Aussagen belasten wollte.« Wieder schwieg sie, und Svenja sagte ebenfalls nichts.

Schließlich fragte Svenja: »Hat Ihre Tochter denn darüber gesprochen? Haben Sie sie mal gefragt, was passiert ist?«

»Einmal habe ich es versucht. Aber sie konnte nicht darüber sprechen. Sie hat nur gesagt, dass der Kantor Mädchen, die besonders gut gesungen haben, belohnt hat. Dass sie alle stolz waren, wenn er sie gestreichelt hat. Dass sie das aber nicht wollte.«

»Dann war Ihre Tochter gar nicht die Einzige, die betroffen war?«

»Ja, das ist zu befürchten, aber niemand wollte etwas davon hören. Im Gegenteil. Auf einmal haben die in der Gemeinde alle auf mich gezeigt. Das war ein regelrechtes Spießrutenlaufen.«

Die Erinnerung wühlte sie auf, ihre Stimme war belegt. Sie räusperte sich, griff noch einmal nach dem Glas, um etwas zu trinken. Schließlich fuhr sie fort: »Wir sind dann aus Lingen weggezogen. Meine Mutter wohnt in Hamburg, wir konnten erst einmal bei ihr unterschlüpfen, ich habe hier Arbeit gefunden, dann eine Wohnung. Aber Sofie ging es immer noch schlecht. Sie musste die Klasse wiederholen, dabei war sie vorher so gut in der Schule. Sie war lange in psychologischer Behandlung. Und auch die Psychologin, die sie hier in Hamburg behandelt hat, war der Meinung, dass das Kind sexuell missbraucht worden sei. Sie riet mir, zur Polizei und zum Gynäkologen zu gehen. Aber inzwischen war schon ein halbes Jahr vergangen. Sie konnten ihm nichts mehr nachweisen. Ich habe die Anzeige zurückgezogen, weil ich nicht wollte, dass Sofie vor Gericht aussagen muss. Das hätte bei ihr wieder alles aufgewühlt.« Frauke Meier nahm noch einen Schluck Wasser, Tränen glitzerten in ihren Augen.

»Aber es hat gereicht, dass ich selbst hier in Hamburg noch ein paar sehr hässliche Anrufe bekommen habe, ich würde Rufmord betreiben und so etwas. Einmal hat sich ein Journalist als Polizist ausgegeben. Aber als ich gemerkt habe, dass der mich reingelegt hat, habe ich nicht mehr mit ihm geredet. Ich wollte nicht, dass über meine Tochter in der Zeitung berichtet wird. Sie sollte das alles vergessen. Warum fragen Sie mich das nach all den Jahren?«

Svenja zögerte. »Ich kann Ihnen keine Einzelheiten erzählen, aber wir ermitteln im Moment in einem Mordfall. Jedenfalls bin ich Ihnen sehr dankbar, dass Sie Zeit für mich hatten.«

Frau Meier nickte und sah auf die Uhr. »Ja, ich muss jetzt auch wirklich gehen.« Sie stand auf und gab Svenja zum Abschied die Hand. Im Weggehen hielt sie noch einmal inne und sagte leise: »Bringen Sie ihn zur Strecke, dieses Schwein«, dann verließ sie das Café.

Svenja verzichtete auf den Besuch bei ihren Eltern und kehrte noch am selben Abend zurück nach Berlin. Nachdem sie mit Kammowski telefoniert und sie ihre Erkundungen ausgetauscht hatten, waren sie sich einig, dass sie kurz vor der Lösung des Falls standen. Da wollte sie nicht in Hamburg sein.

46

Dr. Engin war sich keiner Schuld bewusst, als Kammowski und Max Werner ihn aufsuchten, um zu klären, wie Oliver Beckmann hatte entweichen können. Sie, die Ärzte, hätten ja auch eine Verantwortung den Insassen gegenüber, nicht nur eine Verantwortung gegenüber der Allgemeinheit. »Herr Beckmann ist ohnmächtig geworden und im Sturz mit dem Kopf gegen eine Tischplatte geprallt«, erklärte Dr. Engin. »Es war wirklich ein heftiger Sturz. Er hatte ein dickes Hämatom an der Stirn. Später klagte er über Kopfschmerzen, und gegen Abend entwickelte er einen epileptischen Anfall. Fragen Sie andere Kollegen, die vom Fach sind. Wir mussten in dieser Situation von einer schweren Hirnschädigung ausgehen, zumal Herr Beckmann nach dem Anfall nicht wieder zu sich kam. Außerdem musste die Ursache der initialen Ohnmacht abgeklärt werden.« Dr. Engin machte eine kurze Pause und fuhr dann fort: »Hier im Maßregelvollzug sind wir zwar auch eine Art Krankenhaus, wir haben aber keine weitergehenden diagnostischen Möglichkeiten, weder Computertomografie noch MRT zur Verfügung. Um eine Hirnblutung oder eine Hirnentzündung auszuschließen oder zu diagnostizieren, mussten wir Herrn Beckmann also in ein anderes Krankenhaus bringen.«

»Wo er Ihnen aber abgehauen ist«, unterbrach Werner den Erklärungsversuch des Arztes.

»Stimmt, das kann ich nicht abstreiten.«

»Er hat Sie reingelegt. Warum ist er nicht ordnungsgemäß

gefesselt und bewacht worden?« Werner konnte wenig Verständnis aufbringen.

Dr. Engin schnitt eine Grimasse. »Er wurde von zweien unserer Mitarbeiter begleitet, nur auf die Handschellen hat man verzichtet. Er war schließlich bewusstlos. Wir hätten im Leben nicht damit gerechnet, dass er einen Ausbruch plante. Ich hätte meine Hand dafür ins Feuer gelegt, dass er dafür noch zu krank war. Sein Denken war schwer gestört, wir konnten kaum nachvollziehen, wovon er sprach. Er war immer im Disput mit der Muttergottes – wie Sie ja auch wissen – und mit den elf Pinguinen. Niemals hätte ich gedacht, dass er in der Lage war, uns so zu täuschen, einen Ausbruch zu planen und durchzuführen. Wie gesagt, dafür hätte ich meine Hand ins Feuer gelegt.«

»Was für Pinguine?«, fragte Werner erstaunt.

»Ja, Oliver Beckmann glaubt, einer Geheimorganisation anzugehören, die sich zum Ziel gesetzt hat, die Welt zu retten«, erklärte Kammowski, der die Geschichte ja bereits bei seinem letzten Besuch im Maßregelvollzug gehört hatte.

»Wovor sollten wir denn gerettet werden?«

»Wenn man das immer so genau verstehen könnte«, seufzte Dr. Engin. »Aber sehen Sie, Herr Beckmann war ja nun schon häufiger in der Psychiatrie. Ich habe mir Vorberichte kommen lassen. Vor zwei Jahren wurde er eingewiesen, weil er auf einer Kreuzung den Verkehr geregelt hatte.«

»Da hat sich die Verkehrspolizei vielleicht über die Hilfe gefreut?«, grinste Kammowski.

»Wohl weniger, denn er hat nicht nur den Verkehr geregelt, sondern auch Autos angehalten und deren Insassen aus dem Wagen gezerrt mit der Begründung, diese Menschen würden schlechtes Fernsehen gucken und sich falsch ernähren. Sie können sich vorstellen, dass die Leute den Schreck ihres Lebens bekommen haben.«

Kammowski musste bei der Vorstellung unwillkürlich lachen. »Vermutlich hat er damit gar nicht so falschgelegen. Aber woher wusste er das? Das waren doch Fremde, die er da angehalten hatte, oder?«

Dr. Engin nickte. »Ja, aber Sie vergessen, dass Herr Beckmann im Gegensatz zu Ihnen und mir Zugang zu göttlichen Quellen hat. Der Mann war ja völlig gefangen in seinem Größenwahn. Er hielt sich für einen Ritter der heiligen Muttergottes und hatte sich, wie gesagt, dem Geheimbund der ›Elf Pinguine‹ angeschlossen, das sind angeblich wenige Auserwählte, die über die ganze Welt verstreut sind und gemeinsam Aktionen zur Rettung der Welt planen. Ich zeige Ihnen einmal sein Zimmer, er hat da einige Kostümierungen zurückgelassen. Wenn Sie dem Mann nachts allein auf der Straße mit einer dieser Masken begegnen, dann sterben Sie schon allein vor Schreck.«

Sie gingen den Gang entlang, und Dr. Engin öffnete das Zimmer, das Oliver Beckmann bis vor Kurzem noch bewohnt hatte. An den Wänden hingen einige Masken aus Pappmaschee.

»Wo hat er die denn her?«, wunderte sich Kammowski.

»Wir sind ein moderner Maßregelvollzug, Herr Kommissar, unsere Patienten werden hier nicht einfach weggesperrt. Sie haben Anspruch auf Therapie und erhalten unter anderem Ergotherapie. Herr Beckmann ist künstlerisch nicht unbegabt, wie Sie sehen.«

»Wie gut, dass die hiergeblieben sind«, meinte Kammowski, während er die Galerie der Masken abschritt und vor einem leeren Haken stehen blieb.

»Eine hat er dabei«, gab Dr. Engin etwas kleinlaut von sich und deutete auf die leere Stelle an der Wand.

»Sie haben ihm das Ding mitgegeben?«

»Er hat darauf bestanden, und es gab keine …«

»Ich denke, er war bewusstlos?«, unterbrach Werner ihn ungehalten.

»Na ja, gegen Ende wurde er wieder wach und wehrte sich gegen den Transport. Er bestand auf seiner Maske. Und als er sie bekam, war er wieder ganz fügsam. Und wie gesagt, es gab keinen Grund, ihm das Teil vorzuenthalten. In solchen Momenten sind unsere Patienten oft wie Kinder. Lass ihnen einen kleinen Willen, und sie folgen deinen Aufforderungen im Großen und Ganzen.«

Kammowski schüttelte ungläubig mit dem Kopf. »Können Sie mir die Maske wenigstens beschreiben?«

»Die Ergotherapeutin hat die Masken fotografiert. Ich kann Ihnen später ein Foto per E-Mail rüberschicken«, beeilte sich Dr. Engin dienstbeflissen anzubieten.

»Danke, das wäre hilfreich«, sagte Kammowski und drückte ihm seine Visitenkarte in die Hand. »Da steht die E-Mail-Adresse drauf.« Und mit einem Blick auf die zurückgebliebenen Masken: »Wirklich gruselig.«

»Können Sie uns vielleicht irgendeinen Hinweis geben, was Oliver Beckmann jetzt vorhat, wo er hinwollte?«

Dr. Engin schüttelte den Kopf. »Leider nein. Geredet hat er viel, aber selbst für geschulte Ohren völlig unzusammenhängend. Wie gesagt, wir hielten ihn noch für so krank, dass wir kaum etwas von dem, was er sagte, wirklich nachvollziehen konnten, und niemals hätten wir ihm einen konkreten Handlungsplan zugetraut.«

Kammowski ließ sich von Dr. Engin und einem Pfleger der Station die Kleidung beschreiben, die Beckmann bei seinem Ausbruch anhatte. Dann warf er Werner einen fragenden Blick zu. Der schüttelte unmerklich den Kopf. Er hatte auch keine weiteren Fragen mehr.

Sie wandten sich zum Gehen. »Lassen Sie uns raus?« Dr. Engin nickte und öffnete mit seinem Transponder die Stationstür.

»Wenn Ihnen oder einem der Mitarbeiter noch etwas einfällt, was uns helfen könnte, Oliver Beckmanns Aufenthaltsort zu erfahren, rufen Sie uns bitte sofort an«, sagte Werner, als sie sich verabschiedeten.

»Und lassen Sie Ihre verbrannte Hand behandeln, Doktor, mit so etwas ist nicht zu spaßen«, fügte Kammowski grinsend hinzu.

»Nicht zu fassen«, war Werners einziger Kommentar zu der Angelegenheit, als sie wieder im Auto saßen. Zurück im Büro, hatte Doro bereits die Fahndung nach Oliver Beckmann in die Wege geleitet. Thomandel hatte das gesamte Krankenhaus, aus dem Oliver Beckmann entwichen war, einschließlich der näheren Umgebung absuchen lassen. Bis zum Dienstschluss gab es keine neuen Erkenntnisse über seinen Verbleib. Auch Karl Fröbe blieb verschwunden.

Als Kammowski am Abend auf dem Nachhauseweg an der Wohnung von Frau Beckmann vorbeikam, die immer noch im Krankenhaus war, fiel ihm ein, dass er noch die Balkonblumen gießen musste. Gleichzeitig kam ihm ein Gedanke. Nachdem alle Blumen versorgt und die Wohnung gelüftet worden war, nahm er ein paar Einmalhandschuhe aus seiner Jacketttasche und öffnete die Spülmaschine. Darin befanden sich immer noch die Kaffeetassen, die er nach Frau Beckmanns Schwächeanfall eingeräumt hatte. Niemand hatte die Maschine seither angestellt. Kurzerhand packte er beide Tassen und die passenden Unterteller in eine Pappkiste, die er unter der Spüle fand. Bei den Löffeln überlegte er kurz. Davon gab es mehrere im Besteckkorb. Welche von dem Nachmittag stammten, konnte er natürlich nicht sagen, die sahen ja alle gleich aus. Kurzerhand packte er alle fünf mit in die Kiste. Wenn Fröbe damit seinen Kaffee umgerührt hatte, waren vielleicht noch Spuren darauf zu finden. Zufrieden schloss er die Wohnung hinter sich ab und ging in seine Wohnung hoch, die ihm seit Charlottes Abreise merkwürdig leer und unbewohnt vorkam, obwohl Christine wieder da war.

47

Die zehnjährige Pia blies ihre Flöte kräftig aus, die Feuchtigkeit, die sich beim Spiel darin sammelte, war nicht gut für das Instrument. Sorgfältig packte sie ihre Blockflöten in das Etui und steckte es in den Rucksack. Pia hatte mehrere wertvolle Flöten. Sie war musikalisch hochbegabt und spielte bereits fast das gesamte Spektrum von der Sopran- über die Alt- bis zur Tenorflöte. Im nächsten Herbst wollte sie zusätzlich mit Klavierunterricht anfangen. Sie wusste noch nicht, welchen Beruf sie einmal ergreifen wollte, aber irgendetwas mit Musik würde es bestimmt sein.

Jeden Donnerstag übte sie nachmittags im Kinder-Musikkreis der Evangelischen Kirche Koserow unter der Leitung eines ehrenamtlichen Musiklehrers. Alle paar Monate hatten sie kleine Aufführungen in den Gottesdiensten. Heute hatte Pia die Probe vor dem eigentlichen Ende verlassen müssen. Ihre Mutter hatte sie gebeten, früher nach Hause zu kommen. Sie wollten noch gemeinsam nach Zinnowitz fahren, um dort Zeichenartikel für den Kunstunterricht zu kaufen. Als Pia die kleine Feldsteinkirche verließ, sprach sie ein Mann an, der ihr schon während der Probe aufgefallen war. Er hatte sie mehrfach angelächelt und aufmunternd genickt und schließlich leise geklatscht, als sie zu Ende gespielt hatten. Es war nicht ungewöhnlich, vor allem im Sommer, dass sich Urlauber in das schmucke Kirchlein im frühgotischen Stil verirrten, sich einen Moment hineinsetzten und der Musik lauschten, wenn sie probten. Deshalb lächelte sie freundlich zurück, als er sie jetzt ansprach und für das gute Vorspiel lobte. Rasch kamen sie ins Gespräch über die Telemann-Sonate, die sie heute geübt hatten. Der Mann kannte sich gut aus, das merkte man gleich. Daher hatte sie nichts dagegen, dass er sie auf dem Weg nach Hause noch ein Stück begleiten wollte. Er hatte sie gefragt, ob sie ihm den Weg zum Strand zeigen könnte. Das konnte sie natürlich. Sie kam ja von hier, und der Weg zum Strand lag auf ihrem Weg nach Hause. Der Abend war warm, wolkenlos, und die schräg stehende Sonne tauchte alles in ihr warmes, weiches Licht.

»Wollen wir vielleicht noch ein Eis essen und etwas trinken?«, fragte der Mann. Pia zögerte und schaute auf die Uhr. »Ich muss in einer halben Stunde zu Hause sein«, sagte sie schließlich.

»Aber das schaffst du doch«, sagte der Mann, zog sie in ein Café und bestellte ihr eine Limo und sich ein Mineralwasser. »Welches Eis magst du denn?«

Die Inhaberin des kleinen Cafés sagte später aus, dass sie sich zwar gewundert hätte, dass Pia da mit einem fremden Mann saß, den sie später zu seinem Auto begleitete, aber sie habe gedacht, es sei ein Verwandter des Mädchens. Die beiden wären so vertraut miteinander umgegangen, da hatte sich bei ihr keinerlei Misstrauen geregt. Nein, sie hätte sich leider nicht das Nummernschild gemerkt. Der Laden sei voll gewesen. Sie hätte sich um ihre Gäste kümmern müssen.

48

Die KTU bestätigte am Freitagmorgen Kammowskis Verdacht. In einer der Tassen, die Kammowski aus Frau Beckmanns Spülmaschine mitgenommen hatte, wurden Spuren von Lorazepam, einem Beruhigungsmittel, und GBL, einer Partydroge, auch Liquid Ecstasy genannt, sichergestellt. Beide Substanzen gehörten zu den vielen Mitteln, die man gerne als sogenannte K.-o.-Tropfen einsetzte. Einer der Löffel wies einen perfekten Fingerabdruck von Fröbe auf. Er hatte also wirklich Frau Beckmann betäubt, um an die Fotos zu kommen. Nachdem er die angeblichen Beweisfotos bei Olivers Mutter nicht gefunden hatte, hatte er sie vielleicht bei Lenas Eltern gesucht. Vermutlich war er auch für den Anschlag auf das Leben von Holger Mayen verantwortlich, der immer noch auf der Intensivstation lag. Doro wusste zu berichten, dass Mayen zwar auf dem Weg der Besserung, aber immer noch nicht vernehmungsfähig war.

Kammowski hatte das Foto der Pinguinmaske von Dr. Engin erhalten und den Fahndungsfotos von Oliver Beckmann hinzufügen lassen. Wenn er damit irgendwo in Erscheinung trat, würden sie das rasch erfahren. Und dann konnten sie nicht mehr viel anderes tun als warten. Warten, dass Fröbe oder Beckmann irgendwo mit einer Kreditkarte bezahlte oder einer Streife zufällig auffiel, vielleicht, weil da jemand mit einer gruseligen Maske angetan auf einer Kreuzung den Verkehr regelte.

»Wir sollten noch einmal zu Frau Fröbe fahren«, schlug Svenja vor. »Ich kann mir einfach nicht vorstellen, dass die

Frau keine Idee hat, wo sich ihr Mann versteckt haben könnte. Wir müssen ihr mehr Druck machen, ihr klarmachen, dass sie selbst einfährt, wenn sie weiter so unkooperativ ist.«

»Von mir aus«, stimmte Kammowski nicht eben begeistert zu. Er hatte sich mit einem Latte macchiato in Doros Café niedergelassen und eigentlich keine Lust, sich wieder in den Berliner Freitagnachmittagsstau zu begeben.

»Seht mal her«, sagte Doro und deutete mit dem Finger auf ihren Monitor. »Ich bin gerade dabei, die E-Mails von Herrn Fröbe durchzusehen. Da gibt es in regelmäßigen Abständen Nachrichten von einer Firma an der Ostsee, die Vermietung und Serviceleistungen für Ferienwohnungen anbietet.«

Sofort war Kammowski hellwach. »Hast du auch eine Adresse von dieser Ferienwohnung?«

»Leider nein. Das geht aus den Mails nicht hervor. Aber wenn die da oben eine Ferienwohnung haben, dann sollte das Frau Fröbe doch wissen.«

»Okay, lass uns fahren, Svenja«, sagte Kammowski und griff nach seiner Lederjacke.

»Und was ist mit euren Kaffees?«, fragte Doro und zeigte auf die unangerührten Latte-macchiato-Gläser.

»Heb sie uns für später auf, die schmecken auch kalt.«

Frau Fröbe stand der Schreck ins Gesicht geschrieben, als sie nach dem Klingeln die Tür aufriss. Sie war aschfahl und schien einer Ohnmacht nahe. »Gott sei Dank, dass Sie gekommen sind, ich glaube, er wollte mich umbringen«, stöhnte sie. »Dort, dort ist er hinaus!«

Erst jetzt bemerkten Svenja und Kammowski, dass Frau Fröbe einen Schlafanzug trug. »Frau Fröbe, was ist passiert?«

»Ein Pinguin, da war ein Pinguin«, stammelte Frau Fröbe und wies auf die Verandatür im hinteren Teil des Hauses.

Dann sackte sie in sich zusammen und verlor das Bewusstsein. Svenja konnte sie gerade noch auffangen. Gemeinsam trugen sie sie auf die Couch im Wohnzimmer, und Svenja versuchte den Kreislauf wieder in Gang zu bringen, indem sie ihr die Beine hochhielt. Rasch lief Kammowski durch die Terrassentür hinaus in den Garten. Die Gärten der Reihenhaussiedlung in Berlin-Tempelhof waren an einen Versorgungspfad angeschlossen, der wiederum zu einer Seitenstraße und den Garagen führte. Kammowski rannte bis zur Straße vor und schaute in alle unverschlossenen Garagen hinein. Von Oliver Beckmann war keine Spur mehr zu finden. Kammowski schwitzte, japste nach Luft, und ein Hustenanfall setzte ihn endgültig außer Gefecht. Er hatte einfach keine Kondition mehr. So ging das nicht weiter, er musste Sport machen! Gut, dass Svenja ihn nicht so sah. Kammowski wartete noch eine Minute, bis er wieder zu Atem gekommen war, griff dann zum Telefon und benachrichtigte die Kollegen. Sie würden die ganze Umgebung abriegeln. Noch einmal sollte ihnen der Junge nicht durch die Lappen gehen.

Als er wieder ins Haus zurückkam, hielt Svenja ein Stück Papier mit der Adresse der Ferienwohnung in der Hand. Frau Fröbe hatte sich wieder gefangen und unter dem Druck der Ereignisse diese Information bereitwillig herausgerückt.

Sie hatte sich zu einem Mittagsschlaf niedergelegt, und plötzlich habe da dieser Pinguin vor ihrem Bett gestanden, riesengroß, mit einer Maske vor dem Gesicht. Sie sei zu Tode erschrocken gewesen. Er habe ein Schwert geschwungen und geschrien. Gerade als er zuschlagen wollte, hätten die Beamten draußen an der Tür geklingelt, da sei er erschrocken und über den Balkon des Schlafzimmers auf dem Weg entkommen, auf dem er das Haus wohl auch betreten hatte.

Riesengroßer Pinguin! Oliver Beckmann war eher schmächtig gebaut, doch dass es Oliver Beckmann gewesen war, daran zweifelte Svenja keine Sekunde. Nur, was hatte er von Frau Fröbe gewollt?

»Was, wenn der Pinguin wiederkommt?«, fragte Frau Fröbe panisch, und ihre Stimme überschlug sich dabei, als die Beamten sich anschickten, sie allein zurückzulassen.

»Vielleicht können Sie zu einer Freundin oder zu Ihrer Mutter gehen?«, schlug Svenja vor. »Haben Sie eine Idee, was er von Ihnen wollte?«

Frau Fröbe schüttelte den Kopf. »Er wollte wissen, wo mein Mann sein könnte.«

»Und, haben Sie ihm auch gesagt, dass Sie ihn in Ihrer Ferienwohnung vermuten?«, fragte Svenja.

Frau Fröbe nickte wortlos. Rasch verabschiedeten sich die Kommissare.

49

Es war 23 Uhr, als eine Spezialeinheit martialisch aussehender Männer lautlos durch die Grünanlage der Ferienparksiedlung Vieneta schlich. Den Verwalter des Ferienparks hatten Svenja und Kammowski einige Stunden zuvor in seiner Wohnung auf dem Festland auftreiben können. Er hatte ihnen bestätigt, dass sich Karl Fröbe bei ihm angemeldet hatte, und er hatte ihnen einen Lageplan der gesamten Anlage und die Schlüssel zur Wohnung 004 und zur Nachbarwohnung, die zum Glück bis zum Wochenende Leerstand hatte, geben können. Die Anlage war recht idyllisch am Rande des Dorfs unmittelbar vor dem Streckelsberg gelegen, eine Steilküste, die sich vor dem Meer erhob und von der man einen wunderschönen Ausblick auf die Ostsee hatte.

Kammowski und Svenja hatten allerdings keinen Blick für die Schönheit der Natur. Sie waren gegen 19 Uhr auf Usedom angekommen und hatten schon vorab mit der örtlichen Polizei von Wolgast Kontakt aufgenommen. Nun saßen sie in ihrem Dienstwagen und mussten warten. Das ging gewaltig an die Nerven. Vor allem, als um 20 Uhr eine Nachricht über den Polizeifunk kam, dass ein Kind aus Koserow, die kleine Pia Peterson, von ihrer Mutter als vermisst gemeldet worden war. Sie war vom Musikunterricht in der Kirche nicht nach Hause gekommen.

Kammowski schwitzte. »Ich gehe da jetzt rein. Wir können doch nicht tatenlos zusehen, wie der Mistkerl sich an einem weiteren Kind vergeht.«

»Ihr habt keine Befugnis«, warnte Thomandel per Telefon.

»Der örtliche Einsatzleiter hat angeordnet, dass ein SEK angefordert wird. Und der Mann hat recht, wenn ihr mich fragt. Es wäre fatal, wenn Fröbe Gelegenheit bekäme, das Kind als Geisel zu nehmen. Nein, er muss mit einer konzertierten Aktion, die ihm keinen Handlungsspielraum lässt, außer Gefecht gesetzt werden.«

Also saßen sie im Auto und warteten. Das hieß, Svenja saß im Auto. Kammowski lief wie ein aufgezogenes Spielzeug vor dem Wagen hin und her.

»Du erregst noch Aufsehen, was wir jetzt gar nicht gebrauchen können. Komm wieder rein«, schimpfte Svenja.

Kammowski gehorchte widerstrebend. Sie hatte recht.

Der Plan bestand darin, sich von zwei Seiten zu nähern: über das Treppenhaus zur Wohnung 004 und über ein zweites Treppenhaus, das zur Nachbarwohnung führte. Der Balkon der Nachbarwohnung war vom Balkon der Zielperson nur durch eine abschließbare Tür getrennt, für die sie vom Verwalter den Schlüssel bekommen hatten.

Einige touristische Nachtschwärmer, die noch auf ein Bier ins Dorf gegangen waren oder das Schwimmbad der Ferienanlage genutzt hatten, wurden von den Polizisten in ihre Wohnungen verwiesen. Einer fragte sogar, ob sie einen Krimi drehten. Als sie ihm sagten, dass es sich um eine polizeiliche Aktion handele und er bitte rasch das Feld räumen solle, grinste er sie alkoholbeduselt an, als wäre das nun wirklich das Letzte, was er ihnen glauben würde.

Oben in der Wohnung der Zielperson brannte kein Licht mehr. Nichts deutete auf die Anwesenheit von Herrn Fröbe oder sonst wem hin. Aber sie hatten das Kfz-Kennzeichen des Autos des Verdächtigen auf dem Parkplatz identifiziert. Der Verwalter hatte ihnen den Grundriss der Ferienwohnung herausgesucht. Es gab eigentlich nur diesen einen größeren

Wohn-Küchen-Raum und zwei kleine Schlafzimmer, Toilette und Bad mit Sauna. Keinen zweiten Ausgang, wenn man vom Balkon und dem Weg über die Nachbarwohnung absah. Aber den hatten sie gesichert. Wenn Fröbe in dieser Wohnung war, dann hatte er keine Chance zu entkommen.

Die Minuten zogen sich quälend in die Länge. Endlich kam das erlösende Codewort »Zugriff« über Funk. Fast zeitgleich war das Krachen einer aufbrechenden Tür zu hören. Drei Minuten später ging ein »Wohnung gesichert« über die Funkgeräte, und Svenja und Kammowski eilten los.

Karl Fröbe lag mit an die Bettpfosten gefesselten Händen und Füßen auf dem Rücken im Bett wie ein Käfer. Neben dem Bett stand ein Polizist, die Pistole immer noch im Anschlag. Fröbe war völlig nackt, er trug nur eine Pinguinmaske über dem Kopf. Als er realisierte, dass nicht sein Peiniger zurückgekommen war, sondern die Polizei, rief er laut um Hilfe. Niemand reagierte darauf. Minuten vergingen, bis beide Wohnungen gründlich durchsucht waren. Als man ihm endlich die Maske vom Kopf zog, war sein Gesicht in irrer Panik verzerrt. Er hatte unter der Maske nur schlecht Luft bekommen und war vor Angst fast gestorben.

Sie fanden in der Ferienwohnung zwar Pias Flöten, aber Pia selbst war nicht da. Sie banden Fröbe los, damit er sich etwas überziehen konnte. Er behauptete, mit Pia nur musiziert zu haben, und wies auf ein Pianoforte, das im Wohnzimmer stand. Daneben ein Notenständer mit Noten und eine von Pias Flöten. Dann sei dieser Verrückte gekommen, als Pinguin verkleidet, habe ihn gefesselt und Pia mitgenommen. Ein Notarzt gab dem Mann ein Beruhigungsmittel, dann wurde er in Begleitung von zwei Beamten zur Untersuchung ins Krankenhaus gebracht. Sobald es ihm besser ging, sollte er ins Untersuchungsgefängnis überstellt werden.

Ein KTU-Team aus Greifswald war inzwischen angekommen und durchsuchte die Wohnung. Außer den Musiksachen gab es da nichts, was von Pia stammen konnte. Hoffentlich reichte das für den Spürhund. Der Einsatzleiter vor Ort, ein freundlicher Mann um die sechzig, telefonierte gerade nach einem Polizeihund. Wenn Oliver Pia allerdings nur zu seinem Wagen gebracht hatte, dann würde ihnen das auch nicht viel helfen. Wenn sie wenigstens wüssten, mit welchem Fahrzeug Oliver unterwegs war. Er hatte doch kein eigenes.

»Entweder er hat eins gestohlen, Doro schickt uns gleich die Liste der in den letzten Tagen als gestohlen gemeldeten Autos. Oder er hat eines gemietet. An Informationen der Autoverleiher kommen wir aber erst in ein paar Stunden«, sagte Svenja.

»Doro? Wieso schläft die denn nicht?« Kammowski schaute auf seine Handyuhr. 0:30 Uhr.

»Ich habe sie angerufen«, sagte Svenja.

Sie warteten. Der Einsatzleiter spendierte im Mannschaftswagen eine Runde Tee aus seiner Thermoskanne. »Was meinen Sie? Sie kennen den Mann doch. Wird er dem Kind etwas antun?«, fragte der Einsatzleiter.

Kammowski zuckte mit den Achseln. »Eigentlich lautet sein himmlischer Auftrag, das Mädchen zu retten. Aber wer weiß schon genau, wie er sich diese Rettung vorstellt. Der Mann ist ja schwer krank.«

»Das Mädchen ist so alt wie meine Enkelin«, murmelte der Einsatzleiter mit gebrochener Stimme. »Geht mit ihr in eine Klasse.«

Endlich kam der erlösende Funkspruch. Der Hund war mit seinem Halter unterwegs und sollte in wenigen Minuten eintreffen.

50

Der Hund nahm sofort die Fährte auf. Und er ging nicht zu den Parkplätzen, wie sie befürchtet hatten, sondern orientierte sich zielstrebig in Richtung des hinteren Ausgangs der Anlage, der zum Strand führte.

Sie folgten dem Hund mit seinem Halter mit etwas Abstand in einem langen Tross durch den dichten Buchenwald des Streckelsbergs, der bereits Anfang des 19. Jahrhunderts auf dem Kamm der Steilküste aufgeforstet worden war und heute unter Denkmalschutz stand. Es wurde allmählich hell, dennoch strahlte der alte Wald eine düstere Dominanz aus. Der Schein ihrer Taschenlampen warf unheimliche Schatten auf die Wege. Ein Käuzchen rief. Es gab andere Geräusche, die Kammowski nicht zuordnen konnte. Vom Waldboden stieg ein erdig-süßlicher Geruch auf, der an Waldmeister erinnerte.

Der Hund schien zielstrebig seinen Weg zu finden. Was, um alles in der Welt, wollte Oliver mit dem Kind hier im Wald? Die Angst kroch ihnen in die Kehlen. Niemand sprach. Von Zeit zu Zeit knackte ein Ast, ein verhaltener Fluch, weil jemand in der Dunkelheit über eine Wurzel gestolpert war. Es war noch zu dunkel, um das Meer zu sehen, aber man hörte die Brandung periodisch auf dem Strand aufschlagen. Ein beängstigendes Geräusch, wenn man das Wasser nicht sah. Von hier oben aus führte eine neue Stahltreppe zum Strand hinab. Die alte war mit einem Teil der Küste im letzten Winter von einem Sturm weggerissen worden. Der Hund schien kurz zu zögern.

»Seht mal da«, rief plötzlich der Einsatzleiter. Sie folgten seinem ausgestreckten Arm, und tatsächlich, da hatte jemand ein Feuer am Strand entfacht. Und in einem Kreis von brennenden Teelichtern, die zum Schutz vor dem Wind in alte Marmeladengläser gestellt worden waren, sahen sie einen Haufen Decken liegen.

Wenige Minuten später hatte das SEK die Lage gesichert. Pia lag in einem Schlafsack, von Decken umhüllt, inmitten der Kerzen und schlief – aber sie atmete, sie lebte. Sie wurde auch nicht wach, als man sie zum Notarztwagen trug und der Arzt sie untersuchte. Dieser meinte, man hätte ihr wohl ein Sedierungsmittel verabreicht, und nahm zur Sicherung eine Blutprobe. Dann gab er ihr Flumazenil, eine Substanz, die die Wirkung von Benzodiazepinen aufhob.

Als sie einige Zeit später aufwachte, waren schon ihre Eltern bei ihr und nahmen sie erleichtert in den Arm. Pia wurde zur Sicherheit in die Klinik gebracht. Die Wirkung des Gegenmittels war nicht anhaltend, sie musste noch überwacht werden. Aber es schien ihr gut zu gehen. Das Mädchen wies keine offensichtlichen Anzeichen eines Missbrauchs auf, aber eine eingehende Untersuchung stand ja noch aus. Sie erinnerte sich nur, von einem sehr netten Mann, mit dem sie sich so gut über Musik unterhalten habe, in das Café in der Hauptstraße eingeladen worden zu sein. Sie hätten etwas getrunken und ein Eis gegessen. Dann sei sie sehr müde geworden. Von einem anderen Mann oder gar einem Pinguin konnte sie nichts berichten. Selbst an die Ferienwohnung hatte sie keine Erinnerung.

Oliver Beckmann blieb verschollen, trotz intensivierter Fahndung. Am Folgemorgen ging eine Meldung über den Polizeifunk ein, wonach ein als Pinguin verkleideter Mensch, schlank, circa einen Meter siebzig groß, in Anklam auf einer

Kreuzung den Verkehr geregelt habe. An der viel befahrenen Kreuzung war die Ampel ausgefallen, was zu einem Verkehrschaos geführt hatte. Der Mann, wenn es dann einer gewesen war, er war ja verkleidet, habe seine Sache nicht schlecht gemacht, hieß es. Die Verkehrsteilnehmer seien ohne Murren seinen Anweisungen nachgekommen, sogar dann, als er für eine Gruppe älterer Fußgänger, eine Wandergruppe auf dem Weg zu ihrer Wochenendtour, den Autoverkehr einmal kurz komplett lahmlegte, um sie sicher über die Kreuzung zu lotsen. Nach etwa zwanzig Minuten sei er in seinen Wagen gestiegen und davongefahren, einen grauen Golf oder einen blauen Toyota oder einen roten Opel, da konnten sich die Zeugen nicht einigen. Ein Kind meinte gar, sich zu erinnern, dass der Pinguin in ein Ufo gestiegen sei, das im Himmel verschwand. Als die Polizei anrückte, war er jedenfalls nicht mehr da.

51

Fröbe wurde am Samstagmorgen dem Untersuchungsrichter vorgeführt und dann in die Untersuchungshaft überstellt. Er blieb dabei, dass er mit Pia nur etwas Musik gemacht habe.

In den kommenden Stunden wurde er mehrfach verhört. Irgendwann brach er schließlich zusammen und gestand. Er sagte, als die Pfarrerin der Christusgemeinde angefangen habe, ihm komische Fragen zu stellen, habe er gewusst, dass seine Entdeckung nur noch eine Frage der Zeit war. Da habe er noch einmal ein paar schöne Momente am Meer erleben und sich dann das Leben nehmen wollen.

Svenja wurde übel. »Ach, da haben Sie sich gedacht, dann macht es auch nichts mehr, wenn Sie noch einem Kind das Leben ruinieren?«

»Ich habe niemandem wehgetan. Das waren alles bedürftige Kinder, die sich über meine Zuwendung gefreut haben. Liebe ist schließlich immer ein Geben und Nehmen.«

Svenja zuckte zusammen. Einen Moment lang schien es, als wollte sie den Beschuldigten schlagen. Kammowski legte ihr die Hand auf den Arm. »Lass es gut sein. Das ist er nicht wert.«

Pia war, das hatte die Untersuchung ergeben, bis auf die Intoxikation wirklich nur mit dem Schrecken davongekommen. Aber man fand ein Fläschchen mit K.-o.-Tropfen in Fröbes Sachen, darauf seine Fingerabdrücke. Sie waren zum Glück rechtzeitig gekommen. Oder besser gesagt, Oliver war rechtzeitig gekommen. Er hatte sie gerettet, daran bestand wohl kein Zweifel, aber warum hatte er sie am Strand aufgebahrt? Dachte er, sie sei tot? Wie Lena?

Doro hatte durch gründliche Recherche und vor allem durch eine nochmalige Befragung der Ehefrau herausgefunden, dass Fröbe in weiteren Gemeinden immer wieder wegen mutmaßlicher Delikte gekündigt worden war, oder er hatte von sich aus gekündigt, wenn Vorwürfe des Missbrauchs im Raum standen. Nie war es zu einer Anklage oder gar zu einer Verurteilung gekommen, daher hatten sie ihn auch nicht im Vorstrafenregister gefunden. Immer hatte man ihm mehr geglaubt als den Kindern, und wenn doch einmal eine Kündigung ausgesprochen wurde, dann vordergründig aus anderen Gründen und letztlich nur, um den Frieden in der Gemeinde nicht zu gefährden.

»Ich dachte immer, dass so etwas heute nicht mehr möglich ist. Früher waren Pfarrer, Lehrer, Ärzte und auch Organisten Respektspersonen, denen man blind vertraute. Aber heute, nach all den Missbrauchsskandalen an Schulen und in kirchlichen Einrichtungen …« Kammowski rührte drei Stück Zucker in seinen Latte macchiato, den Doro ihm kredenzt hatte.

»Die Menschen wollen eben einfach erst einmal an das Gute im Menschen glauben. Wäre vielleicht auch schlimm, wenn das anders wäre.«

»Wenn es nur um das Gute im Menschen ginge, wäre das ja nicht verkehrt«, überlegte Kammowski. »Ich glaube allerdings, dass es mehr um die eigene Komfortzone geht, um die Bequemlichkeit und darum, dass die Menschen leider immer die Tendenz haben, dem Opfer die Schuld aufzuhalsen.«

Fröbe gab im Lauf des Tages auch zu, Frau Beckmann mit den K.-o.-Tropfen außer Gefecht gesetzt zu haben. Oliver Beckmann hatte ihm mit Beweisfotos gedroht, und er habe versucht, an diese Fotos zu gelangen. Auch für den Anschlag auf Holger Mayen übernahm Fröbe die Verantwortung. Holger Mayen hatte Fotos von ihm und Lena in ihren Sachen gefunden und versucht, ihn zu erpressen.

Auch den Mord an Lena gestand Fröbe schließlich, wenn er es auch als »Notwehr« hinzustellen versuchte, weil sie das Kind behalten wollte. Er sei mit Lena in der Philharmonie gewesen, weil er gehofft hatte, sie umstimmen zu können. Sie durfte das Kind einfach nicht bekommen. Aber sie war stur geblieben. Er hätte sich einfach keinen Rat mehr gewusst, sie in die Hasenheide geführt, wo sie schon öfter gewesen waren, und ihr K.-o.-Tropfen in den Sekt gemischt. Dann hatte er einen Schal genommen und sie so lange gewürgt, bis sie keinen Laut mehr von sich gab. Das habe ihm alles furchtbar leidgetan, er habe viel geweint, aber er habe doch keine Wahl gehabt. Das Mädchen hätte ihn sonst ruiniert. An eine Kopfverletzung könne er sich nicht erinnern. Nein, geschlagen habe er das Mädchen nicht, er habe Lena doch geliebt. Wo sie denn hindächten.

»Ich kotze gleich«, sagte Svenja, als man ihn wieder in seine Zelle abgeführt hatte.

»Ich vermute mal, der glaubt das tatsächlich. Solche Leute können oft wirklich gut mit Kindern umgehen, können sich in sie einfühlen, sind selbst der Meinung, dass sie ihnen Gutes tun, suchen sich oft auch vernachlässigte Kinder, die große Sehnsucht nach Zuwendung haben.«

»Doch nur, weil sie die besser beherrschen können, ihnen ihren Willen aufzwingen können, als Kindern, die in gesunden Familien aufgewachsen sind und Selbstbewusstsein haben!«, entgegnete Svenja.

»Ich will den Mann nicht verteidigen«, stellte Kammowski klar. »Ich versuche nur, mich in ihn hineinzuversetzen.«

»Der braucht kein Verständnis, der braucht die Eier ab«,

warf Kevin ein, der mit einem Kaffee in der Hand ins Büro geschlendert kam.

»Da hast du ausnahmsweise einmal recht«, sagte Svenja.

»Okay, wenn ihr euch genug abgeregt habt, dann sollten wir die Fakten sortieren«, sagte Kammowski. »Außerdem ist da noch eine Ungereimtheit, die wir dringend klären müssen.« Er ging zu dem Whiteboard hinüber, auf dem die wichtigsten Fakten zu dem Fall Lena Kaufmann zusammengefasst waren.

»Lena war mit Fröbe in der Philharmonie. Danach sind sie in die Hasenheide gegangen. Dort hat er ihr mit Sekt die K.-o.-Tropfen verabreicht und sie mit einem Schal erdrosselt. Danach will er den Tatort verlassen haben und nach Hause gegangen sein. Laut Gerichtsmedizin ist Lena aber nicht an einer Erdrosselung gestorben, sondern an einer Hirnblutung durch einen dumpfen Schlag auf den Hinterkopf. Am Tatort wurde Erbrochenes sichergestellt. Solange er dabei war, hat sie sich aber nicht erbrochen, behauptet er jedenfalls. Wenn Fröbe nicht lügt, dann ist sie vielleicht danach zu sich gekommen, und während sie dort kauerte und sich erbrach, hat ihr jemand einen stumpfen Gegenstand gegen den Kopf gedonnert. Daran ist sie gestorben, und danach hat Oliver Beckmann sie aufgebahrt.«

Svenja war neben Kammowski an das Whiteboard getreten. »Glaubst du dem Scheißkerl etwa?«, fragte sie ungläubig.

»Glauben tue ich in der Kirche, bei der Arbeit gehe ich Fakten nach. Und ich kann einfach nicht einsehen, warum Fröbe einen Mord durch Erdrosseln zugeben soll, wenn er Lena in Wirklichkeit erschlagen hat.«

»Okay, wer hätte denn deiner Meinung nach sonst noch einen Grund, Lena zu töten? Oliver Beckmann vielleicht? Ein zufälliger Passant, mitten in der Nacht in der Hasenheide?«

»Keine Ahnung, Svenja, aber du musst zugeben, dass da etwas nicht stimmig ist. Bei Oliver Beckmann weiß man überhaupt nicht, was er tut. Da folgt nichts logischen Gesetzen. Oder kannst du mir erklären, warum er Pia am Strand aufgebahrt hat?«

»Ich habe da übrigens ein bisschen im Internet recherchiert. Die elf Pinguine gibt es wirklich«, sagte Doro, die unbemerkt zu ihnen getreten war. Die anderen sahen sie erstaunt an.

»Ja wirklich, das ist eine über alle Kontinente verstreute Gruppe, die es sich zum Ziel gesetzt hat, gegen das Böse vorzugehen. Ihr müsst euch das mal ansehen, da sind die größten Spinner der Welt in einem Chat vereint. Oliver Beckmann hat sich da auch verewigt. Völlig verqueres Zeugs, kaum lesbar. Eine Zeit lang hat er immer wieder gepostet, dass sich zwei Teufel in der Christuskirche einquartiert haben, die er vertreiben müsse.«

»Zwei? Die scheinen sich dort zu vermehren«, brummte Kammowski in sich hinein. »Warum war Oliver Beckmann eigentlich bei Frau Fröbe?«, dachte er laut weiter. »Bisher gingen wir davon aus, dass er nur erfahren wollte, wo Karl Fröbe sich aufhält. Das zumindest hat uns Frau Fröbe so bestätigt.«

»Aber sie hat auch gesagt, dass er sie mit einem Schwert bedroht hat«, meinte Svenja. »Meinst du, er wollte ihr etwas antun, und wir haben ihn dabei gestört? Aber warum? Weil sie die Frau des Satans ist?« Svenja schien nicht sehr überzeugt.

Kammowski überlegte einen Moment. »Oder vielleicht, weil sie der zweite Teufel ist. Überleg doch mal. Die Frau hatte ein Motiv. Ihr Mann hat sie mit dem Mädchen betrogen. Die ganze Gemeinde hat darüber getratscht, dass der Kantor in eine Vierzehnjährige verknallt ist und sie im Chor bevorzugt. Das muss sie sehr gekränkt haben.«

»Außerdem hat sie von der sexuellen Orientierung ihres Mannes gewusst. Schon mehrfach musste sie wegen seiner Aktivitäten den Wohnort wechseln. Vielleicht hatte sie gehofft, dass jetzt alles in Ordnung war, und nun fing das wieder von vorne an. Das hat sie vielleicht nicht mehr ausgehalten«, ergänzte Svenja. »Aber warum bringt sie dann das Mädchen um und nicht ihren Mann?«

Kammowski grinste. »Du hättest eher den Mann umgebracht, stimmt's?«

Svenja ging nicht auf Kammowskis Necken ein. »Ihr Alibi ist jedenfalls nicht zu gebrauchen. Von Brandenburg an der Havel ist man in eineinhalb Stunden locker in Berlin zurück. Sie wusste ja von den Philharmoniekarten. Vielleicht hat sie die beiden dort abgepasst und ist ihnen gefolgt.«

»Und als ihr Mann weg war, hat sie beobachtet, dass das Mädchen noch lebte, und hat sein Werk vollendet«, sagte Kammowski, wieder ernst. »Das würde auch die weibliche DNA unter Lenas Fingernägeln erklären. Ich glaube, es ist gar nicht so einfach, jemanden zu erschlagen. Lena wird sich noch gewehrt haben. Weil sie aber noch bedröhnt war von den K.-o.-Tropfen und dem Sauerstoffmangel durch den Anschlag zuvor, ist es ihr letztlich nicht gelungen, Frau Fröbe abzuwehren.«

Thomandel war hinzugetreten und hatte die letzten Überlegungen mit angehört. »Also, Kollegen, wenn ihr da richtigliegt, dann solltet ihr jetzt sofort los. Frau Fröbe könnte in großer Gefahr sein. Schließlich haben wir Herrn Beckmann noch nicht dingfest gemacht.«

52

Niemand öffnete auf ihr Klingeln hin, obwohl von innen laute Musik zu hören war – gregorianische Gesänge auf Dauerwiederholung gestellt, vermutete Kammowski. Sie liefen einmal um das Haus herum, konnten von außen aber nichts Verdächtiges erkennen. Schließlich benachrichtigten sie die Feuerwehr, die zehn Minuten später die Haustür kurzerhand aufbrach.

Frau Fröbe stand auf einem Stuhl in der Mitte ihres Schlafzimmers im oberen Stockwerk. Sie war an Händen und Füßen gefesselt und hatte eine Schlinge um den Hals, die zur Deckenlampe zog. Ihre Augen waren mit einem Tuch verbunden. Die Wände des Raums waren mit schwarzer, weißer und roter Farbe bemalt, man meinte, blutende Pinguine zu erkennen. Von Oliver Beckmann war wieder einmal keine Spur zu finden, wenn auch an seiner Handschrift nicht zu zweifeln war. Wenn man der völlig verschreckten Frau Fröbe Glauben schenken durfte, stand sie bereits seit mehreren Stunden auf dem Stuhl, lange hätte sie es nicht mehr ausgehalten.

»Es wird auch Zeit, dass hier mal jemand kommt«, monierte ein Nachbar, der am Zaun stand und das Geschehen auf dem Nachbargrundstück genauestens im Auge behielt. »Seit Stunden dieser Lärm, das ist ja nicht mehr zum Aushalten.«

Svenja wollte etwas erwidern, aber Kammowski hielt sie zurück. »Wenn es dich noch ärgert, wenn wir zurück im LKA sind, kannst du ja eine Anzeige wegen unterlassener Hilfeleistung stellen.«

Frau Fröbe wurde noch am selben Abend dem Untersuchungsrichter vorgeführt. Unter der Wucht der Anschuldigungen und der Ereignisse der letzten Tage gab die Verdächtige ihren Widerstand auf und gestand. Zurück blieb ein Häufchen Elend, das über Jahre versucht hatte, neben diesem Mann, der ihr keine Liebe entgegenbringen konnte, den Anschein einer normalen Ehe aufrechtzuhalten. Weinend gab sie zu, Lena und ihrem Mann von der Philharmonie gefolgt zu sein und alles beobachtet zu haben. Als Lena sich dann nach dem Weggang ihres Mannes plötzlich wieder regte, hätte sie einen Pflasterstein genommen und so lange auf sie eingeschlagen, bis sie sich nicht mehr bewegte. Lena hatte sich gewehrt und sie gekratzt, die Kratzspuren waren sehr tief gewesen, man konnte sie immer noch an ihren Armen ausmachen.

»Was meinst du?«, sagte Svenja, als Frau Fröbe abgeführt worden war. »Wird der Richter Mord oder Totschlag daraus machen?«

»Keine Ahnung«, erwiderte Kammowski. »Du kennst den Spruch. Auf hoher See und vor Gericht bist du allein in Gottes Hand. Es wird die Frage zu klären sein, ob sie mit der Tötungsabsicht aufgebrochen ist oder ob das eine Tat im Affekt war. Auf Letzteres wird ihr Anwalt pochen. Andererseits hat sie einen dicken Pflasterstein verwendet. Die lagen aber nicht direkt am Tatort, sondern unten am Zugang zum Park, da, wo sie den Weg aufgerissen haben, um die Abflusskanäle zum Toilettenhäuschen zu erneuern. Sie hat das Tatwerkzeug also einige Hundert Meter mitgeschleppt. Was wiederum heißt, dass die Tötungsabsicht schon bei Betreten des Parks bestand.«

»Das hat sie eben aber nicht so dargestellt, sie hat gar nicht gesagt, wo sie den Stein herhatte«, meinte Svenja.

»Wir haben sie nicht danach gefragt – noch nicht. Und wir

werden sie auch noch einmal fragen, wo sie ihn danach abgelegt hat. Am Tatort haben wir ihn ja nicht gefunden. Und unabhängig von dem, was sie uns morgen vielleicht erzählt, werden wir jetzt noch einmal in die Hasenheide aufbrechen und jeden der Pflastersteine umdrehen und nach Blut absuchen – falls sie die nicht schon wieder eingebaut haben.«

»Du bist ihr gegenüber gnadenloser als gegenüber ihrem Mann, diesem Kinderschänder«, stellte Svenja überrascht fest. Sie hatte den Kopf zur Seite geneigt, wie sie es immer machte, wenn sie etwas Interessantes beobachtet zu haben meinte.

»Sie hatte eine Wahl, er nicht«, gab Kammowski zu.

»Hat nicht jeder immer die Wahl? Ist es nicht das, was uns von Tieren unterscheidet?«

Kammowski antwortete nicht. Svenja erwartete keine Antwort. Sie konnte Unausgesprochenes und Widersprüche auf sich beruhen lassen. Das war vielleicht das Geheimnis ihrer guten Partnerschaft. Und die meisten Dinge waren eben nicht schwarz oder weiß.

53

Und plötzlich war der Herbst da. Die Blätter der Platanen hatten eine gelbe Färbung angenommen, und die Sonne glitzerte in Tausenden Wassertropfen, die die kühle Nacht auf den Blättern hinterließ. Indianersommer. Die schönste Zeit in Berlin, dachte Kammowski, während er das Auto mit Charlotte auf dem Beifahrersitz über die Stadtautobahn vom Flughafen Tegel Richtung Bergmannstraße lenkte. Obwohl die Rudolf-Wissel-Brücke in den nächsten Jahren komplett saniert werden musste, was das übliche Berliner Chaos auf der Stadtautobahn zum völligen Erliegen bringen würde, lief der Verkehr heute flüssig und ohne Probleme.

Charlotte würde in wenigen Tagen also tatsächlich ihr Studium in Berlin beginnen und erst einmal bei ihm wohnen.

»Nur so lange, bis ich ein WG-Zimmer gefunden habe«, beeilte sie sich zu sagen. Kammowski antwortete nicht darauf. Ein Zimmer in einer Wohngemeinschaft in Berlin, das konnte dauern, und schließlich lag seine Wohnung nicht ungünstig aus Sicht eines Studenten.

»Warum grinst du, Papon?«

»Ich grinse doch nicht, ich freue mich nur, dass du da bist und dass so schönes Wetter ist. Selbst der Straßenverkehr ist heute erträglich«, sagte er und deutete auf die vor ihnen liegende A 100.

»Das ist ja schreckliche Musik. Ich verstehe nicht, was du an Radio 1 findest, die Musik ist doch total schräg«, sagte Charlotte und stellte einen anderen Sender ein.

»Die Musik ist nicht schräg, die spielen nur nicht immer den absoluten Mainstream-Kram wie die anderen Sender.«

»Hat dir das jetzt gerade etwa gefallen?«

»Nein«, gab er zu, »aber so ist das eben, wenn man auch mal Künstler und Bands jenseits des Mainstreams spielt und fördert, da kann nicht alles jedem gefallen, das muss auch nicht jedem gefallen. Ein Hoch auf die Vielfalt. Nieder mit der Einfalt.«

Charlotte grinste. »Weißt du, was mich früher am meisten geärgert hat?«

»Ne, was denn?«

»Dass die in ihrer Eigenwerbung immer gesagt haben, Radio 1, der Sender nur für Erwachsene.«

Kammowski lachte. »Na, das sollte jetzt ja kein Problem mehr sein. Bist ja jetzt erwachsen.«

»Werde dich bei passender Gelegenheit daran erinnern«, warnte sie.

»Und, wann lerne ich nun deine mysteriöse Freundin kennen?«, schob sie nach einer Pause nach.

»Sie ist nicht mysteriös, und wir werden sie und Klaus heute im Sandmann treffen, wenn du nicht zu müde bist. Sie freut sich sehr, dich heute kennenzulernen. Sei bitte nett zu ihr und gib ihr eine Chance.«

»Bin ich nicht.«

Kammowski sah sie erschrocken an.

»Ich bin nicht zu müde für den Sandmann, Papon.«

Eigentlich war auch der Frühling gar nicht so schlecht in Berlin, dachte Kammowski, während sie schweigend weiterfuhren und »Mainstreamradio« hörten. Und der Sommer, wenn sich das Leben in Straßencafés, Parks und auf dem Wasser abspielte, war auch nicht zu verachten. Vielleicht sollte er Klaus zu einem Segelschein überreden. Sie könnten sich gemeinsam ein Boot anschaffen. Nur der Berliner Winter war manchmal etwas lang und düster. Da sollte man zwischendurch unbedingt zwei Wochen Karibik einstreuen. Er nahm sich vor, Christine auf einen gemeinsamen Urlaub im Januar anzusprechen – vielleicht auf Aruba?

Kammowski beobachtete seine Tochter, die Neuberlinerin, aus den Augenwinkeln. Ob sie auch dieses unglaubliche Glücksgefühl verspürte, das ihn übermannt hatte, als er damals mit Klaus nach Berlin gezogen war? Sie waren mit Klaus' altem Käfer angereist, der mit all ihrem Hausrat zum Bersten voll bepackt gewesen war. Es war saukalt gewesen, sie hatten sich im Frühjahr zum Sommersemester eingeschrieben. Die alte Karre hatte keine funktionstüchtige Heizung gehabt, das hieß, sie funktionierte schon, aber nur im Dauerbetrieb, und dann war es so, als würde man die Abgase direkt ins Wageninnere leiten, eine typische Käfer-Krankheit. Jedenfalls waren sie die meiste Zeit mit offenem Fenster gefahren. Sie waren vergiftet von Abgasen und komplett vereist gegen vier Uhr morgens in Berlin eingefahren. Aber als sie endlich den DDR-Grenzübergang (Waffen? Munition? Funkgeräte?) hinter sich hatten und bei Dreilinden auf die Straße Unter den Eichen einbogen und die breiten, nachtleeren Berliner Boulevards mit 80 km/h Richtung Kreuzberg entlangbretterten, von Pink Floyd aus dem Kassettenrekorder begleitet, da hatte es sich eingestellt, dieses Gefühl von Freiheit und Verbundenheit mit dieser Stadt, ein Gefühl, das ihn nie mehr verlassen hatte.

Nun ja, Charlotte war mit dem Flugzeug von Köln gekommen und wurde von ihrem Vater am Flughafen abgeholt. Daran gab es wohl nichts, was man dreißig Jahre später romantisch verklären konnte. Jede Generation hatte ihre eigenen Erfahrungen und Identifikationspunkte. Nichts davon konnte man weitergeben. Aber Kammowski war sehr glücklich, Charlotte hier zu haben. Und auch Anian, sein Sohn, hatte schon angekündigt, in zwei Jahren sein Studium in Berlin aufnehmen zu wollen. Ihm sollte es recht sein, wenn wieder mehr Leben in die Bude kam. Das mit der WG konnte ruhig noch etwas warten. Seine Wohnung war schließlich groß genug.

»Papa, du hörst mir mal wieder überhaupt nicht zu«, maulte Charlotte.

»Das stimmt doch gar nicht, mein Engel, ich höre dir immer zu.«

»Aha, also bitte, was habe ich denn gerade gesagt?«

»Du hast gesagt, dass du den besten Vater der Welt hast und dich riesig darauf freust, in Berlin zu studieren, weil du ihn ab jetzt wieder häufiger sehen kannst, um von seinen außergewöhnlichen Kochkünsten und seiner väterlichen Zuwendung zu profitieren.«

Charlotte grinste. »Na, so in etwa«, meinte sie und warf ihrem Vater einen Luftkuss zu. »Genau genommen habe ich aber gesagt, dass du der beste Vater der Welt bist, weil du inzwischen einsiehst, dass Fernsehen total retro ist und dass Netflix und Amazon-Prime heute zur Grundausstattung einer Familie gehören.«

Kammowski stöhnte, sagte aber nichts. Und Charlotte ließ es auch dabei bewenden – für heute.

Abends trafen sich alle im Sandmann. Zu Kammowskis Überraschung waren Charlotte und Christine schon nach wenigen Minuten in ein Gespräch vertieft, als würden sie sich seit Jahren kennen. Da hatte er sich wieder einmal völlig umsonst Sorgen gemacht. Svenja und Klaus kamen gemeinsam, was Kammowski sorgenvoll registrierte.

»Lass die Finger von dem Mädchen«, zischte er Klaus zu,

als Svenja sich gerade mit Christine unterhielt. Doch der grinste nur dümmlich.

Charlotte beobachtete die Szene. »Du musst nicht auf sie aufpassen, sie ist schon groß«, flüsterte sie ihm ins Ohr.

»Da können sie noch so groß werden, aufpassen muss man immer«, gab er zurück, hob zwei Finger, wies auf seine Augen, dann auf Klaus und zurück in Richtung seiner Augen. In Anspielung auf einen Film, in dem Robert de Niro seinem Schwiegersohn damit bedeutete, dass er ihn stets im Auge behielt.

Klaus grinste immer noch dümmlich und schlug vor, noch gemeinsam ins Kino zu gehen.

54

Während der kommenden Monate hörten sie nichts von Oliver Beckmann. Er fiel durch jedes Fahndungsraster und ließ sich auch bei seiner Mutter nicht mehr blicken. Das behauptete diese zumindest, und ihr sorgenvoller Blick verriet Kammowski, dass sie die Wahrheit sagte.

Frau Beckmann war wieder völlig gesund geworden und lebte, jedenfalls von außen betrachtet, ihr Leben wie zuvor. Dann und wann traf man sich im Flur, bei den Mülltonnen oder beim Hinbringen oder Abholen der Wäsche, die Frau Beckmann nach wie vor für Kammowski bügelte. Sie sprach nur selten von ihrem Sohn, und Kammowski wollte nicht in sie dringen. Aber er wusste, dass sie in ständiger Angst um ihn lebte und sehr unter der Situation litt. Sie wusste ja nicht einmal, ob er sich noch in Berlin aufhielt, wovon er lebte, ob er überhaupt noch lebte.

Es war an einem nasskalten Morgen Ende Dezember, als Kammowski einen Anruf von Stefan Ull, dem Assistenzarzt im Aeskulap-Klinikum bekam. »Können Sie sich noch an mich erinnern, Herr Kammowski?«

»Sicher erinnere ich mich an Sie, Sie haben meine Mutter in der Gerontopsychiatrie behandelt, und wir hatten ein interessantes Gespräch über Freiheitsberaubung und Zwangsbehandlung.«

»Genau, aber eigentlich waren Sie wegen Oliver Beckmann hier, den wir am Tag zuvor entlassen hatten. Sie wollten wissen, wieso wir das getan hatten. Deshalb rufe ich aber nicht an. Ich wollte Ihnen nur sagen, dass Oliver Beckmann wieder da ist.«

»Oliver Beckmann ist bei Ihnen in der Klinik?«

»Ja, er kam letzte Nacht und wollte aufgenommen werden.«

»Er kam freiwillig? Wie ist das möglich? Ich dachte, er hasst die Klinik!«

»Wer weiß schon so genau, was in unseren Patienten vorgeht? Vielleicht ist es nur, weil er weiß, dass es hier bei uns warm ist, dass es eine Dusche und etwas zu essen gibt. Herr Beckmann ist ziemlich dünn geworden in den letzten Wochen, genau genommen ist er bis auf die Knochen abgemagert. Es geht ihm nicht gut. Nicht nur psychisch, auch körperlich. Das Leben auf der Straße ist hart, besonders im Winter, schon für Gesunde, umso mehr für psychisch Kranke. Und dieses Mal hat er sogar eingeräumt, dass er sich krank fühlt. Na ja, mal sehen, wie lange diese Einsicht diesmal anhält. Wir befürchten natürlich, dass er in einigen Tagen wieder gehen wird. Und kein Amtsrichter wird ihn dann aufhalten. Das alte Spiel eben. Die Oberärztin meinte jedenfalls, dass ich Sie mal benachrichtigen soll.« Er räusperte sich, zögerte, fuhr dann etwas zaghaft fort: »Wir haben uns gedacht, ganz inoffiziell natürlich, wenn da vielleicht noch ein Strafverfahren offen wäre, dann könnte man ihn für einige Zeit auch gegen seinen Willen in den Maßregelvollzug überstellen, dann hätte er vielleicht bessere Chancen, als wenn wir ihn einige Tage lang hier behandeln und dann wieder gehen lassen müssen, weil er es sich wieder anders überlegt und der Richter des Amtsgerichts keinen Grund findet, ihn hier zu halten. Sie verstehen, wenn er sich erst einmal wieder aufgewärmt und satt gegessen hat …«

Kammowski schnaubte leise vor sich hin. »Sie wollen ihn reinlegen?«

Stefan Ull antwortete nicht gleich. »Das kann man so oder

so sehen. Sagen wir, wir wollen alle Möglichkeiten nutzen, um ihm die Zeit zu geben, die er braucht, selbst zu der Einsicht zu kommen, dass er mit Behandlung besser dran ist. Und vor allem wollen wir ihn nicht im kalten Berliner Winter in die Obdachlosigkeit entlassen. Bei seiner Mutter, wo er polizeilich gemeldet ist, wird er vermutlich nicht auftauchen. Die hat er inzwischen in sein Wahnsystem eingebaut.«

»Was meinen Sie damit? Hat er Dinge geäußert, die darauf hinweisen, dass Frau Beckmann in Gefahr wäre?«

»Nein, das glaube ich nicht. Er zählt sie inzwischen nur zu dem Kreis der verlorenen Seelen, das sind diejenigen, die der Satan unwiederbringlich verdorben hat. Wie uns alle übrigens. Das ist ja das Problem, dass er uns nicht mehr vertraut.«

»Verstehe ich Sie jetzt richtig, und Sie wollen mich, einen Polizisten, zum Komplizen eines faulen Deals machen? Eines Deals, der alle Gesetze umgeht, aber zum Wohl des Patienten sein soll? Einem Wohl, das dieser leider gerade nicht für sich beansprucht, weil er es gar nicht sieht? Womit wir uns zu dem erheben, der meint, diktatorisch bestimmen zu dürfen, was das Wohl eines anderen ist?«

Stefan Ull antwortete nicht. Stille konnte manchmal mehr sagen als Worte.

»Soweit ich weiß, hat die Staatsanwaltschaft alle Verfahren gegen Oliver Beckmann eingestellt«, überlegte Kammowski schließlich.

Wieder lag Stille zwischen ihnen und gab den Gedanken freien Raum: Oliver Beckmann hatte Frau Fröbe bedroht und stundenlang mit gefesselten Händen und Füßen auf einem Stuhl stehen lassen, mit einer Schlinge um den Hals. Dass diese Schlinge nur lose an der Deckenlampe befestigt gewesen war und sie sich somit nicht erhängt hätte, wenn sie gestürzt wäre, hatte sie nicht gewusst und in ihrer Panik nicht bemerkt. Sie hatte Todesängste ausgestanden, allerdings hatte sie keine Anzeige erhoben. Das war andererseits auch nicht notwendig. Die Sache war mindestens für ein Verfahren wegen Körperverletzung gut, und da Herr Beckmann nicht straffähig war, konnte man ihn nicht ins Gefängnis schicken, sondern würde ihn in das Krankenhaus des Maßregelvollzugs überstellen müssen. Zumindest konnte man ihn dann dort bis zu seiner Verhandlung gegen seinen Willen festhalten. Festhalten, doch nicht zwangsläufig behandeln, das hatte Dr. Engin klargemacht. Bis zum Beginn eines Verfahrens war es aber sicher Frühling. Wenigstens ein paar Monate mit einem Dach über dem Kopf, einem Bett und regelmäßigem Essen. Kammowski war sich sicher, dass sich Frau Beckmann über diese Entwicklung der Dinge freuen würde.

»Ich kann ja mal unverbindlich mit dem Staatsanwalt sprechen, ob eine Wiederaufnahme des Verfahrens infrage käme«, sagte er schließlich.

»Das wäre ganz wunderbar«, sagte Stefan Ull, und Kammowski meinte, Erleichterung in der Stimme zu hören.

EPILOG

Oliver Beckmann wurde wenige Tage später auf seinen Wunsch aus der Klinik entlassen und verschwand danach von der Bildfläche.

Die Anfrage des Landeskriminalamts Berlin, Abteilung Delikte am Menschen, zur Wiederaufnahme des Verfahrens gegen den Beschuldigten Oliver Beckmann wegen schwerer Körperverletzung zulasten der Frau Kerstin Fröbe-Heinzel wurde einige Wochen später von der Staatsanwaltschaft abschlägig beschieden. Der Beschuldigte sei infolge einer psychiatrischen Erkrankung schuldunfähig, der Schaden geringfügig. Weder habe das Opfer Schaden davongetragen, noch dürfe es als gesichert gelten, dass Herr Beckmann die Tat begangen habe, denn Frau Fröbe-Heinzel habe den Täter nicht zweifelsfrei identifizieren können, da er eine Maske getragen habe. Außerdem passe ihre Täterbeschreibung (sehr groß, kräftig) nicht zu der Person des Oliver Beckmann. Das Allgemeininteresse an Strafverfolgung sei gering und rechtfertige nicht die Kosten eines solchen Verfahrens.

Anfang des folgenden Jahres, an einem dieser sonnigen, aber klirrend kalten Frühlingstage, klingelte es Sturm an Kammowskis Haustür, als sie gerade zu dritt ein spätes Sonntagsfrühstück einnahmen. Eine strahlende Frau Beckmann verkündete aufgeregt, dass Oliver angerufen hätte. Er lebe jetzt in München, sei wieder mit seinem früheren Freund zusammen, und es ginge ihm gut. »Stellen Sie sich vor, Herr Kammowski, er arbeitet sogar wieder, und die beiden wollen mich nächstes Wochenende besuchen. Wollen Sie, Ihre Frau und Ihre Tochter dann auf einen Kaffee vorbeikommen? Oliver würde sich auch sehr freuen. Er hat extra nach Charlotte gefragt.«

Kammowski überlegte kurz. Es hatte eine Zeit gegeben, da er Kontakte zu Nachbarn auf das absolute Minimum eines freundlichen »Guten Tag« beschränkt hatte und seiner Meinung nach sehr gut damit gefahren war. Aber Christine und Charlotte waren ihm in den Flur gefolgt und hatten Frau Beckmanns freundliche Anfrage längst positiv beschieden.

»Klar, wir kommen gerne«, sagte Charlotte, und Kater Churchill strich um seine Beine und gab ein zustimmendes Schnurren von sich. Kammowski blieb nichts anderes übrig, als sich der Mehrheitsentscheidung zu beugen. Wie hatte seine Großmutter immer gesagt? »Wirste alt wie ne Kuh, lernste immer noch dazu.«

Ein Kampf für das Leben – oder den eigenen Vorteil?

DR. SABINE FITZEK

VERRAT

KRIMINALROMAN

Für Hauptkommissar Matthias Kammowski ist nicht nur das Wetter ein Schock, als er aus dem Urlaub in die Berliner Kälte zurückkommt: In sein geliebtes Einzelbüro hat man ihm eine junge Kollegin gesetzt, die er einarbeiten soll. Und zwar gleich mit einem brisanten Mordfall, denn der Geschäftsführer eines katholischen Klinikunternehmens wurde tot in einem Berliner Hotel aufgefunden.
Als Kammowski dann auch noch Besuch von der Journalistin Christine erhält, einer alten Freundin, die ihm eine haarsträubende Theorie über mafiose Zustände im Berliner Gesundheitssystem präsentiert, hat der Kommissar endgültig genug. Doch dann entgeht Christine nur knapp einem Anschlag auf ihr Leben …

»Verrat« ist der erste Teil einer Krimireihe, die sich spannend und kompetent die jüngsten Skandale im Gesundheitswesen vornimmt. Dr. Sabine Fitzek ist Neurologin und hat über 10 Jahre als Chefärztin gearbeitet.

Knochen lügen nicht:
Fall 11 für Detective Chief Inspector Carol Jordan
und Profiler Tony Hill!

VAL MCDERMID

DER KNOCHENGARTEN

THRILLER

Auf dem Gelände eines ehemaligen katholischen Waisenhauses für Mädchen wird ein grausiger Fund gemacht: Bauarbeiten fördern insgesamt vierzig Skelette zutage, die offenbar über Jahrzehnte unter dem Rasen und dem Nutzgarten vergraben wurden – zu einer Zeit, als Nonnen dort ungestört ihr unerbittliches Regime ausüben konnten. Handelt es sich bei den Toten um Mädchen aus dem Waisenhaus? Das Major Incident Team aus Yorkshire würde zu gern auf die Erfahrung und untrüglichen Instinkte von Carol Jordan und Profiler Tony Hill zurückgreifen, doch Carol hat gekündigt, und Tony verbüßt eine vierjährige Haftstrafe … Keine guten Voraussetzungen, um die grauenhaften Verbrechen aufzuklären. Was wurde all den jungen Menschen angetan?

»Val McDermid ist mit ihren Thrillern eine Klasse für sich!«
denglers-buchkritik.de